晚明散曲研究

王静 著

上海人民出版社

本书获上海市高峰学科建设专项经费资助出版

目　录

序

　　2012年秋，王静跟随我攻读博士学位，并把自己研究的领域由明清词学拓展到曲学。这本《晚明散曲研究》就是她在博士论文的基础上修订而成的。记得在她的博士论文答辩会上，参加答辩的诸位先生奖掖后进，给予她不少鼓励与肯定，几位外审专家也对论文评价甚高。参加工作以来，王静充分利用节假日与工作之余的时间，对论文不断地加以修改与完善，锲而不舍，耕耘不辍，历经六个寒暑，现在，《晚明散曲研究》将由上海人民出版社出版，我自然由衷地为她感到高兴。承她不弃，执意让我为这部书写序。我自知才疏学浅，岂敢言序，只是不忍拂其美意，在此就把自己重新阅读这部著作的点滴感想写出来，一并求教于大方之家。

　　记得当初王静提出将"晚明散曲研究"作为博士论文的选题时，我就提出过自己的担心，因为这在很大程度上是一个"熟题"：姑且不说吴梅、卢前、任讷、冯沅君、郑振铎、梁乙真、罗锦堂等先生对散曲学的开拓与建构，仅就20世纪90年代以来的散曲研究而言，李昌集、羊春秋、梁扬、杨东甫、王星琦、赵义山、艾立中等一批学者在这个领域都取得了令人难以企及的成就，前人的研究成果固然稽式可参，但有所出新则大不易。经过一段时间的摸索与思考，王静还是觉得这个选题仍有一定的研究空间，不少问题如果进一步探究下去，还可以获得新的认知，得出新的结论。我自知王静所言并非泛泛之谈，她当时对晚明"词曲同源"与"正变异流"观念的辨析给我留下了深刻的影响，也增强了我对她完成博士论文写作的信心。在论文的写作过程中，虽也遇到一些"瓶颈"需要突破，但王静不断地调整心态与研究思路，攻坚克难，最终顺利地完成了论文的写作。

再次通读这部在博士论文基础上修改、完善的著作，我有两点读后感可以提出来供读者诸君参考：

一是鲜明的问题意识。正如王静所言："很长时间以来，学界对于明代散曲的研究，不论整体还是个案，都明显呈现出'重北轻南'的倾向——重视'未有昆曲以前，北曲为盛'的明中叶散曲，而认为昆腔兴起之后的明后期散曲大多不离嘲风弄月，闺情相思，囿于梁、沈二家，价值不高。"这几乎是 20 世纪以来许多研究者对明代散曲的普遍评价，颇有影响。王静却不囿于成见，敢于提出不同的观点——她通过对晚明散曲作家的时空分布、身份构成，特别是对这一时期散曲创作数量的统计、题材类型的梳理和风格特点的总结，指出："从当时的曲家地域分布情况来看，'晚明时期'南方散曲家人数确实远多于北方，但自晚明前期直至后期，北方散曲家的势力虽逐步衰落，但毕竟也从未完全退出过曲坛；而就南北曲的创作数量来看，不算无宫调令、不明牌调令与南北合套，晚明前期南散曲数量只略高于北散曲，晚明中期南散曲数量方才大增，是北散曲数量的 2 倍，晚明后期又增至 4.7 倍，这便说明昆腔兴起之后的晚明曲坛，在相当长的一段时间内依然承续着明中叶南北各擅胜场的局面，及至中、后期方才可谓'南曲乃成曲坛主流，北曲则已成余响'。因此，这一时期并不可以简单概括为'南曲的时代'。"这样的结论建立在大量的文献爬梳与量化分析之上，应该说是可以成立的。王静把晚明散曲放在有明一代散曲发展的历程中来加以动态考察，认为整个晚明时期的散曲创作都是南北并存，明清以来通常认为"文章必推梁氏为极轨，韵律必推沈氏为极轨"的现象，只存在于晚明中、后期的大部分南派曲坛中，梁辰鱼、沈璟的影响并不足以完全笼罩整个晚明曲坛。同样，学界通常认为"晚明散曲"的题材内容大多不离嘲风弄月、闺情相思等观点也并不准确。正是伴随着诸多的"问题意识"，王静在梳理、阐释晚明散曲内涵与特色的过程中，发表了不少颇具新意、颇中肯綮的看法。

二是别具特点的研究方法。我认为，并不是运用某种研究方法或者选择某种研究角度，就一定会得到别具只眼的发现，只有研究方法、角度与研究对象、宗旨相契合，才能合适且有效地为研究问题的阐释提供助力。本书许多不乏新意的观点的得出，都是建立在对晚明散曲与散曲家的各类数量统计与分析之上的。从客观数据中发现问题、分析问题，是这部著作在研究方法上的一大特点。长期以来，学界一般认为"以代言的方式咏写闺情的曲作适合南曲婉艳、缠绵的风味"，因而闺阁怨思和青楼艳情等成为晚明曲家最热衷于书写的题材，对其评价不高。王静通过统计分析，发现历来被认为是晚明散曲主流题材的闺情艳情类作品，在数量上虽然最多，但其实际所占晚明散曲总量的比例并不算高，与闲适归隐类题材作品数量所占比例大致相当，差异不大，可见学界对晚明散曲的认知存在一些偏差。她进一步指出，晚明散曲的题材类型和风格是多样化的，除了传统的闺情艳情、闲适归隐、咏物写景、感时叹世四大类之外，还出现了许多与日常生活紧密相关的题材，如交游、应酬、说理等。散曲家的创作宗旨也各有不同，各有追求，除了用以娱乐和抒怀，有的是记述时事，有的是宣讲教义，有的是劝诫他人，等等，绝非是闺情、艳情类题材所能涵括的。这类结论是建立在客观数据分析之上的，因而也是可信的。

这部著作体现出王静对晚明散曲所作的颇具特色、颇多新意的探索，所言持之有故，言之成理，在前贤时彦的基础上有所发明，下了很大的功夫，花费了不少心血，这些都是值得肯定的。

当然，这部著作也并非无懈可击，当初参加答辩的专家们指出了一些问题，如：论文对散曲家籍贯、身份、题材等所作的数量统计，确实可以说明不少问题，但也要考虑到作家的流动性和身份地位的升降变化；就具体作家来讲，其创作题材、内容及类型通常是变动不居，一直处在变化发展过程中的；"晚明散曲"与"明末散曲"诸概念还需要进一步厘清等。王静虚心听取了答辩专家的意见，并在这次修订成书的过程中作了认真地修改。本书梓行之后，仍可能存在一些有待商榷之处，还请读者诸君不吝珠玉，多多赐教。

王静求学期间，我和她多朝夕相处、彼此切磋的机会，谊兼师友。在她著作即将出版之际，聊赘数语于上，以为祝贺，并期待她在今后的学术研究中取得更大的成绩。

程华平

2023 年 9 月 22 日

绪 论

受任讷"昆腔之后，只有南曲，而北曲亡矣；南曲又多参词法以为之，形成所谓南词，而曲亡矣"①的观点影响，很长时间以来，学界对于明代散曲的研究，不论整体还是个案，都明显呈现出"重北轻南"的倾向——重视"未有昆曲以前，北曲为盛"②的明中叶散曲，而认为昆腔兴起之后的明后期散曲大多不离嘲风弄月，闺情相思，囿于梁、沈二家，价值不高。

进入21世纪之后，随着新资料的不断发现、研究者眼界的放宽和研究角度的创新，明后期散曲研究受冷落的现象在一定程度上得以改观。较为典型的如：2004年四川大学赵义山的博士论文《明散曲史研究》，突破了明代散曲传统分期的局限和"重北轻南"观念的束缚，将昆腔兴起之后的散曲曲坛定义为明散曲创作的"继盛期"，并关注了梁、沈、施三派之外的一些重要曲家；2006年南京大学艾立中的博士论文《明末清初散曲研究》，不以通行的朝代政治变更为划分依据，而根据明代散曲自身发展的规律，以天启五年（1625）施绍莘《秋水庵花影集》中的散曲四卷基本成书为起点，康熙四十八年（1709）朱

---

① 任讷：《散曲概论》，曹明升点校《散曲丛刊》，凤凰出版社2013年版，第1097页。
② 任讷：《散曲概论》，曹明升点校《散曲丛刊》，第1094页。

彝尊去世、《曝书亭集》定稿为终点，界定出"明末清初"这一散曲史上"自成一个时代"①的特殊时期，并对这一时期散曲创作的内容、题材、体制以及散曲选本进行了深入探讨；还有2013年山东师范大学刘英波的博士论文《明代中后期南、北方散曲比较研究》，以时间为经，地域为纬，并将曲家个体研究与地域曲家群体研究融为一体，点面结合，对整个明代中后期的散曲曲坛都进行了较为深入全面的研究。

在上引的博士论文中，艾立中在《明末清初散曲研究》中确定了"明末清初散曲"的起止时间后，又由此上溯，提出"明嘉靖三十五年（1556）梁辰鱼《江东白苎》正集的刊刻标志着晚明散曲的开始，一直到1625年结束，这七十年是梁辰鱼和沈璟两大流派盛行的时期"②的观点，即以施绍莘《秋水庵花影集》中散曲四卷的问世（1625年）作为"晚明散曲"与"明末散曲"的分界点，将传统概念中"昆腔之后"的明后期散曲划分为两个阶段。

客观来说，作为最早在散曲领域对昆腔的实践与推广之作，梁辰鱼《江东白苎》正集的刊刻的确标志着明散曲的创作步入了一个全新的时期，因此以之作为晚明散曲的时间上限是毫无问题的。但是，以施绍莘《秋水庵花影集》中散曲四卷的成书（1625年）作为这一时期的终结，却是有待商榷的。

艾立中在文中强调，其对于"晚明散曲"和"明末清初散曲"的划分，是依据"作家和作品的内在特点"③，其认为"施绍莘以极富天

---

① 李昌集：《中国古代散曲史》，华东师范大学出版社2007年版，第701页。
② 艾立中：《明末清初散曲研究》，南京大学博士论文，2006年，第5页。
③ 艾立中：《明末清初散曲研究》，南京大学博士论文，2006年，第3页。

才的创作给晚明散曲的面貌带来了较大程度的变异，是对笼罩于晚明曲坛的白苎派和吴江派的突破"[1]。这也就是说，对于明后期散曲，他仍然认为在其所划定的"晚明时期"内，散曲创作基本囿于梁、沈两派，直到施绍莘的出现，香奁文学的一统局面才被打破。而据目前学界对这七十年内散曲创作资料的掌握情况来看，很明显，这一传统观念并不符合事实。

因此，换个角度来看，若要确定"晚明散曲"的时间下限，我们应当先厘清这七十年内散曲曲坛的真实情况。故为了论述方便，本书《晚明散曲研究》暂且先将"晚明散曲"的时间下限问题搁置，先以明嘉靖三十五年（1556）梁辰鱼《江东白苎》正集的刊刻作为"晚明"时间的逻辑起点，以天启五年（1625）施绍莘《秋水庵花影集》中散曲四卷的基本成书为终点，研究对象则包括在这七十年内所有生平、创作可考的散曲家和他们全部的散曲作品[2]，以及当时乃至明末清初时期编著刊刻的相关曲选、曲谱、曲韵和曲论[3]。

当然，在展开具体论述之前，有必要先交代清楚以下几个方面的问题：

一、晚明散曲研究现状概述

（一）明末和清代人对晚明散曲的研究概况

晚明时期散曲学十分兴盛，出现了大量的曲论著作，其中吴江一

---

[1] 艾立中：《明末清初散曲研究》，南京大学博士论文，2006 年，第 4 页。

[2] 因为散曲创作具有随时性，除少量有明确纪年的作品外，大部分作品很难明确其具体创作时间，故我们只能从宽处理：凡是在这七十年内有生平、创作可考的散曲家，则其全部散曲作品均纳入研究范围。

[3] 考虑到理论相对于创作的滞后性，所以相关曲选、曲谱、曲韵和曲论的时间略微后延。

派尤为突出,影响一直延续至明末,其理论不断发展完善,始终是曲论界的热点;而清代散曲学一度衰落,曲学家的关注点基本集中在戏曲方面,关于散曲的论述十分零散,且多拾明人牙慧,少有创见。

总体来看,明末及清代人对晚明散曲的研究大致可以分为以下几个方面:

1. 对晚明曲家及其创作的评判

这些论述有的侧重于对晚明曲家具体曲作特色的品评,如:评王骥德《寄中都赵姬》散套"雅艳不减西厢,其叶律处,真是熟能生巧"①,评史槃《泊舟连河怀清源胡姬》散套"通篇清婉,调复和协"②;有的则论晚明曲家的整体创作风格,如:"幔亭歌者云:'词才天赋不同,梁伯龙以豪爽,张伯起以纤媚,沈伯英以圆美,龙子犹以轻俊,至于秀丽,不得不推伯良'"③,"子犹诸曲,绝无文彩,然有一字过人,曰'真'"④;还有的论及晚明曲家在当时曲坛的地位和影响,如:"梁伯龙风流自赏,修髯,美姿容,身长八尺,为一时词家所宗。艳歌清引,传播戚里间。白金文绮,异香名马,奇技淫巧之赠,络绎于道。每传柑、禊饮、竞渡、穿针、落帽一切诸会,罗列丝竹,极其华整。歌儿舞女,不见伯龙,自以为不祥"⑤,"遒往多蒜酪体,新声盛传一时,至闻之禁掖。……迨明中叶,士大夫以曲擅场者,亦不下数十家,而遗音之传于今者盖寡。……惟公所为散曲,都

---

① 冯梦龙:《评王伯良〈寄中都赵姬〉散套》,冯梦龙编《太霞新奏》,上海古籍出版社1993年版,卷三。
② 冯梦龙:《评史叔考〈泊舟连河怀清源胡姬〉散套》,冯梦龙编《太霞新奏》,卷三。
③ 冯梦龙:《评王伯良〈闺情〉散套》,冯梦龙编《太霞新奏》,卷六。
④ 冯梦龙:《评龙子犹〈有怀〉散套》,冯梦龙编《太霞新奏》,卷十。
⑤ 张大复:《梅花草堂笔谈》,上海古籍出版社1986年版,卷五。

人至今犹歌之”[①]，“咄哉歌苑功臣，允矣词坛宗主”[②]；当然，也有对晚明曲家创作弊端的批评，如：“沈伯英审于律而短于才，亦知用故实、用套词之非宜，欲作当家本色俊语，却又不能；直以浅言俚句，掤拽牵凑，自谓独得其宗，号为‘词隐’”[③]，“词隐于‘尾声’多不着意，亦是一病”[④]，“大荒奉词隐先生衣钵甚谨，往往绌词就律，故琢句每多生涩之病”[⑤]，“张伯起小有俊才，而无长料。其不用意修词处，不甚为词掩，颇有一二真语、土语，气亦疏通；毋奈为习俗流弊所沿，一嵌故实，便堆砌𫐐辏，亦是仿伯龙使然耳”[⑥]等。

2. 对晚明散曲曲坛的整体评价

这类论述主要包括两个方面：一是对昆腔兴起后南北曲发展演变的梳理及南北曲唱法、风格差异的分析，如沈德符在《顾曲杂言》中说：“嘉、隆间度曲知音者，有松江何元朗，蓄家僮习唱，一时优人俱避舍，然所唱俱北词，尚得金、元蒜酪遗风。……今南方北曲，瓦缶乱鸣，此名‘北南’，非北曲也”[⑦]，又言：“自吴人重南曲，皆祖昆山魏良辅，而北调几废，今惟金陵尚存此调。然北派亦不同，有金陵，有汴梁，有云中；而吴中以北曲擅场者，仅见张野塘一人，故寿州产也，亦与金陵小有异同处。”[⑧]徐大椿在《乐府传声》中也提到：“至明之中叶，昆腔盛行，至今守之不失。其偶唱北曲一二调，亦改

---

① 刘芳躅：《词脔序》，刘效祖著《词脔》，清康熙三十三年（1694）刻本，卷首。
② 顾甫：《秋水庵花影集序》，施绍莘著《秋水庵花影集》，明末刻本，卷首。
③ 凌濛初：《谭曲杂劄》，凌濛初编《南音三籁》，上海古籍书店 1963 年版，卷首。
④ 冯梦龙：《评沈伯英〈题情〉散套》，冯梦龙编《太霞新奏》，卷七。
⑤ 冯梦龙：《评卜大荒〈闺情〉散套》，冯梦龙编《太霞新奏》，卷三。
⑥ 凌濛初：《谭曲杂劄》，凌濛初编《南音三籁》，卷首。
⑦ 沈德符：《顾曲杂言》，中华书局 1985 年版，第 3 页。
⑧ 沈德符：《顾曲杂言》，第 9 页。

为昆腔之北曲，非当时之北曲矣。此乃风气自然之变，不可勉强者
也。"①这些都道出了昆腔兴起以后，南曲成为曲坛主流，北曲在很
大程度上被"南化"的事实。还有诸如"南曲之唱，以连为主。北
曲之唱，以断为主。不特句断字断，即一字之中，亦有断腔；且一
腔之中，又有几断者；惟能断，则神情方显，此北曲第一吃紧之处
也"②，"盖北曲以清空古质为主，而南曲为北曲之末流，虽曰意取缠
绵，然亦不外乎清空古质也"③一类的论述，则从唱法和风格的角度
分析了南北曲的不同。

二是批判晚明散曲曲坛不良的创作风气，如凌濛初在《谭曲杂
劄》中说道："自梁伯龙出，而始为工丽之滥觞，一时词名赫然。盖
其生嘉、隆间，正七子雄长之会，崇尚华靡；弇州公以维桑之谊，盛
为吹嘘，且其实于此道不深，以为词如是观止矣，而不知其非当行
也。以故吴音一派，竞为剿袭。靡词如绣阁罗帏、铜壶银箭、黄莺紫
燕、浪蝶狂蜂之类，启口即是，千篇一律。甚者使僻事、绘隐语，词
须累诠，意如商谜，不惟曲家一种本色语抹尽无余，即人间一种真
情话，埋没不露已。至今胡元之窍，塞而未开，间以语人，如锢疾不
解，亦此道之一大劫哉！"④冯梦龙在《太霞新奏序》中也说："当行
也，语或近于学究；本色也，腔或近于打油。又或运笔不灵，而故事
填塞，侈多闻以示博；章法不讲，而饾饤拾凑，摘片语以夸工，此皆

① 徐大椿：《乐府传声》，吴同宾、李光同译注《乐府传声译注》，中国戏剧出版社1982
年版，第7页。
② 徐大椿：《乐府传声》，吴同宾、李光同译注《乐府传声译注》，第80页。
③ 凌廷堪：《与程时斋论曲书》，凌廷堪著《校礼堂文集》，中华书局1998年版，第
193页。
④ 凌濛初：《谭曲杂劄》，凌濛初编《南音三籁》，卷首。

世俗之通病也。"① 陈栋《北泾草堂曲论》亦有相似言论:"曲与诗余,相近也而实远。明人滞于学识,往往以填词笔意作之,故虽极意雕饰,而锦糊灯笼,玉相刀口,终不免天池生所讥。间有矫枉之士,去繁就简,则又满纸打油,与街谈巷语无异。"② 他们都指出了晚明曲坛因袭旧俗,为梁、沈两派所囿,缺乏真情与创新的创作陋习,展现了后世曲学家对晚明散曲曲坛整体创作风貌的反思。

3. 对晚明曲学家理论观点的品评

这类论述主要集中于吴江后学的论著中,他们针对前辈的格律观点,对其理论贡献和得失均给予了较为公正的评价,如:"昔词隐谓'廉纤'即闭口'先天','盐咸'即闭口'寒山'。若非声场鼻祖,焉能道此透辟之言乎"③,"昔词隐先生曰:'凡曲去声当高唱,上声当低唱,平、入声又当酌其高低,不可令混。'其说良然"④,"词隐独追《正始》,字叶宫商,斤斤罔失尺寸,《九宫谱》爰定章程,良一代宗工哉,特奉行者过当,或不免逢迎白家老妪"⑤ 等。同时,他们还不断发展完善前人理论,解决了某些内部争议,如南曲入声所依音韵标准的问题:王骥德主张遵《洪武正韵》,而沈璟则主张遵《中原音韵》,后冯梦龙在《太霞新奏发凡》中说:《中原音韵》原为北曲而设,若南韵又当与北稍异,如'龙'之驴东切,'娘'之尼姜切,此

---

① 冯梦龙:《太霞新奏序》,冯梦龙编《太霞新奏》,卷首。
② 陈栋:《论曲十二则》,陈栋著《北泾草堂集》,清道光间剑南室刻本,卷二。
③ 沈宠绥:《度曲须知》,中国戏曲研究院编《中国古典戏曲论著集成》第五集,中国戏剧出版社1959年版,第307页。
④ 沈宠绥:《度曲须知》,中国戏曲研究院编《中国古典戏曲论著集成》第五集,第200页。
⑤ 沈宠绥:《弦索辨讹序》,中国戏曲研究院编《中国古典戏曲论著集成》第五集,第19页。

平韵之不可同于北也;'白'之为'排','客'之为'楷',此入韵之不可废于南也。词隐先生发明韵学,尚未及此,故守韵之士犹谓南曲亦可以入韵代上去之押,而南北声自兹混矣。《墨憨斋新谱》谓入声在句中可代平,亦可代仄,若用之押韵,仍是入声。此可谓精微之论。"[1] 冯氏又提出了入声押韵独立,其他三声依照《中原音韵》的新主张。最终,吴江派后劲沈宠绥针对争议,折中论之,"凡南北词韵脚,当共押周韵;若句中字面,则南曲以正韵为宗,而朋、横等字,当以庚青音唱之;北曲以周韵为宗,而朋、横等字,不妨以东钟音唱之"[2],使得这一分歧得以圆满解决。

另外,值得注意的是,以上这些论述有些是专门的曲论,有些则录自一些曲选、曲谱、曲韵的序跋、凡例和评点,而这些曲选、曲谱、曲韵本身在保存晚明曲家散曲作品以及规范后世曲家创作方面也是很有价值的。

综上所述,我们可以看出,明末及清代人(主要是明末人)对晚明散曲的研究多为主观随笔性评点,虽不乏真知灼见,却难脱传统理论批评模式的局限,且又多与杂剧、传奇混谈,尚未能形成独立、系统的散曲学。

(二)20 世纪学界对晚明散曲的研究概况

1926 年,吴梅《中国戏曲概论》出版,其将散曲与院本、诸宫调、杂剧、传奇等艺术样式并列,单独展开论述,将中国近代散曲学推向了独立的道路。随后,任讷的长文《散曲之研究》(1926

---

① 冯梦龙:《太霞新奏发凡》,冯梦龙编《太霞新奏》,卷首。
② 沈宠绥:《度曲须知》,中国戏曲研究院编《中国古典戏曲论著集成》第五集,第235 页。

年）在《东方杂志》上连载发表，标志了近代散曲学的正式诞生。自此，一直到 20 世纪 30 年代中期，在新散曲学的影响推动下，伴随着任讷和卢前两位大家对散曲文献的整理和研究①，冯沅君、郑振铎、梁乙真等学者的理论著作也层出不穷，散曲学研究达到了一个高峰。

　　任讷《散曲概论》（即《散曲之研究》）中涉及对晚明散曲的研究主要集中于"派别第九"，他将昆腔兴起后的散曲派别划为梁、沈、施三家，分别论述各家特色，眼光犀利，论旨精道。三大家中，任讷推崇"融元人之豪放与清丽，而以绵整出之"②的施绍莘，而对于"文雅蕴藉，细腻妥帖"③的白苎派和"受韵律之拘牵，而生气剥夺"④的吴江派予以批评，甚至对于当时所谓的"才士之曲"也认为"全非当行，无足论矣"⑤，这些论述均体现了其维护曲体、尊北卑南的散曲观念。卢前《散曲史》（1931 年成都大学讲义本）偏重于对曲家本事的叙述和作品的分析，征引材料丰富，但观点论述极简。然总体上亦以昆腔为界，将明代散曲分为前后两期，认为"昆腔以前，犹存北曲；昆腔以后，所谓南词者，取北曲之地位而代之，于是非复元曲之旧观矣"⑥，故对晚明梁、沈二家评价不高，而认为施绍莘、刘效祖之作颇有可取之处。冯沅君《中国诗史》（1931 年大江书铺出版）以豪

---

① 任讷《散曲丛刊》收明人散曲集 5 种，其中包括 2 种晚明曲家散曲集；卢前《饮虹簃所刻曲》收明人散曲集 38 种，其中包括 10 种晚明曲家散曲集。
② 任讷：《散曲概论》，曹明升点校《散曲丛刊》，第 1100 页。
③ 任讷：《散曲概论》，曹明升点校《散曲丛刊》，第 1097 页。
④ 任讷：《散曲概论》，曹明升点校《散曲丛刊》，第 1098 页。
⑤ 任讷：《散曲概论》，曹明升点校《散曲丛刊》，第 1101 页。
⑥ 卢前：《散曲史》，苗怀明整理《卢前曲学论著三种》，商务印书馆 2014 年版，第 52 页。

放、清丽两派贯穿元明清三代散曲，而又专列一章论梁、沈二派，虽对两大派的整体评价不高，但对于诸位晚明散曲家的个体评价还是较为公允的。郑振铎《插图本中国文学史》(1932年北平朴社出版)列"嘉隆后的散曲作家们"一章，不泥于任氏所划三派，而是将这一百二十余年分为三个不同的时期，在广引曲家曲作予以论证的同时，始终围绕"复古与新变"的主线，兼论诸家选本的编选及传播影响，眼光独到且有深度，但对于部分曲家创作时期的划分还有待商榷。梁乙真《元明散曲小史》(1934年商务印书馆出版)作为第一部散曲断代史，面世时间略晚于任、卢、冯、郑诸家，总体上可谓是融诸家之长而别有创见，然对于晚明散曲的研究则分"昆腔起来后的白苎派""嘉靖后的吴江派""梁沈以外的曲派"三章，基本沿袭前面诸家之论，少有新见。

20世纪中叶，大陆地区整体学术文化衰落，散曲学也不例外，有关明代散曲资料的整理只有中国戏曲研究院所编的《中国古典戏曲论著集成》[①](1959年中国戏剧出版社出版)，赵景深和吴晓玲分别校订、校补的晚明散曲总集《南北宫词纪》(分别于1959年、1961年由中华书局上海编辑所出版)。而港、台地区在此时期倒是成果颇丰，但是研究重心偏于传统曲律学和元散曲，对明代散曲的关注度较低，如台湾罗锦堂先生著《中国散曲史》(1956年台湾大学硕士论文)，其将昆曲流行以后的散曲分为昆山、吴江、华亭三派，基本同于梁乙真《元明散曲小史》，价值不高。

改革开放后，大陆地区学术文化复苏，散曲学再度迎来研究高

---

① 《中国古典戏剧论著集成》收明人曲论17种，其中包括6种晚明曲家论著。

峰。就明代散曲而言，20 世纪八九十年代，伴随着谢伯阳先生《全明散曲》(1994 年齐鲁书社出版）的问世，学界在文献整理和理论研究方面都取得了突破性的进展：

文献方面资料汇考类主要有赵景深、张增元《方志著录元明清曲家传略》(1987 年中华书局出版），庄一拂《明清散曲作家汇考》(1992 年浙江古籍出版社出版），徐朔方《晚明曲家年谱》(1993 年浙江古籍出版社出版），田守真《明散曲纪事》(1996 年巴蜀书社出版），张增元《近年新发现的明清曲家史料汇录》(《中华戏曲》1997 年第 1 期）等；曲家作品（包括曲作、曲论）整理类主要有 1989 年上海古籍出版社出版的"散曲聚珍"系列点校本①，陈多、叶长海注译《王骥德曲律》(1983 年湖南人民出版社出版）等；散曲选本类主要有黄天骥、罗锡诗选注《元明散曲精华》(1992 年人民文学出版社出版），洪柏昭、谢伯阳选注《元明清散曲选》(1988 年人民文学出版社出版），羊春秋编选《元明清散曲三百首》(1992 年岳麓书社出版）等。

理论方面主要有李昌集《中国古代散曲史》(1991 年华东师范大学出版社出版），羊春秋《散曲通论》(1992 年岳麓书社出版），梁扬、杨东甫《中国散曲史》(1995 年广西人民出版社出版），杨栋《中国散曲学史研究》(1998 年高等教育出版社出版），王星琦《元明散曲史论》(1999 年南京师范大学出版社出版）以及叶长海《王骥德〈曲律〉研究》(1983 年中国戏剧出版社出版）等。

李昌集《中国古代散曲史》中关于晚明散曲的研究部分主要集中

---

① "散曲聚珍"系列点校本收明人散曲专集 12 种，其中包括 5 种晚明散曲集。

于第二卷"散曲文学潮流史"下编第五章"晚明南曲的隆兴与散曲
文学风貌的逆转"和第三卷"散曲作家创作史"第二章"明代散曲
家"第三节"晚明散曲家"。前一部分主要从整体上论述晚明南曲的
兴起及当时的曲学观,并以"浓艳""流丽"二词分别概括梁、沈二
家主流特色,可谓精准;后一部分则只论及梁辰鱼、张凤翼、陈所
闻、沈璟、王骥德、施绍莘六位代表曲家,且仍按传统三派划分,目
的在于突出主流,故难以顾及其他一些比较重要的曲家。羊春秋《散
曲通论》专设"作家论(明)"一章,分初、中、晚三期论述,其中
部分晚明曲家被分别划入中期的南、北作家群,主流梁、沈、施三家
则依旧归入晚明曲坛,但其认为"晚明曲坛遂呈现一种欣欣向荣的局
面"①,肯定了晚明散曲在形式美、音乐美方面的进步,此论不受前人
观点束缚,着实可贵。梁扬、杨东甫《中国散曲史》将明散曲分为
"过渡""鼎盛""衰微"三期来论述,阶段划分大致同于羊著,但该书
涉及曲家数量大,更为全面。不过,该书将梁辰鱼一派归为鼎盛期,
而认为以沈、施二派为代表的晚明曲坛步入衰微,此论实堪商榷。杨
栋《中国散曲学史研究》续编部分第一章"明代散曲学概观"第三节
"晚明散曲学的百花齐放"分别论述了晚明时期几类代表曲家的曲学
理论,第二章"明代散曲学三大家"第三节又重点分析了晚明曲家冯
梦龙的散曲论,点面结合,材料丰富且论证严密细致,对晚明散曲学
的整体情况把握得十分到位。王星琦《元明散曲史论》分上编"本体
论"和下编"流变论",其中对晚明散曲的研究主要集中于下编第四
章"明代散曲文学:对元人的继承与发展"第四节"晚明诸家:风神

---

① 羊春秋:《散曲通论》,岳麓书社 1992 年版,第 320 页。

意趣的不同追求与个体生命价值的高扬"和第五节"施绍莘散曲：明散曲响亮振拔的尾声"，作者以流变为主线，特别注意结合当时的社会文化背景来论证诸位曲家作品中所表现出的精神内涵，眼光独特且颇有见地。与前面几部通论不同，叶长海《王骥德〈曲律〉研究》是一部专门系统研究晚明曲家王骥德《曲律》的学术著作，该著梳理了王骥德《曲律》的写作经过及结构，剖析了《曲律》的主要内容（创作论、作家作品论和声律修辞论），并对其理论特色、是非得失和历史地位进行了归纳和评价，论证严密细致，多有新见。

另值得注意的是，20世纪八九十年代中国港、台地区以及海外学者为散曲学的研究也作出了不少贡献，其中亦有部分成果涉及晚明散曲，如李殿魁《元明散曲中所见双渐、苏卿资料研究》（谢伯阳主编《散曲研究与教学——首届海峡两岸散曲研讨会论文集》，1992年浙江教育出版社出版），李惠绵《王骥德曲论研究》（1992年台湾大学出版委员会出版），韩国学者梁会锡《明代散曲研究》（1989年首尔大学博士论文）、《明代社会与散曲》（《中国学报》1992年第32期）等，均有一定的参考价值。

综观20世纪学界对晚明散曲的研究情况，无论是文献整理还是理论研究方面都可谓成果颇丰。然而，对于晚明散曲的整体评价态度方面，除了个别研究者认为晚明散曲亦有可取之处，大部分学者对晚明散曲的整体评价并不是很高。造成这种情况的原因，一来是受自明末沈德符、凌濛初等曲论家一直到近代任讷等人所表现出的尊北卑南倾向的影响；二来是因已先存偏见，故在具体研究中又反过来选择符合先入为主观念的材料导致以偏概全。因此，有些研究论著只关注几位主流曲家的作品，并以此来代替晚明散曲的全貌；有些虽然眼界宽广，详叙晚明各位曲家的多样化特色，最终却仍得出晚明曲坛衰微的结论。可以说，20世纪学界在为晚明散曲的研究作出许多贡献的同时，也为后人留下了不少探索空间。

（三）21世纪以来学界对晚明散曲的研究概况

如篇首所言，进入21世纪之后，学界又发现了许多新的资料，研究眼界逐渐放宽，研究角度也不断创新，明后期散曲研究受冷落的现象在一定程度上得以改观，其中关于晚明散曲的研究成果自然也较20世纪大幅增加。

现将21世纪以来学界对晚明散曲的研究成果择要概述如下，大致可以分为七类：

1. 考补、辑佚类

这类研究成果数量较多，除了已作为专书出版的汪超宏《明清曲家考》（附《〈全明散曲〉补辑》，2006年中国社会科学出版社出版）、《明清浙籍曲家考》（2009年浙江大学出版社出版）、《明清散曲辑补》（2018年浙江大学出版社出版），还有不少期刊论文，如：叶晔《〈全明散曲〉新辑》（《文学遗产》网络版2011年第4期、第6期）、《冯敏劲〈小有亭集〉及其生平考略——兼补〈全明散曲〉48小令4套数》（《古籍整理研究学刊》2010年第2期），刘英波《〈全明散曲〉曲家考补》（《中国韵文学刊》2005年第3期）、《明代散曲家考补及曲作辑佚》（《古籍整理研究学刊》2012年第4期）、《明代散曲家薛论道生年辨析》（《宿州学院学报》2012年第7期），蒋月侠、王绍卫《明代散曲家薛论道生平考辨》（《宿州学院学报》2012年第4期），刘水云《〈全明散曲〉曲家考补》（《文献》2005年第1期），侯荣川《明曲家陈所闻生平考补》（《文艺评论》2012年第6期），薛宗正《冯梦龙的生平、著述考索》(《乌鲁木齐职业大学学报》2000 年第 4 期）等。这些论文或多或少都涉及诸位晚明曲家曲作的信息，它们有的补充曲家生平，有的增补曲家作品，有的辨别前人论断的正误，均对于增补明确晚明曲家曲作信息有重要的史料价值，为《全明散曲》(增补版）(2016 年齐鲁书社出版）的问世作出了贡献。

2. 选本、校注类

这类研究成果并不多，选本类只有门岿先生选注的《明曲三百首》(2002 年百花文艺出版社出版），但这是第一部也是目前为止唯一一部明代散曲专选，不同于 20 世纪诸多通选元明两代甚至元明清三代的散曲选本。该选本选取曲家范围宽广，且能较为客观地选取诸位曲家的代表曲作，故大体上也展现了晚明散曲多样化的特点。在对晚明曲家散曲集的整理校注方面，有赵玮、张强《〈林石逸兴〉校注》(2011 年云南大学出版社出版），该书文献基础扎实，校订与注释简洁明了，确凿有据，对于研读薛论道的散曲大有帮助。

3. 通论、群体类

这类研究涉及范围较广，其中通论类除了前文所述赵义山《明散曲史研究》(2004 年四川大学博士论文，2005 年作为《明清散曲史》的一部分由人民出版社出版）和刘英波《明代中后期南、北方散曲比较研究》(2013 年山东师范大学博士论文），还有梁扬、杨东甫《中国散曲综论》(2007 年中国社会科学出版社出版），但该著中对于明代散曲家的论述，与 20 世纪 90 年代二人合著的《中国散曲史》基本一致，只有少量增补，新意不大。还有一些探讨明散曲分期及发展流变的论文，如：刘英波《明代隆庆、万历间散曲对正德、嘉靖间的承变》(《遵义师范学院学报》2013 年第 1 期），赵义山《明代前后期之南北曲盛衰观》(《文学评论》2009 年第 5 期)、《明散曲发展历程之重新认识》(《中国社会科学》2006 年第 1 期) 等，这些论文的研究思路与方法颇有新意，具有较高的参考价值。关于群体类的研究主要有两种类型：一是论晚明时期某一固定的曲家群体，如：华玮《马湘兰与明代后期的曲坛》(《中华戏曲》2008 年第 1 期)，王莉芳、赵义山《晚明闺阁曲家群体形成原因初探》(《佛山科学技术学院学报》(社会科学版) 2005 年第 2 期)，郝丽霞《吴江沈氏文学世家研究》(2004年华东师范大学博士论文) 等；二是从历时性的角度论述某一特定地域的曲家及其创作，其中包含对晚明时期曲家曲作的研究，如：张达《元明散曲在山东》(《理论学刊》2004 年第 11 期)，赵义山《湖南历代散曲创作初论》(《中国文学研究》2011 年第 2 期)，刘英波《明代山东散曲家及其创作内容简论》(《泰安教育学院学报岱宗学刊》2006年第 2 期)、《明代"吴中"、"关中"散曲史论》(2014 年山东人民出版社出版) 等。这些论文的研究范围宽广，角度多样，对于晚明散曲的整体研究具有重要价值，但总体来看，若论及深度的话，则仍有较大的发掘空间。

4. 曲家、曲作类

这类研究成果数量最多，或论曲家的家世生平，或论曲家散曲创作的题材、意象以及风格特色，或论曲家散曲创作的史学意义，内容可谓丰富多彩。其中，大部分研究是直接针对个体曲家的散曲创作，研究热点主要集中于冯惟敏、施绍莘、薛论道、刘效祖、王骥德、梁辰鱼、朱载堉、冯梦龙等曲家，另对高濂、丁绽、丁惟恕、冯敏劢、徐媛、李应策、张錬、景翩翩、赵南星、史槃、汪廷讷、陈所闻等人的创作也有所关注。这类研究基本上能将诸位个体曲家的创作情况梳理清楚，但总体研究较为浅显，不够深入，尤其对于热点曲家的论述多有重复。当然，也有对某一曲家进行全面研究的，如黎国韬、周佩文《梁辰鱼研究》（2007 年中山大学出版社出版），上编梳理了梁辰鱼的生平、交游及思想，下编则对梁辰鱼诗歌、散曲、杂剧、传奇的创作分别进行了理论探讨。在散曲论部分，二位作者既肯定了梁辰鱼"白苎派"祖师的地位，也详细分析了其创作的优劣，还注意到了与其主流风格迥异的一些曲作，分析全面细致且评价公允。

5. 体制、用韵类

相比于上一类研究成果的丰富，关于晚明散曲体制、用韵方面的研究则显得较为薄弱。体制类的研究大多是通论，主要有林照兰《〈全明散曲〉中的南曲体制研究》（2011 年花木兰文化出版社出版），张燕肖《明代南散套体制研究》（2006 年河北师范大学硕士论文），陆华、李业才《论〈全明散曲〉所收散曲的体式及其特征》（《沈阳工程学院学报（社会科学版）》2009 年第 1 期）等。林著主要通过对曲牌及联套的分析，来探究《全明散曲》中南曲小令、带过曲、集曲与散套四种不同形式的流行实况；张文先是梳理了南曲散套的体制渊源，然后对《全明散曲》中所有南散套进行了详细的分析、总结，并全面考察了其在宫调、尾声、曲牌、联套上的体制特征、成因及其对清代南散套体制的影响；陆、李二人则是从名称与分类、宫调与曲牌、用韵与语词三方面来揭示明代散曲体式的概貌。用韵类的研究主要是在详细统计的基础上，对研究对象的用韵特点进行归纳论证，如陆华《明代散曲用韵研究》（2011 年上海教育出版社出版），孙艳芳《明代河北散曲家薛论道散曲用韵考》（2007 年陕西师范大学硕士论文）等。另香港韦金满先生著有《冯惟敏散曲研究》（2008 年天工书局出版）一书，与一般个体曲家作品的研究角度不同，该著共十章，除了第一章论生平和第四章论《海浮山堂词稿》的内容，其余全部是谈体制、用韵以及俗词方言、衬字、叠字、量词、镶嵌、对仗等问题，在形式研究方面可谓齐全。

6. 曲选（谱）、曲论类

这类研究成果数量不多，研究者多选取一些晚明时期重要的曲选（谱）、曲论进行理论分析。有的关注曲家的选曲标准，如王丽媛《浅谈周之标曲选〈吴歈萃雅〉的选编特色》（《大众文艺》2014 年第 5 期）就探讨了《吴歈萃雅》在选曲上重南调而轻北曲、追求情真境真、崇尚名家作品、注重教化功能的特色；有的则针对曲选（谱）、曲论本身进行全面研究，如王宁《王骥德〈曲律〉之散曲理论探略》（《文艺研究》2000 年第 5 期）、李冠然《沈璟〈南曲全谱〉研究》（2011 年河北师范大学硕士论文）等，均先对研究对象的内容进行详细的梳理分析，并据此归纳特点，评价功过；还有的旨在透视曲坛观念的转变，如艾立中《论〈太霞新奏〉与吴江派散曲家之关系》（《苏州科技学院学报（社会科学版）》2008 年第 1 期）、《论〈吴骚合编〉与万历至崇祯时期散曲观转变之关系》（《浙江艺术职业学院学报》2008 年第 4 期），王阳《晚明散曲观的新变：〈吴骚合编〉的"心曲"观研究》（《天水师范学院学报》2017 年第 4 期）等，将对曲选特点、观念的分析与当时曲坛的创作风气结合起来，颇有深度。

7. 文体交叉类

此类研究非常薄弱，除了张进德《简论〈金瓶梅词话〉中的散曲》（《明清小说研究》2007 年第 1 期）、刘晓静《明代的"小唱"——从〈金瓶梅词话〉中唱曲牌的曲艺谈起》（《中国音乐学》2005 年第 3

期）两篇期刊论文和冯艳《明清散曲与歌谣时调互动研究》（2014 年
南京师范大学博士论文），专著类只有赵义山等人撰写的《明代小说
寄生词曲研究》（2013 年商务印书馆出版）。张文主要论述了散曲在明
代市民生活中的作用及其在《金瓶梅词话》中的文学功能；刘文结合
有关文献，分析了"散曲""小曲""小唱"这三种《金瓶梅词话》中
提到的明代曲艺演唱形式的特点和差别；冯文对明清散曲与歌谣时
调互动的轨迹、造成各个时期不同互动状况的文化文学环境及相关原
因、二者之间的互动之于各自发展的意义以及互动的具体表现及个案
等进行了全面探析；赵著较为全面，从明代小说文体散韵结合的特点
入手，对明代小说寄生词曲所涉及的问题进行了全方位的探究，包括
寄生词曲的体式特征与文学特性、文化意蕴与文学功能以及小说被词
曲寄生后的文体变迁，涉体丰宏，视角独特，识见深刻，对明代词曲
和小说研究都具有开拓性的意义。另有一些论文涉及明代词曲的互化
问题，如张若兰《明代中后期词坛研究》（2007 年中国社会科学院博
士论文）就分别从"用词与似词"和"入曲与似曲"两个方面探讨了
明代中后期词曲之间的文体互动，然所论略浅，还有不少值得深化的
空间。

　　综观 21 世纪以来学界对晚明散曲的相关研究，可以发现，无论
是研究范围还是研究角度，都较 20 世纪有很大进展。但很明显的是，
研究重点仍然主要集中在资料补辑和个体曲家的创作方面，研究方
法上又多流于对曲作内容风格的简单分析，较为浅显零散。故总体
来看，目前学界对于晚明散曲整体观照的研究力度不大，有关散曲
曲论、曲选、文体互化方面的研究也较为薄弱，的确还有很大的研究
空间。

二、研究目的与意义

通过上文对晚明散曲研究现状的梳理，可以看出，自 20 世纪以来，学界对这一时期散曲文献的整理成果颇丰，尤其进入 21 世纪之后，考补、辑佚类成果更是层出不穷。大量新资料的发现，充分说明了这一时期曲家人数之众、范围之广，曲作题材之丰、风格之多，绝非传统观念所认为的"白苎""吴江"两派可涵盖。但在理论研究层面，限于研究角度和方法，学界对这一时期散曲进行整体观照的力度并不大，故这些新资料尚未能完全刷新人们对这一时期散曲曲坛的固有印象。因此，本书以"晚明散曲研究"为题，即拟在尽可能全面掌握这一时期曲家曲作情况的基础上，对晚明散曲曲坛进行整体研究，以期有所创获。

（一）研究目的

1. 梳理归纳晚明散曲家的时空分布和身份构成情况，以及他们散曲文本的主要流传形式、题材类型，客观展现晚明时期散曲曲坛的整体风貌。

2. 在数据统计、合理分期的基础上，划分曲家群体、突出代表曲家，以点面结合的方式，展现晚明前、中、后三期散曲曲坛具体的创作、流变情况。

3. 分析晚明曲学论著和散曲选本中所反映的散曲观念，勾勒出晚明散曲理论体系及晚明至明末散曲观念的演变思路。

4. 探讨晚明词曲互化现象的具体表现及形成原因，兼及与此现象相关联的"词曲同源"与"正变异流"观的实际内涵，并由"词曲一体"观间接辅助确定"晚明散曲"的时间下限。

（二）研究意义

1. 自明嘉靖三十五年（1556）梁辰鱼《江东白苎》正集刊刻，至天启五年（1625）施绍莘《秋水庵花影集》散曲四卷成书，这七十年虽不能等同于明散曲史中的"晚明"概念，但从时间长度来看，无疑可视为明后期（1556—1644）散曲的主体阶段，且从创作层面来看，这一时期无论散曲家还是存世散曲的数量，也都达到了明后期乃至整个明代的巅峰，因此，这七十年绝对称得上是明代散曲史上十分重要的一个阶段。故而，对这一时期散曲曲坛进行整体研究，不仅可以客观展现当时曲坛的创作盛况，同时，从文学创作的连续性角度来看，也可还原明后期乃至整个明代散曲史的真实发展历程。

2. 本书主要从创作和理论两个方面来研究"晚明散曲"，主要目的即为了客观展现这一时期散曲曲坛的整体面貌，摆脱这七十年散曲创作囿于梁、沈两派的传统观念。而在具体研究过程中，创作论部分涉及对散曲题材类型的分类，这在一定程度上便可以反映出散曲这一文体的实际功用；理论部分则是专列一章，从"本体论""风格论""创作论"三方面进行系统研究，虽然限于"晚明"之时间概念，但也有一定的文体学研究意义。

3. 本书由"晚明散曲"的时间下限这一悬念切入，故在整体研究的同时始终贯穿流变观念，不仅在创作论部分进行分期研究，在理论部分亦将共时性的散曲理论体系研究与历时性的晚明至明末散曲观念的演变研究相结合。而这些理论研究又并非是孤立的，而是涉及当时的社会环境、文化思潮以及其他文体的交互影响等因素。因此，这在一定程度上也可以反映出当时的社会历史环境、时代精神以及其他文学成就。

三、研究方法与基本思路

（一）研究方法

基于本书的研究对象和研究目的，拟采用以下几种理论方法：

1. 文献学。散曲家和散曲作品是研究的基础，本书以《全明散曲》（增补版）收录内容为主要依据，同时参考各类曲家考证、年谱、曲作补辑等资料，对晚明时期的散曲家和散曲创作情况进行全面细致的梳理。

2. 统计学。本书对晚明时期散曲家的数量（包括整体、分期、地域、身份等）以及散曲数量（整体、分期、题材、南北曲、曲选选目等）进行了精准的统计，以客观的统计数据来作为发现问题、分析问题的依据。

3. 比较法。本书创作论部分，在对晚明前、中、后三期散曲曲坛具体的创作情况进行分析时，既有横向南北曲家群的对比，也有纵向不同时段的比较；在理论部分，也通过比较的方法探讨了晚明至明末曲学观的演变以及词曲同源、正变异流等问题。

4. 点面结合法。在创作论部分，对曲家群体进行划分，同时选取代表曲家，以点面结合的方式展现晚明前、中、后三期散曲曲坛的具体创作情况；理论部分，则在之前全面梳理曲选情况的前提下，选取几部最具价值的选本，来探讨晚明至明末散曲观念的演变。

5. 共时历时结合法。创作论和理论部分均将共时性的整体研究与历时性的创作分期或观念演变研究相结合，以期立体化地勾勒出晚明散曲曲坛的真实面貌。

（二）基本思路

除此绪论之外，本书主要分为两大部分：

第一章至第四章为第一部分，即创作论部分。第一章通过对晚明散曲家的时空分布和身份构成情况以及他们散曲文本的主要流传形式、题材类型进行梳理归纳，以客观展现晚明时期散曲曲坛的整体风貌。第二章至第四章分别探讨晚明前、中、后期散曲创作的详细情况，以更加深入细致地展现晚明散曲创作的流变。

第五章至第七章为第二部分，即理论研究部分。第五章从"本体论""风格论""创作论"三方面对晚明散曲理论进行系统研究。第六章选取了《南北宫词纪》、《吴骚集》系列、《太霞新奏》这几部重要的纯散曲选本，通过对这些选本的研究来探讨晚明至明末散曲观念的演变。第七章探讨晚明词曲互化现象的具体表现及形成原因，兼及与此现象相关联的"词曲同源"与"正变异流"观的实际内涵。

最后结语部分回归绪论中所搁置的"晚明散曲"时间下限问题，通过对"晚明散曲"和"明末清初散曲"创作和理论两个层面的对比，找出"晚明"与"明末"的大致分界点，并借"词曲一体"的观念来间接辅助确定。

第 一 章
晚明散曲曲坛概况

据笔者统计，从明嘉靖三十五年（1556）到天启五年（1625）的"晚明"七十年中，有生平、创作可考的散曲家共计 167 位（其中有 6 位散曲家的作品今不传），约占明代散曲家总人数的 34.3%，存世散曲作品共计 6268 首（套），约占现存晚明散曲作品总数的 42.3%，由此可见，晚明时期散曲的创作十分兴盛。在全面展开研究之前，笔者先对这些散曲家的时空分布和身份构成情况以及他们散曲文本的主要流传形式、题材类型进行梳理归纳，以期客观展现晚明时期散曲曲坛的整体风貌。

第一节　晚明散曲家的时空分布与身份构成

一、晚明散曲家创作的大致分期

郑振铎先生曾在《插图本中国文学史》中将明嘉靖到崇祯这段时间的散曲创作称为南曲的时代，并将这一百二十余年分为三个不同的时期："第一个时期是梁辰鱼的时代；这是昆曲的始盛，不伏'王化'者尚大有人在。第二个时期是沈璟的时期；这是南曲格律最严肃，而诗思最消歇的时代。第三个时期，比较得最可乐观，真实的诗人们确乎出现了不少；我们找不出一个足以代表他们的更大的作者来，他们都是那样的足以独立，是那样的各有风格；勉强举出几个来，或可以说：是王骥德、冯梦龙、沈自晋和施绍莘的时代吧。"[①] 前两个时期分别以梁辰鱼、沈璟为代表自然是毫无异议的，而第三个时期所列的四位代表中，王骥德的创作大致与沈璟同时，沈自晋的创作主要在清初，冯梦龙为吴江后学，主要成就在于对民歌等通俗文学的搜集整理，故若论及散曲创作的成就，自然还当属施绍莘为最。

　　本书"晚明"概念所涵盖的时间虽然只有七十年，然大致上也仍可以参考梁辰鱼、沈璟、施绍莘三人的创作时间，来划分晚明诸位散曲家的创作时期：万历十七年（1589），沈璟因科场案告归，自此开始全面投入创作，同时，这一年之后，在晚明前期曲坛具有重要地位的刘效祖、梁辰鱼等散曲家相继去世，沈璟也逐步脱离"白苎派"的影响，开始提倡"本色""格律"，引领一个新的创作时代；施绍莘"弱冠好词，即工词"[②]，积十余年而成《秋水庵花影集》，于天启五年（1625）问世，其中有年代可查的散曲作品都创作于万历三十九年（1611）以后，而这一年前后，沈璟、朱载堉等晚明中期重要散曲家亦先后离世，此后，虽有赖于后学的继承发扬，吴江派在散曲曲坛仍具有一定的影响力，但论整体创作成就，却已不如以施绍莘为代表的

① 郑振铎：《插图本中国文学史》，中国文联出版社 2009 年版，第 666 页。
② 顾胤光：《秋水庵花影集序》，施绍莘著《秋水庵花影集》，明末刻本，卷首。

吴越自由曲家们。

因此，本书以万历十七年（1589）和万历三十九年（1611）作为两个参考时间点，将晚明散曲家的创作大致分为三个时期：嘉靖三十五年（1556）到万历十六年（1588）为晚明前期，万历十七年（1589）到万历三十八年（1610）为晚明中期，万历三十九年（1611）到天启五年（1625）为晚明后期。而对于诸位晚明散曲家创作时期的判定，则综合考虑了各位散曲家的在世时间、人生经历、交游活动、散曲内容、作品集刊刻等方面，以尽可能保证分期的准确度。

最后，据上述标准，笔者统计得出：晚明前期的散曲家计67位，晚明中期的散曲家计61位，晚明后期的散曲家计39位（详情参考本书附录一）。从散曲家的绝对数量来看，晚明前期与中期的散曲家数量相近，晚明后期的散曲家人数较少；但若从单位时间内散曲家的数量比来看，则晚明中期与后期散曲家密集度相当，而晚明前期散曲家的密集度最低。很明显，这主要是因为晚明中期以沈璟为中心，以其家族血缘和师承、交游为纽带，形成了规模壮大的"吴江派"散曲家群体；晚明后期曲坛则一方面有赖于吴江派后学的继承发扬，另一方面吴越自由曲家们"随境写声，随事命曲"[①]，实际创作规模与成就也不容小觑；而晚明前期代表曲家梁辰鱼的创作虽"为一时词家所宗"[②]，在当时颇受歌儿舞女和文人雅士的欢迎，一时群起摹仿，也形成了所谓的"白苎派"之称，但这仅能表明其曲风之流行，实际上并没有形成集中的散曲家群体。

---

① 施绍莘：《〈春游述怀〉跋》，施绍莘著《秋水庵花影集》，明末刻本，卷一。
② 张大复：《梅花草堂笔谈》，卷五。

二、晚明散曲家的地域分布

本书所列晚明167位散曲家中，有16位籍贯不详，余下151位的地域分布情况（按当今的行政区划统计）如下：

省份	散　曲　家	合计
甘肃	金銮	1
陕西	张錬、李应策、范垣、王异、李朴、米万钟、焦源溥	7
山西	两峰主人、李春芳	2
河北	宋登春、薛论道、赵南星	3
河南	吕坤	1
山东	刘龙田、冯惟敏、张自慎、刘效祖、殷士儋、王克笃、于慎思、丁綵、薛岗、毕木、叶华、丁惟恕、孙峡峰、王象春	14
湖北	丘齐云、呼文如、李维祯、袁宗道、文淑、张瘦郎、席浪仙	7
湖南	龙膺	1
四川	张佳胤、王化隆、熊过、黄辉	4
江苏	吴承恩、邢一凤、张守中、高志学、周天球、梁辰鱼、曹大章、李登、王世贞、薛素素、俞安期、张四维、张凤翼、胡汝嘉、吴复菴、王穉登、申时行、杜子华、顾养谦、马守真、陈全游、王锡爵、顾大典、盛敏耕、顾宪成、沈璟、陈所闻、黄方胤、黄祖儒、黄成儒、俞彦、沈瓒、徐媛、杜大成、茅溱、王衡、沈珂、顾起元、孙起都、皮光淳、冯梦龙、俞琬纶、沈静专、周之标、杜文焕、范壶贞	46
浙江	徐渭、冯柯、高濂、沈一贯、沈袾宏、冯敏劲、黄洪宪、周履靖、郑心材、许次纾、张文介、沈孟桦、史槃、胡文焕、王骥德、屠隆、陈与郊、冯梦祯、关思、王澹、吕时臣、屠本畯、沈演、王嗣奭、卜世臣、王屋、凌濛初、董斯张、屠鼎忠、范云钵、杨尔曾	31

（续表）

省份	散　曲　家	合计
上海	殷都、莫是龙、顾正谊、许乐善、董其昌、张以诚、陈继儒、范允临、宋楙澄、施绍莘、顾乃大	11
安徽	秦时雍、吴国宝、汪道昆、王寅、潘士藻、朱载堉、程可中、梅鼎祚、徐维敬、佘翘、汪廷讷、孙湛、刘汝佳、刘然	14
江西	蔡国珍、景翩翩、汤显祖、欧阳阴惟、邓志谟	5
福建	郑琰、李贽、陈翼飞	3
云南	禄洪	1

由上表可以很明显地看出，晚明散曲家的地域分布十分不平衡，南方散曲家的人数远多于北方，尤其江苏、浙江两省所占比率几近晚明散曲家总数的 50%，而江苏省内的散曲家又相对集中于南京、苏州两大地区，浙江省内的散曲家则主要分布于嘉兴、宁波、绍兴、杭州四地，可见在同一省内也呈现出分布不平衡的特点。另南方各省中，在明代与江苏同属南直隶的上海和安徽也出现了不少散曲家，主要集中在松江和皖南徽州地区；北方几省中，山东相对来说散曲家数量较多，但在省内的分布十分零散，没有出现明显的聚集地，完全不同于南方的分布特点。

而出现这种情况的原因，一方面无疑与各地的经济发展程度有关，因为散曲不仅是文人抒情写意的载体，同时也是歌楼舞馆、词场筵席上的一种娱乐形式，经济的繁荣和娱乐业的发达对散曲的创作和传播有着积极的促进作用。据上文分析，很明显，南方散曲家集中的区域都是当时经济繁荣之地，而晚明散曲以闺情相思类题材为多，在一定程度上正是因为词场应歌的需要。另一方面，则与当地的创作氛围有很大关系：有的是因为当地出现了某一曲学大家，其创作或理论对当地及附近地区产生了很大的影响，由此带动起创作热潮，如昆山梁辰鱼、吴江沈璟；有的则是家族曲家群，如吴江沈氏家族和鄞县屠氏家族；还有的则是因为文人之间相互交游唱和，在一定程度上推动了散曲的创作，如南京陈所闻、顾起元、李登、黄祖儒等的交游曲。相对来说，晚明时期北方地区在这些方面较欠缺，既没有出现如明中期康海、王九思那样的散曲大家或杨氏一族那样的曲家群，文人之间也没有特别密切集中的交游，所以尽管也出现了一些较有成就的散曲家，却没能在当时当地形成很大的影响。同时还应注意的是，有些北方散曲家并没有一直留居原籍，而是侨寓或游宦南方，如金銮、冯惟敏二人曾在南京与邢一凤、盛时泰等人结文酒之会。因此，他们在一定程度上也为南方散曲的创作和南北文化的交流作出了贡献。

三、晚明散曲家的身份构成 [①]

本书所列晚明 167 位散曲家中，有 39 位身份经历不详，余下128 位的身份、官职情况如下：

身份、官职品级	散　曲　家	合计
王　裔	朱载堉、徐维敬	2
正一品	张四维	1
从一品	殷士儋、张佳胤、沈一贯、王锡爵	4
正二品	王世贞、蔡国珍、申时行、李维桢、赵南星、董其昌、沈演	7

---

① 此处需特别说明的是：本书对晚明散曲家的身份进行详细分类统计，目的在于体现晚明时期散曲家身份的多样性和散曲创作的普遍性。但因为散曲创作具有随时性，故表中所列散曲家的最高品级与其具体作品创作时间之间并没有必然联系。

（续表）

身份、官职品级	散　曲　家	合计
从二品	薛论道、焦源溥	2
正三品	汪道昆、殷都、顾养谦、吕坤、龙膺、顾起元	6
正四品	邢一凤、张守中、秦时雍、刘效祖、李贽、黄洪宪、丘齐云、陈与郊、许乐善、李应策、屠本畯、刘汝佳、俞琬纶、米万钟	14
从四品	胡汝嘉、冯梦祯、范允临	3
正五品	熊过、张錬、潘士藻、郑心材、顾宪成、沈瓒、袁宗道、汪廷讷、范垣、俞彦、李朴、王象春	12
从五品	吴复菴、顾大典、禄洪、王嗣奭	4
正六品	冯惟敏、屠隆	2
从六品	沈璟、张以诚	2
正七品	曹大章、胡文焕、黄辉、王衡、汤显祖、冯梦龙、陈翼飞	7
从七品	顾正谊、凌濛初、李春芳	3
正八品	吴承恩、冯柯	2
正九品	王化隆	1
不知品级	吴国宝、高濂、杜子华、杜文焕、屠鼎忠	5
教　谕	李登	1
举　人	张凤翼、薛岗、佘翘、周棚生、宋林澄	5
贡（监）生	梁辰鱼、莫是龙、冯敏劲、两峰主人、董斯张	5
诸　生	张自慎、高志学、周天球、徐渭、王克笃、于慎思、沈袾宏、张文介、盛敏耕、梅鼎祚、陈所闻、黄祖儒、黄戍儒、陈继儒、孙起都、卜世臣	16
童子师	程可中	1
布　衣	金銮、郑琰、宋登春、王寅、丁綵、王澹、丁惟恕、孙峡峰、施绍莘	9

（续表）

身份、官职品级	散　曲　家	合计
隐　者	周履靖	1
山　人	吕时臣	1
女出版家	周之标	1
闺　阁	方氏、徐媛、沈静专、范壶贞	4
名　妓	呼文如、马守真、景翩翩、薛素素、陈全游、文淑、冯喜生	7

　　从上表中可以看出，晚明时期散曲家的身份较为多样化，社会阶层分布也十分广泛，上至王裔、首辅，下至布衣、隐士，还有闺阁、名妓，可见散曲这一文体在当时社会被接受程度之高，这也正是晚明散曲高度兴盛的一个重要原因。据上表统计，晚明时期做过官的散曲家（教谕及以上）共计78位，其中五品及以上官员有55位，底层文人散曲家（举人、贡生、监生、诸生、童子师、布衣、隐者、山人）共计38位，女性散曲家（女出版家、闺阁、名妓）共计12位，这些数据在一定程度上说明了晚明散曲家的整体身份地位较高①。

　　另据笔者统计，晚明时期做过官的散曲家（教谕及以上）存世散曲共计3854首（套），底层文人散曲家存世散曲共计1703首（套），女性散曲家存世散曲共计115首（套）。仅从现有表面数据来看，很明显，较之底层文人散曲家群体，做过官的散曲家群体创作较为兴盛。但必须要说明的是，在做过官的散曲家群体存世的3854首（套）

---

① 此处需要说明的是，还有39位散曲家的身份经历不详，但结合他们的交游和创作来看，大部分应该没有做过官，所以底层文人散曲家的数量应该不止38位，但是也不可能超过做过官的散曲家人数。

散曲中，仅薛论道一人就作有 999 首（套），其他数量较多的还有冯惟敏 572 首（套）、李应策 468 首（套）、朱载堉 255 首（套）、张錬 241 首（套），而底层文人散曲家群体中只有陈所闻和丁惟恕两人超过 200 首（套），这就说明根据表面数据得出的结论实际上存在一种被平均的假象。如果再考虑散曲家作品散佚的情况，这个现象就更加明显了。据笔者统计，晚明时期做过官的散曲家中曾有散曲集（含作家别集附刻中单独成卷）者计 23 人，其中有 7 人散曲集散佚；底层文人散曲家中曾有散曲集者计 16 人，其中有 4 人散曲集散佚，且在 39 位身份经历不详的散曲家中（他们大概率也属于底层文人散曲家群体），曾有散曲集者计 5 人，其中有 3 人散曲集散佚，故很明显底层文人散曲家的作品散佚比例更高。所以，虽然晚明时期做过官的散曲家人数较多，但是相对来说，还是底层文人散曲家群体的创作兴盛度更高。而究其原因，则与散曲家们的生存状态和散曲观念有关：

首先，明代自建朝伊始，就非常重视学校建设和人才培养，文化十分普及，但科举招录名额却又有限，这无疑增加了文人科举中式的难度，所以一般文人在考取科举的过程中很少会染指散曲。而中式为官后，一般情况下，官员们也不会花太多时间和精力在散曲创作上，大部分做过官的散曲家都是等到致仕、罢官以后才开始全面进行散曲创作的；而底层文人大多在科举过程中屡次受挫，以致最终绝望弃举子业，他们往往于落第或绝意仕进后寄情于词曲，或抒泻愁思，或逞才扬名。所以，从宏观来看，底层文人散曲家群体的创作时间整体上比做过官的散曲家群体要多。

其次，虽然散曲这一文体在晚明时期为社会各阶层广泛接受，在理论观念方面也不乏为其尊体的溯源论、递兴流变论，但其毕竟与传统诗文不同，在文体功能方面，散曲的娱乐性绝对大于言志性。所以，散曲家在为官期间，于游玩、宴会之时可能会偶戏为之，但大多也只是浅尝辄止，这也是为官散曲家群体人数众多但创作兴盛度并不高的原因之一。当然，也有部分官员散曲家在为官期间创作了不少反映社会现实的作品，如上文所举散曲数量最多的薛论道，以及冯惟敏、李应策、张錬等，他们承续元人豪放一派，散曲多讽世叹世之作，甚或直接以时事入曲，的确在一定程度上丰富了晚明散曲的创作内容，也提升了晚明散曲的境界和格度。但是也正是这些少数官员散曲家创作的大量"以诗为曲""以文为曲"的作品拉高了为官散曲家群体的创作平均值，而这也从反面衬托出其他众多为官散曲家在纯娱乐性散曲创作方面的薄弱。

但这种现象在底层文人散曲家群体中却表现得恰恰相反，晚明散曲的高度娱乐化不仅没有使他们受到限制，反而促进了他们的创作。如前文所述，底层文人散曲家寄情词曲，一方面是为了抒泻愁思，另一方面则是为了逞才扬名，如金銮就曾因擅曲而声名远播，从而得以"结交四方豪士"①，受到"往来淮扬两浙，所至辄倒屣迎之"②的待遇；再如施绍莘，他在编订《秋水庵花影集》的过程中收入了大量的自跋和他人评跋，并巧妙地融入了其他一些文体作品，且随书还刻有很多批语和圈点符号，其用心程度完全不同于一般文人对于散曲"随作随歌，随歌随弃"③的态度，而其目的正是"欲藉此以沽名"④。另外，经济的繁荣和娱乐业的发达对散曲创作和传播的促进，有时甚至使之成

---

①② 钱谦益：《列朝诗集小传》，上海古籍出版社 2008 年版，第 450 页。
③④ 任讷：《散曲概论》，曹明升点校《散曲丛刊》，第 1062 页。

为了一种商业化的谋生手段，如梁辰鱼所作《宜春令·辛酉季秋代沈太玄赠金陵杨季真》套曲，"乃一扬州盐客眷旧院妓杨小环，求其题咏，曲成，以百金为寿"[1]；再如陈所闻，一生潦倒，主要靠依附书商汪廷讷生活，据周晖《续金陵琐事》记载，他曾作有八种传奇，却被"汪廷讷皆刻为己作"[2]，其散曲中亦有许多代笔之作，内容方面也多涉及题赠歌咏汪氏园林和作品，可见其为生计所迫之无奈。

故总而言之，正是因为两个散曲家群体的生存状态不同，影响了他们对散曲这一文体的创作态度。相较而言，为官散曲家群体大多要到致仕、罢官以后才开始全面进行散曲创作，故整体创作时间较底层文人散曲家群体要少，且大部分为官散曲家的创作目的又较为单纯，多为偶作娱乐，没有底层文人散曲家借此扬名或谋生的心态，所以，虽然晚明时期做过官的散曲家人数较多，但若论及创作兴盛度，还是底层文人散曲家群体较高。

第二节 晚明散曲的主要文本流传形式

晚明散曲文本的流传形式较为广泛，不少小说、笔记、曲话、画录以及家谱、地方志中都有所记载，但是这些载体所收录的散曲数量极少，且大多只是作为故事、理论、图画或人物生平事迹的附属材料，其主要目的并不是为了保存散曲作品。故若真正论及以存曲为目

---

[1] 沈德符：《万历野获编》，上海古籍出版社 2012 年版，第 539 页。

[2] 周晖：《金陵琐事·续金陵琐事·二续金陵琐事》，南京出版社 2007 年版，第 268 页。

的的文本流传形式，则还当属单独的散曲别集、作家诗文别集或丛书附刻、曲选这三类传统形式。

一、单独的散曲别集

据笔者统计，此类散曲别集共计 39 种，具体书目如下：

金銮《萧爽斋乐府》二卷

张錬《双溪乐府》二卷

冯惟敏《海浮山堂词稿》四卷

秦时雍《秦词正讹》二卷

梁辰鱼《江东白苎》二卷，续二卷

刘效祖《云林稿》《都邑繁华》《闲中一笑》《混俗陶情》《裁冰剪雪》《良辰乐事》《空中语》《莲步新声》（今不传）[①]

殷士儋《明农轩乐府》一卷

张四维《溪上闲情集》（今不传）

王克笃《适暮稿》一卷

薛论道《林石逸兴》十卷

张凤翼《敲月轩词稿》（今不传）

丁綵《小令》一卷

薛岗《金山雅调南北小令》一卷

杜子华《新刻三径闲题》二卷

顾正谊《笔花楼新声》一卷

---

① 康熙九年（1670）刘效祖从孙芳躅于诸家选本中辑得尚存之曲，编为《词脔》一卷。

史槃《齿雪余香》（今不传）

王骥德《方诸馆乐府》二卷（原书失传）①

赵南星《芳茹园乐府》一卷

沈璟《情痴䆃语》一卷、《词隐新词》一卷、《曲海青冰》二卷（今不传）②

陈所闻《濠上斋乐府》二卷（原书失传）③

俞彦《近体乐府》一卷（今不传）④

王澹《欸乃编》（今不传）

范垣《南北词曲随笔》不分卷

丁惟恕《续小令集》不分卷

孙峡峰《峡峰先生小令》不分卷

冯梦龙《宛转歌》不分卷（原书失传）⑤

陈翼飞《梧院填词》一卷（今不传）

周栩生《怨词》一卷（今不传）

屠鼎忠《醉词》一卷（今不传）

范云钵《清凉散》一卷（今不传）

　　毫无疑问，单独的散曲别集是保存曲家散曲最集中的形式，一定程度上也可以反映出作者对散曲这一文体创作的兴盛程度和其独立的文体意识。但据上列书目也可以看出，晚明曲家这类单独散曲别集的

---

①③⑤　今有近人卢前补辑《散曲集丛》本。

②　近人陆侃如、冯沅君曾据《太霞新奏》等选本辑成《沈伯英散曲》一卷，然今亦未见。

④　俞彦著有《俞少卿集》四卷（明崇祯刻本），第四卷亦名"近体乐府"，然所录皆词非散曲。

散佚程度十分严重，比率高达 59%，而其中后人有所补辑的只有刘效祖、沈璟、王骥德、陈所闻、冯梦龙五家，且补辑数量十分有限。因此，不得不承认，单独的散曲别集这一文本流传形式在集中保存各位散曲家作品的同时，也因为其严重的散佚程度，导致了大量散曲作品在流传的过程中随之永久性散失。

二、作家诗文别集或丛书附刻

这一类型的情况较为复杂，虽是附刻，但有些作家创作的散曲数量较多，在其诗文别集或丛书中不仅单独成卷，且有专名，具体书目如下：

吴廷翰、吴国宝《洞云清响》一卷（收录于《苏原先生全集》）

王寅《王十岳乐府》一卷（附于《十岳山人诗集》后）

周履靖《鹤月瑶笙》四卷（收录于丛书《夷门广牍》"闲适"类）

王化隆《曲典》一卷（收录于《谚谟·曲典》合刻本）

叶华《太平清调迦陵音》一卷（收录于《刻金粟头陀青莲露》）

屠本畯《笑词》一卷（收录于《屠田叔小品七种》）

王嗣奭《喜词》一卷（收录于《密娱斋诗集》）

还有一些虽无专名，但亦单独成卷，且有标注以示与其他文体之区别，具体书目如下：

张守中《中宪裕斋张公集》，附"小曲"一卷

冯敏劝《小有亭集》，含"曲部"二卷

程可中《程仲权先生集》，含"乐府北词""乐府南词"二卷

陈与郊《隅园集》，含"词曲"一卷①

徐媛《络纬吟》，含"词余"一卷

汪廷讷《坐隐先生集》，含"南北曲"一卷

施绍莘《秋水庵花影集》，含"乐府"四卷

王屋《蘖弦斋词笺》，附"杂笺"（曲部）一卷

以上这些作家诗文别集或丛书附刻中单独成卷者，无论是否有专名，实际上与前面所述单独的散曲别集并无二异，但相较于前者的独立性，附刻之属性反而使其获得了更高的被保存概率。

而除了以上两种情况之外，此类散曲文本流传形式中更为普遍的则是合录不成卷者：

其中有的是因为作者创作的散曲数量不多，不足以单独成卷，但作者或编者对于散曲是有独立文体意识的，故予以明确标示后与其他文体合为一卷，如：范允临《输寥馆集》卷一包括五言古诗、七言古诗、五言律诗、五言排律、七言律诗、七言排律、五言绝句、七言绝句、杂体、诗余、词余（收散曲小令7首，套数1篇）；徐渭《徐文长佚草》卷十包括杂著、榜联、灯谜、小调（收散曲小令6首）；王世贞《弇州山人四部稿》卷五十四包括词、词余（收散曲小令7首）；

---

① 陈与郊《隅园集》卷十八著"词曲"，实际全为散曲。

于慎思《庞眉生集》卷十六分宋体乐府、元体乐府（收散曲小令 4 首，套数 2 篇）两部分；宋楙澄《九籥集》诗卷四包括五言绝句、七言绝句、五言排律、七言排律、调、曲（收小令 3 首）；吕坤《去伪斋文集》卷八包括策问、碑记、诗歌、杂咏、偶句、散句（收散曲小令 16 首）；杜文焕《太霞洞集》卷三十二包括诗余、词余（收散曲小令 12 首，套数 3 篇）等。

有的则是因为作者或编者持有"词曲一体"的观念，故将此两种文体杂录，不予区分，如：吴承恩《射阳先生存稿》卷四包括障词、词（实含散曲小令 5 首，套数 2 篇）；龙膺《龙太常全集》卷十四为"诗余"（实含散曲小令 48 首）[①]；刘汝佳《刘婺州集》卷八为"词部"（实含散曲小令 8 首，套数 4 篇）；王衡《缑山先生集》卷二十七后附"词"（实含散曲小令 5 首）；许乐善《适志斋稿》卷三包括七言律诗、七言排律、七言绝句、诗余（实含散曲小令 12 首，套数 4 篇）；俞琬纶《自娱集》附"诗余"一卷（实含散曲小令 23 首，套数 5 篇）；李应策《苏愚山洞续集》卷八、卷二十二、卷二十八目录皆题署"词"（实共含散曲小令 468 首）[②]等。

还有一些在编排上将各类文体作品杂录，但这种情况却并不完全是因为作者或编者没有文体意识，而是与其特殊的编撰目的有关。最典型的即周之标《吴姬百媚》二卷，该书系为苏州、南京、吴江、昆山、松江、海宁、扬州、镇江籍的 39 名青楼女子所作，其主要目的在于存人而非存文，故在编排方式上以人为序，先对其人予以品评，

---

① 龙膺《龙太常全集》卷十三为"套词"，收散曲套数 5 篇。
② 李应策《苏愚山洞续集》卷二十八除了词与散曲之外，还兼收有其他文体作品。

随后再附以所题诗、词、曲、赋、引、吴歌等各类文体作品。再如朱载堉《醒世词》，朱载堉生前并没有刻印过自己的作品，几百年来他的作品一直都是靠民间传抄的方式保留下来的，直到清道光元年（1821）才有贺汝田刻本，道光四年（1824）又有王栗园刻本，后民国二十四年（1935）阎永仁综合汇集了许多民间旧本及贺、王两本所录作品，整理而成益智堂汇编本，但该书各类文体杂录，体例极其混乱，谢伯阳认为这是因为"阎永仁对散曲的格式体例不是很清楚，因此阎本中诗、文、民歌、散曲参差混列，编况紊乱，鲁鱼不一，分辨不出哪些是散曲哪些又是歌谣、诗余"①，这固然是一个很重要的原因，但是另一方面，也应该注意到的是，朱载堉流传民间的作品本来就并不全是散曲，况且在几百年民间传抄的过程中各类文体作品也定不可能保持原有的格式体例，各类旧本中原作零散或相近文体相互掺杂都是很正常的事情，而阎永仁益智堂本的最大特点即在于"汇编"，其目的就是为了全面汇集朱载堉的各类存世作品，故其书混乱的编排体例实际上也正反映了朱载堉作品在民间流传的真实面貌。

总之，作为晚明散曲文本的一种普遍流传形式，作家诗文别集或丛书附刻虽然有时会出现文体概念不清、编排体例混乱的情况，但总体来说，较之单独的散曲别集，附刻借助于作家诗文别集或丛书的完整稳定性，客观上的确广泛保存了许多曲家的散曲作品，其文献价值不言而喻。

---

① 谢伯阳：《重订朱载堉散曲并记》，《中国韵文学刊》2012 年第 3 期，第 99 页。

三、曲选

除了上述两类别集性质的文本流传形式以外，晚明和明末清初的一些曲选总集中也收录了不少晚明曲家的散曲作品，且其中有些作品为晚明曲家未刊行或别集中已散佚者，具有重要的文献补辑价值。主要书目如下：

李子汇辑《词珍雅调》十五卷（明戏曲、散曲选集，万历前期刊刻 ① ）

胡文焕辑《群音类选》四十六卷（元明戏曲、散曲选集，万历间刊刻 ② ）

沈璟辑《南词韵选》十九卷（明散曲选集，万历间刊刻 ③ ）

陈所闻辑《北宫词纪》六卷（元明散曲选集，万历三十二年刊刻）

陈所闻辑《南宫词纪》六卷（元明散曲选集，万历三十三年刊刻）

魏之皋辑《昔昔盐》五卷（明散曲选集，万历三十四年刊刻）

窦彦斌辑《词林白雪》八卷（元明散曲、戏曲选集，万历三十四年刊刻）

---

① 参见郭英德《稀见明代戏曲选本三种叙录》，《清华大学学报》（哲学社会科学版）2007年第3期，第74页。

② 《群音类选》为明万历间文会堂辑刻《格致丛书》之一种，《格致丛书》刊刻于万历二十年（1592）至万历二十五年（1597）之间。

③ 陈所闻在《南宫词纪凡例》中已提到《南词韵选》，故可知《南词韵选》必成书于万历三十三年（1605）之前。

陈继儒辑《乐府先春》三卷（明散曲选集，万历间刊刻①）

王穉登辑《吴骚集》四卷（明散曲选集，万历四十二年刊刻）

张琦、王辉辑《吴骚二集》四卷（明散曲选集，万历四十四年刊刻）

朱元亮、张梦征辑《青楼韵语》四卷（明诗词、散曲选集，万历四十四年刊刻）

周之标辑《吴歈萃雅》四卷（元明散曲、戏曲选集，万历四十四年刊刻）

骑蝶轩主人辑《情籁》四卷（明词、散曲选集，万历间刻本②）

许宇辑《词林逸响》四卷（元明散曲、戏曲选集，天启三年刊刻）

张栩辑《彩笔情辞》十二卷（元明散曲选集，天启四年刊刻）

冯梦龙辑《太霞新奏》十四卷（明散曲选集，天启七年刊刻）

凌濛初辑《南音三籁》四卷（元明散曲、戏曲选集，崇祯间刊刻③）

张琦、张旭初辑《吴骚合编》四卷（明散曲选集，崇祯十年刊刻）

---

① 《乐府先春》为万历间徽郡谢少连（？—1615）刊。
② 《情籁》共收录张荜如、伍灌夫、余壬公、姚小涞、扶摇 5 位曲家散曲小令 19 首、套数 15 篇，皆为明人其他曲选所未录。其中余壬公万历、天启年间在世，其余 4 位生平不详。
③ 《南音三籁》成书于万历四十五年（1617）至天启六年（1626）之间。

方来馆主人辑《万锦清音》四卷（元明散曲、戏曲选集，明末刊刻①）

沈自晋辑《南词新谱》二十六卷（南曲谱，顺治十二年刊刻）

王端淑辑《明媛诗纬雅集》二卷（明散曲选集，康熙六年刊刻）

据上列书目我们可以看出，相较于别集附刻中散曲与诗词合刻的普遍程度，曲选这一文本流传形式中更多的则是将散曲与剧曲合刻，这正体现了曲选与上述两类别集性质的文本流传形式在主体功能方面的不同：

如前所述，曲选在客观上确实对于散曲文本的保存具有一定的贡献，但就其辑录动机来看，编者的关注点却往往在于所唱之"曲"而非所作之"词"，所以，无论是纯散曲选本还是散曲与剧曲合录的选本，大部分曲选在编排方式上都是按宫调或题材分类，有些还据曲谱曲韵详注平仄阴阳，并附点板，其目的就是为了方便所选之曲的"演唱"。易言之，即许多曲选的编纂是为了满足当时曲坛的演唱之需，故所录散曲或剧曲的文体差异并不重要，而所选之作是否能符合"调协韵严"②、"令歌者不噎于喉，听者大快于耳"③的标准才是关键。

① 《万锦清音》刊刻于崇祯十五年（1642）或稍后。参见郭英德《稀见明代戏曲选本三种叙录》，《清华大学学报》（哲学社会科学版）2007年第3期，第75页。
② 冯梦龙：《太霞新奏发凡》，冯梦龙编《太霞新奏》，卷首。
③ 陈所闻：《刻南宫词纪凡例》，陈所闻编、赵景深校订《南北宫词纪》，中华书局1959年版，第5页。

同时，也正因为很多曲选的主要辑录目的并不在于为曲家保存作品，故有些编者对于曲文的归属问题毫不在意：有的根本不注曲家名姓，如《昔昔盐》；有的为显选录广泛，则将前辈作家妄配诸曲，随意署题，如《吴歈萃雅》《词林白雪》；还有的虽详列曲家姓氏，但却将曲家名号官职杂录，称谓极其混乱，如《北宫词纪》《南宫词纪》。这就造成了严重的异名现象，给后世的补辑工作增加了难度。

所以，相比于别集类对个体作家散曲作品收录的集中性，选本类只可以说是一种重要的文本补充形式，而其更重要的价值则在于反映当时曲坛的流行风尚。关于这一点，后文将列专章探讨，故此不赘述。

第三节　晚明散曲的题材类型和整体风貌

提及晚明散曲，学界一般认为其主要内容大多不离闺阁怨思和青楼艳情，风格婉丽柔媚，迥异于元散曲的质朴豪爽，而逐步复归于词之婉约传统，这种印象也在很大程度上影响了学界对晚明散曲的价值判断。事实上，晚明散曲的题材类型和风格都是非常多样化的：

一、晚明散曲的题材类型

据笔者统计，晚明散曲的题材类型大致可以分为 14 类，每一类散曲的具体数量如下：

闺情艳情	闲适归隐	咏物写景	感时叹世	赠答应酬	劝诫讲理	嘲谑
1429	1247	884	787	606	471	194
怀人悼亡	宗教	纪游纪行	羁旅客愁	咏剧	边塞	论曲
176	153	150	84	72	14	1

据上表可以看出：

首先，晚明散曲的题材类型十分丰富，其中除了较为传统的闺情艳情、闲适归隐、咏物写景、感时叹世四大类，还出现了许多与日常生活紧密相关的题材，较多涉及交游、应酬等方面。且曲家的创作目的也十分多样，不仅限于娱乐和抒怀，有的是为了记录反映时事，有的是为了讲道理、劝诫他人，还有的则是为了宣扬教义，甚至还出现了"以曲论曲"的新批评形式……这些都说明散曲发展至晚明时期已非常成熟，文体功能十分全面，也从另一个侧面展现了晚明散曲的高度兴盛。

其次，论数量，闺情艳情类的散曲确实最多，但实际所占晚明散曲总量的比例却并不惊人。据笔者计算，历来被认为是晚明散曲主流题材的闺情艳情类数量只占晚明散曲总量的 22.8%，而闲适归隐类题材所占比率也大约达到了 20%，二者差距不大，大致持平，可见学界对晚明散曲的传统印象并不准确。

再次，学界一般认为，晚明南曲盛行，而"以代言的方式咏写闺情的曲作适合南曲婉艳、缠绵的风味"①，所以闺情类成为曲家们主要选取的题材类型。据笔者统计，晚明闺情艳情类的散曲共计 1429 首

---

① 刘英波《明代隆庆、万历间散曲对正德、嘉靖间的承变》，《遵义师范学院学报》2013年第 1 期，第 29 页。

（套），其中 1118 首（套）为南曲，而晚明南曲共计 3683 首（套），故很明显，南曲中闺情艳情类的作品数量的确远高于北曲，但晚明南曲中闺情艳情类的散曲数量也只占晚明南曲总量的 30%。因此，并不是因为南曲盛行，曲家们才多选取闺情艳情类题材来创作，而恰恰相反，是曲家们在创作闺情艳情这类传统题材时，大多选择了音乐风格较适合此类内容的南曲。

然而，何以学界对晚明散曲题材的传统印象与上表统计数据之间出现了如此大的偏差呢？原因大致有二：

其一，如前文绪论中所述，自明末沈德符、凌濛初等曲论家起，就对晚明曲坛的一些不良创作风气进行了批评与反思，而其中最典型且剿袭最多的正是闺情艳情类作品。受此观点影响，一方面，后世研究者大多对于南曲盛行的晚明散曲评价不高，普遍表现出"尊北卑南"的倾向；而另一方面，研究者的关注点亦总集中于此，且多采用以点带面的研究方法，所论只涉及重点作家，故言必不离梁、沈二派，自然更加深了"晚明散曲大多不离闺阁怨思和青楼艳情"的印象。

其二，虽说此传统印象受前人观点及主观研究方法的影响较大，但不可否认，也确实存在一定的客观原因。谢伯阳曾在《全明散曲·自序》中说道："长期以来，研究曲学的同好深感明代散曲资料的分散和不足，找起来更是困难重重（不管是曲别集还是曲选总集，其中绝大多数属于甲种善本或乙种善本）。"① 的确，亦如上节所叙，晚明曲家别集的散佚程度较高，后人补辑也十分有限，许多作品至今仍下落不明，极有可能已永久性散失，而曲选总集对曲文的归属、曲

①　谢伯阳：《全明散曲·自序》，谢伯阳编《全明散曲》，齐鲁书社 1994 年版，第 2 页。

家名号的记录又十分混乱，因此，可以想见 20 世纪早期的研究者所掌握的散曲资料更少。最典型的即如任讷在《散曲概论·书录第二》中罗列明代诸位曲家别集名目，许多都只是转录他书记载，一些曲家作品并未经眼（如晚明曲家薛论道《林石逸兴》十卷），更勿论诸如王寅、薛岗、丁惟恕、李应策等当时未知的晚明北派曲家作品，所以其所谓"昆腔以后，只有南曲，而北曲亡矣"①、"冯氏此派，后无来者"②的论断，实为当时受材料所限的片面之词。因此，如今随着新资料的不断发现，通过统计的方法就可以很明显地看出，晚明散曲的题材类型十分丰富，闺情艳情类作品只占其中一部分，并不足以代表晚明散曲的全貌。

二、晚明散曲的整体风貌

关于晚明散曲的风格问题，任讷曾在《散曲概论·派别第九》中将涵虚子所定乐府十五体，约为豪放、端谨、清丽三派，并指出"元人散曲之中，豪放最多，清丽次之，端谨较少；明人散曲，大抵与之相反，多者少之，而少者多之，若清丽则仍属居中。然在明人之心目中，端谨者不以为端谨，而正以为清丽，实则其词丽而不清者居多，有时且非曲之丽，而实为诗词之丽，……昆腔以后之南曲，此种情形乃大著特著"③。而于清丽一派，又言："以俗为丽者，诗词中不常见，而实为曲中本色，人因其不常见也，每目之曰'奇丽'。以雅为丽者，沿诗词中之所已有，而新之变之，颖俊精致，人人所好，人人能赏，

---

① 任讷：《散曲概论》，曹明升点校《散曲丛刊》，第 1097 页。
② 任讷：《散曲概论》，曹明升点校《散曲丛刊》，第 1096 页。
③ 任讷：《散曲概论》，曹明升点校《散曲丛刊》，第 1089 页。

可即以'雅丽'二字别其派。"①任氏所言端谨一派，所作大多严密平稳，然缺乏生机与情趣，风格以平实为主，故循其思路，晚明散曲的风格即可谓是"端谨化的清丽"——雅丽。李昌集在《中国古代散曲史》中也说："晚明散曲的主流不妨说只有'婉丽'一派，细分之则有'浓艳'与'流丽'二流。"②此论与任讷之观点并无二异，所分二流实即梁、沈二派。

很明显，任、李二位观点的逻辑基础都是"昆腔以后，只有南曲，而北曲亡矣"③，但实际上，晚明曲坛并非"只有南曲"。据笔者统计，不算南北合套，现存晚明散曲中南曲共计3683首（套），北曲共计2263首（套）。其中晚明前期存北曲1557首（套），中期存549首（套），后期存157首（套）。正如赵义山在《明清散曲史》中所言，"从曲场演唱来看，可以说，终明之世，北曲一直没有退出歌坛"④，"北曲在歌坛之成为'余响'，最起码要到天启、崇祯以后"⑤。因此，仅以南曲之婉丽风格并不能代表晚明散曲的整体风貌。

而关于南北曲音乐的差异，王骥德《曲律》所论最详："南词主激越，其变也为流丽；北曲主慷慨，其变也为朴实。惟朴实故声有矩度而难借，惟流丽故唱得宛转而易调……北主劲切雄丽，南主清峭柔远。北字多而调促，促处见筋，南字少而调缓，缓处见眼。北辞情多而声情少，南声情多而辞情少。北力在弦，南力在板。北宜和

① 任讷：《散曲概论》，曹明升点校《散曲丛刊》，第1092页。
② 李昌集：《中国古代散曲史》，第388页。
③ 任讷：《散曲概论》，曹明升点校《散曲丛刊》，第1097页。
④ 赵义山：《明清散曲史》，人民出版社2005年版，第28页。
⑤ 赵义山：《明清散曲史》，第29页。

歌，南宜独奏。北气易粗，南气易弱。此其大较。"① 故很明显，若以
曲词之豪放、清丽两派对应，大致即北曲豪放，南曲清丽。但事实
上，晚明时期的散曲音乐十分复杂：一方面，南北曲的融合程度较
高，正如沈德符在《顾曲杂言》中所说："今南方北曲，瓦缶乱鸣，
此名'北南'，非北曲也。"② 徐大椿在《乐府传声》中也提到："至明
之中叶，昆腔盛行，至今守之不失。其偶唱北曲一二调，亦改为昆腔
之北曲，非当时之北曲矣。"③ 另一方面，据沈德符《万历野获编》卷
二十五"词曲"条记载："自吴人重南曲，皆祖昆山魏良辅，而北调
几废，今惟金陵存此调，然北派亦不同，有金陵，有汴梁，有云中。
而吴中以北曲擅场者，仅见张野塘一人，故寿州产也，亦与金陵小
有异同处。"④ 可见历来被认为在昆腔兴起后已成"余响"的北曲在演
唱方面还分南、北两派，且晚明许多散曲家在实际创作中也是南北兼
作。所以从整体来看，晚明散曲曲坛的风貌可以说是南北并存、豪丽
相参。

　　另外，前文提到任讷认为明人散曲中端谨者居多，此言确然！所
谓端谨，不仅指创作笔法严密，风格平实，在晚明散曲中更多表现为
一种内在的模式化、规范化，而这体现的正是散曲发展过程中的积
累性，也正是"然在明人之心目中，端谨者不以为端谨，而正以为清
丽"⑤ 的原因。事实上，不仅是清丽派，晚明散曲中亦不乏端谨化的

① 王骥德：《曲律》，陈多、叶长海注释《曲律注释》，上海古籍出版社 2012 年版，第
　　34 页。
② 沈德符：《顾曲杂言》，第 3 页。
③ 徐大椿：《乐府传声》，吴同宾、李光同译注《乐府传声译注》，第 7 页。
④ 沈德符：《万历野获编》，第 544—545 页。
⑤ 任讷：《散曲概论》，曹明升点校《散曲丛刊》，第 1089 页。

豪放之作，换言之，即端谨、豪放、清丽并非完全各自独立，而是互有交融，这才是晚明散曲最真实的整体风貌。最典型的即被誉为"明人散曲中之大成者"[1]的施绍莘，其创作涉题广泛，章法严密，意脉流畅，且又雅擅音律，南北兼长，所作"乃融元人之豪放与清丽，而以绵整出之"[2]，"有大江东去之雄风，复饶晓风残月之佳致"[3]，正可视为晚明散曲整体风貌的缩影。

总而言之，无论南北曲之音乐风格的差异，还是与之相对应的曲词风格的对立，我们首先必须承认的是，散曲这一文体发展到晚明时期已十分成熟，不仅表现为题材类型的多样化，亦表现在南北音乐交融、创作模式渐趋规范严密等方面，因此，端谨平实可以说是晚明散曲整体风貌的首要印象。同时，还应该要意识到，影响散曲创作风格的因素有很多，即使是同一位作家，也可能因作品题材内容、所配音乐的不同而创作出不同风格的散曲；同理，同一题材类型的作品，也有可能因为所配音乐、作家地域等因素而呈现出不同的风格。所以，总体而言，晚明散曲的整体风格可谓是南北交融，端谨、豪放、清丽互渗，平实却又不乏变化，而绝非仅"婉丽"一派。

---

① 任讷：《秋水庵花影集提要》，曹明升点校《散曲丛刊》，第 757 页。
② 任讷：《散曲概论》，曹明升点校《散曲丛刊》，第 1100 页。
③ 顾彦容：《评施绍莘〈春游述怀〉散套》，施绍莘著《秋水庵花影集》，明末刻本，卷一。

上一章从整体上分析了晚明散曲曲坛的一些基本情况，然考虑到文学发展的连续性，晚明时期的散曲创作上承明中叶之鼎盛期，下启"自成一个时代"[①]的明末清初特殊时期，故可想见，散曲创作于此七十年间亦定非一成不变。结合前文对晚明散曲家创作的大致分期，以下三章将分别探讨晚明前、中、后期散曲创作的详细情况，以更加深入细致地展现晚明散曲创作的流变。

第一节 晚明前期散曲曲坛概况

一、晚明前期散曲家的地域分布与身份构成

据笔者统计，晚明前期散曲家共计 67 位，其中 4 位籍贯不详，余下 63 位的地域分布情况（按当今的行政区划统计）如下：

---

① 李昌集：《中国古代散曲史》，第 701 页。

省份	散　曲　家	合计
甘肃	金銮	1
陕西	张鍊	1
河北	宋登春、薛论道	2
山东	刘龙田、冯惟敏、张自慎、刘效祖、殷士儋、王克笃、于慎思、丁綵、薛岗	9
湖北	丘齐云、呼文如、李维祯	3
四川	张佳胤、熊过	2
江苏	吴承恩、邢一凤、张守中、高志学、周天球、梁辰鱼、曹大章、李登、王世贞、薛素素、俞安期、张四维、张凤翼、胡汝嘉、吴复菴、王穉登、申时行、杜子华、顾养谦、马守真、陈全游	21
浙江	徐渭、冯柯、高濂、沈一贯、沈袾宏、冯敏劢、黄洪宪、周履靖、郑心材、许次纾、张文介、沈孟桦	12
上海	殷都、莫是龙、顾正谊	3
安徽	秦时雍、吴国宝、汪道昆、王寅、潘士藻	5
江西	蔡国珍、景翩翩	2
福建	郑琰、李贽	2

为了更清楚地理解上表，不妨将其与第一章中晚明所有散曲家地域分布表的数量进行对比：

省份	晚明前期散曲家数量	晚明散曲家数量	所占百分比
甘肃	1	1	100%
陕西	1	7	14.3%
山西	0	2	0
河北	2	3	66.7%

省份	晚明前期散曲家数量	晚明散曲家数量	所占百分比
山东	9	14	64.3%
湖北	3	7	42.9%
四川	2	4	50.0%
江苏	21	46	45.7%
浙江	12	31	38.7%
上海	3	11	27.3%
安徽	5	14	35.7%
江西	2	5	40.0%
福建	2	3	66.7%
云南	0	1	0

　　由上表数据可以很清楚地看出，晚明前期甘肃、陕西、山西、河北、山东北方五省散曲家人数共计 13 位，余下南方九省的散曲家人数计 50 位，比例约为 1∶4，可见晚明前期曲坛的主流确实为南方曲家。然另据上表计算，晚明前期北方五省散曲家人数占到整个晚明时期五省散曲家总数的 48.1%，而余下南方九省在前期的散曲家人数只占到整个晚明时期九省散曲家总数的 41%。所以，虽然晚明前期北方散曲家的人数不多，但相对而言，却于晚明前期较为集中。这也从一个侧面说明，昆腔兴起之后的晚明曲坛，并没有立刻完全为南方曲家所占据，而在相当长的一段时间内，秉承明中叶豪放一派的北方曲家仍具有相当势力。

　　再看晚明前期散曲家的身份构成情况。晚明前期共有 67 位散曲家，其中 8 位身份经历不详，其余 59 位的身份、官职情况如下：

身份、官职品级	散 曲 家	合计
正一品	张四维	1
从一品	殷士儋、张佳胤、沈一贯	3
正二品	王世贞、蔡国珍、申时行、李维祯	4
从二品	薛论道	1
正三品	汪道昆、殷都、顾养谦	3
正四品	邢一凤、张守中、秦时雍、刘效祖、李贽、黄洪宪、丘齐云	7
从四品	胡汝嘉	1
正五品	熊过、张铼、潘士藻、郑心材	4
从五品	吴复菴	1
正六品	冯惟敏	1
正七品	曹大章	1
从七品	顾正谊	1
正八品	吴承恩、冯柯	2
不知品级	吴国宝、高濂、杜子华	3
教谕	李登	1
举人	张凤翼、薛岗	2
贡（监）生	梁辰鱼、莫是龙、冯敏劲	3
诸生	张自慎、高志学、周天球、徐渭、王克笃、于慎思、沈袾宏、张文介	8
布衣	金銮、郑琰、宋登春、王寅、丁綵	5
隐者	周履靖	1
闺阁	方氏	1
名妓	呼文如、马守真、景翩翩、薛素素、陈全游	5

据上表统计，晚明前期做过官的散曲家（教谕及以上）共计 34
位，其中从五品及以上官员有 25 位，占比高达 73.5%（超出整个晚
明时期五品及以上官员所占做过官的散曲家的百分比）；底层文人散
曲家（举人、贡生、监生、诸生、布衣、隐者）共计 19 位，与做过
官的散曲家人数比率为 55.9%（亦高于整个晚明时期底层文人散曲家
与做过官的散曲家的比率）；另还有女性散曲家（闺阁、名妓）6 位。
因此，可以说，在散曲家整体身份地位普遍较高的整个晚明时期，晚
明前期散曲家的整体身份地位更高，但与此同时，各阶层散曲家的身
份地位差异也更明显，而这也正可理解为明中叶至晚明过渡阶段散曲
普及化的一种重要表现。

二、晚明前期南北散曲创作数量对比

据笔者统计，晚明前期存世散曲共计 3456 首（套），其中包括北
令 1412 首、南令 1620 首、无宫调令 26 首、不明牌调令 15 首、北
套 145 篇、南套 213 篇、南北合套 25 篇。故不算无宫调令、不明牌
调令与南北合套，晚明前期北散曲共计 1557 首（套），南散曲共计
1833 首（套），可见南散曲数量只略高于北散曲。这也正说明昆腔
兴起之后的晚明曲坛，并非是"南曲乃成曲坛主流，北曲则已成余
响"[①]，而是在相当长的一段时间内依然承续着明中叶南北各擅胜场的
鼎盛局面。

为了更清楚地说明这一问题，我们不妨再比较一下晚明前期创作
南、北曲的散曲家的情况：

---

① 李昌集：《中国古代散曲史》，第 356 页。

散曲家类型	散曲家创作数量（不包括无宫调令、不明牌调令与南北合套）	散曲家人数
纯作北曲作家	宋登春（1）、张四维（1）、殷士儋（13）、冯柯（4）、于慎思（6）	5
纯作南曲作家	邢一凤（3）、张守中（17）、陈五岳（1）、高志学（14）、郑琰（2）、周天球（1）、梁辰鱼（95）、李登（11）、李贽（1）、张佳胤（1）、蔡国珍（3）、胡汝嘉（2）、殷都（1）、沈袾宏（7）、王穉登（5）、申时行（1）、杜子华（144）、莫是龙（1）、潘士藻（1）、顾养谦（1）、黄洪宪（1）、顾正谊（26）、郑心材（4）、呼文如（4）、李维桢（1）、马守真（2）、许次纾（4）、俞安期（1）、景翩翩（2）、张文介（6）、方氏（1）、薛素素（1）、高濂（30）、曹大章（2）、汪道昆（1）、吴复菴（10）	36
主要作北曲作家	金銮（北116南43）、张錬（北195南45）、冯惟敏（北360南212）、刘效祖（北67南30）、王世贞（北5南2）、王克笃（北112南28）、王寅（北113南12）	7
主要作南曲作家	刘龙田（北3南7）、吴承恩（北2南5）、兰陵笑笑生（北62南51）、秦时雍（北6南73）、吴国宝（北18南52）、徐渭（北1南5）、薛论道（北400南599）、张凤翼（北1南37）、丁綵（北20南85）、薛岗（北44南61）、冯敏劝（北2南42）、周履靖（北5南36）	12

据上表，单从散曲家数量来看，很明显，无论是纯作南曲还是主要作南曲的散曲家，的确都较纯作北曲、主要作北曲的散曲家人数要多，所以从表面看来，这似乎又是晚明时期南曲兴盛、北曲衰微的一条证据。

然再结合各类散曲家的具体创作数量，则又不难看出，纯作北曲的散曲家创作数量都很少，存世作品都没有超过 20 首（套）；而在纯作南曲的散曲家中，这种现象也十分普遍，36 位散曲家中存世作品

超过 20 首（套）的只有 4 人，虽多于纯作北曲者，然亦说明此阶段
创作南曲的大家仍相对较少。再看后两类散曲家：首先，与前两类不
同的是，无论南北，他们的散曲创作数量普遍较高，只有个别曲家存
世散曲低于 20 首（套）；其次，虽然有些散曲家创作南、北曲的数量
较为悬殊，但也有不少散曲家可谓是南北兼擅；再次，结合晚明前期
诸位散曲家的地域分布情况来看，可以发现，在主要作北曲的散曲家
中，有 2 位是南方曲家（王世贞、王寅），而在主要作南曲的散曲家
中，又有 4 位是北方曲家（刘龙田、薛论道、丁綵、薛岗），且此 6
位曲家中又有 4 位的创作数量相当可观。故由此可见，晚明前期散曲
曲坛创作的真正主力还当为后两类南北兼作的散曲家，且无论南、北
曲，其创作都没有完全为曲家地域所局限，而是伴随着南曲的兴起和
北曲的延续，呈现出南北交融、并盛的风格特色。

三、晚明前期散曲的题材类型

晚明前期散曲的题材类型共有 13 类，按数量从多到少排序如下：

题材类型	散曲数量	占晚明同类题材百分比	题材类型	散曲数量	占晚明同类题材百分比
闺情艳情	864	60.5%	怀人悼亡	86	48.9%
闲适归隐	686	55.0%	纪游纪行	76	50.1%
咏物写景	505	57.1%	宗　教	67	43.8%
感时叹世	392	49.8%	羁旅客愁	59	70.2%
赠答应酬	313	51.7%	咏　剧	13	18.1%
劝诫讲理	266	56.5%	边　塞	12	85.7%
嘲　谑	117	60.3%			

根据上表，主要可以看出以下几点：

首先，晚明前期与整个晚明时期的散曲题材类型基本相同，许多都带有一定的酬应功能，与曲家的日常生活紧密相关。但排在前四位的闺情艳情、闲适归隐、咏物写景、感时叹世，依然都是自元代以来的传统题材类型。而在这四类题材中，除咏物写景类仅杜子华一人就作有 129 首，故而拉高了南方曲家该类作品的总数外，北方曲家在其余三类散曲的创作中都远胜于南方曲家，尤其 13 位北方曲家作闺情艳情类散曲（多数为南曲）共 503 首（套），超出了晚明前期占曲坛主流地位的众多南方曲家所作该类散曲的总和。

其次，除了前四类，晚明前期某一题材类型散曲数量达到 100 首（套）以上的还有赠答应酬、劝诫讲理、嘲谑三类。但这三类散曲之所以数量较多，却是与个别曲家的个人喜好有关，如：薛论道一人就作有 141 首讲理曲、59 首劝诫曲、36 首嘲谑曲；冯惟敏一人作有 24 首嘲谑曲、46 首赠答曲；金銮一人作有 23 首嘲谑曲等。除去这些特例，则此三类题材与后面其他六类一样，大部分在南、北方曲家的创作中都表现得较为均衡。

再次，结合各类题材散曲数量所占晚明同类题材的百分比，可以发现，达到 70% 以上共有两类：羁旅客愁、边塞。而这两类题材之所以比重较高，也是源于个别曲家的集中创作：如薛论道一人作有 14 首宗教曲、21 首羁旅客愁曲、10 首边塞曲。且此两类题材排序均较后，正说明各类题材散曲数量所占晚明同类题材的百分比在一定程度上与该类题材创作的普遍程度成反比。

综上所述，晚明前期虽然散曲题材类型众多，但创作数量较多且较普遍的仍然集中于自元代以来的几类传统题材。而在这些传统题材的创作中，又以人数不占优势的北方曲家为主力，可见北方曲家对传统文化传承的重要性。同时，晚明前期北方曲家对以南曲为主的闺情艳情类散曲的大量创作，与南、北方曲家在大部分题材类型的创作中所表现出的均衡度也都印证了前文所言：晚明前期散曲的创作无论南、北曲，抑或是题材、风格，都没有完全为曲家地域所局限。

第二节　南北并盛，豪丽相参：明中叶至晚明散曲的过渡

关于明中叶散曲的发展情况，赵义山《明清散曲史》所述最为清晰："明代散曲在经历了永乐以前的过渡期和永乐以后至成化前期大半个世纪的低落期之后，在成化后期和弘治年间（1488—1505）步入复兴阶段。以陈铎、王磐、唐寅等为代表的词场才子的创作，使本阶段散曲文学呈现出蓬勃的生命活力，彻底扭转了前一阶段散曲文学衰落的颓势，并为正德、嘉靖年间散曲文学的繁荣鼎盛打开了局面……随后，北派曲家康海、王九思、常伦、李开先、冯惟敏和南派曲家杨廷和、沈仕、杨慎、金銮、黄峨等人先后在正德（1506—1521）、嘉靖（1522—1566）间驰骋曲坛，这时的散曲创作，北派之雄风、南派之雅丽，各呈异彩，呈现出极为繁盛的局面。"[1] 而伴随着部分散曲家的持续创作，明中叶散曲南北并盛、豪丽相参的繁盛局面亦延续至晚明前期，其中，北派代表有张錬、冯惟敏，南派代表有金銮、梁辰鱼。

---

[1]　赵义山：《明清散曲史》，第83页。

张錬（1508—1598），字伯纯，号太乙，别号双溪渔人。陕西武功人，康海之甥。嘉靖七年（1528）举于乡，二十三年（1544）中进士，授行人司行人，二十六年（1547）选为刑科给事中，然因疏发时任都察院右副都御史山东巡抚何鳌不法之事，以及赞议夏言、曾铣图复河套的主张，触忤权臣严嵩，被廷杖几死。次年，出为湖南按察司佥事，两年后，又因得罪中贵人而触怒奸相，于二十九年（1550）落职归里。著有散曲集《双溪乐府》二卷，其散曲题材多叹世乐闲、酬唱赠答，亦有部分闺思风情之作。

试读其代表作【北双调·沉醉东风】《阅世》：

> 背地里瞒神哄鬼，向人前苦眼铺眉。战兢兢捉虎心，恶狠狠牢龙计。讨别人多少便宜。百岁逢场闹几回，做不到卢生梦尾。（其一）

该曲言辞犀利，情感愤激，先以"背地里"和"向人前"两句进行正反对比，以揭露两面派人物的卑鄙形象，随后又指出他们为达目的不择手段的阴险狡诈。最后笔锋陡转，以出世的态度感叹一切不过过眼云烟，这些人机关算尽，最终也不得好下场，言语中饱含着作者看破世事后对现实的不满与无奈。

再看其免官归家后所作【北双调·河西六娘子】《题对山草堂》：

> 露湿罗衣月影寒，柳垂门花压阑杆，海棠庭畔蔷薇绽。呀！把酒对青山，啸歌倚红颜，醉倒风流老谢安。（其四）

该曲以描写对山草堂之景色起笔，然于"垂柳""门花""海棠""蔷薇"诸美景中却流露出"露湿罗衣月影寒"的清冷孤寂之感，寓内心之矛盾苦闷于环境描写之中。接着则以"呀"之感叹引起后文，表达自己苦闷后的豁然开朗，安于隐逸、乐于赋闲的情怀。当然，这种看似旷达的心态背后，仍然隐藏着其对于官场仕途的无奈与不甘。

张錬南北曲兼作而以北曲为主，从整体来看，其散曲延续了明中叶康海、王九思一派豪放跌宕、沉郁顿挫的风格，然于遣词造句、谋篇构局方面又颇显妥帖端谨，且乐闲之作中亦不乏清词丽句，故近人于右任评其散曲曰："大雅元音郁昼霾，遗编净扫劫尘开。何年残月晓风里，带得琵琶铁板来。风语华言百不闻，翛然野鹤与闲云。笠翁才尽苔生天，关马以来树一军。"[①]所论可谓精准！

冯惟敏（1511—1578），字汝行，号海浮，别署海浮山人，山东临朐人。嘉靖十六年（1537）举于乡，其后久困礼闱，遂营墅于临朐海浮山下，放情山水，志于归隐。后于嘉靖四十一年（1562）进京谒选，授涞水知县，迁保定府通判，隆庆五年（1571）末，改任鲁王府审理，辞免未赴任，次年春弃官回乡。著有散曲集《海浮山堂词稿》四卷，其南北曲兼擅，所涉题材极为广泛，而尤以感时叹世、关注民生之作价值最高。

如【北双调·折桂令】《刈谷有感》二首：

自归来农圃优游，麦也无收，黍也无收。恰遭逢饥馑之秋，谷也不熟，菜也不熟。占花甲偏憎癸酉，看流行正道奎娄。官也

<hr>

① 于右任：《题词》，张錬著《双溪乐府》，民国二十五年（1936）饮虹簃刻本，卷首。

忧愁，民又漂流。谁敢替百姓担当？怎禁不他一例诛求！

> 近新来百费俱捐，官也无钱，民也无钱。远乡中一向颠连，村也无烟，市也无烟。贫又逃富又逃前催后趱，田也弃房也弃东走西迁。幸赖明贤，招抚言旋。毒收头先要合封，狠催申又讨加添。

这两首散曲作于万历元年（1573），其时冯惟敏刚弃官归乡，本欲过悠游自得的田园生活，却不想恰逢山东大旱，田地荒芜，颗粒无收，官员为交租赋税忧愁，而百姓更是为生计所迫，不得不四处流浪。这两首作品前一首重点写天灾，后一首则更侧重于对"毒收头先要合封，狠催申又讨加添"之人祸的批判，字字句句都流露出作者对民生疾苦的忧虑与关怀。

台湾学者郑骞曾在《冯惟敏与散曲的将来》一文中说道："他的最大特点便是以儒家的思想襟抱放在曲子里边来代替道家的气氛，这就是所谓向上一路，所以我说冯之于曲有点像苏轼之于词。"[1] 的确，强烈的现实批判精神、豪辣宏阔的艺术风格正是冯惟敏这类叹世悯农作品最大的特色。

当然，除此类以诗为曲、开拓曲境之作外，冯惟敏其他诸多题材的散曲则表现出了多样化的风格特征，如：嘲谑曲之谐趣、写景曲之清新、闲适曲之疏旷、悼亡曲之哀婉、赠答曲之率直、闺情曲之婉丽等等，可谓仪态万方而又不失曲之本色。

---

① 郑骞：《冯惟敏与散曲的将来》，郑骞著、曾永义编《从诗到曲》，商务印书馆 2015 年版，第 164 页。

金銮（1494—1587），字在衡，号白屿，陕西陇西（今甘肃）人。早年曾师从天水胡世甫中丞学制科业，嘉靖二十年（1541）随父宦侨居南京，其时年已长，遂弃举子业而"刻意为诗及乐府诸词曲"①。著有散曲集《萧爽斋乐府》二卷，所涉题材亦较为广泛，且其南北曲兼作而以北曲为主，然所作又大多"不操秦声，风流婉转，得江左清华之致"②。

如【北中吕·朝天子】《怀楚中故人》：

斜阳。野航。西风短樯夜夜闻渔唱。洞庭千里带潇湘，有多少闲风浪。新酒多情，故人无恙，望天涯成梦想。武昌，汉阳，今古空相向。

该曲以景写情，由眼前之"斜阳""野航"扩展到"洞庭千里"，继而表达思念故人却不得见的"天涯梦想"，最后又以被长江天堑隔断而空相向的武昌、汉阳作比，以空间的转换来扩大情感的张力，精警巧妙，意味隽永。

再如其述闺怨之作【北双调·河西六娘子】《闺情》：

海棠阴轻闪过凤头钗，没人处款款行来，好风儿不住的吹罗带。猜也么猜，待说口难开，待动手难抬，泪点儿和衣暗暗的揩。

（其一）

---

① 朱孟震：《玉笥诗谈》，中华书局1985年版，第28页。
② 钱谦益：《列朝诗集小传》，第450页。

该曲前三句通过对"凤头钗轻闪""风吹罗带"的局部服饰描写含蓄
而又灵动地刻画出闺中女子的形象，后三句则以两处"难"、一处
"暗暗的"展示出闺怨之隐痛。通篇叙述平和，语辞清雅，却"写情
自有生花笔"①，令人留下了极为深刻的印象。

当然，作为南派曲家，金銮虽多作清丽婉约之声，然其毕竟是
"关西派，浪迹江淮"②，故因早年受豪爽激越的秦陇文化习染，亦时
有豪放萧爽之辞。如【北正宫·小梁州】《闲适》：

> 得朦胧处且朦胧，管什么皂白青红，是非窝里虎狼丛。终何
> 用？都当耳边风。眼前楚汉和唐宋，实坏坏多少英雄。一缕轻，
> 千金重，任他搬弄，我自哈哈哄。（其五）

该曲延续了元代以来隐逸题材一贯的疏狂与放达，表达了曲家对功名
利禄的不屑和安于归隐生活的自适愉悦，逍遥洒脱之情溢于字里行
间，颇得北派"本色"真味。

李昌集先生曾评南北曲风格曰："北派磊落使气，直抒胸臆，而
南派则更喜设景造境，潜转其情。北派多刚直激越，南派多清疏悠
远。"③而金銮则堪称是以南派曲家而存北派风格，融北派豪放洒脱与
南派灵秀婉转为一体而独成一派的特例。

---

① 卢前：《论词绝句》，卢前著《卢前曲学论著》，上海书店出版社 2013 年版，第 438 页。
② 金銮：《八十自寿》，金銮著《萧爽斋乐府》，民国四年（1915）董氏诵芬室刻本，
卷上。
③ 李昌集：《中国古代散曲史》，第 375 页。

梁辰鱼（约 1519—约 1591），字伯龙，号少白，别号仇池外史，南直隶昆山（今江苏昆山）人。嘉靖、万历间名士，任侠好游，足迹遍吴、楚间，工诗擅曲，精于音律。著有散曲集《江东白苎》《续江东白苎》各二卷，全为南曲。

据张大复《梅花草堂笔谈》卷十二"昆腔"条记载："魏良辅别号尚泉，居太仓之南关，能谐声律，转音若丝……梁伯龙闻，起而效之。考订元剧，自翻新调，作《江东白苎》《浣纱》诸曲。又与郑思笠精研音理，唐小虞、陈梅泉五七辈杂转之，金石铿然。谱传藩邸戚畹、金紫熠爚之家，而取声必宗伯龙氏，谓之'昆腔'。"[1] 故任讷说："昆腔创始于魏良辅，一时新曲首先采用者，厥为梁辰鱼之所制，在剧曲为《浣纱记》，在散曲则为《江东白苎》一集。"[2] 作为在散曲领域对昆腔的实践与推广之作，梁辰鱼尤其注重字句的斟酌稳妥，讲究词藻的典丽蕴藉，以配合昆曲新腔音乐的和谐悦耳。而其散曲创作也因为"以词入曲"的结构方式、集曲翻调的宫调体式和对香奁粉黛的描写而自然形成了典雅绮丽的独特风格，从而开创了晚明"白苎"一派，其于散曲史的时代意义和对后世的巨大影响已为学界所周知，自不待言。

而除了这些开晚明"南词"一脉的香奁风情之作，《江东白苎》中也还有一些江湖游历、咏古抒怀之曲，如【南中吕·驻马听】《寓居长沙客舍作》、【南越调·小桃红】《过湘江吊屈大夫》、【南仙吕入双调·夜行船】《拟金陵怀古》、【南大石调·念奴娇序】《拟出塞》等。这类作品气势宏大，格调沉雄悲壮，与"白苎体"甜俗红腐之风格迥

---

[1]　张大复：《梅花草堂笔谈》，卷十二。
[2]　任讷：《散曲概论》，曹明升点校《散曲丛刊》，第 1097 页。

异。而且，尽管自嘉靖三十五年（1556）《江东白苎》刊出后，"白苎体"一时间风靡曲坛，但梁辰鱼的这类豪放之作也并没有消失殆尽，在万历间刊刻的《续江东白苎》二卷中亦有此类作品，如【南仙吕入双调·销金帐】《夜宿穆陵关客舍》：

> 松窗半掩，月落空庭暗，笑孤身在关门店。争奈夜永不寐，剔残灯焰。西风透入，透入茅檐破苫。起弄双剑，惊落疏星千点。谁怜变了，变了苍苍鬓髯。

穆陵关，是沂山东麓古齐长城的隘口，位于山东省潍坊市临朐县大关镇与临沂市沂水县马站镇交界处，曾是战国时期齐鲁两国相争的战略要地。该曲以白描的手法，客观记述了作者孤身客居穆陵关，夜不能寐而起身舞剑以泄愁怀的经历。全篇虽无豪言壮语，却于平静的叙述中透出深刻的悲凉之感，令人唏嘘不已。

通过对上述明中叶至晚明过渡期南北两派四位代表曲家创作情况的分析，可以看出：在这一段时间并不长的过渡期内，从共时性的层面来看，曲坛宏观上依然延续着明中叶"北派之雄风、南派之雅丽，各呈异彩"[①]的状态，且各位曲家的具体创作风格也是随题材类型而变化的，故在个体的微观层面展现出的风格特色也是"豪丽相参"；而从纵向时间轴来看，较早的三位北方籍曲家均是南北曲兼作，整体风格偏豪放本色，而创作时间略后的梁辰鱼则专作南曲，其配合昆腔音乐开创出柔媚绮丽之"白苎派"，可谓是明中叶至晚明散曲风格

---

① 赵义山：《明清散曲史》，第83页。

"由豪入丽"转变的标志。

但是，在肯定梁辰鱼对于晚明散曲发展之重大意义的同时，我们也应该意识到，"白苎"一派兴起后，虽影响深远，然也并没有完全统领晚明前期曲坛。一方面，在南派曲家中，尚有杜子华之咏物曲、周履靖之隐逸曲、冯敏劢之写景曲，其风格韵致或雅趣、或闲适、或清新，均与香奁一体迥异；且即使同为言情之作，不同曲家的创作风格也有差异，试读以下三首作品：

> 只为功名牵挂，生把冤家撇下。这些时在我心头躺着，倩谁人下手与我摘开罢。怎按捺，不想杀须害杀，天长日久那一刻丢得下！便做勉强观书争奈一行行都是他。冤家，只好捉影拿风纸上挝。冤家，急得我冷汗浑身教谁打发。（秦时雍【南商调·山坡羊】《思情》）

> 兽炉红，葡萄春暖曾记捧金钟。醉寻罗袖笼香冷，惊玉栗，响玲珑。风流回首浑如梦，愁对寒山峰外峰。围帏徙倚，相思转浓，梅花枝上雪初融。（张凤翼【南仙吕·二犯傍妆台】《拟四时闺情·其四》）

> 花边艳绮罗，花下调鹦鹉。细雨黄昏，深院重门锁，青鸾镜里孤。悔当初，一别经年离恨多，玉容憔悴梨花褪，翠黛摧残杨柳疏。将奴误，把从前恩爱一似梦南柯，想那人话在心窝，闪得我病在心窝，草迷了王孙路。（顾正谊【南商调·金索挂梧桐】《春景闺情》）

秦时雍，约万历初（1573）前后在世，著有散曲集《秦词正讹》二卷，其中除极少数纪行感怀之作外，大部分均为记述自己恋情的言情之曲。如上引第一首作品，秦氏之作在表现方法上多用直叙白描，语言上多用口语、俗语，故其风格不同于梁辰鱼之柔媚婉丽，而颇显本色质朴，"蒜酪"之味尚存。张凤翼（1527—1613），著有散曲集《敲月轩词稿》，今已散佚，现存散曲内容均为离情相思。如上引第二首作品所写冬日闺情，全曲意象密丽，结构精巧，章法严密，辞藻华美，风致宛转，一如宋人之婉约词，确为正宗香奁一路。顾正谊，万历年间在世，著有散曲集《笔花楼新声》，所涉题材惟闺情相思与咏物写景两大类，因其擅画，故所作散曲亦极具画面感。如上引第三首作品即以人物与景色描写起笔，继而引出闺人内心之思，融情于景，而对本色口语的运用，又在一定程度上淡化了景色描写的浓密，整体风格可谓绸缪而不失清丽。

另一方面，早期学者因受资料的局限，认为"昆腔以后，只有南曲，而北曲亡矣"[1]，并由此引出冯惟敏"既是北曲的集大成者，又是北曲的殿军"[2]、"冯氏此派，后无来者"[3]、"冯曲则竟成了绝响，这不能不说是曲之不幸"[4]一类的观点。而事实上，整个晚明时期，北曲的创作都从未间断，且相较于南派曲家势力愈来愈盛的晚明中、后两期，晚明前期北派曲家的创作也显得尤为突出，下节即专论于此。

[1] 任讷：《散曲概论》，曹明升点校《散曲丛刊》，第1097页。
[2] 王金安：《冯惟敏曲作新论》，山东师范大学硕士论文，2006年，第15页。
[3] 任讷：《散曲概论》，曹明升点校《散曲丛刊》，第1096页。
[4] 郑骞：《冯惟敏与散曲的将来》，郑骞著、曾永义编《从诗到曲》，第164页。

第三节　冯氏之后，更有来者：晚明前期北派曲家的创作

明中叶至晚明过渡期后，山东省成为晚明前期北方散曲家的主要集中地，在这些曲家中，刘效祖、殷士儋、王克笃、丁綵、薛岗均有散曲集流传于世，他们的创作在很大程度上即代表了晚明前期整个北方曲坛的流行风尚。

而在上述五位曲家中，殷士儋（1522—1582）为一品高官，因不满高拱专权而毅然辞官归乡，而后"绝口不谈声利……酒酣兴逸，则肆口而占乐府数阕，间自为曼声引而歌之相乐也"①，故其散曲多闲情自适之作，情感较为平和，且多有对于雅致景色的描写，整体风格偏于清丽；刘效祖、丁綵二位曲家的主要成就则在于对时尚小曲的拟作，于晚明整体趋雅的风潮中保留了散曲文体质朴率真之本色（下节将详细论述）。故若论及对冯惟敏豪放一派的承续，则山东曲家中唯有王克笃与薛岗二位。

王克笃（约 1526—1594 后），字菊逸，山东寿里（今东平）人。仕途不顺，晚筑自适斋以寄志。著有散曲集《适暮稿》一卷，南北兼作而以北曲为主，创作题材较为传统，大致不离感时叹世、闲适归隐、咏物写景几类。

不同于殷士儋的主动辞归，王克笃终其一生只为诸生，未曾有步

---

① 宙楩：《刻明农轩乐府小叙》，殷士儋著《明农轩乐府》，明万历六年（1578）刻本，卷首。

入仕途的机会，故其所谓的隐居生活实则是别无选择。因此，在他的作品中，我们并不能感受到真切的闲适之情，反而都是对自己和社会深刻的无奈与不满。试读其【北双调·折桂令】《自述》：

> 半生来百事无能，不会奔趋，不会经营。不会去黑海连鳌，丹山抟凤，碧水屠龙。劣性格懵懵懂懂，古心肠瞆瞆聋聋。酒约诗盟，笔耨舌耕。赢得清狂，当了功名。（其二）

该曲一开头就感叹自己"半生来百事无能"，"不会奔趋，不会经营"表示其与社会的格格不入，接着又说"不会去黑海连鳌，丹山抟凤，碧水屠龙"，则是以夸张的笔法来自嘲，充满了讽刺的意味。王克笃对于社会现实的态度是很消极的，时常发出诸如"世路多坑堑，天心难忖量"（【北仙吕·寄生草】《闲怨》）一类的感慨，故其表面上"闲来高高坐，醉时浩浩歌"（【北双调·折桂令】《自叹》），"远闲愁三声好好，消世虑一醉陶陶"（【北双调·沉醉东风】《偶兴》）的旷达清狂，无非也只是发抒郁闷的一种方式而已。

除了感时叹世和闲适归隐这两类作品，王克笃的负面情绪甚至还表现在咏物曲中。其散曲集《适暮稿》中有【北双调·落梅风】组曲十一首，前八首分咏莺、蛙、蝉、蝶、蜜蜂、蜻蜓、萤、燕子八种动物，后三首分咏偶戏、秋千、蹴索。试读三首以见其貌：

> 青草畔，绿水涯，借阴凉逍遥长夏。雨余井底闹喧哗，几曾见东洋大。（《咏蛙》）

朝飞去，薄暮还，忍着饥将百花采遍。为谁辛苦为谁甜，好窝巢别人占。(《咏蜜蜂》)

金粉面，玉酥肩。逞风流绿杨庭院。一来一往任流连，侭会腾空也使身冷汗。(《秋千》)

虽说咏物曲自元代以来就有嘲谑的传统，但大多都是为了调侃取乐，以获得滑稽诙谐的效果。而王克笃的这些咏物曲，写作模式均为"先扬后抑"，无论前面的描写有多美好，都会在最后一句表达出否定的意味，而这强烈的讽刺张力正是源于其内心长期的抑郁。

另外，王克笃的感时叹世曲中也有记录时事之作，这类作品最能体现冯氏一派在散曲史上的价值，如【北双调·折桂令】《二十一年苦雨纪灾》：

两月来不见开晴，暗淡朝昏，迷漫西东。泥满街衢，苔生庭户，鸥长浮汀。平地里我则见汪汪泉涌，半空中只听得阵阵盆倾。电灼雷轰，目悸心惊。沈灶产蛙，居塌墙崩。

该曲通篇纯作描写，宏观、微观相结合，淋漓尽致地展现了连月淫雨不断，水灾潶漫的情景，具有典型的纪实性。但相较于冯惟敏对民生的关注，王克笃的这类作品则显得深度不够，这自然也是与其经历与胸襟紧密相关的。

薛岗（约1535—1595），号歧峰，别号金山野人，山东益都人。万历元年（1573）乡试第一，后四上春官不第，遂弃举子业。著有散曲集《金山雅调南北小令》一卷，所涉题材亦较广泛，举凡言情咏美、游历写景、交游赠答、感时叹世、闲适隐逸无所不包。他南北曲兼作，且南曲数量略多于北曲，但无论题材内容抑或文辞风格，并无明显差异，整体表现出的仍是典型的北派风范。

如其写景之代表作【北中吕·满庭芳】《望海》：

> 滔滔海洋，流通地脉，派出天潢。苍波万顷无遮障，纳汉吞江。接日窟鳌头殿广，泛星槎鲸口帆张。蓬莱上，神仙密访，放荡水云乡。

> 混混百川，尾闾既泄，精卫还填。参差蜃气时时现，楼阁鲜妍，月涌处冰轮若转，浪翻来雪阵如掀。鲛宫现，洪涛势远，不久变桑田。

第一首以描写大海的水势和源流开端，接着直接以"苍波万顷""纳汉吞江"来展示大海磅礴的气势，随后又引出"巨鳌""星槎"的神话传说来增添神秘缥缈的氛围；第二首引用"尾闾""精卫"的传说来表现大海之壮观，又通过对海市蜃楼、月光、波浪的景色描写来展现海景之多变，最终引出"沧海桑田"之哲理。由此可见，不同于晚明南派曲家常咏之风花雪月，薛岗的这类咏物写景之作首先在选题上就颇显眼界之高，在描写中更体现出境界之广阔、气势之雄伟、意蕴之深厚，于北派豪放之风中又添壮丽之色！

而在薛岗的散曲作品中，最能体现其承续冯氏儒家襟怀的，则当属言志曲。如【南正宫·玉芙蓉】《北上途中言志》：

　　文光射斗杓，壮志通天窍。望长安，亲操彩笔题桥。禹门万
丈金鳞跃，雁塔千寻锦字标。男儿辈，才豪气豪。俺只待输忠报
国继夔皋。（其三）

该曲写于作者应试途中，开篇"文光射斗杓，壮志通天窍"即宣扬了
自己不凡的才华与壮志，接着又表达了自己渴望中进士的情怀，最后
以"男儿辈，才豪气豪"承上启下，表明自己考取功名的目的是为了
尽忠报国。全曲曲风豪迈，曲家积极用世之心跃然纸上。

　　再如【南商调·金络索】《送黄生明宇赴举》：

　　潜踪北海龙，敛翼丹山凤。一举冲天，直待风云动。知君抱
凤学，是豪雄。幸得皇家将士宠，开科大比真梁栋。似此佳期不
易逢。长亭送，云程万里各西东。你索要鏖战西风，早把捷书捧。

（其一）

该曲为薛岗送后辈子弟赴京应试时的勉励之作，曲家以"北海龙""丹
山凤"作比，以赞扬黄生出众的才华，并安慰其莫因"潜踪""敛翼"
之挫折丧失信心，而要"直待风云动"，把握好佳期机遇，便可"一举
冲天"，实现自己的理想与抱负。全曲语言浅淡，直抒胸臆，而可贵之
处亦在于用世之情，曲风振拔向上，体现出冯氏一派精神之内核。

　　除了上述两位山东曲家，晚明前期可归为冯氏一派的代表曲家还
有薛论道和王寅。

　　薛论道（约1526—约1596），字谭德，号莲溪，别署莲溪居士，

直隶定兴（今河北易县）人。据《定兴县志》记载，薛论道幼年罹患重病，后虽痊愈，却一足终身残疾，天资聪慧，然又因父母早故而放弃举业，后从军三十年，屡建奇功，然因遭疑忌，未能腾达，终以神枢参将加副将归田。著有散曲集《林石逸兴》十卷，共收录小令 1000 首（今存 999 首），为古代散曲史上存曲最多的曲家。他南北曲兼作，且"举凡叹世、归隐、言情、写景、咏物、抒怀、咏史、怀古等曲中常写的内容，《林石逸兴》莫不具备，而举凡诗词所能写者，莲溪又莫不写之于曲"[1]，可见其散曲所涉题材之广。

而薛论道散曲最值得称道的成就之一即"把军旅生活和边塞风光写入散曲，在新的领域中扩大了散曲的题材范围"[2]，试读其代表作【南商调·山坡羊】《吊战场》：

> 拥旌麾鳞鳞队队，度胡天昏昏昧昧，战场一吊多少征人泪？英雄归未归？黄泉谁是谁？森森白骨塞月常常会，冢冢碛堆朔风日日吹。云迷，惊沙带雪飞。风催，人随战角悲。

该曲作于冬日塞外行军途中，作者由戈壁战场上随处可见的白骨和坟冢追忆起战死沙场的勇士们，其连用三个问句，字字沉重悲痛，饱含了曲家对逝者的追思与悼念，也从侧面表达了对所有戍边征人的理解与同情。作为一名久处边陲、饱经战乱的武将，薛论道不仅屡建战功，更可贵的是他能够不为功名所限，而以冷静之态度反思战争之残酷，体现出了深刻的人文关怀，这也使得其散曲的现实主义成就达到

---

① 赵义山：《明清散曲史》，第 245 页。

② 梁扬、杨东甫：《中国散曲史》，广西人民出版社 1995 年版，第 202 页。

了一个新的高度。

　　除了边塞曲，薛论道的现实主义精神还集中体现在其创作的叹世曲中。诚如俞钟《林石逸兴跋》所言，薛论道的叹世曲所反映的社会层面之广，可谓"于古今之成败，物理之变迁，习俗之雕弊，世道之靡薄，囊括殆尽矣"①。与此同时，其叹世曲还具有高度的概括性，很多时候并非只针对一时一事而论，而是对某一社会普遍现象的透视，颇具深度。如【南商调·山坡羊】《冰山》：

　　　　巍巍乎势倾华岳，赫赫乎风声载道，飞霜万里尽把乾坤罩。凌凌草木凋，芒芒星斗摇。江湖裂胆罢了严光钓，朝野寒心逼弯陶令腰。狂飙，三冬任尔飘。休骄，一春看尔消。

该曲为讽刺当朝权贵之作，然薛论道并没有直接抨击佞臣们的具体丑恶行迹，而是以描写巍然凛冽的冰山为喻，营造出悲怆可怖的氛围，来展现当时官场政治的腐朽与黑暗。该曲开篇连用"势倾华岳""风声载道""飞霜万里"三词，来展示冰山的赫赫威势，隐喻权臣的势力之大，故导致了象征百姓和清官的"草木"和"星斗"或凋零、或摇坠，其淫威之延续，甚至令诸如严光、陶渊明一类的高士都走投无路，无以自保。而在全曲氛围恐怖到几近绝望之时，曲家又笔锋陡转，傲然而坚定地指出"狂飙，三冬任尔飘。休骄，一春看尔消"，以强烈的对比表达出正义必胜的坚定信念。

　　薛论道在《林石逸兴自序》中曾道："其所制作，或忠于君，或

---

① 俞钟：《跋林石逸兴》，薛论道著《林石逸兴》，明万历间刻本，卷末。

孝于亲，或忧勤于礼法之中，或放浪于形骸之外，皆可以上鸣国家治平之盛，而亦可以发林壑游览之情。"① 其实，从薛论道的人生经历中可以看出，他本质上是一位非常传统的儒家入世者，所以尽管他因为仕途落寞、晚年归田而多有叹世讽世、闲适隐逸之作，但其内心却从未放下过"天生我材必有用"的自我期待和对天下兴废存亡的关怀。且看其【南商调·山坡羊】《青云得路》：

> 非是英雄豪放，还是斯文未丧，穷经皓首不负生平望。男儿能自强，天公自主张。一朝发奋位列公卿上，三策重瞳身登将相堂。经邦，绵绵万国昌。安邦，元元四海康。（其四）

该组小令共四首，前三首分别写了传统士子金榜题名、出将入相、名扬四海的愿望，而上引最后一首则将所有的豪情壮志统归至"经邦，绵绵万国昌。安邦，元元四海康"的儒家社会责任感。而除了这类直接表达渴望建功立业的作品外，薛论道甚至还作有一些讲理曲，专门宣传儒家所提倡的"忠""孝""廉""节""仁""义""礼""智""信"等，故正如赵义山所言："散曲文学的基调在莲溪笔下发生了根本的转变，即从传统的叹世归隐，转向了忠君报国，这虽然有悖于散曲文学一贯的讽世精神，也有悖于晚明文学以情反理的时代思潮，不是散曲文学的主流，但却表现了一种激越的豪情，具有催人昂扬奋发的力量。"② 而这也正是其对于冯氏之曲"向上一路"的继承与发扬！

王寅（1531？—？），小名淮孺，字仲房，一字亮卿，号十岳，

---

① 薛论道：《林石逸兴自序》，薛论道著《林石逸兴》，明万历间刻本，卷首。
② 赵义山：《明清散曲史》，第 247 页。

别号十岳山人，南直隶歙县（今安徽歙县）人。关于其生平经历，在《乐府小序》中有所记载："予客生大江之北，年弱冠而好说剑，乃遍游中原。闻缙绅先生有以乐府名家者，无不访而问焉。若韵书，若谱格，八百三十二名家，一千七百五十余杂剧，皆得领其大略矣。后还鄞乡，图以明经干禄，而置之若未前闻。及壮而成，遂愧为儒，弃去之时，于隐园独居之暇，随境感事，漫一编捏，惟存此册，散失者多。……江左从来亦有二三作者，足称庶几矣，近浸多见，惜哉！务头未暇，尚昧三声，他何足论。予此册之梓，用传中原名家，以希教益耳。"①结合上引序文和其具体作品内容可知，其存世散曲集《王十岳乐府》一卷作于中晚年时期，且王寅虽为南方曲家，但其散曲创作却是以中原北曲为主②。

综观王寅之曲，以闲适隐逸、感时叹世及酬答交游类题材为主，且多真实反映了其人生经历，曲风质朴平直，如其【北双调·沉醉东风】小令十首，前七首"每首若记年谱"，叙述自十五岁至七十岁的生平经历。王寅少时兼具文武才，然却博取功名未遂，后虽曾客胡宗宪府幕，然终不为重用，故壮志难酬、怀才不遇之感成为他一生的心结。对于自己晚年"一无成百事灰"（【北黄钟·醉花阴】《己巳除夕》）的穷愁落寞，王寅常以"适兴还依野水涯，无心不梦长安陌"（【北双调·夜行船】《七十自寿》）之类的放达语来自我宽慰，但实际上却满心尽是不甘与无奈。

如其【北双调·水仙子带过折桂令】《隐园》一曲：

① 王寅：《乐府小序》，王寅著《王十岳乐府》，《十岳山人诗集》，明万历间刻本，卷首。
② 《王十岳乐府》一卷中，只有【商调·黄莺儿】小令11首和【仙吕入双调·夜行船】套数1篇为南曲，其余均为北曲。

住一间村西破草堂，隐一曲竹下深蓬巷。傍一株鹤巢松树台，挂一幅禅榻梅花帐。护一道三尺矮萝墙，开一扇四面宿云窗。坐一片待叱青羊石，醉一歌无怀浊酒觞。猛想起一会凄凉，好交结多黄壤。猛想起一会猖狂，英雄心未尽忘。

该曲自开篇起连用八句排比，大幅描绘隐园的景色，营造出一如传统隐逸曲清陋而闲适的氛围，但最后却又连用两个"猛想起"进行转折，表露出其并不安于隐居的真实心迹。

"二十年初战科场，万人敌自负难当。虽悬霄汉心，难画葫芦样"（【北双调·沉醉东风】），据此自述可知，王寅少时才华横溢却未能取得功名，实则是因为其不适应科举之要求。因此，他对于科举制度一直都是持以批判的态度，如【北正宫·醉太平】《十二首自咏》：

班马文枉学，李杜诗徒劳，诗文价借甲科高，被穷酸扯倒。汉风唐调谁评校？胡褒歪贬谁公道？知音本少子期曹，老先生自晓。（其四）

学明经射策，想八座三台。出身多为趱钱帛，秀才时布摆。文章倘遂当时卖，声名难兑随人坏，英雄不怨老尘埋。爱蕨薇白采。（其五）

看学术纷纷，知谁真谁假？假多真少笑时人，总歪传画本。是真是假难评论，价高价减随人信，大家跳入面糊盆。请先生试

忏。（其七）

上引三首作品，第一首旨在批判只重科举与权势的不良世风，从而导致了真正优秀的诗文得不到重视，充满了无限愤懑与悲凉之情；第二首则是谴责科举制度只重"明经射策"，导致士人学习只为追求名利，甚而买卖文章，实在是世风不古，文风极坏；第三首是对学术界假多真少、真假难辨现象的反思，在对学术乱象讽刺的同时也表达了自己的疑惑与痛心。毫无疑问，王寅对科举制度的批判有其个人的原因，但也不可否认的是，其所反映的现象是具有社会普遍性的，尤其对科举（学术）制度局限的反思和作为学人应有的良知更可谓是一种与时俱进的精神！

　　综上所述，可以看出，晚明前期的北派曲家们虽分布零散，但却都秉承了元代及明中叶北派曲家豪放直率的风范。然更可贵的是，他们没有局限于传统豪放派以"自弃"为形式的"豪"，而是在散曲的领域里高歌起忠君报国的壮志豪情；他们也不泥于一己之得失、情怀，而是通过对社会时事、百姓民生的关注使得散曲文学的精神又回归至"诗言志"的儒家诗教传统，从而上承元代张养浩、近接明代冯惟敏，展现出了高度的现实主义批判精神。

第四节　尖歌倩意，雅俗同赏：晚明前期曲家的拟时曲之作

　　据沈德符《万历野获编》卷二十五《时尚小令》记载：

　　　　元人小令行于燕、赵，后浸淫日盛，自宣正至成弘后，中

原又行《锁南枝》《傍妆台》《山坡羊》之属。李崆峒先生初自庆阳徙居汴梁，闻之，以为可继《国风》之后；何大复继至，亦酷爱之，今所传《泥捏人》及《鞋打卦》《熬鬏髻》三阕，为三牌名之冠，故不虚也。自兹以后，又有《耍孩儿》《驻云飞》《醉太平》诸曲，然不如三曲之盛。嘉隆间，乃兴《闹五更》《寄生草》《罗江怨》《哭皇天》《干荷叶》《粉红莲》《桐城歌》《银绞丝》之属，自两淮以至江南，渐与词曲相远，不过写淫媟情态，略具抑扬而已。比年以来，又有《打枣竿》《挂枝儿》二曲，其腔调约略相似，则不问南北，不问男女，不问老幼良贱，人人习之，亦人人喜听之，以至刊布成帙，举世传诵，沁人心腑，其谱不知从何来，真可骇叹。①

上引这段话详细描述了作为"明代一绝"的时尚小曲由明前期初兴至晚明达到鼎盛的发展历程。明前期小曲主要流行于北方中原地区，至嘉隆间，不仅曲调更新繁富，流行范围也扩大到"两淮以至江南"，而万历以后，更是"不问南北"，全国风行，流行程度达到了"不问男女，不问老幼良贱，人人习之，亦人人喜听之"的地步。

而明代小曲之所以如此兴盛，一方面自然是因为其拥有广泛的民间群众基础，但同时也与明中叶后文人对其"真诗乃在民间""可继《国风》之后"的理论定位密不可分。且也正因为文人的积极倡导，小曲之精神亦"侵入南北小令之中"②，因此，嘉隆后的晚明小曲之

---

① 沈德符：《万历野获编》，第 545 页。
② 任讷：《散曲概论》，曹明升点校《散曲丛刊》，第 1101 页。

盛，并不仅仅表现为市井勾栏中的传唱，更重要的是"其声所及，昆腔以后之各家小令，无一不受其影响者"①，文人拟作蔚然成风，一定程度上为晚明高度雅化的曲坛重新注入了率真的活力。其中，刘效祖和丁綵即为晚明前期模写时尚小曲的曲家代表：

刘效祖（1522—1589），字仲修，号念庵，山东滨州（今惠民）人。嘉靖二十九年（1550）进士，历任卫辉府推官、户部主事，官至陕西按察司副使，后被权奸严嵩构陷，于嘉靖四十二年（1563）罢归，遂"退居林泉，吟咏不辍，翰墨之余，间为词曲小令，以抒其怀抱，而寄其牢骚"②。曾撰有《云林稿》《都邑繁华》《闲中一笑》《混俗陶情》《裁冰剪雪》《良辰乐事》《空中语》《莲步新声》等散曲集，然皆散佚，现仅存《词脔》一卷，为康熙九年（1670）其从孙芳躅于诸家选本中所辑得尚存之曲，共收小令112首，套数1篇。

就刘效祖现存的散曲作品来看，南北兼作而以北曲为主，题材方面以传统的叹世归隐和风情相思两大类为主，同时兼及少量写景和反映民俗之作。其叹世归隐类的作品或反映官场黑暗、世情凉薄，或歌咏归隐闲适，基本延续了北派旷放直率之风，但却鲜有创新；而其模拟时曲的风情相思之作却颇具特色，据《词脔》中各曲牌下所标数目可知，刘效祖的拟时曲之作至少应有400余首，且曾"盛传一时，至闻之禁掖"③，可见其在当时曲坛的影响之大。惜今仅存30余首，然亦可窥一斑而知全豹，如【南双调·锁南枝】：

---

① 任讷：《散曲概论》，曹明升点校《散曲丛刊》，第1101页。
② 胡介祉：《词脔跋》，刘效祖著《词脔》，清康熙三十三年（1694）刻本，卷末。
③ 刘芳躅：《词脔序》，刘效祖著《词脔》，清康熙三十三年（1694）刻本，卷首。

团圆梦梦见他，笑脸儿归来连声问我。我在外几载经过，你在家盼望如何。说一会功名叙一会间阔。唤梅香把酒果忙排，与俺二人权作贺，万种相思一笔勾抹。猛追魂三唱邻鸡，急睁眼一枕南柯。（其一）

该曲以代言体的形式叙写了一位思妇的"团圆梦"：思妇与丈夫分别多年，朝思暮想，终于盼得归人，一时间竟无语凝噎，反是丈夫连声笑问对其是否思念，随后二人便互诉衷肠，而相思之苦又一言难尽，所幸终于苦尽甘来，遂唤丫鬟排酒以作庆贺，而就在二人沉浸于久别重逢的柔情蜜意中时，鸡鸣声却啼破美梦……该曲通篇以思妇之口吻娓娓道来，人物、对话、神态、心理描写一应俱全，甚至还有安排丫鬟排酒的场景，如此之生动，以至于令读者都忘了这一切不过是开篇即点明的梦境，故最后绵绵情意于鸡鸣声中戛然而止，读者尚有难以接受现实之感，更勿论曲中思妇之无限惆怅。全曲纯用口语，通篇明白如话，但叙写极为形象生动，且言有尽而意无穷，将思妇的率性重情展现得淋漓尽致。

再如【双叠翠】：

夏不宜，夏不宜，绿阴恼煞乱莺啼。一般是解愠风，吹不散愁人意。暗数归期，频卜归期，荷香空自袭人衣。最可怜是明月时，怕自往纱厨去。（其二）

怕逢秋，怕逢秋，一入秋来动是愁。细雨儿阵阵飘，黄叶儿看看骤。打著心头，锁了眉头。鹊桥虽是不长留，他一年一度亲，

强如我不成就。（其三）

该组曲原有二十首，今仅存两组四季闺思之作，共计八首。每组均以第一人称的独白手法，结合四季景色之更替，来诉说曲中女主人公绵绵不绝的愁思。上引两首选自第一组四季闺思，“莺啼”“荷香”“明月”“细雨”“黄叶”等景物描写清新自然，而又颇具象征意味，正所谓“景语即情语”，曲家以情写景，又以景衬情，化无形之愁思为有形，展现出浓厚而真实的生活气息。曲作语言通俗直白，风格活泼率真，完全不同于白苎一派写情之“典雅”，却正契合时尚小曲之“真”精神。

丁綵（约 1533—1603 以后），号前溪，山东诸城人。少年时仗义负气，然因早孤不竟所学，故以布衣终老。其“自弱冠以及垂老，雅好为词曲”①，但大多“率从口头嬉笑，旋即散落，统无遗稿”②。今仅存散曲集《小令》一卷，所收作品题材以言情为主，兼及部分叹世抒怀之作，语言方面多俗语俚呼，受民间小曲的影响颇深，故其创作虽以南曲为主，却呈现出北派质朴直率的风格。

试读其【南双调·锁南枝半插罗江怨】《客金陵寓意》一曲：

佳音寄，泪难收。捎书的人儿牢记在心头。你说我模样还如旧，你说我瘦了添上他愁，烦你说我不瘦是不为他忧，休说我不瘦休说我瘦。他若再跟询我动定何如，你说我有时节欢喜有时节忧愁，欢喜少似愁时候。我的梦魂儿常躲着他梦魂，只怕他梦见

①② 丘云嵻：《小令序》，丁綵著《小令》，绥中吴氏绿云山馆抄本，卷首。

我瘦了苦恨无休，那时节他疼我瘦我又疼他瘦。（其二）

该曲描写了一位客居金陵的游子托人向家里捎书时的情景，通篇全为游子对捎书人的嘱咐，叮咛反复，絮絮叨叨，不过就是不愿告知对方自己的"瘦"与"愁"，不想平添对方的忧愁。全曲纯为口语，简单直白的反复诉说，将游子细腻的心思展现得淋漓尽致，尤其末句"我的梦魂常躲着他梦魂"，更使得游子那种想见不敢见的伤痛之情跃然纸上，令人动容。

再如【南商调·山坡羊】《代促织答语》：

> 告东君你休嗔俺叫，俺虫蛰儿各有个时道。天生下俺迎秋促织，哪管你烦恼哪管你欢乐。俺生成的绪绪叨叨，又不是因你愁才叫了这一遭。你本是悲秋病胡思乱想，数归期盼归期误了你睡觉。若等的那人儿同宿在罗帏也，我就咬了你耳朵你也不心焦。听着，你肚子里没病怕什么冷糕？听着，你害相思拿着俺遮唠。

该曲前有一首借促织写闺怨之作，此曲即以寓言的形式代促织回答前作思妇的责备，十分诙谐有趣。曲作以促织诉冤起笔，说迎秋鸣叫是其时道天性，与恋人之间的欢乐烦恼并无关系，接着又指出思妇睡不着完全是因为自己盼归人不得胡思乱想所致，最后以"肚子里没病怕什么冷糕"的俗语作结，表达促织被无辜迁怒的喷怨。全曲通篇皆写促织的答语，构思尖新奇巧，语言通俗明了，如同白话，且又多有衬字，极具小曲之风味。

除了言情之作，丁綵对民歌时曲的模仿在其叹世曲中也表现得十分突出，如【南商调·山坡羊】《借蝉寓意》一曲：

> 羡新蝉声音嘹亮，占高枝肯将谁让。弄精神无拘无束，逞豪气三千丈。遇的是好时光，乘的是大阴凉，率性儿粗喉咙大嗓不觉人听不上。有时节西风紧梧叶凋零也，我替你烦恼我替你凄凉。惨伤，饶你不死也不这等旺相。休忙，你早寻下个窠巢准备着落叶严霜。

该曲借咏新蝉来讽刺投靠权臣的新贵官员，开篇大力铺写新蝉占据高枝的嚣张气焰，暗指新贵不过是有所依附才得以如此狂妄，接着笔锋逆转，明言待到秋风至，大树凋零，蝉便无所依靠，再也不能叫嚣，实则讽刺权奸垮台之时，便是新贵落难之日。全曲语言浅显直白，通俗易懂，句句扣合蝉之习性，同时又处处关联新贵之处境，于调侃嘲谑中反映出官场之黑暗现实，可谓寓意深刻。

相比较而言，为宦曲家刘效祖的拟时曲之作在当时虽然影响很大，但其文人化的倾向仍较明显，很多作品属对工整，清丽雅致，"杂之小山乐府中，不能辨也"[①]；而丁綵以布衣终老，与民间生活联系紧密，且"学未登阃奥，耳不闻今古"[②]，所作大多皆为"信口狂歌，聊以寄性"[③]，因此其作品中所表现出的民间风味更显浓郁而自然。

然而，无论二者身份之差异，在晚明曲坛高度雅化的潮流中，文

---

① 朱彝尊：《静志居诗话》，人民文学出版社 1990 年版，第 361 页。
②③ 丘云崿：《小令序》，丁綵著《小令》，绥中吴氏绿云山馆抄本，卷首。

人对时曲的拟作毫无疑问也影响到了散曲的创作：从内在精神来看，文人拟作得小曲真情之精髓，力挽晚明散曲尤其香奁一路渐趋形式化的空洞颓势；从外在风格来看，文人拟作继承了元散曲尚俗的特点，将散曲原有的俚俗诙谐的特质重新激活，使得晚明散曲的整体风格更加多样化。同时，文人在对时曲的模拟过程中，也并非完全局限于字摹句拟，而是融入了自己的创作，二者的结合在一定程度上也加速了时尚小曲的发展与普及，更促进了雅文化与俗文化之间的交流互动。而文人内部的阶层区分，也恰恰说明时尚小曲与散曲文学在晚明时期的同步兴盛与普及，这对于散曲文学重新回归平民阶层，保持鲜活生机具有重要意义。

第 三 章
晚明中期散曲创作研究

从晚明前期到中期，经由"白苧"一派在散曲领域的实践与推广，昆腔音乐在曲坛日益流行开来，故在南方尤其江南繁华地区，为满足词场应歌之需要，香奁一路的创作可谓达到极盛。但与此同时，受当时特定的时代政治因素影响，也有一些曲家在创作上于香奁艳曲之外别开一路，或以时事政治入曲，或寓警世教化之义，以继续传承晚明前期北派散曲"诗言志"的儒家诗教传统。因此，从整体上来看，晚明中期散曲的创作可以说是对晚明前期的延续，而其发展变化亦是在晚明前期基础上的承变。

第一节　晚明中期散曲曲坛概况

一、晚明中期散曲家的地域分布与身份构成

与晚明前期相比，晚明中期的散曲曲坛在曲家地域分布与身份职位方面都发生了一些明显的变化。

先看地域分布情况。晚明中期散曲家共计 61 位，其中 4 位籍贯不详，余下 57 位的地域分布情况（按当今的行政区划统计）如下：

省份	散 曲 家	合计
陕西	李应策、范垣、王异	3
山西	两峰主人	1
河北	赵南星	1
河南	吕坤	1
山东	毕木	1
湖北	袁宗道、文淑	2
湖南	龙膺	1
四川	黄辉、王化隆	2
江苏	王锡爵、顾大典、盛敏耕、顾宪成、沈璟、陈所闻、黄方胤、黄祖儒、黄成儒、俞彦、沈瓒、徐媛、杜大成、茅溱、王衡、沈珂、顾起元、孙起都、皮光淳	19
浙江	史槃、胡文焕、王骥德、屠隆、陈与郊、冯梦祯、关思、王澹、吕时臣	9
上海	许乐善、董其昌、张以诚、陈继儒、范允临	5
安徽	朱载堉、程可中、梅鼎祚、徐维敬、佘翘、汪廷讷、孙湛、刘汝佳、刘然	9
江西	汤显祖、欧阳阴惟	2
云南	禄洪	1

据上表数据可以很明显地看出：

与晚明前期相比，晚明中期北方散曲家的地域分布由甘肃、陕西、河北、山东四省变为了陕西、山西、河北、河南、山东五省，地域范围有所扩大，但各省散曲家的数量都很少，只有陕西省的散曲家数量由晚明前期的 1 位增至 3 位，而晚明前期北方散曲曲坛的重镇山东省，其散曲家数量却由 9 位锐减至 1 位，可见整体分布情况十分零散。且晚明中期北方五省散曲家一共只有 7 位，只约为晚明前期北方散曲家人数的一半，尚不到同期南方九省散曲家人数的七分之一，这正标志了晚明中期整个北方地区散曲的衰落。

　　而晚明中期南方九省则大体上仍然延续了晚明前期的主流势态（唯较晚明前期少了福建省散曲家 2 位，增加了湖南省散曲家 1 位、云南省散曲家 1 位），其他大部分省份的散曲家数量较晚明前期均只有小幅增减。且晚明中期散曲家最为集中的地区仍然是江、浙两省，但两省内的创作中心稍有迁移：江苏省内的创作中心由晚明前期的南京（7 位）与苏州（3 位）变迁为南京（10 位）与吴江（4 位）；浙江省内的创作中心则由晚明前期的杭州（4 位）变迁为绍兴（3 位）。

　　再看晚明中期散曲家的身份构成情况。晚明中期共有 61 位散曲家，其中 17 位身份经历不详，其余 44 位的身份、官职情况如下：

身份、官职品级	散　曲　家	合计
王　裔	朱载堉、徐维敬	2
从一品	王锡爵	1
正二品	赵南星、董其昌	2
正三品	吕坤、龙膺、顾起元	3
正四品	陈与郊、许乐善、李应策、刘汝佳	4
从四品	冯梦祯、范允临	2
正五品	顾宪成、沈璟、袁宗道、汪廷讷、范垣、俞彦	6
从五品	顾大典、禄洪	2

（续表）

身份、官职品级	散 曲 家	合计
正六品	屠隆	1
从六品	沈璟、张以诚	2
正七品	胡文焕、黄辉、王衡、汤显祖	4
正九品	王化隆	1
举 人	佘翘	1
贡（监）生	两峰主人	1
诸 生	盛敏耕、梅鼎祚、陈所闻、黄祖儒、黄成儒、陈继儒、孙起都	7
童子师	程可中	1
布 衣	王澹	1
山 人	吕时臣	1
闺 阁	徐媛	1
名 妓	文淑	1

据上表统计，晚明中期做过官的散曲家共计30位，其中从五品及以上官员有22位，百分比达到73.3%，与晚明前期大致相当；底层文人散曲家（举人、贡生、监生、诸生、童子师、布衣、山人）共计12位，与做过官的散曲家比率为40%（低于晚明前期底层文人散曲家与做过官的散曲家的比率）；另女性散曲家人数由晚明前期的6位降至2位。而底层文人散曲家与女性散曲家人数的减少、所占晚明中期散曲家总人数比率的降低，正从反面说明了从五品以下官员所占比率的升高，故总体来看，晚明中期散曲家的身份地位又较晚明前期有所提高。

二、晚明中期南北散曲创作数量对比

据笔者统计，晚明中期存世散曲共计 1811 首（套），其中包括北令 494 首、南令 981 首、无宫调令 42 首、不明牌调令 28 首、北套 55 篇、南套 192 篇、南北合套 19 篇。故不算无宫调令、不明牌调令与南北合套，晚明中期北散曲共计 549 首（套），南散曲共计 1113 首（套）。很明显，与晚明前期南散曲数量只略高于北散曲的情况不同，晚明中期南散曲数量大增，是北散曲数量的 2 倍，故此阶段才方可谓"南曲乃成曲坛主流"[①]。

另，与晚明前期一样，为了更清楚地对比晚明中期南、北散曲的创作，我们不妨于此处再比较一下晚明中期创作南、北曲的散曲家的情况：

散曲家类型	散曲家创作数量（不包括无宫调令、不明牌调令与南北合套）	散曲家人数
纯作北曲作家	王锡爵（12）、吕坤（16）、袁宗道（1）、杜大成（2）、盛敏耕（1）	5
纯作南曲作家	顾大典（2）、王骥德（90）、胡仁广（2）、董其昌（1）、关思（1）、沈瓒（8）、徐维敬（1）、王衡（5）、沈珂（1）、冯梦祯（1）、梅鼎祚（10）、汤显祖（1）、沈璟（60）、顾起元（3）、张以诚（1）、孙起都（4）、王异（1）、两峰主人（1）、朱庆胏（2）、黄方胤（2）、刘汝佳（11）、禄洪（7）、欧阳阴惟（1）、吕时臣（1）、文淑（16）、刘然（1）	26
主要作北曲作家	程可中（北 22 南 10）、茅溱（北 5 南 2）、黄祖儒（北 10 南 4）、黄成儒（北 5 南 3）、李应策（北 284 南 178）、孙湛（北 4 南 1）、毕木（北 2 南 1）	7

[①] 李昌集：《中国古代散曲史》，第 356 页。

（续表）

散曲家类型	散曲家创作数量（不包括无宫调令、不明牌调令与南北合套）	散曲家人数
主要作南曲作家	朱载堉（北75南142）、史槃（北1南16）、胡文焕（北18南60）、陈继儒（北1南5）、范允临（北1南7）、徐媛（北4南23）、龙膺（北6南46）、陈与郊（北7南60）、赵南星（北17南22）、陈所闻（北30南219）、许乐善（北2南14）、汪廷讷（北6南25）、王化隆（北8南47）、范垣（北1南37）、孙胤伽（北1南2）、俞彦（北2南13）	16
南北曲创作数量相同的作家	屠隆（北1南1）、佘翘（北1南1）、皮光淳（北2南2）、张曼倩（北1南1）	4

根据上表数据可以看出：

首先，与晚明前期一样，单从散曲家数量来看，晚明中期无论是纯作南曲还是主要作南曲的散曲家，都较纯作北曲、主要作北曲的散曲家人数要多。且纯作北曲、纯作南曲的散曲家创作数量大都也很少：纯作北曲的散曲家中依然没有一人存世作品超过20首（套），纯作南曲的26位散曲家中也只有王骥德、沈璟二人存世作品超过20首（套）。

其次，晚明中期主要作北曲和主要作南曲的两类散曲家的创作数量也和晚明前期一样普遍较高。但与晚明前期不同的是，此阶段主要作北曲的散曲家大多是南北兼擅，所创作南、北曲的数量差距并不大；而主要作南曲的散曲家在北曲的创作方面却只是点到为止，南、北曲的创作数量差距很大。因此，虽然晚明中期纯作南曲的散曲家并不多，但这一阶段却并不乏南曲大家。

再次，结合晚明中期诸位散曲家的地域分布情况来看，我们可以发现，与晚明前期不同：晚明前期纯作北曲的5位散曲家中，只有2位是南方曲家（张四维、冯柯），而晚明中期纯作北曲的5位散曲家中，却只有1位是北方曲家（吕坤）；晚明前期纯作南曲的36位散曲家全是南方曲家，而晚明中期纯作南曲的26位散曲家中却有2位是北方曲家（王异、两峰主人）；晚明前期主要作北曲的7位散曲家中，有2位是南方曲家（王世贞、王寅），而晚明中期主要作北曲的7位散曲家中，却又只有2位是北方曲家（李应策、毕木）；晚明前期主要作南曲的12位散曲家中，有4位是北方曲家（刘龙田、薛论道、丁綵、薛岗），而晚明中期主要作南曲的16位散曲家中，只有2位是北方曲家（赵南星、范垣）；另，晚明中期还有4位散曲家的南北曲创作数量相同，均为南方曲家。以上诸差异的产生，反映了晚明中期北方散曲家人数的减少、北方散曲曲坛的衰落和南方散曲曲坛的兴盛；但更重要的是体现了南曲流传之广泛，同时南方散曲家对北曲的普遍接受与创作，也充分说明了晚明中期南北曲融汇交流的深入。

三、晚明中期散曲的题材类型

晚明中期散曲的题材类型整体上仍然延续了晚明前期的13类，惟沈璟作【南商调·二郎神】《太霞新奏序》，故又单列出"论曲"一类，共计14类，现按数量从多到少排序如下：

题材类型	散曲数量	占晚明同类题材百分比	题材类型	散曲数量	占晚明同类题材百分比
闲适归隐	390	31.3%	怀人悼亡	53	30.1%
闺情艳情	295	20.6%	纪游纪行	52	34.7%
感时叹世	283	36.0%	嘲　谑	49	25.3%
咏物写景	242	27.4%	羁旅客愁	22	26.2%
赠答应酬	195	32.2%	宗　教	19	12.4%
劝诚讲理	150	31.8%	边　塞	2	14.3%
咏　剧	58	80.6%	论　曲	1	100%

　　将上表数据与晚明前期的散曲题材类型表相比，可以发现：

　　首先，两个阶段各题材类型的数量排序整体上变化不大，但个别类型的排序差异十分明显。如：两个阶段排在前七位的题材类型有六类是相同的，后七位的排序差异也不大，但晚明前期排在第七位的嘲谑曲在晚明中期降至第十位，而晚明前期排在第十二位的咏剧曲在晚明中期则升至第七位。正如前文所言，各题材类型的排序升降很大程度上是与曲家的个人喜好相关的，所以若从整体来看，晚明中期的散曲创作题材大致承续了晚明前期的影响。

　　其次，虽然晚明前、中两个阶段排在前七位的散曲题材类型有六类是相同的，但具体排序也有一定的变化。如：晚明前期散曲题材类型中排在前四位的分别是闺情艳情、闲适归隐、咏物写景、感时叹世，而晚明中期前四位则变为闲适归隐、闺情艳情、感时叹世、咏物写景。其中，咏物写景类的排序受个体曲家的创作影响很大（晚明前期散曲家杜子华一人就作有 129 首咏物写景曲），所以至晚明中期，该类由晚明前期的第三位降为第四位；而闺情艳情类也由晚明前期的第一位降至第二位，且晚明中期闺情艳情、感时叹世、咏物写景三类题材的数量差别不大，这也从侧面说明南曲的兴盛并非散曲家创作闺情艳情类作品的充分条件。

　　再次，结合上表中各类题材散曲数量所占晚明同类题材的百分比，可以发现，与晚明前期多高比值类型的情况不同，晚明中期除了极个别类型（咏剧、论曲）受个体曲家的集中创作影响，大部分散曲题材类型的比值均较低，多数只在 20% 至 40% 之间。而正如前文所述，各题材类型散曲数量所占晚明同类题材百分比的高低在一定程度上与该类题材在当时的创作普遍程度成反比，所以这恰好说明晚明中期大部分散曲题材类型创作之普遍，同时这也正是晚明中期散曲曲坛兴盛的一个重要标志。

第二节　济济多士，出入梁沈：晚明中期南派曲家的创作

不同于晚明前期北方散曲家的相对集中，晚明中期北方散曲家的人数和创作力度均大幅下降，故南方尤其江浙一带散曲家的主流地位更显突出。而受江南经济繁荣、娱乐文化发达的影响，晚明中期南派散曲家大多延续香奁一路的创作，以满足词场应歌之需要。其中，在当时曲坛地位最高、影响最大者，则当属沈璟。

沈璟（1553—1610），字伯英，一字聃和，号宁庵，别号词隐生，南直隶吴江（今江苏苏州）人。万历二年（1574）进士，历官兵部、礼部、吏部主事、员外郎，十四年（1586）因上书言事触怒神宗，被降官三级，十六年（1588）任顺天乡试同考官，迁光禄寺丞，不久又受科场案牵连，遂于次年称病告归。后家居二十余年，主要潜心于戏曲创作与曲学理论研究。在散曲创作方面，其曾著有《情痴寱语》《词隐新词》各一卷，《曲海青冰》二卷，然皆散佚，现仅存小令 17 首，套数 43 篇，全为南曲。

据王骥德《曲律》记载，沈璟一生创作有传奇十七种[1]，"《红蕖》蔚多藻语，《双鱼》而后，专尚本色"[2]。由此可见，在戏剧创作方面，

---

[1]　分别为《红蕖》《分钱》《埋剑》《十孝》《双鱼》《合衫》《义侠》《分柑》《鸳衾》《桃符》《珠串》《奇节》《凿井》《四异》《结发》《坠钗》《博笑》。

[2]　王骥德：《曲律》，陈多、叶长海注释《曲律注释》，第 222 页。

沈璟最初受"白苎派"影响,颇重文采,后期才转为提倡本色。而这一点在其散曲创作中也有所体现,如【南南吕·金络索】《赠妓粉英》一曲:

> [金梧桐]温柔乡里生,绰约风前逞。新样蛾眉,轻贴花痕整。任他梅蕊鲜,[东瓯令]似伊清,不似你春姿蓦地生。晴云杨柳摇纤梗,[针线箱]夜月芙蓉漏晚青。[解三酲]香玉莹,[懒画眉]分明一片露华凝。[寄生子]便教他沁月琼英,瑶萼裁冰,曾及你些儿影。

该曲辞藻华美秾艳,意象密丽,对青楼女子情态的描写细腻精致,极类花间婉约词,是典型的"白苎"派作风。但这并不是沈璟散曲的主流风格。从总体来看,作为晚明中期香奁一路曲家的代表,沈璟的创作虽以闺情类题材为主,但在语言上并不提倡雕琢粉饰,而是推崇本色。故较之梁辰鱼一派的浓艳文采,其曲风在整体上多表现为清淡流丽。

除语言风格外,沈璟受"白苎"派的影响还表现在喜作集曲翻调方面。然不同于梁辰鱼对沈仕、陈铎、金銮诸位曲家个别散曲的改定模仿,沈璟大部分作品都是翻改元人北词或隐括宋人诗余,偏于形式弄巧,而缺乏创新。如其翻郑德辉《秋闺》之作:

> 【南中吕·驻马听】败叶萧萧,雨霁天高催木杪。江乡潇洒,衰柳千株,笼罩平桥。云寒波冷翠荷凋,露浓霜重丹枫老。景色寥寥,晴虹散彩,落霞余照。

【泣颜回换头】云消，岩谷瘦山腰，雨多水面肥饶。横空翔雁，行行占得秋高。昏鸦万点，茂林中守着呀呀叫。画船归红日衔山，月儿芽百鸟寻巢。

【驻马听】寂寞鸾交，静掩重门情似烧。纱窗人静，锦字书稀，宝篆香消。愁闻绕砌竹相敲，厌听邻院砧常捣。正苦无聊，闲阶落叶，偏随风扫。

【泣颜回换头】谁教，玉漏转迢迢，碧澄澄凉月偏高。鸳衾宽剩，寒来转觉萧条。难捱夜永，欲追寻好梦和衣倒。苦央求业眼才合，恨促织又来喧闹。

【尾声】这虫儿一点身躯小，偏会把愁魂惊觉，紧截定阳台不放饶。

该套曲语言虽不施铅华，朴素自然，但在写作方式上，前两曲纯为景色描写，以渲染气氛，后三曲则以景衬情，又为典型的诗余作法，加之南北曲音乐格律的差异，沈璟此曲反倒逊于原作之情韵，无怪任讷评曰："沈氏于所翻诸曲，虽自命曰'青冰'，实则去'蓝水'犹远甚，直是点金成铁，活文字则死之，新意境则腐之耳。"①

而沈璟之所以如此热衷于翻改前人之作，主要目的是为了配合昆腔音乐的协律可歌。他对于声律的态度十分严谨，"合律依腔"是其曲学理论的一大基本主张，不仅编著《南九宫十三调曲谱》来完善南曲曲谱，从宫调、曲牌、格律、音韵等方面规范昆曲的创作，甚至还将相关经验写入散曲套数，以曲论曲，颇为新奇：

---

① 任讷：《散曲概论》，曹明升点校《散曲丛刊》，第1098—1099页。

【南商调·二郎神】何元郎，一言儿启词中宝藏，道"欲度新声休走样"。名为乐府，须教合律依腔。宁使时人不鉴赏，无使人挠喉捩嗓。说不得才长，越有才越当着意斟量。

【前腔换头】参详：含宫泛徵，延声促响，把仄韵平音分几项。倘平音窘处，须巧将入韵埋葬。这是词隐先生独秘方，与自古词人不爽。若是调飞扬，把去声儿填他几字相当。

【啭林莺】词中上声还细讲，比平声更觉微茫。去声正与分天壤，休混把仄声字填腔。析阴辨阳，却只有平声分党。细商量，阴与阳，还须趁调低昂。

【前腔】用律诗句法当审详，不可厮混词场。

【步步娇】首句堪为样，又须将〔懒画眉〕推详。休叫卤莽，试比类当知趋向。岂荒唐，请细阅《琵琶》，字字平章。

【啄木鹂】《中州》韵，分类详，《正韵》也因他为草创。今不守《正韵》填词，又不遵中土宫商。制词不将《琵琶》仿，却驾言韵依东嘉样。这病膏肓，东嘉已误，安可袭为常。

【前腔】北词谱，精且详，恨杀南词偏费讲。今始信旧谱多讹，是鲰生稍为更张。改弦又非翻新样，按腔自然成绝唱。语非狂，从教顾曲，端不怕周郎。

【黄莺儿】奈独力怎堤防，讲得口唇干空闹攘，当筵几度添惆怅。怎得词人当行，歌客守腔，大家细把音律讲。自心伤，萧萧白发，谁与共雌黄。

【前腔】曾记少陵狂，道细论文晚节详。论词亦岂容疏放。纵使词出绣肠，歌称绕梁，倘不谐律吕也难褒奖。耳边厢，讹音俗调，羞问短和长。

【尾声】吾言料没知音赏，这流水高山逸响，直待后世钟期也不妨。

该套曲开篇便明确指出"合律依腔"是"乐府"创作的第一要义，"宁使时人不鉴赏，无使人挠喉捩嗓"，尤为强调曲作要首先保证协律可歌，而字句文采、文学效果等都相对次要甚至可以忽略，可见其追求声律的态度严格而偏激，故其创作为法所拘，难出新意，翻酒点金成铁，也自在情理之中。当然，就此套曲本身而言，沈璟总结了许多关于字声运用的经验，还是很有参考价值的，故后来冯梦龙赞其"韵律之法毕备"①，将之收作《太霞新奏》序文。

总而言之，沈璟的散曲创作在晚明曲坛并不算突出，但其曲学理论方面的成就很高。这不仅影响了以其为中心的"吴江派"创作，甚至自晚明中期至明末清初，大部分南派曲坛在创作上基本都是"文章必推梁氏为极轨，韵律必推沈氏为极轨"②，可以想见其在晚明曲坛的地位之高。

除了沈璟之外，晚明中期较有代表性的南派曲家还有王骥德、史槃、陈所闻三位：

王骥德（1542？—1623），字伯良、博骥，号方诸生、玉阳生，别署秦楼外史、方诸仙史等，浙江会稽（今绍兴）人。其早年受业于同乡戏曲家徐渭，后又与沈璟等曲坛名家相交，终生未入仕途，潜心

---

① 冯梦龙：《太霞新奏》，卷首眉批。
② 任讷：《散曲概论》，曹明升点校《散曲丛刊》，第 1097 页。

精研曲学，为明代著名的曲论家。其所著《曲律》四卷被吕天成誉为·
"真可谓起八代之衰，厥功伟矣"①，堪称明代最具系统性且最有见识
的曲论著作。在散曲创作方面，王骥德著有散曲集《方诸馆乐府》二
卷，惜不传，今存小令58首，套数32篇，均为南曲，题材大多亦不
离香奁范围。

试读其【南正宫·玉芙蓉】《青楼八咏·臂枕》一曲：

> 玲珑云母床，窈窕鲛绡帐，恁珊瑚高枕头，总道寻常。弯环
> 玉藕猥相向，衬贴莲花并作芳。红茵上，正东方未央，准备着梦
> 灵犀一点漏高唐。

该曲为典型的狎妓艳情之作，但作者却从描写精美卧具入手，又以
"玉藕""莲花"为喻，间接含蓄地展示了女子肉体之美，弱化了所写
艳情之庸俗，文笔华美精雅，颇类"白苎"派作风，亦正合王骥德
"以婉丽俊俏为上"②的曲学观。

当然，作为著名曲学家，王骥德对于词、曲二体的风格差异是很
清楚的，所以其在提倡"婉丽""闲雅"的曲学观同时，亦特别注意
向元曲和明代时尚小曲学习，以在实际创作中保持散曲文学的本色。
如【南仙吕·皂罗袍】《见书》二首：

> 又是一番流泪，这封书寄到，来意蹊跷。两三行读尽不言归，

---

① 吕天成：《曲品自序》，吕天成著《曲品》，吴书荫校注《曲品校注》，中华书局2006
　年版，第1页。
② 王骥德：《曲律》，陈多、叶长海注释《曲律注释》，第288页。

纸梢儿到带了些胭脂气。你章台留恋，也不怪伊；我红楼寂寞，也不怨谁；只怕重婚别娶不想个归家日。

　　盼杀佳期一晚，却书来订约，又蚤空还。我劣思量羞得瘃人难，你狠心肠怕不乔人惯。罗帏夜永，灯残烛残。绣衾香冷，魂单梦单。指尖掐痛还没个真凭限。

这两首皆为描写闺怨之作。第一首以描摹闺中女子垂泪读信的情态开篇，随后着重表现其对书信"来意蹊跷"的揣度心理，将女子担惊受怕、疑窦丛生而又愿委曲求全的思念情怀展现得淋漓尽致，尤其"纸梢儿到带了些胭脂气"一句，虚实无定，颇显尖新之思，情趣盎然；第二首主要描摹了女子与情人相约而又遭改期的惆怅之情，"我劣思量羞得瘃人难，你狠心肠怕不乔人惯"二句纯用口语，以对比的方式凸显女子的痴情与情郎的狠心，接下来又连用四个四字句，从居住环境到魂梦深处，对仗工整，描写层层递进，孤独与凄凉感倍增，最后一句"指尖掐痛还没个真凭限"画面感极强，令女子苦苦期盼的情状跃然纸上，活灵活现。

　　另外，与梁辰鱼、沈璟一样，王骥德也颇喜作集曲翻调，且相较于沈璟的"点金成铁"，王骥德所作倒更近于"青冰"。试举二曲为例：

　　［猫儿坠］并刀似水，纤手破新橙。锦帐初温画烛明，兽烟不断坐吹笙。［黄莺儿］已三更，霜浓马滑，休去少人行。(【南商调·猫儿逐黄莺】《谱诗余》)

［四季花］纤指巧安排，看枝儿嫩、花儿媚，作火树齐栽。疑猜，绯桃粉杏娇女腮，山茶水仙折下才。［瓦盆儿］恰便是插珊瑚颠倒了珠胎。眼见得颤巍巍向红窗一夜开，比隋宫剪刀谁快。［石榴花］又何须寻春费绣鞋，锦屏前有春如海。［剔银灯］萧斋，明月满阶，打帘箔黄蜂蚤来。(【南羽调·四季盆花灯】《酬史叔考赐闺制盆花灯》)

前一首乃翻周邦彦名作《少年游·并刀如水》，基本保持了原词的意蕴，且相比原作"丽极而清，清极而婉"[1]的风格，又添些许流丽之风味；后一首集曲分别选用［四季花］［瓦盆儿］［石榴花］［剔银灯］四种曲调，曲牌所含字词恰与所咏"盆花灯"吻合，可谓别具心裁，且通篇妙喻连连，巧思风韵自然流畅，无一般集曲割离拼凑之弊。

总体来看，王骥德的言情之作，既有艳丽如梁辰鱼者，亦有朴素如沈璟者；既注重本色口语的运用，又能巧妙结合形式之美。且其创作大多情感真切，生动而富于曲趣，故冯梦龙赞其"字字文采，却又字字本色"[2]，此论实不谬也。

史槃（1533或略前—1629或略后），字叔考，浙江会稽（今绍兴）人。与王骥德同为徐渭门人，擅书画，工词曲，能度曲登场。尝著有杂剧、传奇十余种，惜今仅存三种；还曾著有散曲集《齿雪余香》，然今亦已散佚，唯存小令10首，套数7篇，题材方面亦以闺情

---

① 谭献：《复堂词话》，唐圭璋编《词话丛编》，中华书局1986年版，第3991页。
② 冯梦龙：《评王伯良〈席上为田姬赋得鞋杯〉散套》，冯梦龙编《太霞新奏》，卷三。

怨思为主，如【南仙吕·醉罗歌】《题情三阕》：

> 难道难道丢开罢，提起提起泪如麻。欲诉相思抱琵琶，手软弹不下。一腔恩爱秋潮卷沙，百年夫妇春色剪花，耳边厢柱说尽了从良话。他书难信，我见已差，虎狼狠不过这冤家。（其一）

> 月上月上梧桐树，风透风透碧纱橱。一番恩爱水和鱼，今向何方去。泪痕一线罗裙绣裾，相思两字鱼笺雁书，此情浑似风中絮。鸳帏冷，鸾镜虚，文君何日嫁相如。（其二）

> 相见相见情难吐，眼上眼上下工夫。谁知道目成心许事模糊，走遍章台路。云深雾杳花惊柳道，风狂雨骤莺娇燕雏，这桃源惯把渔郎误。心魂断，气力无，黄金空买鲁秋胡。（其三）

第一首写女子相思成病，欲断情丝而不能，又无以为寄，故由爱生恨，忧伤尽付嗔怨中，"一腔恩爱秋潮卷沙，百年夫妇春色剪花"二句比喻新奇而又贴切传神，将爱情破碎后女子落魄的心理倾筐倒箧而出，令人一览无余；第二首以景物描写起兴，以景衬情，曲风温婉含蓄如词，成功刻画出女子希望与虚幻并存的心态；第三首从女子回忆初见写起，先扬后抑，曾经的恩爱反衬出如今被弃的伤悲幽怨，结句化用秋胡戏妻之典，更增古今悲伤共鸣之感。

　　一般来说，在语言方面，史槃的散曲整体上承袭了沈璟的本色论，大多显得恬淡直率，本色当行，故祁彪佳赞其"词、白绝无重复，深得词隐作法"①。而事实上，仅通过上引三例就可看出，史槃散曲语言明快生动，且亦俗亦雅，本色与文采并存，正是晚明中期南派曲家出入梁、沈的典型作风。

陈所闻（1553—？），字荩卿，南直隶上元（今江苏南京）人。诸生，功名不遂，故放浪山水，流连诗酒，卜筑莫愁湖、桃叶渡等处。著有散曲集《濠上斋乐府》，已散佚，今尚存小令192首，套数59篇，多见于其所编曲选《南北宫词纪》中。

与上述三位吴越曲家不同，陈所闻散曲南北兼作，所涉题材极为广泛，并不局限于香奁一路。在其现存的散曲中，言情类作品只约占六分之一，或工丽华艳，或本色清雅，大致亦不出梁、沈两派之彀中，且举二曲为例：

> 解红绡初试兰汤，见影成羞，吹灭银缸。池暖脂凝，泉香玉软，风细肌凉。娇脸湿似烟笼海棠，腻肤莹似波浸鸳鸯。怕遇檀郎，半掩纱窗，才拭罗巾，便理残妆。（【北双调·折桂令】《沐浴》）

> 愁听夜半鹃，诉尽伤心怨。薄幸不来，月落荼蘼院，心头火欲燃。问青天，何苦教翠被生寒独自眠？我离鸾空洒千行泪，你跨鹤腰缠十万钱。人难见，章台杨柳不觉又飞绵。我虚守盟言，错认姻缘，眼底把恩情变。（【南商调·金络索】《闺怨六阕》其五）

---

① 祁彪佳：《远山堂曲品剧品》，黄裳校录《远山堂曲品剧品校录》，上海古典文学出版社1957年版，第50—51页。

前曲写美人沐浴，藻饰华美，香艳雅致；后曲写闺怨，纯口语自述，真切自然。二曲曲风一近伯龙（梁辰鱼），一类词隐（沈璟），极具代表性。

除了言情之作外，陈所闻散曲所涉题材中数量较多的还有写景和赠答两类，亦不乏佳作。如：

> 江云石壁两相依，背水层城落日低。孤亭待月共衔杯，只见倦飞白鸟还沙际，山寺钟声隔翠微。(【南南吕·懒画眉】《燕子矶即事》其二）

> 不与俗沈浮，清狂玩世甘作醉乡侯。记江淹曾梦笔，寻孙楚旧登楼。兰交每向云霞缔，藻色多从水石留。囊有千金一赋，身却五月一裘，死来白骨重山丘。(【南仙吕·二犯傍妆台】《赠王仲房山人》)

第一首为描写燕子矶景色之作，前两句从大处落笔，江云、石壁、层城、落日，宛若巨幅画卷，形象地描绘出燕子矶所处地势之险要、环境之清幽；第三句叙述承上启下，点出曲家只身出游的孤寂；最后两句又转为写景，并借景抒情，表达曲家对隐逸生活的向往。该曲意境疏朗，曲风清丽而不失本色，谋篇布局又极为精巧，若除去中间一句叙述与第四句开头的"只见"两衬字，则全曲几与绝句无异，情韵悠长，雅致宛转。第二首为赠答之作，曲家依次摹写了友人王仲房隐士的人格精神、志趣爱好、交游态度、才华品行，最后对其超脱世情、

参透生死的人生观给予了极高的评价。语言方面，该曲虽不同于言情之作的满目藻绘，但对仗自然工整，且几乎句句用典，亦可谓言约意丰，典雅含蓄。

以陈所闻这两类题材的散曲为例，可以发现：一方面，梁辰鱼、沈璟二人在晚明中期南派曲家创作中的影响并不局限于香奁一路，而是在各类题材的创作中都表现出对文辞与声律、文采与本色之间平衡的追求（较为典型的还有陈与郊和汪廷讷的闲适曲）；另一方面，散曲发展至晚明时期，"雅化"已成不可逆转的潮流趋势，这也并非单纯是字句语词的文雅，同时还包含了对其他文体创作模式与方法的借鉴，其中，除了众所周知梁辰鱼"白苎派"散曲在创作上"以词入曲"的结构方式，所谓"以诗入曲""以文入曲"的创作亦不少见，上引两例即是明证，另外还有更为直接的汪廷讷"集诗句南曲"，而从广义的层面来看，这些都可谓是晚明曲家在"白苎派"的基础上对散曲"雅化"更深层次的推进。

第三节 家国大义，用世之心：晚明中期北派曲家的创作

据上文统计，晚明中期北方散曲家一共只有七位，且地域分布十分零散，整体创作力度较之晚明前期亦大幅下降。其中，王异与两峰山人只各有1首（套）散曲存世；毕木有5首（套）散曲、吕坤有16首小令，所涉题材或言情、或抒怀，大多不出传统、少有新意，不足为论。故相对来说，晚明中期北方散曲家中创作堪具规模者只剩李应策、范垣、赵南星三人。

　　而在此三人之中，陕西曲家范垣晚年休官归田后著有散曲集《南北词曲随笔》一卷，共收录小令 38 首（北曲 1 首，南曲 37 首），而其中绝大多数都是"当筵赏妓赋名，兼写各情态"（【南中吕·驻马听】）的咏妓曲，几与南派香奁一路无异；河北曲家赵南星的创作特色亦主要体现在拟时曲之作中（详见下节论述）。故在晚明中期的北方散曲家中，真正承袭并发扬自冯惟敏以来北派散曲现实主义精神的则唯有李应策。

　　李应策（1554—1635 后），字成可，号苍门，陕西蒲城人。万历十一年（1583）进士，十二年（1584）至二十三年（1595）间历任河北任丘、四川成都、河南安阳知县，二十三年（1595）以知县考绩卓异参加科道考选，迁刑科给事中，再转户科，二十八年（1600）升太常寺少卿，官至通政司左通政，三十年（1602）致仕归乡，林居三十年。一生著述颇丰，然现仅存北京大学图书馆藏明崇祯刻本《苏愚山洞续集》三十卷①，其中卷八、卷二十二、卷二十八共收散曲小令 468 首。

　　作为与冯惟敏、薛论道并称的晚明北曲三大家之一，在体制方面，李应策南北曲兼作而以北曲为主，风格亦以粗放豪迈见长，且其散曲所涉题材范围广泛，尤以感时叹世与归隐闲适类数量为多，亦最有价值。

　　李应策的感时叹世曲不仅承袭晚明前期北派散曲家的现实主义精神，还将边事战争和朝廷党争等具体的时事写入散曲，极具"曲史"价值。且试举二曲为例：

---

① 参见叶晔《论李应策散曲及其散曲史意义》，《文学遗产》2011 年第 1 期，第 79 页。

盟血才干辄背，元昊逆乱，再动六军。无端的又烈又狠。朔方真是忘恩信。贺兰山洪河两分。积饷屯兵，虚设闻镇。轰轰名疆，安成标准。时时要圣皇戒慎。(【南仙吕·皂罗袍】《恨宁夏哱、刘之变》)

弹劾了二三卿相，触犯了九五君王。古来道人世忌忠良。咱上殿争如虎，他盈路侧似狼。只得解朝簪免着群邪攘。(【北中吕·红绣鞋】《感时事和宫詹郭明农》)

前一首写万历三大征之一的宁夏哱拜、刘东旸之乱。哱拜原为蒙古人，嘉靖中降明，积功升都指挥，然万历二十年（1592）因巡抚党馨核其冒饷罪，纠合其子承恩、义子哱云及土文秀等，嗾使军锋刘东旸叛乱。李应策该曲即旨在指责其"盟血才干辄背"的无端"忘恩信"之举。后一首所感时事虽无明确所指，但据李应策相关诗文可知，其政治立场与东林党相近，且名入《盗柄东林夥》，故其对于申时行、沈一贯等阁臣即以"虎狼""群邪"视之。该曲创作背景应即为万历党争之事，开头交代了自己因为弹劾卿相而得罪君王，接着感叹官场险恶，世道混乱，黑白不分，故导致其虽"有寸心能报主"(【北中吕·朱履曲】《省中作》)，却无力驱逐奸恶，改变时局，无奈之下只好"解朝簪"以避"群邪"。

据统计，李应策创作的这类明确以时事为题材的散曲近80首，其中诸如东北战事、播州叛乱、沿海倭乱、万历党争、天启阉乱等历史事件皆有提及。可以说，"以时事入曲"的写作方式贯穿了李应策散曲创作的全部历程，这也同时反映出其对于政局时事的关注程度，体现了传统儒家士大夫忠君报国、治世安邦的政治责任感和强烈的用世之心。

　　同样，在其归隐闲适类的散曲中，虽然李应策反复吟咏着诸如"不恋咱煌煌锦，也不羡他累累印"(【北仙吕·寄生草】《答吴中孙广文》)，"也懒去作耳目供奉玉阶，也懒去应喉舌整理银台"(【北中吕·朱履曲】《予告述怀》)，"不羡他锦袍驰纵朝门外"(【北中吕·朱履曲】《予告诸友》)，"累却征诏辞台阁"(【南中吕·驻马听】《和李山人元日迎春词》)，"利名再休惹动他"(【南商调·黄莺儿】《庚午除夕》)的尚隐论调，但实际上其内心对于"独善其身"与"兼济天下"观念的态度依然十分微妙。且看【北双调·水仙子】《山庄作》一曲：

　　　　盼得首蓿菜芽黄，做得稻秫米粥香，缝得衲布袄裙长。安乐窝又向阳，几般儿都也占强。老农家论甚积藏，小隐林看谁声望，大明朝纪咱忠党。

该曲详细描述了曲家归隐后所过的家居生活：以首蓿菜、稻米粥为食，以衲布袄裙为衣，居所向阳，虽简单朴素却十分安乐。"老农家论甚积藏，小隐林看谁声望"两句更是表现得无比知足，似乎再无所求，但最后一句"大明朝纪咱忠党"又回到忠君报国的主题，可见其即使已归隐，却仍然"剖心忠若安金藏"(【北中吕·混江龙】《闲咏》)，渴望能够得到朝廷的肯定。

　　由此可见，晚明北派散曲发展至此，已彻底回归传统诗歌"诗言志""文以载道"的道德功用，而李应策于散曲创作中大抒"家国大义"，更是将冯氏一派散曲"向上一路"的格调推升到了极致。

另外，值得注意的是，晚明中期可归为北派曲家的还有胡文焕和龙膺两位南方籍曲家：

胡文焕，字德甫，号全庵，别署抱琴居士、西湖醉渔，浙江钱塘（今杭州）人。生卒年不详，监生，万历四十一年（1613）任耒阳县丞，四十三年（1615）署兴宁知县。其博学多才，精音律，善词曲，且熟知天文、地理、医学、卜算、古玩等，一生著述颇丰。其散曲今存小令 63 首，套数 18 篇，收录于其万历年间所编散曲、戏曲选集《群音类选》中。

在散曲体制方面，胡文焕南北曲兼作而以南曲为主；题材内容方面，举凡闺情相思、归隐闲适、咏物写景、劝诫讲理类皆略有所涉及，但数量最多且成就最高者当属感时叹世类，故与之相应，其散曲的整体风格亦偏于北派之本色豪放。

且读以下三首作品，以见一斑：

才高一步，轻狂无数。摇头摆尾堪怜，作态装腔不顾。将故人顿疏，将故人顿疏。那些个宽容矩度，只落得傍人笑恶。这等薄情徒，料想难凝福，空将远到图。(【南仙吕·桂枝香】《叹世》其三）

我也是铁铮铮一丈夫，我怎肯没来由做个酒色徒。我待要把机关都打破，我待要把尘氛尽扫无。你莫笑龙游涸沼多艰苦，你莫笑凤侣鸥梟少助扶。终有日苦尽甘来也，试看收成胜厥初。(【南

南吕·红衲袄】《自叹》其一）

　　你休得逞炎凉在畏途，你休得翻云雨故贱吾。我也曾轻财重义把纲常补，我也曾仗勇驱奸把世道扶。我不是流连一去无回顾，我是个砥柱中流有琢磨。看从来海水难量也，任你纷纷白眼多。（【南南吕·红衲袄】《自叹》其二）

　　第一首散曲讽刺小人当道，开篇即以"一步"之"才高"来反讽得志小人的"无数"之轻狂，接下来更是对官场中扭曲的人性进行了强烈的抨击，现实无情，社会不公，"宽容矩度"反遭笑恶，作者失意愤慨之情溢于言表。第二首起笔两句即表明了曲家的志向，"铁铮铮"三字尤为传神，接着曲家一方面抒发自己昂扬的斗志，另一方面也点出时运之不济，但最终还是回归"苦尽甘来"的乐观心态。第三首同样也作于曲家极度失意之时，其对于趋炎附势、追名逐利的官场极为不满，也为自己的壮志难酬感到落寞，但却始终不言放弃，坚持对自己"砥柱中流"的身份认同。

　　据相关学者考证，在万历二十一年（1593）之前，胡文焕曾三次参加科举①，然屡试不第，后虽曾两度赴任，亦俱时短职微，声闻不著。但不同于一般失意文人对自己怀才不遇的自哀自怜或故作清高，胡文焕内心始终"充满着直面世态炎凉的勇气，充满着'天生我才必有用'的自信与豪情，充满着必将腾达奋飞有所作为的坚定信念"②，

---

① 参见向国柱：《胡文焕〈胡氏粹编〉研究》，中华书局 2008 年版，第 11 页。
② 赵义山：《明清散曲史》，第 270 页。

这种心态反映在创作中，也就自然使得其散曲透射出一种振拔的精神和冲天的豪气。然归根结底，能够支撑起如此强大内心的也正是其骨子里根深蒂固的儒家用世之情。

龙膺（1560—1622），初字君善，改字君御，号茅龙氏、朱陵，别号澂公、纶叟，合称纶澂先生，又号太虚里人、偃骨无学人、澂人、醒翁，晚年又号渔仙长，湖广武陵（今湖南常德）人。万历八年（1580）进士及第，初任徽州府推官，然仕途大起大落，几遭贬谪，最终于天启元年（1621）入为南太常寺卿。龙膺一生笔耕不辍，著述极为丰富，所作散曲收录于《九芝集》十三、十四两卷，共计小令52首，套数5篇，以南曲为主，但题材基本不离叹世、归隐两类，完全是北派风范。如：

> 万里一归人，听黄鹂傍逐臣。夕阳回首长安近。叹江湖涸鳞，恋云霄紫宸。补天浴日非吾分。泪纷纷，不才多病，十载负君亲。（【南商调·黄莺儿】《南归》其一）

> 归思欲沾巾，忆当年批逆鳞，汉庭痛哭摅孤愤。是三间近邻，是长沙后身，谁怜折槛披忠悃？意逡巡，忧时去国，楚泽怨青苹。（【南商调·黄莺儿】《南归》其七）

万历十九年（1591），龙膺以国子博士之身份上《选宫女疏》，触犯龙颜，次年又上《乞释逮臣疏》，为平定宁夏之乱的功臣辩护，故导致其"壬辰（1592）转官祠部，同舍狂而嫉之，谪盐官于越"①。而在赴浙江盐官任之前，其于万历二十一年（1593）春先归家武陵，该组《南归》曲二十首即作于此时。曲前自序曰："羁人迁客，尤易兴怀。越国秦川，并牵归梦。青阳易节，白日驰晖。征马长嘶，增欷歔于远道；流莺百转，睍睆睆于故林。"即明确交代了该组小令创作的背景和曲家当时的心情。

　　第一首开篇以"归人""逐臣"两词点明其被贬谪的创作背景，接着又以"夕阳"之回首可见来反衬"长安"之远，暗寓壮志难酬的失落，"叹江湖涸鳞，恋云霄紫宸"两句则是直言自己目前虽处困境，但仍然渴望为朝廷、国家作出贡献，所以尽管面对着"补天浴日非吾分"的窘迫现实，曲家所难过的也不仅是个人仕途的坎坷落寞，还包含未能报效君亲和国家的羞愧与无奈之情；第二首几乎句句用典，以贾谊、屈原、朱云等历史人物自比，抒发对于自己当年直言犯上"批逆鳞"之行为的悲痛之情，同时也表明了其虽遭贬谪，却仍渴望效忠朝廷、忧国忧民的良苦用心、忠君之义。

　　综上所述，可以看出，虽然晚明中期北方曲坛整体上呈现出衰落的趋势，但北派散曲的风格以及内在的精神却并没有中断，反而通过"寓家国大义于散曲之中"②的创作方式，得以在主流香奁艳曲之外别开一路，从而向上承续晚明前期北派散曲"诗言志"的儒家诗教传统，向下开启后来明末清初曲坛易代悲歌的变奏。这对于晚明散曲格调的提升和风格的拓展实在具有不可估量的意义！

---

① 龙膺：《胜果园记》，龙膺著，梁颂成、刘梦初校点《龙膺集》，岳麓书社 2011 年版，第 183 页。
② 叶晔《论李应策散曲及其散曲史意义》，《文学遗产》2011 年第 1 期，第 87 页。

第四节　警世明言，小曲大道：晚明中期曲家的拟时曲之作

自正德、嘉靖以来，明朝最高统治者或"耽乐嬉游，昵近群小"①，或"崇尚道教，享祀弗经"②，昏庸无度，以至宦官专权，阁臣争斗，朝纲紊乱。而万历亲政后，更是长期晏处深宫，不理朝政，"惟倚奄人四出聚敛，矿使税使，毒遍天下"③，导致纲纪废弛，君臣否隔，党争迭起，万历初年的中兴之象彻底消失，国运日趋衰落。

在这样的时代背景下，纯娱乐性的清歌艳曲自然不可能成为曲坛创作的全部，这也正是北派散曲的风格及精神在晚明中期得以延续的重要原因，北派曲家对社会时事类题材的关注亦可看作"是晚明政治风向的一种局部写照"④。同理，晚明中期，时尚小曲已发展至"不问南北，不问男女，不问老幼良贱，人人习之，亦人人喜听之"⑤的程度，而此时的文人拟作在继承小曲尖新谐趣特点的同时，也开始全面结合社会现实，不断开拓题材类型，逐步脱离所谓"小曲即情歌"⑥的传统窠臼。其中，朱载堉和赵南星二位曲家即为典型代表：

朱载堉（1536—1611），字伯勤，号勾曲山人，南直隶凤阳（今

---

① 张廷玉：《明史》，中华书局 1974 年版，第 213 页。
② 张廷玉：《明史》，第 250 页。
③ 孟森：《明史讲义》，上海人民出版社 2014 年版，第 224 页。
④ 叶晔《论李应策散曲及其散曲史意义》，《文学遗产》2011 年第 1 期，第 81 页。
⑤ 沈德符：《顾曲杂言》，第 9 页。
⑥ 李昌集：《中国古代散曲史》，第 403 页。

安徽凤阳）人。明太祖朱元璋九世孙，郑恭王朱厚烷之子，因皇族
内讧，其父获罪系狱，遂筑土室于宫门外，独居十九年，万历十九年
（1591）父死，不袭王位，而以著述终身。精乐律、数学、历法等，
所著有《乐律全书》《嘉量算经》《历学新说》等，另有诗文、词曲别
集《醒世词》。其散曲南北兼擅，今存小令254首，套数1篇，题材
方面主要集中于感时叹世、劝诫讲理和归隐闲适三大类。其中，叹世
类作品多含强烈的讽刺意味，风格通俗质朴、泼辣淋漓，如【南商
调·黄莺儿】《骂钱》一曲：

> 孔圣人怒气冲，骂钱财狗畜生。朝廷王法被你弄，纲常伦理
> 被你坏，杀人仗你不偿命，有理事儿你反复，无理词讼赢上风。
> 俱是你钱财当车，令吾门弟子受你压伏，忠良贤才没你不用。财
> 帛神当道，任你们胡行。公道事儿你灭净。思想起，把钱财刀剁
> 斧砍，油煎笼蒸。

明代中后期，商品经济发展迅速，务实重利的金钱观动摇了传统
的儒家规范和价值标准，整个社会的运行秩序被打乱，上引此曲即为
讽刺拜金主义社会之作。该曲开篇借孔夫子之口大骂钱财为"狗畜
生"，接着以一系列的排比例数金钱的种种罪行，朝廷王法、纲常伦
理、律法公道统统为其所控制，整个社会黑白颠倒，毫无道理可言，
对此曲家愤恨至极，故最后提出要"把钱财刀剁斧砍，油煎笼蒸"。
全曲语言豪辣尖新，酣畅淋漓，展现出强烈的现实批判力量。

再如【南商调·山坡羊】《大想头》：

穷的我慌了把老天祝赞。你把中用物儿赐与我几件：赐与我酒如东洋大海，赐与我肉普陀山恁一大片。赐与我银太行山恁大两点，赐与我钱南京到北京恁长几串。赐与我妻赛过天仙，赐与我儿连中三元。赐与我官当朝一品，难为我些一不报应。实言，再赐与我长寿灵丹。有这些东西，哝哝捏捏过上几千年，哝哝捏捏过上几千年。

该曲讽刺人心贪婪，想象丰富，且极尽夸张之能事，通过调侃的方式将人性中贪欲的一面刻画得淋漓尽致，曲风谐趣而辛辣，令人啼笑皆非。

朱载堉特殊的出身和人生经历，使得其很早就具备透视黑暗社会的犀利眼光。但不同于一般失意文人单纯的借曲抒怀，作为王室后裔，其内心深处始终还怀有对国家、社会的责任感，潜意识里也一直在维护国家和统治阶级的利益，这一点在其劝世和隐逸曲中均有体现。如：

立志顺乎天理，前途管许久长。他非我是莫争强，忍耐些儿为上。礼乐诗书应学，酒色财气休详。闲中检点日行藏，方显男儿模样。(【南南吕·西江月】其五)

笑嘻嘻门儿外卧一只看家狗，槽头上拴一个拉磨驴。一日不少三餐饭，四季也有两换衣。盖几间茅草屋，种几亩沙薄地。趁时耕种应时犁，粮草赋税急早备。逍遥自在，快乐便宜，不贫不富不村不儒。(【劈破玉】《人生无几》其二)

朱载堉的劝世曲涉及内容很广，包括警戒世人远离酒色财气以及赌博等恶习；勉励上至天子、百官，下至文人、农夫、工匠皆莫要"闲懒"，勤奋工作；宣扬孝道、与人为善等传统美德以及劝导世人安守本分、顺应天命等宿命论。从本质上来说，这些都有利于维护统治阶级的管理和社会的安定。至于其隐逸曲，淡泊名利、追求闲适无忧的主题倒确实符其人生几经起落后的真实心态，然而有趣的是，这类作品中经常出现诸如"粮草赋税急早备""税课先纳了"(【失牌名】《活神仙》)、"纳了粮草办了差"(【北双调·庆宣和】《自知足》)之类的语句，可见其始终没有忘记国家社稷。很明显，他所渴望的隐逸生活是要以朱明王朝的统治稳定为前提的，唯有如此，其方可真正达到"逍遥自在"的境界。

赵南星（1550—1627），字梦白，号侪鹤，别署清都散客，直隶高邑（今河北元氏）人。万历二年（1574）进士，除汝宁推官，历文选员外郎，因疏陈时政四害，触时忌，乞归，再起历考功郎中，二十一年（1593）又遭诬劾，斥为民，里居三十年，至光宗立，又起为太常少卿，迁左都御史，天启三年（1623）任吏部尚书，终终为宦官魏忠贤排斥，削籍戍代州至卒。著有散曲集《芳茹园乐府》一卷，南北兼擅，然所作皆"词章潇洒、慷慨激烈，欢欣鼓舞，殆与时韵俗调大径庭矣"[①]，所涉题材类型亦较广，而尤以叹世斥奸类作品价值最高，也最具小曲风味。如著名的【北仙吕·寄生草】二首：

---

① 新周居士：《芳茹园乐府小序》，赵南星著《芳茹园乐府》，民国二十五年（1936）饮虹簃刻本，卷首。

没势时乔趋势，有权时很弄权。闻风绅影苏苏颤，驮金辇玉
纷纷献，为奴为婢团团转。受用足十年占定凤凰池，少不的一朝
露出麒麟鞑。

白眼睛朝天看，黑心肠往下垂。木般哥生恼通文墨，铁石猫
死恨行仁义，葫芦提痛恶多才智。抓了些打家劫舍盗跖钱，干了
些欺心害理高毬事。

据钱谦益《列朝诗集小传》记载："梦白公忠强直，负意气，重
然诺，有燕赵节侠悲歌慷慨之风。乡里后门，依附门下，已而奔趋权
利，相背负。酒后耳热，戟手唾骂。更为长歌小词庾语，吴歌【打草
竿】之类，以戏侮之。"[1] 上引两首即典型的戏侮小人之作：第一首开
篇以对比的手法概写小人趋炎附势、弄权逞威的本性，接着具体描绘
其一连串可耻的行径，最后则笔锋逆转，预言这类媚骨小丑终将露出
马脚，下场可悲；第二首前两句也是通过对比的手法展现无耻官员对
权贵和下级截然不同的两种态度，随后又从多个侧面描写其丑恶形象
及可恨心思，最后更是直言这帮人不干正事，只会贪污受贿、陷害忠
良，其卑劣行径令人无比痛恨。两曲在语言风格上都追求通俗本色，
正所谓"杂取村谣里谚，耍弄打诨，以泄其肮脏不平之气"[2]，故多运
用口语、俗语，诙谐生动而又直白爽辣，既得时尚小曲之韵味，又极

---

[1] 钱谦益：《列朝诗集小传》，第554页。
[2] 尤侗：《百末词余跋》，尤侗著《百末词余》，《西堂全集》，清康熙二十四年（1685）
云溪阁刻本，卷末。

具强烈的谴责与警世效果。

当然，在那个时尚小曲风靡大江南北的时代，因风气使然，赵南星也作有一些言情类的拟时曲，且这类作品大多语言率直泼辣，情感浓烈，民歌风味相当浓郁。但这些对于以风节著称的赵南星来说，不过是偶作娱乐的游戏声歌，与上述带有警世目的的叹世曲相比，其价值根本不可同日而语。

综上所述，可以发现，在时尚小曲已发展至全盛阶段的晚明中期，文人拟作在继续追求"真情"与"俗趣"之文学特质的同时，更着力于发扬小曲通俗易懂、流传广泛且迅速的传播优势。在特定的时代政治背景下，曲家创作了大量与现实联系紧密的讽世、劝世类作品，将深刻的警世与教化之义寓于其中，从而使得传唱"尖歌情意"的娱乐小曲亦承载起"大道"言志之功能，连通起晚明北派散曲之精神，共同回归儒家"诗教"之传统。

第 四 章
晚明后期散曲创作研究

晚明后期，有赖于后学的继承发扬，吴江派在散曲曲坛仍具有一定的影响力。而时值末世，国运衰颓，儒家传统的道德价值观对文人的影响发生改变，无论南、北，散曲家的身份地位均普遍下降，他们在散曲创作中或转寄才情，或抒发怨愤，或参禅悟道，或宣扬独善，展现出游离于政治之外的生命形态。

第一节　晚明后期散曲曲坛概况

一、晚明后期散曲家的地域分布与身份构成

晚明散曲曲坛发展至后期，散曲家的地域分布与身份职位情况又较前、中期发生了一些变化。

先看散曲家的地域分布情况。据笔者统计，晚明后期散曲家共计39位，其中8位籍贯不详，余下31位的地域分布情况（按当今的行政区划统计）如下：

省份	散　曲　家	合计
陕西	李朴、米万钟、焦源溥	3
山东	叶华、丁惟恕、孙峡峰、王象春	4
山西	李春芳	1
湖北	张瘦郎、席浪仙	2
江苏	冯梦龙、俞琬纶、沈静专、周之标、杜文焕、范壶贞	6
浙江	屠本畯、沈演、王嗣奭、卜世臣、王屋、凌濛初、董斯张、屠鼎忠、范云钵、杨尔曾	10
上海	宋楙澄、施绍莘、顾乃大	3
江西	邓志谟	1
福建	陈翼飞	1

根据上表数据，可以看出：

首先，与晚明中期相比，北方散曲家的地域分布由陕西、山西、河北、河南、山东五省缩减为陕西、山东、山西三省；南方散曲家的地域分布也由湖北、湖南、四川、江苏、浙江、上海、安徽、江西、云南九省变为江苏、浙江、上海、江西、福建五省。由此可见，晚明后期南、北方散曲家各自分布的地域范围均有所缩小。

其次，晚明后期北方散曲家共有 8 位，人数虽少，但与同期南方散曲家人数的比例却约达到 1∶3，比值明显高于晚明中期。故若从此南、北方散曲家的人数比来看，晚明后期北方曲坛的势力在一定程度上又有所提升。

再次，较之晚明前、中期，晚明后期南方散曲家最为集中的江、浙两省，其创作中心又分别变迁至苏州（4 位）和宁波（4 位），其中江苏省的散曲家主要为吴江派后学，而浙江省的创作主力则为屠

氏家族。另，据上表可以看出，晚明后期浙江省的散曲家人数超过
了之前惯居首位的江苏省，且与前两期相比，晚明后期江苏省的散
曲家人数可谓是骤降，而浙江省的散曲家人数却一直较为稳定，波
动幅度很小，这也恰从一个侧面反映了梁、沈二派对晚明曲坛影响
的变化。

再看晚明后期散曲家的身份构成情况。晚明后期共有 39 位散曲
家，其中 14 位身份经历不详，其余 25 位身份、官职情况如下：

身份、官职品级	散 曲 家	合计
正二品	沈演	1
从二品	焦源溥	1
正四品	屠本畯、俞琬纶、米万钟	3
正五品	李朴、王象春	2
从五品	王嗣奭	1
正七品	冯梦龙、陈翼飞	2
从七品	凌濛初、李春芳	2
不知品级	杜文焕、屠鼎忠	2
举 人	周楙生、宋楙澄	2
贡（监）生	董斯张	1
诸 生	卜世臣	1
布 衣	丁惟恕、孙峡峰、施绍莘	3
女出版家	周之标	1
闺 阁	沈静专、范壶贞	2
名 妓	冯喜生	1

据上表统计，晚明后期做过官的散曲家共计 14 位，其中从五品
及以上官员有 8 位，百分比约为 57.1%，远低于晚明前、中两期；底

层文人散曲家（举人、贡生、监生、诸生、布衣）共计 7 位，是做过
官的散曲家人数的一半（比值高于晚明中期）；另有女性散曲家（女
出版家、闺阁、名妓）4 位。显然，晚明后期散曲家任官的品级分类
较前、中期要少，且品级普遍较低，而底层文人散曲家与做过官的散
曲家所占比率又有所升高，说明晚明中期以后曲坛散曲家的整体身份
地位呈下行趋势，这也是该时期散曲曲坛发生新变的一个重要表征。

二、晚明后期南北散曲创作数量对比

据笔者统计，晚明后期存世散曲共计 1001 首（套），其中包括北
令 142 首、南令 573 首、无宫调令 61 首、不明牌调令 30 首、北套
15 篇、南套 164 篇、南北合套 16 篇。故不算无宫调令、不明牌调令
与南北合套，晚明后期北散曲共计 157 首（套），南散曲共计 737 首
（套）。由此可见，晚明散曲发展至后期，南曲全盛，数量远超北曲，
南、北曲的比例达到了 4.7∶1[①]，此时北曲确乎"已成余响"！[②]

与前两个阶段一样，为了更清楚地对比晚明后期南、北散曲的创
作，下列表以比较晚明后期创作南、北曲的散曲家的情况：

散曲家类型	散曲家创作数量（不包括无宫调令、不明牌调令与南北合套）	散曲家人数
纯作北曲作家	宋楙澄（3）、沈演（7）、焦源溥（4）	3
纯作南曲作家	王嗣奭（30）、卜世臣（21）、孙峡峰（58）、俞琬纶（28）、王象春（8）、沈静专（5）、王屋（85）、李朴（6）、余壬公（5）、吴载伯（9）、董斯张（1）、顾乃大（1）、席浪仙（6）	13

---

① 晚明后期散曲家周楙生、屠鼎忠、范云钵亦各作有 30 首南曲作品，惜今不存，若加上
　此 90 首南曲，则晚明后期南、北曲的比例达到 5.3∶1。

② 李昌集：《中国古代散曲史》，第 356 页。

散曲家类型	散曲家创作数量（不包括无宫调令、不明牌调令与南北合套）	散曲家人数
主要作北曲作家	叶华（北 11 南 9）	1
主要作南曲作家	屠本畯（北 1 南 30）、丁惟恕（北 50 南 118）、冯梦龙（北 1 南 20）、周之标（北 2 南 43）、杜文焕（北 1 南 14）、范壶贞（北 2 南 4）、施绍莘（北 21 南 137）、凌濛初（北 5 南 7）、张瘦郎（北 1 南 13）、杨尔曾（北 46 南 73）	10
南北曲创作数量相同的作家	风月轩又玄子（北 1 南 1）	1

将上表数据与晚明前、中两期相比，可以发现：

首先，晚明后期主要作北曲和主要作南曲的两类散曲家在很大程度上延续了晚明中期的创作特点。这两类散曲家共计 11 位，而其中只有 4 位存世作品低于 20 首（套），可见创作力度普遍较大。且晚明后期主要作北曲的散曲家所创作南、北曲的数量差距也并不大，同样可谓是南北兼擅；而主要作南曲的散曲家大多却只存有一两首（套）北曲，虽然也有个别曲家（丁惟恕、施绍莘、杨尔曾）或作有数十首（套）北曲，然亦距其南曲的创作数量甚远。

其次，晚明后期纯作北曲的散曲家只有 3 人，主要作北曲的散曲家只有 1 人，南北曲创作数量相同的散曲家也只有 1 人，其余均为纯作南曲或主要作南曲者。而与前两个阶段不同的是，虽然晚明后期纯作北曲的散曲家创作数量依然很少，但纯作南曲的 13 位散曲家中存世作品超过 20 首（套）的却有 5 位[1]，占比较之前两个阶段有显著提

---

① 若算上周栩生、屠鼎忠、范云钵，则晚明后期纯作南曲的散曲家共计 16 人，创作数量超过 20 首（套）的计 8 人。

高。因此，相较于晚明前、中两期，此阶段自然是南曲全盛。

再次，与晚明前、中两期一样，结合晚明后期诸位散曲家的地域分布情况来看：6 位北方散曲家中只有焦源溥为纯作北曲者，且创作数量很少；叶华为主要作北曲者，但其所创作南、北曲的数量差距也很小；而孙峡峰、王象春、李朴则为纯作南曲者；丁惟恕为主要作南曲者，且其所创作南曲的数量是北曲的两倍多。这些都和晚明中期的各类数据一样，充分说明了晚明后期南曲流播的广泛与创作的高度兴盛。但与此同时也应该注意到，在晚明后期这样一个南曲全盛的时代，纯作北曲的散曲家宋楙澄、沈演却又是南方人，且一些南曲大家也偶作北曲，这也说明直至晚明后期，北曲虽渐成余响，却并没有完全退出曲坛。

三、晚明后期散曲的题材类型

较之晚明中期，晚明后期因没有"边塞曲"和"论曲曲"，故共有 12 种题材类型，现亦按数量从多到少排序如下：

题材类型	散曲数量	占晚明同类题材百分比	题材类型	散曲数量	占晚明同类题材百分比
闺情艳情	270	18.9%	劝诫讲理	55	11.7%
闲适归隐	171	13.7%	怀人悼亡	37	21.0%
咏物写景	137	15.5%	嘲　谑	28	14.4%
感时叹世	112	14.2%	纪游纪行	22	14.7%
赠答应酬	98	16.2%	羁旅客愁	3	3.6%
宗　教	67	43.8%	咏　剧	1	1.4%

将上表数据与晚明前、中两期的散曲题材类型表相比较，可以

发现：

首先，与晚明中期相比，晚明后期各题材类型的具体排序变化较大，除赠答应酬、羁旅客愁类外，无一排序相同。但事实上变化幅度超过两位的也只有宗教、咏剧两类，其余只是小幅变动，且从整体格局来看，晚明后期散曲题材类型的分布情况与晚明前期十分接近，故实际上还是明显受到前、中两期的承续影响。

其次，虽然晚明前、中、后三期散曲题材类型的排序不断变化，但闺情艳情、闲适归隐、咏物写景、感时叹世、赠答应酬这五类传统题材始终名列前茅。且较之晚明中期，晚明后期闺情艳情类又重回首位。然值得注意的是，晚明前期67位散曲家中有49位作有闺情艳情类作品，占73.1%；晚明中期61位散曲家中有33位作有闺情艳情类作品，占54.1%；而晚明后期39位散曲家中只有19位作有闺情艳情类作品，占48.7%。可见该类题材的创作普遍程度是不断下降的。并且，晚明后期闺情艳情类散曲的总数为268首（套），然其绝大部分出自丁惟恕、施绍莘二位曲家之手，除去此二人所作的165首（套），其余17位散曲家创作总数仅103首（套），可见晚明后期大部分散曲家对于该类题材的创作力度也并不大。这更加说明南曲的兴盛程度与闺情艳情类散曲的创作并无直接关系。

再次，据上表各类题材散曲数量所占晚明同类题材的百分比可以发现，晚明后期各类散曲题材类型的比值普遍都很低，除了宗教和怀人悼亡类，其余各类散曲题材类型的比值都在20%以下，但这主要是受晚明后期散曲总数的限制，很难据此说明各类题材的创作普遍程度。然若排除一些个体因素（丁惟恕一人就作有78首闺情艳情曲、53首闲适归隐曲、33首咏物写景曲；王屋一人作有35首闲适归隐

曲；施绍莘一人作有 87 首闺情艳情曲、27 首咏物写景曲；杨尔曾一
人作有 63 首宗教曲），则又不难发现，晚明后期排序相近的散曲题材
类型的数量差距都不是很大，这就体现出了各类题材创作的均衡度，
而题材类型的多样且均衡又是任何一种文体高度发展、创作繁荣的重
要标志。

第二节　格律本色，各承衣钵：晚明后期吴江后学的创作

万历三十八年（1610）沈璟离世，标志着晚明散曲步入一个新的
阶段，而有赖于吴江后学的衣钵相承，吴江派在晚明后期乃至明末清
初曲坛仍然具有相当的影响力。而在晚明后期的吴江派曲家中，卜世
臣与冯梦龙二位堪称典型代表。

卜世臣（1572—1645），字大匡，一字大荒，又字长公、孝裔，
号蓝水，又号兰史，别署大荒通客，浙江秀水（今嘉兴）人。博学多
闻，善作曲，师法沈璟，有传奇及其他著作多种。其散曲今存小令 9
首，套数 12 篇，全为南曲，收录于《太霞新奏》《吴骚合编》。

作为沈璟的“衣钵高足”，卜世臣对于声律的讲求程度极高，故
王骥德《曲律》卷四有言："自词隐作词谱，而海内斐然向风。衣
钵相承，尺尺寸寸，守其矩矱者二人：曰吾越郁蓝生，曰槜李大荒
通客……而大荒《乞麾》，至终帙不用上去叠字，然其境益苦而不甘
矣。"① 吕天成《曲品》亦曰："大荒博雅名儒，端醇吉士。张衡之精

---

① 　王骥德：《曲律》，陈多、叶长海注释《曲律注释》，第 228 页。

巧绝世，荀爽之俊美无双。鱿奇蕴为国珍，按律蔚为词匠。”①

观其现存散曲，所涉题材类型较广，并不为香奁一路所局限，但所作大多皆为集曲翻调，正合“词匠”之称。且举二曲为例：

> 青袱蒙头点村妆，手学蜻蜓掠水忙。细分春雨绿成行。山歌新样腔难仿，羞杀扬鞭陌上郎。（【南南吕·懒画眉】《翻戴九灵咏插秧妇》）

> ［月儿高］一枕寒灯傍，谯楼送悽响，唤起山城月，却映梅花帐。对景伤怀，啼鸟解人想。［山坡羊］分明万里边关样，拔取龙泉偷瞧半晌。刚肠，笑依然击筑狂，流光，活埋杀执戟郎。（【南仙吕·月照山】《宿永康闻角》）

第一首小令改编自元末明初诗人戴良的七律《插秧妇》，原诗为：“青袱蒙头作野妆，轻移莲步水云乡。裙翻蛱蝶随风舞，手学蜻蜓点水忙。紧束暖烟青满把，细分春雨绿成行。村歌欲和声难调，羞煞扬鞭马上郎。”卜世臣从原诗中选取了第一、四、六、七、八句，并依据曲牌宫调声律对个别字句作了改换与调整，全曲整体上保持了原诗轻松欢快的格调，但对字句锻炼的痕迹明显，体现出浓厚的文人趣味，较之原诗也更显精致雅化。第二首集曲小令前半部分［月儿高］写思妇之情怀，后半部分［山坡羊］写戍守将士之抱负，前后转换凭借一“想”字连接，构思极为自然巧妙，毫无突兀之感，全曲文辞雅致，

① 吕天成：《曲品》，吴书荫校注《曲品校注》，第61页。

且多用典故，并通过集曲的形式，突破了传统思妇游子题材极力渲染爱情的窠臼，借守边将士的壮志难酬写出了曲家对晚明军事的忧心，立意颇新。

总的来说，卜世臣对于沈璟曲学主张的追随主要体现在严守声律方面，至于其曲作的语言，却大多偏离了沈璟所提倡的"本色当行"，呈现出典雅甚而晦涩的面貌，无怪乎冯梦龙评其"奉词隐先生衣钵甚谨，往往绌词就律，故琢句每多生涩之病"①。

冯梦龙（1574—1646），字犹龙，一字耳犹，亦字子犹，号墨憨子、顾曲散人、姑苏词奴、詹詹外史、浮白主人、墨憨斋主人，别署龙子犹，南直隶长洲（今江苏苏州）人。崇祯三年（1630）补贡生，七年（1634）官福建寿宁知县，十一年（1638）归乡，后清兵渡江，曾参加抗清活动，不久感愤而死。其毕生热衷于通俗文学的创作与整理，著作极多，尤以号称"三言"的短篇小说集《喻世明言》《醒世恒言》《警世通言》和十四种传奇剧《墨憨斋定本传奇》闻名于世，除此之外，还编有散曲选集《太霞新奏》和时尚小曲集《挂枝儿》《山歌》，另著有《七乐斋集》《郁陶集》《宛转歌》，惜已散佚。

其散曲今仅存小令 15 首，套数 20 篇，内容上几乎都是言情之作，似全然未出晚明南派香奁一路。但实际上，其所作大多皆有真情真事为据，语言方面又充分学习借鉴时尚小曲，将沈璟所提倡的"本色"真正付与实践，故其散曲整体上呈现出尖新爽脆的风貌，完全迥异于传统香奁一派。如【南仙吕入双调·江儿水】《偶述》：

① 冯梦龙：《评卜大荒〈闺情〉散套》，冯梦龙编《太霞新奏》，卷三。

> 郎莫开船者，西风又大了些，不如依旧还奴舍。郎要东西和
> 奴说，郎身若冷奴身热，且受用而今这一夜。明日风和，便去也
> 奴心安帖。

该曲以代言体写成，叙述女子因不舍情郎离去，百般借故以作挽留。通篇全用口语，通俗直白而又语浅情深，痴怀绵绵，令人动容。

再如：

> 恨冤家，写着他名儿挂，对着窗儿骂。怪猫儿、错认鹊儿抓，
> 碎纷纷就打也全不怕。你心亏做事差，猫儿也恨他，我不合错把
> 猫儿打。（【南南吕·一江风】《谱挂枝儿词》）

该曲为以散曲曲调重新谱写时调曲文之作，但改调之后依然完全保留原作的奇巧构思和本色率真的语言与情感，画面感极强，十分有趣。

另外，值得注意的是，晚明时期，曲家多喜作长套，尤其梁、沈二派大量翻新前人作品，愈发加快了晚明散套模式化、雅化的速度，以至"人翻窠臼，家画葫芦，传奇不奇，散套成套"[1]，完全颠覆了元代散曲"套俗令雅"的风貌。但冯梦龙不仅在散曲小令的创作中积极向时尚小曲学习借鉴，同时也将自己的真情真性与时尚小曲任情尚真的精神结合起来，融入其散套创作，故郑振铎赞之曰："他（沈璟）向元曲中讨生活，而梦龙则向活人的歌辞里求模范，其结果遂以大殊。"[2] 且看其《端二忆别》套曲：

---

[1] 冯梦龙：《叙曲律》，王骥德著《曲律》，陈多、叶长海注释《曲律注释》，第1页。
[2] 郑振铎：《插图本中国文学史》，第1150页。

【南商调·黄莺儿】端午暖融天，算离人恰一年，相思四季都尝遍。榴花又妍，龙舟又喧，别时光景重能辨。惨无言，日疏日远，新恨与旧愁连。

【集莺儿】隔年宛似隔世悬，想万爱千怜。眉草裙花曾婉恋，半模糊梦里姻缘，情深分浅。禁不上娇娇美眷。谢家园桃花人面，教我诗向阿谁传。

【玉莺儿】想红楼别院，剪新罗成衣试穿。昨朝便起端阳晏，偏咱懒赴游舫。三年艾怎医愁病痊，五色丝岁岁添别怨。怪窗前谁悬绣虎，又早唬醒我睡魔缠。

【簇林莺】蒲休剪，黍莫煎，这些时不下咽。书斋强自闲消遣，偶阅本离骚传。吊屈原，天不可问，我偏要问天。

【猫儿逐黄莺】巧妻村汉多少苦埋怨，偏是才子佳人不两全，年年此日泪涟涟。好羞颜，单相思万万，不值半文钱。

【尾声】知卿此际欢和怨，我自愁肠不耐煎，只怕来岁今朝想更颠。

该曲为冯梦龙怀念苏州名妓侯慧卿之作，曲前有序曰："五月端二日，即去年失慧卿之日也。日远日疏，即欲如去年之别，亦不可得。伤心哉！行吟小斋，忽成商调，安得大喉咙人，顺风唱入玉耳耶！噫！年年有端二，岁岁无慧卿。何必人言愁，我始欲愁也。"其眷恋之深情已溢于言表。接下来套曲即以"算离人恰一年"为切入点，言因端午渐近，作者想起"别时光景"，从而勾连起"新恨旧愁"及这一年来的感情趋向：随着时间推移，曲家原以为自己对于慧卿的情感会"日远日疏"，逐渐淡忘，但事实上，在"相思四季都尝遍"之后，才发现其情非但未减，反而"来岁今朝想更颠"，然终究是"情深分浅"，空留遗憾与伤感。静啸斋曾言："子犹自失慧卿，遂绝青楼之好。有怨离诗三十首，同社知者甚多，总名曰《郁陶集》。"①由此可见冯氏用情之深，其所作言辞亦"直是至情迫出，绝无相思套语"②，流丽自然，确为真实而又本色的绝妙好辞。

诚如冯梦龙自己所言："子犹诸曲，绝无文彩，然有一字过人，曰'真'。"③而此一"真"字，既是其作为性情中人对"情"至深的体认，同时也是其作为通俗文学家对于曲文学"本色"观的理解。而也正有赖于此，沈氏"本色"观方被赋予鲜活的生命力，在晚明后期曲坛"以情反理"的时代思潮中得以完美演绎。

除了上述两位散曲家，在"四方歌者，皆宗吴门"④的晚明后期曲坛，沈静专、周之标这两位女性散曲家的创作也颇有特色：

沈静专，字曼君，南直隶吴江（今江苏苏州）人。沈璟季女，万历年间在世。其作曲之外，亦工诗词，著有《适适草》一卷，卷前有自序曰："窃以诗之为道，不劳而获者，虽曰浅率，似有性存。而雕琢愈工，则形神俱困，欲适反劳矣。昔人云：'风行水上，自成至文。'又东坡言诗以无意为佳，则吾辈旨浆是任，笔墨之业，固非望于闺阁，又焉敢作绮语以落驴胎马腹。但抚孤影之空寂，志先人之窬歌，缘景会心，借情入事，殊有萧然自适之趣。"⑤可见其创作提倡自

①② 静啸斋：《评冯梦龙〈怨离词〉散套》，冯梦龙编《太霞新奏》，卷七。
③ 冯梦龙：《评龙子犹〈有怀〉散套》，冯梦龙编《太霞新奏》，卷十。
④ 徐树丕：《识小录》，民国五年（1916）涵芬楼刻本，卷四。
⑤ 沈静专：《自序》，沈静专著《适适草》，抄本，卷首。

然自适，抒写性情，反对雕琢。其散曲今存小令 5 首，或写景、或题画、或言情，皆精工婉美。如【南南吕·懒画眉】《秋闺》(其一)：

> 问月花影寄愁香，浅浸珠帘入梦凉。那堪小沼锦鸳双，戏影轻游漾。玉笛谁飞子夜霜。

该曲写秋日闺中闲愁，以"问月"起笔，月色、花影、愁思交融，虚实莫辨，但入梦之感又十分真实，再加上锦鸳成双，子夜笛声的衬托，更显闺思之婉转，故王端淑盛赞其曰："情词兼到，可谓得家学之真传者。"[①]

再如【南商调·金络索】《和伯明兄墨梅图》(其一)：

> 蓝揉秋水肌，碧剪春华髓。月杳孤山，翻断枝头翠。愁吹香草西，想乱红欺，致使冰魄躲梦奇。悄一似深宵静启帘前影，半晓寒沉波底辉。遥天际，惊群独雁莫羡冷香栖。纵有那谪仙狂醉笔淋漓，寄清平诮彼杨妃，怎赋得花容悴。

这首题画曲采用拟人手法，将画中墨梅想象成唐玄宗宠妃杨玉环，并通过"秋水肌""春华髓""冰魄""冷香"等冷艳意象的正面展示和"月杳""孤山""晓寒""独雁"等清冷环境的侧面烘托，既写出了墨梅的素雅高洁，也写出了美人的清丽冷艳，可谓亦梅亦人，完全没有

---

① 王端淑：《评沈静专〈秋闺〉小令》，王端淑编《名媛诗纬雅集》，民国二十五年（1936）饮虹簃刻本，卷二。

为梅花与梅画的物象所拘泥。最后两句则用李太白赋《清平调》之典故，既盛赞贵妃之美貌，也感慨马嵬之殇的悲剧，并以"花容悴"来喻梅花之零落，情思哀婉而又不失风雅气度。

周之标，字君建，别署宛瑜子、梯月主人、来虹阁主人等，南直隶长洲（今江苏苏州）人。晚明著名的女性出版家，精通音律，与冯梦龙等吴门曲家交善。曾参与校阅《南词新谱》，并编有《新刻出像点板增订乐府珊珊集》《吴歈萃雅》等曲集。另著有《吴姬百媚》二卷，其中收录有散曲小令 32 首，套数 11 篇①，皆为品题青楼女子之作。如其咏昆山名妓马观之曲：

【南仙吕入双调·园林好】出生时良家可依，没来由良人相背，却做了青楼生计。真个是奈何伊，只落得自衔悲。（咏原起）

【江儿水】若论聪明性谁似伊。淡中一笔千峰起，新诗纵匪周文比。偶然出得惊人句，更喜棋能知势。佳茗相招，羞杀人间俗妓。（咏技艺）

【玉交枝】月儿高者，携素手忙来看者。空中应有嫦娥者，幼兰岂有肯去者。一杯一曲一琴者，一香一茗一棋者。到三更还不能睡者，到朝来各自散也。（咏情趣）

【尾声】从来妓品谁高也，端的幼兰可也，莫谓尘中无识者。

该套曲由马观身世着笔，交待其入青楼的缘由，对其遭遇"良人相背"的经历深表同情，中间两曲分咏其技艺与情趣，盛赞其才情，尾

---

① 另《吴骚二集》收宛瑜子套数 1 篇，《词林逸响》《万锦清音》各收周君建套数 1 篇。

声更是直抒胸臆，将其引为知己。全曲思路明晰，语言通俗而又雅致，所咏虽属香奁粉黛之传统，却贵在情感真挚。

对于这些青楼女子，周氏其他诸作亦或赞其美貌柔情，或叹其身世遭遇，或咏其技艺才情，既表现出对她们才情的欣赏之态，也流露出对她们人生悲剧的怜悯之情。而这种对于特殊女性群体的深切关注，在当时文士放浪、狎妓成风的社会背景下，其进步意义实在不容忽视。

综上所述，可以看出，在晚明后期曲坛，奉行沈氏家法的吴江派曲家的创作作风大致分成两路：一路坚持"文章必推梁氏为极轨，韵律必推沈氏为极轨"①，虽然严守曲律，但在语言方面却偏离了"本色当行"，而更倾向于典雅派；另一路则不仅在理论上服膺词隐训条，更通过对时曲语言的学习和对任情尚真精神的发扬，将沈氏所提倡的"本色"观落实到具体的创作实践中。然二者虽发展方向不同，但在对于吴江派理论的完善层面却可谓是异曲同工：前者成就了晚明散曲声律与文辞"合之双美"②的至境，后者则"借男女之真情，发名教之伪药"③，引导晚明散曲走向"情"与"志"的合流。故一者尚雅正，一者重真情，实则已开明末清初散曲创作追求"骚雅之旨"的先河。

第三节　新声逸韵，别有所托：晚明后期吴越自由曲家的创作

在晚明后期的南方曲坛，除了传承发扬沈氏家法的吴江后学之

---

① 任讷：《散曲概论》，曹明升点校《散曲丛刊》，第 1097 页。
② 吕天成：《曲品》，吴书荫校注《曲品校注》，第 37 页。
③ 冯梦龙：《叙山歌》，冯梦龙编《山歌》，江苏古籍出版社 2000 年版，卷首。

外，还有一些曲家不为白苎、吴江两派所囿，而是"随境写声，随事命曲"①，故他们的散曲创作涉题广泛，风格亦自由多变。其影响在当时虽不及前者，但他们的实际成就却也不容小觑，其中，最具代表性的曲家即被吴梅称为"一代之殿"②的施绍莘。

施绍莘（1588—1626后），字子野，号峰泖浪仙，南直隶华亭（今上海松江）人。少负俊才，志于功名，然屡困场屋，遂寄情声色，放浪山水，且因家资甚富，故得以建园林，置丝竹，时与名士隐流遨游九峰、三泖、太湖间。善制词曲，著有《秋水庵花影集》五卷，包括乐府（散曲）四卷，诗余（词）一卷，今存散曲小令76首，套数85篇，所作虽以南曲为主却又能兼南北两派之长，故任讷誉其为"明人散曲中之大成者"③。

其《〈秋水庵花影集〉自序》有言："花月下，香茗前，诗酒畔，风雪里，以至茅茨草舍之酸寒，崇台广囿之弘侈，高山流水之雄奇，松龛石室之幽致，曲房金屋之妖妍，玉缸珠履之豪肆，银筝宝瑟之萦魂，机锦砧衣之怆思，荒台古路之伤心，南浦西楼之感喟，怜花寻梦之闲情，寄泪缄丝之逸事，分鞋破镜之悲离，赠枕联钗之好会，佳时令节之杯觞，感旧怀恩之涕泪，随时随地，莫不有创谱新声，称宜迭唱。"④可见其散曲虽以抒写相思别情、欣赏花月美景之作为多，但所涉题材范围较之晚明香奁一路已扩大许多。另其【正宫·端正好】《春游述怀》套曲之跋语中又有言曰："予雅好声乐，每闻琵琶筝阮

---

① 施绍莘：《〈春游述怀〉跋》，施绍莘著《秋水庵花影集》，明末刻本，卷一。
② 吴梅：《顾曲麈谈·中国戏曲概论》，上海古籍出版社2000年版，第174页。
③ 任讷：《秋水庵花影集提要》，曹明升点校《散曲丛刊》，第757页。
④ 施绍莘：《秋水庵花影集自序》，施绍莘著《秋水庵花影集》，明末刻本，卷首。

声，便为魂销神舞。故迩来多作北宫，时教慧童，度以弦索，更以箫管叶予诸南词。院本诸曲，一切休却。间有名曲，略谱其一二条。每遇佳时艳节，锦阵花营，美人韵事，则配以靡词；若奇山异水，高衲羽流，感怀吊古，则副以激调。随境写声，随事命曲，管弦竹肉，称宜间作，更以烟霞花月，酒茗诗棋衬贴其间，如此逍遥三十年，归骨于先人之侧，乃以片石立墓道，曰：'有明峰泖浪仙之墓'，则吾愿足矣。头上乌纱，腰间白璧，青史上官衔政绩，件件让与他人可也。"①此段话即为施绍莘日常隐居生活的写照，同时也正是其绝意功名、寄情声色的宣言，将自己未能在仕途中施展的才情，转入对情色美景的咏唱之中，故其曲作无论言情、赏景，皆情韵高雅，真挚自然，正所谓"不雕琢而工，不磨涤而净，不粉泽而艳，不穿凿而奇，不拂拭而新，不揉摘而韵"②，绝非一般香奁应歌之作可比。

试读其【南南吕·懒画眉】《赠嫩儿》套曲：

【南南吕·懒画眉】葡萄花下闭门居，小小房栊厮称渠。眉儿淡扫略施朱，清俊庬儿素，直管领春风尽不如。

【前腔】偶然相见落花余，衫子新裁红杏初。温柔香软骨如无，爱把眉儿锁，渌老瞧人一寸波。

【前腔】温香脉脉递衣裾，惭愧萧郎是相夫。前生缘分道如何，怎样看承我，问取卑人折福无。

【前腔】暝烟初合落花多，潜遣青衣将小字呼。灯前密语一更

① 施绍莘：《〈春游述怀〉跋》，施绍莘著《秋水庵花影集》，明末刻本，卷一。
② 沈士麟：《秋水庵花影集序》，施绍莘著《秋水庵花影集》，明末刻本，卷首。

初，片脑煨残火，正窗外初三月似蛾。

【前腔】有人窗里解流苏，泥得檀郎不奈何，穷酸也得近冰肤。今夜休轻挫，知费了缝缝司中印几颗。

【前腔】蓦然分别两情辜，郎上孤舟妾绮疏，悬悬望眼两模糊。无数西江路，只哄得萧娘裒泪珠。

【前腔】相思今夜破题初，独向西厢月底哦，一场花梦又南柯。纳闷支颐坐，验瘦损腰围一寸多。

【前腔】娘行且自强支吾，郎不是青楼薄倖徒。衷肠一段在春罗，须着意加留护，这是折证相思一纸符。

该套曲谱写了施绍莘与一位名叫沈嫩儿的歌妓从"初见"到"幽会"再到"离别"的真实恋情故事，通篇以写情为主，情节简单，但感情十分真挚，且随着故事情节的发展和人物情感的起伏变化，曲家对人物形象与场景的描写也得以鲜明展现，令人如临其境。

再如【南中吕·驻云飞】二首：

短命冤家，道是思他又恨他。甜话将人挂，谎到天来大。喈！倒是不归来，索须干罢。若是归来，休道寻常骂，须扯定冤家下实打！（《闺恨》）

索性丢开，再不将他记上怀。怕有神明在，嗔我心肠歹。呆，那里有神来！丢开何害？只看他抛我如尘芥，毕竟神明欠明白。（《丢开》）

这两首小令摹写失恋女子的痛苦，语言通俗直白，颇有时尚小曲尖新活泼之趣，同时又兼具施绍莘言情曲一贯的深情巧思，格调高雅不俗。

而在施绍莘的咏物写景曲中，其最为钟情的即为花，《秋水庵花影集》中收录许多以惜花、佞花、祝花、梦花为题的套数以及其他咏花的小令，充分显示了他对于花的痴情与执著。最典型的即著名的【南双调·锁南枝】《佞花》套数：

【南双调·锁南枝】金铃护，锦帐掯，封家大姨谁敢猜。妙选出尘埃，向名园如意买，高低种，曲折排，泛红涛，翻绣海。

【朝元歌】莺猜燕猜，忒作践嗔他歹，蜂来蝶来，紧帮衬愁他采。待贴上金钗，系将襟带，忍教粉香尘土埋，就飘坠苍苔？愿盈盈踹将红绣鞋，更修口忏花斋。愿花缘常是谐，判个补填花债，受持花戒，那敢负恩分爱，负恩分爱。

【香柳娘】折将来近他，折将来近他，胆瓶安在，枕边灯下屏山外。扫将来坐他，扫将来坐他，香锦簇新苔，鞋袜分余彩。嚼将来咽他，嚼将来咽他，沁入肺肠来，毛骨泠然改。

【前腔】乞名诗咏他，乞名诗咏他，锦囊携带，一时声价千金买。乞名工画他，乞名工画他，纸墨晕香腮，活现春常在。乞名姬绣他，乞名姬绣他，孕出美人胎，分外生光彩。

【前腔】愿轻轻雨洒，愿轻轻雨洒，洗妆抹黛，萧然标韵风尘外。愿微微风摆，愿微微风摆，韵脸笑微开，波俏世无赛。愿疏疏月瞰，愿疏疏月瞰，清影逗香阶，永伴佳人拜。

【玉交枝】旁人休怪，这花缘前生带来，命中干犯真无奈。撒

风情本分应该。因此上锦囊拾得尽诗材，红裙赠与添情债。但花
开是我时来运来，若花衰是我时乖运乖。

【解三酲】我把你珍珠般待，我把你姬妾般捱，我把你花
王顶礼常朝拜，我把你品命分明次第排，我把你开时命酒欢呼
快，我把你落处填词吊唁哀。浑填债，多只为花星照命，搂得
痴騃。

【尾文】为花常是耽禁害，就受用名花也合该。再做首艳句新
词答谢来。

该套曲由许愿护花起笔，接着分别从近花、坐花、咽花、咏花、画
花、绣花各个角度来展现曲家怜花的天性，奇思妙绪，信笔挥洒，将
其爱花的深情抒写得淋漓尽致，可谓亘古所见之第一大花痴，故郑君
泰评此曲曰："佞花至此，万种情痴，烟花主盟，岂容多让！"① 可谓
知言者也。

再如【南南吕·懒画眉】《梅花》：

【南南吕·懒画眉】一枝花发粉墙西，向雪洞风帘深见伊，琼
枝玉蒂一时肥。针窦窗香细，只见疏影中间独鹤栖。

【不是路】秀骨冰肌，占断江南第一枝，丹青意，天然标格瘦
离披。伴人儿，和烟冷淡空园里，伴月微茫浅水时，魂容与，春
寒小阁迷香雨。茗炉诗句，茗炉诗句。

【掉角儿】冷春心寂寂和泥，蝶来迟要寻无计，闲朱门空老

---

① 郑君泰：《评〈佞花〉散套》，施绍莘著《秋水庵花影集》，明末刻本，卷一。

残香，与楼头那人憔悴。况更是压溪桥，横古路，点宫妆，粘驿
信也。总无情思，霜欺雪妒，风筛露啼。还有个清明细雨，酸子
黄时。

【尾文】樽前一瓣风吹至，重向灯前瞧认你，原来是幻出林逋
无字诗。

该套曲咏梅，立意新颖独到，谋篇布局浑然天成。首曲以工笔描摹风
雪中傲然花发的一枝梅景象，以"琼枝玉蒂""独鹤"来凸显雪梅之
风姿与精神；次曲再赞梅之肌骨与标格，并拓展笔墨，别取园中他景
及人物生活，转特写为远景画面；接下来第三曲则想象他日春来，梅
之芳华零落，不禁伤感；尾曲又回到眼前之景，并由实入虚，收束全
文而情韵不绝。全曲前为赞歌，后为哀词，文意互补，文脉流畅，深
情巧思贯穿其中，堪称曲中逸品。

除了咏花之外，施绍莘还作有诸多赋月赏雪、咏雨歌风之曲，亦
皆绘景写情，任性恣纵。如【南商调·梧桐树】《歌风》：

【南商调·梧桐树】青苹叶势平，春水波纹净。动地撩天，把
日脚高吹醒，飞花打翠屏，飘叶敲金井。移海吹山，直恁颠狂性，
卷涛痕啮破嫦娥影。

【东瓯令】更低低飔，款款声，撩帐寒衣不至诚，温柔偏解偷
帮衬。刚出浴冰肌莹，就微微针窦也留情，一线引香魂。

【大圣乐】做春寒递入疏楞，漾钗幡头上冷，鬃花吹落香腮
影，带几线泪痕冰。多应是飘零恰似郎心性，可更是荡漾如妾梦
魂。灯昏晕死，正和花送雨，恼人春病。

【解三酲】吹不了愁香怨粉，吹不了瘦铁穷砧，吹不了玉门关上秋鸿影，吹不了晓月津亭，吹不了夜深裙带双鸳冷，吹不了春暖弓鞋百草薰，凄凉景。吹不了柳绵如雾，古渡荒城。

【前腔】吹不了纸钱灰冷，吹不了野烧痕青，吹不了酒旗叶叶春江影，吹不了古戍烟横，吹不了人悲客路斜阳艇，吹不了鬼哭沙场夜雨燐，添凄哽。吹不了子规啼月，血递微腥。

【尾文】认撷掀，从凄紧，翻覆犹如人世情，怎地把世上痴人吹他春梦醒。

此曲借咏风以讽世，首曲写风之猛烈，将"动地撩天""移海吹山"的粗线条勾勒与"飞花打翠屏，飘叶敲金井"的工笔细画相结合，笔法夸张而又细致；次曲则以拟人的手法写风之轻薄不至诚；第三曲则写春寒料峭之际，寒风更添闺思愁情；第四、五两曲又分别从思妇、游子的角度言风之背乎人情，不能助人排忧解困，并以此来寄托散曲家落魄文人的身世感遇；尾曲更是直接点出风之颠狂任性，反复一如世态炎凉。全曲托物言情，情景交融，笔调变换灵活，描写细致入微，通篇于"风"不着一字，字里行间却无不渗透，正得不离不即之境。无怪乎沈文羹盛赞之曰："《赋月》《歌风》两词可称双绝，而《歌风》犹难，非当行名手，不能办只字矣。"①

顾彦容曾于《〈秋水庵花影集〉序》中称赞施绍莘的曲作："其险邃似桃迷秦洞，桂被蜀岩，别构奇观，杳无俗状。其娟秀似孤山万树，楚畹数丛，谷中弱态离披，溪畔冰痕清浅。其骈冶似平泉杏

---

① 沈文羹：《评〈歌风〉散套》，施绍莘著《秋水庵花影集》，明末刻本，卷一。

闹，金谷草熏，鹦鹉珠帘，胭脂零乱，鸳鸯腻浦，香雾溟濛。银烛高烧，忽共鞦韆遥送；瑶台空扫，却因蟾魄重窥。其绵婉又似贞娘墓古，妃子亭荒。依然细碧交加，率尔老红如雨。毟毟啼露，淡淡筛烟。倚残照以无言，随暮鸦而底堕。"① 的确，施绍莘散曲最大的特点即在于风格的多样化：凄婉清丽者有之，冶艳柔媚者有之，佻达活泼者有之，豪纵旷逸者有之，隽秀雅致者亦有之。再加上其俊才痴情，奇思妙绪，融多种艺术技巧和手法于散曲创作中，又集元散曲之高格、明散曲南北两派之精华以及时尚小曲之风神于一体，并以独具个性的风貌呈现出来，自然得以在晚明乃至整个明代散曲史上独树一帜。

　　然而，值得注意的是，虽然施绍莘的创作在散曲史上地位很高，但有一缺点不容忽视，即任讷所言"病惟在韵杂"②。而导致这种情况的原因有二：一是因为施绍莘在散曲声韵方面确非行家，其曾有言论以"五行""四时"来附会"五音"，且认为"北声既滥，南音继起，大都不过声音相近为韵耳"③，故对于当时曲坛奉为圭臬的沈璟《南词韵选》极为不屑，不愿将自己的作品按其标准一一改定；二则与其创作的心态有关，如前所述，施绍莘少负俊才，"好治经术，工古今文，而能旁通星纬舆地，与二氏九流之书"④，尝以为必致功名，然屡试不第，遂将才情抱负转寄于散曲创作之中，而事实上，其隐居期间还曾两度赴南京参加文战，可见其功名之心从未泯灭，而在"立德""立

---

① 顾彦容：《秋水庵花影集序》，施绍莘著《秋水庵花影集》，明末刻本，卷首。
② 任讷：《秋水庵花影集提要》，曹明升点校《散曲丛刊》，第 757 页。
③ 施绍莘：《秋水庵花影集杂纪》，施绍莘著《秋水庵花影集》，明末刻本，卷首。
④ 陈继儒：《秋水庵花影集序》，施绍莘著《秋水庵花影集》，明末刻本，卷首。

功"之愿无望后，唯有选择"立言"以留名后世，故其创作散曲及编订曲集的目的正是"欲借此以沽名"①，而非为词场应歌，所以相较于沈璟"宁使时人不鉴赏，无使人挠喉捩嗓"的严格声律观，施绍莘更在乎的是其文章是否"戛戛独造，千古不朽"②。

除了施绍莘之外，晚明后期吴越自由曲家中较为重要的还有屠本畯与王嗣奭两位宁波籍散曲家：

屠本畯（1542—1622），字绍虞，一字田叔，号汉陂，晚号豳叟、憨先生，浙江鄞县（今宁波）人。兵部侍郎屠大山之子，礼部主事屠隆族孙。其以任子起家，官至湖广辰州府知府，进阶中宪大夫，万历二十九年（1601）"为同僚同乡所陷"③而于辰州任上罢官，归乡后里居二十余载，惟读书著述，交游集会，再不涉世事。屠本畯出身名门望族，幼承家学，"其学于书无所不窥"④，毕生著述极多，举凡园林、水产、农业、经史、文学诸领域皆有涉。其性诙谐，风度潇洒，雅擅诗词，年八十余尚能于酒间度曲，名冠一时，曾为当时词家奉为祭酒。其散曲今存南曲小令 30 首，北曲套数 1 篇⑤。

浙江图书馆古籍部藏有明刻本《屠田叔小品七种》八卷，内有一卷为《笑词黄莺儿三十阕》，即屠本畯所作散曲小令 30 首。该卷前有

① 任讷：《散曲概论》，曹明升点校《散曲丛刊》，第 1062 页。
② 任讷：《散曲概论》，曹明升点校《散曲丛刊》，第 1097 页。
③ 屠本畯：《集易防序》，屠本畯编《山林经济籍》，明万历四十一年（1613）惇德堂刻本，卷七。
④ 徐𤊹：《屠田叔诗籍序》，张美翊编《甬上屠氏宗谱》，民国八年（1919）既勤堂刻本，卷三十二。
⑤ 《甬上屠氏宗谱》中收录屠本畯【北双调·新水令】《写照自题》套数 1 篇，该套数前有小序曰："憨先生十载不貌像，顾惟心相，日日迁谢，去年庚戌有闰三月，俗谓闰年宜写照，从之，时年六十有九岁。"故由此可知该套曲作于万历三十九年（1611）。

万历庚申（1620）重九日王思任序和万历丙辰（1616）七夕屠本畯自序，后有王嗣奭跋，并附王嗣奭《索笑词帖》与万历庚申（1620）孟冬朔日屠本畯长孙屠荩忠题辞。屠荩忠在题辞中写道："周方回先生倡《黄莺儿怨词》三十阕，右右仲先生作《喜词》，大父作《笑词》，俱如其数。"① 右仲先生即历史上最早尊杜甫为诗圣的明代文学家王嗣奭。

王嗣奭（1566—1648），字右仲，号于越，别署遥集居士，浙江鄞县（今宁波）人。万历间举人，官至涪州知州，明亡返乡，不仕清，著有《杜臆》《密娱斋诗集》等。中国科学院文学研究所藏有钞本《密娱斋诗集》，上海图书馆 1962 年据此钞本传录，笔者即于此传录本中寻得《喜词》一卷。该卷前有张鼎业序和王嗣奭自撰小引，小引曰：

> 癸丑下第，落魄羁都下。越一岁，所友人周栩生以诵通荐至，赍酒邀之，绸缪道故，甚乐也。已而探囊中出《怨词》三十阕，酒半酣，曼声歌之，四座悽然，有雪涕者。栩生虽感愤不遇乎，有子成进士，逾于自得之，似无可怨。怨，我辈事也。虽然，我又安所置怨，因反而和之为《喜词》，如其数。②

由此可知，王嗣奭"所友人"周栩生即屠荩忠提到的"周方回先生"，然其生平不详，《怨词》今亦无从考证。癸丑年为万历四十一年（1613），"越一岁"即万历四十二年（1614），王嗣奭因于筵席中

---

① 屠荩忠：《笑词题辞》，屠本畯著《笑词》，《屠田叔小品七种》，明万历间刻本，卷末。
② 王嗣奭：《喜词小引》，王嗣奭著《喜词》，《密娱斋诗集》，上海图书馆传钞本，卷首。

阅得周栩生【黄莺儿】《怨词》三十首，有感而和作《喜词》，后"幽叟先生书来，亦作《笑词》如其数"[1]。结合屠本畯《笑词》自序，虽不能确定《笑词》三十阕的创作时间与其自序时间一致，但可以推断《笑词》当创作于万历四十二年（1614）至万历四十四年（1616）之间。

从内容来看，《喜词》为反《怨词》之感愤不遇而作，故创作主题基本围绕歌咏闲居生活和抒发淡泊名利之情，语言上"士家气"[2]较重，整体风格偏于端谨，如：

> 紫陌万花迷。惹游人，骤马蹄。柴门日午犹深闭。檐前鸟啼。阶前草萋。一庭春色连天际。喜山妻。布衣操作，举案与眉齐。
> （其八）

> 生计任萧条。饥一盂，渴一瓢。免生疾病呻吟少。椿芽菔苗。汤燖醋浇。清甜不说珍羞妙。喜春宵。雪晴月出，披褐对琼瑶。
> （其十七）

> 千古得神交。借南华，手自抄。逍遥开卷呼人觉。唾壶懒敲。驱驴免嘲。抟风控地何须较。喜书巢。纸窗图画，柳影槛前梢。
> （其十八）

---

① 王嗣奭：《索笑词帖》，屠本畯著《笑词》，《屠田叔小品七种》，明万历间刻本，卷末。
② 王嗣奭：《笑词跋》，屠本畯著《笑词》，《屠田叔小品七种》，明万历间刻本，卷末。

世路总悠悠。取功名，似掷骰。赢输全不由双手。得闲便偷。
乘机便投。如何肯把双眉皱。喜沙鸥。清波万顷，任意且沉浮。
（其二十六）

这些曲作或描写山居景色的美丽和家庭的温馨，或表述曲家安贫的心
态，或叙写闲居读书的自在，或直言对名利的不屑，读之皆似心胸豁
然之作。然若结合张鼎业序中"虽然人之生也，志不得则悲，志得则
喜，其常耳。吾以悲极生喜，喜极生悲，如环而已矣。善读是词者，
每从色笑飞扬之际，有风萧水寒之概"[①]之言，则可知《喜词》乃曲
家故作旷达之语，实与《怨词》所咏"志不得则悲"同调。

《笑词》卷前专列《笑品四十八》，并注明"笑品寓于词中，因笑
以成词，亦因词而可笑矣"[②]，故《笑词》所写内容正是这世间"笑"
之百态，所涉题材较《喜词》更为广泛，语言风格亦变化多样，且举
几例以见一斑：

携杖听黄莺。我自我，卿自卿。新词逗引风流性。琼桃按筝。
绛树试声。嚅然龋齿娇相并。唱黄莺。簪开白玉，戴着老鬏鬙。
（其四）

一见嘴膀胀。这虾蟆，没肚量。翘然现出官人相。将髭出堂。
寡言坐床。都天太岁不及伊模样。笑伊行。叨叨魆魆，何用那般

---

① 张鼎业：《刻王右仲喜词序》，王嗣奭著《喜词》，《密娱斋诗集》，上海图书馆传钞本，
　卷首。
② 屠本畯：《笑品四十八》，屠本畯著《笑词》，《屠田叔小品七种》，明万历间刻本，卷首。

腔。（其十四）

　　荷花傍水鲜。荇参差，翠带牵。鱼南鱼北田田转。几个这边。几个那边。采莲归去菱歌乱。碧云天。夷犹巧笑，鱼鸟见留连。（其十八）

　　达伯任虚舟。附先人，土一抔。常游马鬣封前后。七十岁老头。二千石故侯。家常不问无和有。辗然休。淡闲两字，笑豁满怀愁。（其十九）

第一首为嘲笑老妓扮嫩之作，语言婉美细致，反衬效果愈发突出；第二首则借咏虾蟆来讽刺为官者的装腔作势，语言通俗直白，形象活灵活现；第三首描写采莲女之劳作，文辞本色而清丽；第四首实为曲家自我写照，豁达随和，且文如其人，语言亦平和自然。故王嗣奭称赞《笑词》"谐语、庄语、躩语、詈语无所不有，世态人情洞若观火，名言秀句纷于霏屑，才称当行，才称本色"①，评价极其允当。

　　然值得注意的是，《笑词》所写虽是人间"笑"之百态，但"言外"却不尽于此。屠本畯晚年重听，自号"憨聋"，作有《憨聋观》一卷，其中"憨聋笑"第五亦大谈"笑"："聋者善笑，至于憨先生而聋焉，真可笑矣！先生向喜度宫商之奏，今则顾误曲而不能，憨自笑。向爱听莺燕之语，今则携斗酒而未能，憨自笑。向曾领碧玉之誉，今仍慕隽士之流，人乃笑。向曾破舌老之好，今仍有明童之随，

① 王嗣奭：《笑词跋》，屠本畯著《笑词》，《屠田叔小品七种》，明万历间刻本，卷末。

人乃笑。然人情既与曩日异，则世相自与憨聋殊。顾犹作趋时面孔，不但人笑，而憨亦自笑矣！"①此段话看似豁达，实则是屠本畯对世态人情的不满和对自己老态无奈的自嘲与自我安慰，正可与《笑词》互为注解。

另王思任《憨先生笑词序》有言：

> 王子曰：笑亦多术矣，然真于孩，乐于壮，而苦于老。海上憨先生者老矣，历尽寒暑，勘破玄黄，举人间世一切虾蟆傀儡、马牛魑魅抢攘忙迫之态，用醉眼一缝，尽行囊括。日居月诸，堆堆积积，不觉胸中五岳坟起，欲叹则气短，欲骂则恶声有限，欲哭则为近于妇人，于是破涕为笑。极笑之变，各赋一词，而以之囊天下之苦事。②

此段话可谓道出了屠本畯的真实心声：所谓"笑"，实乃因为阅尽了人世间一切肮脏事、不平事、愤懑事，天下丑态尽囊括于其"醉眼一缝"，然叹气不足以吐其郁闷，咒骂又不足以倾其愤慨，如妇人般哭泣又无济于事，胸中愤慨无以发泄，故只得破涕为笑，而写"笑"之百态，实则为"囊天下之苦事"的无奈"苦笑"。

因此，一言以蔽之，"借新声而谱逸韵，借斑管以寄牢骚"③乃是

---

① 屠本畯：《憨聋笑第五》，屠本畯著《憨聋观》，《屠田叔小品七种》，明万历间刻本。
② 王思任：《憨先生笑词序》，屠本畯著《笑词》，《屠田叔小品七种》，明万历间刻本，卷首。
③ 屠鼎忠：《醉词自序》，张美翊编《甬上屠氏宗谱》，民国八年（1919）既勤堂刻本，卷三十二。

《怨词》《喜词》《笑词》共同的创作动机 ①，其本质与施绍莘寄才情于歌咏声色美景并无二致，皆反映出末世文人复杂而又微妙的心理，而他们创作散曲的行为本身亦可视为对这种心理的补偿。

第四节　隐歌高唱，出世之想：晚明后期北派曲家的创作

如前文所述，虽然晚明后期北方散曲家只有李朴、米万钟、焦源溥、叶华、丁惟恕、孙峡峰、王象春、李春芳八位，但与同期南方散曲家人数的比例却较晚明中期有所提高，且其中三位有散曲集存世，可见创作力度较大，北方曲坛势力仍未完全衰落。

在这些散曲家中，有五位做过官，其中米万钟唯一一首存世小令为写情之作，李春芳唯一一首存世小令为咏物之作，王象春和焦源溥所作则皆为暂别官场时的写景之作，只有李朴创作的六首小令中有二首为记录潞水洪灾，军士抢险的时事曲，曲中有"忘身谁惜鬓如霜，忧国惟喜军容壮"（【南中吕·驻马听】）之语，一如晚明前、中期北派散曲家的积极入世之音。然此调甚寡，其另外四首登华岳写景之作，则一改晚明北派散曲入世的主旋律，抒发了渴望"暂息人间万事劳""且与赤松结伴游"（【南中吕·驻云飞】《登华岳》）的出世情怀。

---

① 另外，屠鼎忠《醉词自序》中提到："周方回、王右仲两先生，一作《怨词》，一作《喜词》，家大父憨先生作《笑词》，名【黄莺儿】三十首……忽范云钵表兄惠教《清凉散》一帧，凡用韵【黄莺儿】三十阕，读之不觉技痒，爱命管城和如其数。醉余适兴，名曰《醉词》。"可知范云钵与屠鼎忠亦各作同调小令 30 首，惜今已散佚。

　　至于另外三位未曾入仕的曲家，亦大多高唱隐歌，完全复归于元散曲的避世传统，呈现出与晚明前、中期北派散曲不同的风貌。

　　叶华，字茂原，号金粟头陀，山东曲阜人，生平不详。著有散曲集《太平清调迦陵音》一卷，其南北兼作，所咏皆与隐居生活相关。如【南仙吕·傍妆台】《漫兴》二曲：

　　　　隐衡茅，荷衣松食尽逍遥。竹床头书万卷，花屿下酒千瓢。苍苔屐齿何妨印，石室柴扉不厌敲。频涉趣，乐陶陶，翻云覆雨任儿曹。

　　　　畅幽怀，满园岚色望中开。且将棋消白昼，权随意坐清斋。物情颇与闲相称，欲引东山旧客来。忘人我，释疑猜，凭栏一眺谪仙才。

这两首小令摹写日常隐居生活，前曲以环境描写衬托生活的平静安乐，后曲则更着重于突出曲家物我两忘的超脱心境。

　　另外，叶华的述隐曲多与佛、道相关联，以悟道参禅的方式来抒发其出世之想。如其在【北仙吕·点绛唇】《悟真》套数中写道：

　　　　……

　　　　【油葫芦】俺这里凤舞鸾飞出绛都，会元神灵气吐，希夷仿佛见真吾。流光肯被尘劳误，还丹便觉仙家富。蹑罡风步大罗，引蜕躯游紫府。姓名编入长生录，轻身儿来往任双兔。

　　　　【天下乐】等闲间拍拍春风酒一壶，却笑那凡俗何太愚，把百年幻形似蝇臭逐。闹轰轰傀儡场，急煎煎蜂蜜毒，全不知究输赢棋一局。

……

该曲写其对于修道成仙的幻想，饱含曲家对于人世间红尘奔波、追名逐利的厌倦，出世之心十分迫切。

再如【北南吕·一枝花】《参禅》套曲：

【北南吕·一枝花】千秋枉梦愁，半偈留残谛。俺将这昙花阶下种，贝叶案头披。白发皈依，猛省今朝是，翻嫌昨日非。但只愿获慈航超觉岸般若先登，免得被业风吹苦海直沈到底。

【梁州第七】叹世人急煎煎难除意识，乱纷纷用尽心机。每日家被尘劳未得肩儿息，都则为名场利圈。甘将这本性全迷，又只怕钟鸣漏尽。那时节追悔应迟，似盲人待抉金鎞，似顽铁待下钳锤。俺这才小茅庵结向山中，猛可的白毫光从空飞示。明晃晃金粟种来自天西。因此上修持面壁，怕蛾投蛾恋人间世。着意把尘嚣解，蝶梦回还。须向无生暂息机，万念如灰。

【骂玉郎】俺直待坚求忍辱波罗蜜，虽不曾披锱素剃须眉，常子将香炉经卷与瞿昙对。眼看的是黄色，耳听的是翠竹声，鼻闻的是青莲气。

【感皇恩】打灭贪痴，剖破藩篱。兀自要忘生死，齐得丧，又怎肯去辨妍媸。蒲团坐卧，藜杖行持。消受些赵州茶，白社酒，道林棋。

【采茶歌】从衣底觅摩尼，免身后堕泥犁。将山庐直看做鹿园栖。俺这里法雨慈云亲受记，何怕那全沙玉界杳难归。

【煞尾】俺将这假合四大看如赘，俺将这秘密三界嗜若饴。九级浮图岂升易，还须要参透玄机，悟彻菩提。直将俺敝帚焚，那时方遂冲天志。

该套数首曲写曲家参禅悟道，明白昨非今是，遂皈依佛法，以期逃离苦海；次曲叹世人在名利场中迷失了本性，呼吁世人及早醒悟，莫要日后追悔；三、四两曲写曲家所期待的生活和心境；最后两句再度表明其已大彻大悟，远离凡俗，追随佛法的决心。

冰雪道人释如德在《迦陵音序》中说："迷当询道，饥欲得食，世道至今，浇漓极矣。是帙也，得非照昏衢之慧灯，济荒年之粒粟乎！真所谓现居士身设为开示，令人就熟路驾轻车，还家觅见主人，不啻菩萨悲愿之广也。"[1]可见时值末世，传统儒家文人积极入世的心态已普遍发生变化，而叶华这些参禅悟道的述隐之作正可视为解众人之迷茫的一剂灵药。

丁惟恕（约 1570 后—1640 后），字心田，山东琅琊（今诸城）人。丁绥第四子，布衣终其身。然据其散曲中"名利场是非多，急逃名不惹风波"（【北双调·水仙子】）之类的语句来看，其早年亦或出入官场。著有散曲集《续小令集》，其南北兼作而以南曲为主，所涉题材类型较广，尤以感时叹世、隐逸闲适类作品成就为高。

例如以下二曲：

---

① 释如德：《迦陵音序》，叶华著《太平清调迦陵音》，民国二十五年（1936）饮虹簃刻本，卷首。

　　魑魑魑魅逞英雄，豺狼虎豹使威锋。城狐社鼠行暴横，害人方百计通。众耆英叩问神灵，也没见循环报应，也没见监察分明。莫不是天也容情，过往神晓喻众生。俺也精精，俺也灵灵。天也高高，天也赫赫，天也明明。说监察循形愿影，论报应毫发难容。口说无凭，眼见分明，细数数远近豪侠，有几个福寿康宁。(【北双调·仙桂引】)

　　早抽身离了荆棘坡，早退步跳出蛇蝎窝，早回头躲过豺狼祸。名利场是非多，急逃名不惹风波。茅屋上笼烟月，石墙头挂薜萝，也学个清净哥哥。(【北双调·水仙子】)

前一首连用"魑魑魑魅""豺狼虎豹""城狐社鼠"三个词来喻恶人当道，接着便指斥天道不公，恶人没有遭到应有的报应，好人却难得福寿康宁，可见上天神灵根本没有尽到监察的责任，所谓灵验全是虚妄之说。如此这般斥责天道，可以想见曲家对现实黑暗的不满已至于极限。后一首则写其看透官场险恶，急于逃离名利场、归隐山林的避世之心。两曲语言皆通俗流利，句式又精整洗炼，颇有元散曲之风神。

　　再看其歌咏山居闲适生活的【南仙吕入双调·玉抱肚】《咏山庄》四曲：

　　青山堪画，绕村居几树桃花。近溪边杨柳森阴，傍檐前松竹交加。烟霞深处更繁华，半是诗家半酒家。

　　青山雅秀，小茆棚尽可藏头。坐槐阴坦腹南薰，浴石泉濯足东流。水声琴韵两悠悠，闲向溪边执钓钩。

　　山青水绿，盖几间矮矮茅庐。绕周遭翠竹青松，近藩篱黄菊苍梧。醉翁衰鬓插茱萸，满目秋光入画图。

　　千山拥护，趁青流锦绣规模。寒崖下梅蕊含香，荒郊外玉屑平铺。机心不动名利无，爱向山林结草庐。

　　这四首小令分别描绘春夏秋冬四季不同的山庄风景，宛若一幅从空中鸟瞰的四维溪山高隐长卷。首曲写万物回春的景象，而烟霞深处酒家意象的设置，更凸显出春归所带来的勃勃生机；第二首写夏日隐者的居家生活，没有礼教的束缚，完全与自然融为一体；第三首描写秋季山居景色，"满目秋光入画图"直接点出其以画为曲的根源；第四首以严冬积雪铺就的"玉屑"之路，引出其忘却名利、机心不动的内心世界。每首的意象选择皆可见其构思之精巧，创作技艺之纯熟。

　　客观来说，丁惟恕散曲所咏皆为传统题材，并无甚新意，但其能于景物描写、意境构置方面别出匠心，融精炼圆熟之美于自然通俗的语言之中，雅致却又不乏曲味，在晚明后期诸散曲家中亦可谓别具一格。

　　孙峡峰（1573？—1642），山东安丘人。一生不求仕进，以布衣终老，殁于崇祯壬午（1642）之难。为人谨厚，有"洞阳恭士"之誉。著有散曲集《峡峰先生小令》，全为南曲，多写处世经验，反映出农村文人朴素的人生哲学。最具代表性的即其【南商调·黄莺儿】四首：

不必分外图，乐田园便是福。教子耕读正经路，薄田地勤锄，官钱粮早敷。村庄家无荣也无辱。休糊涂，命该五斗，道处里有一斛。

躲是非度流年，不干己莫向前。从来公道惹人怨，不如俺把柴门紧关，顺水推船。任你撼的天关转，俺不管。村酿篘了，邀相知谩盘桓。

世态忒炎凉，不中看恼人肠。噙唇在嘴妆模样，有麝自香，何待风扬。还是本等才为上。自忖量，安丘县里，只你是富家郎。

为人该存心，若存心是好人。狼心狗肺中做甚，我从来傻心，任你们笑人。老天自有公评论。劝世人，精细过了，子孙们不如人。

这些曲作的语言浅显易懂，朴实直白，曲意简单明了，极具教化功用：第一首小令表达了曲家乐天安命，知足常乐的价值观和"惟耕惟读"的教育理念；第二首则奉劝世人面对流年是非，要学会避让，这种明哲保身的思想虽然消极，却是广大底层文人身处乱世的无奈之选；第三首写世态炎凉，对于装模作样、仗势欺人的小人，曲家表达了极度的愤怒和鄙夷之情，并以此作为反例，提倡为人之道贵在踏实本分；第四首着重强调"为人该存心"，劝告世人莫要自作聪明，精细过头，是非自有公道，善恶终有报，实为典型的宿命论。

毋庸置疑，孙峡峰的这种处世哲学是保守而悲观的，但却集中体现了身处末世的广大底层文人的生命形态和思想变化，其崇尚自然、逃避现实的生活状态正是儒家"退则独善其身"和道家"复归返自然"两派观念在特殊的时代背景下融汇交织的产物。

　　综上所述，晚明后期北派散曲在精神层面由入世向出世的回落，与北派散曲家社会身份地位的下降是紧密相关的：他们或看破世情，或仕途失意，或安于耕读，在晚明追求精神解脱和个性解放思潮的影响下，大多选择游离于政治之外的隐逸闲居之途。而尤为值得注意的是，无论是叶华的参禅悟道，还是丁惟恕的感时叹世，抑或是孙峡峰的乐天安命，他们在散曲中所抒发的强烈的出世情怀皆是源于对现实的不满与无奈，其本身即包含着对儒家入世精神在情感层面的转化，因此，他们隐歌高唱的创作行为亦可视为对晚明前、中期北派散曲精神的别样表达。

第五章
晚明散曲理论研究

晚明时期，伴随着散曲创作的日益兴盛，理论界也是百家争鸣，涌现出许多著名的曲论著作。这些曲论著作或对前人观点进行补充完善，或响应时代思潮而别出创见，或反思实际创作而提出指导意见，既有对散曲本体的定性，也有对散曲内在精神、功用和外在风格特征的探讨，还涉及方法论的指导，全面细致而又不乏系统性，将明代散曲学的研究推至一全新的理论高度。

第一节　散曲本体论

通观晚明诸家曲论，可以发现，大多论述都集中于对作家创作和风格的批评，但在具体论述中，曲论家一般都比较注意区分戏曲和散曲作家，有些还特别区分南曲、北曲以及小令、套数作家，这说明他们对于"散曲"这一文体的曲体观念十分明确。而关于"散曲"概念的改造、源流的梳理和"乐本位"的定性等问题，在晚明诸家曲论中也多有涉及，从而构建出了晚明曲论家的"散曲本体论"。

一、晚明曲论家对"散曲"概念的改造

众所周知，散曲在元代被称为"乐府"，即为一种"诗歌之叶乐者"①。而作为体式之称的"散曲"一词，则创自明初朱有燉，其著有散曲集《诚斋乐府》二卷，其中卷一为"散曲"，所收全为小令，卷二为"套数"，所收全为套曲，故可见"散曲"之名在当时是与"套数"相对的，专指不成套的只曲小令。

而至晚明时期，"散曲"概念在曲论家的笔下发生了质的变化，如：

> 周宪王者，定王子也。好临摹古书帖，晓音律，所作杂剧凡三十余种，散曲百余。②（王世贞《曲藻》）

> 不作传奇而作散曲者。③（吕天成《曲品》）

很明显，此时"散曲"已成为一个与"剧曲"（包括杂剧和传奇）相对立的概念，而不再仅仅是"小令"的代名词。

再如王骥德《曲律》所云：

> 散曲绝难佳者。北词载《太平乐府》《雍熙乐府》《词林摘艳》，小令及长套多有绝妙可喜者，而南词独否。④

---

① 任讷：《散曲概论》，曹明升点校《散曲丛刊》，第 1043 页。
② 王世贞：《曲藻》，中国戏曲研究院编《中国古典戏曲论著集成》第四集，中国戏剧出版社 1959 年版，第 34 页。
③ 吕天成：《曲品》，吴书荫校注《曲品校注》，第 128 页。
④ 王骥德：《曲律》，陈多、叶长海注释《曲律注释》，第 341 页。

  词隐所著散曲《情痴呓语》及《词隐新词》各一卷，大都法胜于词；《曲海青冰》二卷，易北而南，用工良苦。①

前一段话直接指出了"散曲"这一文体无论南北，都包括"小令"和"长套"两种体式；后一段话则称沈璟自著曲集为"散曲"，而据《太霞新奏》《南词新谱》等曲选的收录情况可知，沈璟的散曲集中亦确实包括"小令"和"套数"。

  由此可见，"散曲"作为兼包"小令"和"套数"的曲体概念，在晚明时期就已确立。嗣后，明末冯梦龙《太霞新奏》、凌濛初《南音三籁》、沈自晋《南词新谱》以及清代周祥钰《九宫大成谱》、李斗《艾塘曲录》等皆沿用此新概念，一直延续至近代，最终为吴梅、任讷等曲学家所确定，从而彻底取代其原本作为"小令"专称的概念。

二、晚明曲论家的散曲源流论

  自元代起，散曲的渊源问题便一直是曲学家探讨的重要论题之一，历来大致有曲源乐府论、词曲流变论、曲源胡乐论等几种说法。晚明曲论家对此问题的阐释大多也是以这几种观点为基础，并加以综合、总结，较为典型的如王世贞《曲藻》：

  三百篇亡，而后有骚、赋；骚、赋难入乐，而后有古乐府；

---

① 王骥德：《曲律》，陈多、叶长海注释《曲律注释》，第312页。

> 古乐府不入俗，而后以唐绝句为乐府；绝句少宛转，而后有词；
> 词不快北耳，而后有北曲；北曲不谐南耳，而后有南曲。①

王世贞按时间顺序逐一排列中国历史上的各类韵文体裁，点出"入乐"是曲源乐府论的核心，同时又以"亡而后有"的逻辑梳理历代音乐文学的递兴流变，从而肯定了词曲流变论的合理性，将散曲之源由远拉近：

> 曲者词之变。自金元入主中国，所用胡乐嘈杂凄紧，缓急之间，词不能按，乃更为新声以媚之。②

这段话实为词曲流变论和曲源胡乐论的结合：在文体层面，王世贞延续了元人"曲源于词"的观点；但在音乐层面，却又强调曲乐源于金元"所用胡乐"，与词乐无关，并认为词曲的流变正是词体为了适应胡乐而进行改造的过程。

　　总体来看，王世贞对曲源问题的探求综合了前人诸种观点，因此在宏观层面的把握上并无大错，加之其特殊的文坛地位，使得其"亡而后有"的文体流变思路在晚明曲坛广为流行，一时间诸如"乐府变而为词，词变而为曲"③，"诗变为词，词变为曲"④，"北曲盛于金、元，

---

① 王世贞：《曲藻》，中国戏曲研究院编《中国古典戏曲论著集成》第四集，第 27 页。
② 王世贞：《曲藻序》，王世贞著《曲藻》，中国戏曲研究院编《中国古典戏曲论著集成》第四集，第 25 页。
③ 梁辰鱼：《南西厢记叙》，崔时佩撰、李日华增订《南西厢记》，明万历间刻本，卷首。
④ 孟称舜：《古今词统序》，卓人月汇选、徐士俊参评、谷辉之校点《古今词统》，辽宁教育出版社 2000 年版，第 3 页。

南曲盛于国朝，南曲实北曲之变也"①之类的论述俯拾即是。然而，在微观层面，这类观点在很大程度上忽视了各类文体间的传承影响，并不符合各类文体发展流变的客观事实，相较而言，王骥德所论则更为精准：

> 曲，乐之支也。自《康衢》《击壤》《黄泽》《白云》以降，于是《越人》《易水》《大风》《瓠子》之歌继作，声渐靡矣。"乐府"之名，昉于西汉，其属有"鼓吹""横吹""相和""清商""杂调"诸曲。六代沿其声调，稍加藻艳，于今曲略近。入唐而以绝句为曲，如《清平》《郁轮》《凉州》《水调》之类；然不尽其变，而于是始创为《忆秦娥》《菩萨蛮》等曲，盖太白、飞卿辈，实其作俑。入宋而词始大振，署曰"诗余"，于今曲益近，周待制、柳屯田其最也；然单词只韵，歌止一阕，又不尽其变。而金章宗时，渐更为北词，如世所传董解元《西厢记》者，其声犹未纯也。入元而益漫衍其制，栉调比声，北曲遂擅盛一代；顾未免滞于弦索，且多染胡语，其声近嗷以杀，南人不习也。迨季世入我明，又变而为南曲，婉丽妩媚，一唱三叹，于是美善兼至，极声调之致。始犹南北画地相角，迩年以来，燕、赵之歌童、舞女，咸弃其捍拨，尽效南声，而北词几废。②

据这段话可知：首先，王骥德同样肯定"曲源乐府论"，但是他认为

---

① 陈所闻：《刻南宫词纪凡例》，陈所闻编、赵景深校订《南北宫词纪》，第 5 页。
② 王骥德：《曲律》，陈多、叶长海注释《曲律注释》，第 20—21 页。

"曲"属于"乐之支"，所以"曲"的最早形态可以追溯到上古歌谣；其次，在历史发展的过程中，"曲"的具体形态是不断变化的，所谓"今曲"基本上就是沿着"乐府变而为绝句，绝句变而为诗余，诗余渐更为北曲，北曲再变为南曲"（此处所言之曲，不仅指散曲，还包括剧曲）的过程演变而成的；再次，尤为重要的是，各类曲体之间的流变过程并不是"亡而后有"的关系，虽然每个时代的代表性曲体形式不同，但在共时性层面上多种曲体形式是可以并存的，而在历时性层面，不同曲体形式之间的传承与新变也存在一定的交集。

除"亡而后有"的思路问题之外，以王世贞为代表的曲体流变论还存在一个重大的错误，即：南北曲的源流是有差异的，南曲并非"北曲之变也"。关于这一点，晚明曲论家徐渭在《南词叙录》中所论甚详：

> 南戏始于宋光宗朝，永嘉人所作《赵贞女》《王魁》二种实首之，故刘后村有"死后是非谁管得，满村听唱蔡中郎"之句。或云："宣和间已滥觞，其盛行则自南渡，号曰'永嘉杂剧'，又曰'鹘伶声嗽'。"其曲，则宋人词而益以里巷歌谣，不叶宫调，故士夫罕有留意者。元初，北方杂剧流入南徼，一时靡然向风，辞遂绝，而南戏亦衰。顺帝朝，忽又亲南而疏北，作者蝟兴，语多鄙下，不若北之有名人题咏也。永嘉高经历明，避乱四明之栎社，惜伯喈被谤，乃作《琵琶记》雪之，用清丽之词，一洗作者之陋，于是村坊小伎，进与古法部相参，卓乎不可及已。①

---

① 徐渭：《南词叙录》，李复波、熊澄宇注释《南词叙录注释》，中国戏剧出版社 1989 年版，第 5 页。

> 永嘉杂剧兴，则又即村坊小曲而为之，本无宫调，亦罕节奏，
> 徒取其畸农市女顺口可歌而已，谚所谓"随心令"者即其技欤？
> 间有一二叶音律，终不可以例其余，乌有所谓九宫？必欲穷其宫
> 调，则当自唐宋词中别出十二律，二十一调，方合古意。①

徐渭的思路迥异于王世贞一派，其高明之处在于直接将曲源转化为
曲乐之源，从而使问题变得明晰。关于南曲产生的时间，徐渭认为
"始于宋光宗朝（1190—1194）"，也有人认为早在宣和间（1119—
1125）就已滥觞，宋室南渡（1127 年）后开始盛行，而无论哪一种
说法，都充分说明南曲产生的时间较金元之际的北曲要早，因此南
曲不可能是"北曲之变也"。至于南曲的渊源问题，徐渭则提出"其
曲，则宋人词而益以里巷歌谣"的观点，而尤为值得注意的是，在
上引第二段的文字中，其又言"永嘉杂剧兴，则又即村坊小曲而为
之"，可见他认为南曲的本源乃是"本无宫调，亦罕节奏"的"村坊
小曲""里巷歌谣"，而具有宫调性的唐宋词只是对南曲有部分影响的
"流"，故实际上徐渭的南曲源流论应当概括为"里巷歌谣而益以宋
词"，而这也是较为符合客观事实的。

关于北曲之源，徐渭又有言曰：

> 今之北曲，盖辽、金北鄙杀伐之音，壮伟狠戾，武夫马上之
> 歌，流入中原，遂为民间之日用。宋词既不可被弦管，南人亦遂

---

① 徐渭：《南词叙录》，李复波、熊澄宇注释《南词叙录注释》，第 15 页。

尚此，上下风靡，浅俗可嗤。然其间九宫、二十一调，犹唐、宋之遗也，特其止于三声，而四声亡灭耳。①

很明显，徐渭主张北曲源于胡乐论，同时，他也注意到"其间九宫、二十一调，犹唐、宋之遗也"，同样肯定了唐宋词乐在北曲形成过程中的影响。然遗憾的是，他没有提及北方市井俗曲及其他通俗文艺与胡乐、词乐的融合，故导致其所言"北曲源流论"并不完整。

但瑕不掩瑜，总体而言，徐渭从"曲乐之源"入手，将南、北曲分论的做法，使得其对曲源论的探讨从本质上摆脱了"乐府变而为诗，诗变而为词，词变而为北曲，北曲再变为南曲"的思维套路，故其不仅从时间上纠正了"南曲实北曲之变"的错误观念，更深入分析出南、北曲各自形成过程中的本源及旁流，从而将晚明曲坛对曲源论的探求推至一个新的理论高度。

三、晚明曲论家对散曲"乐本位"的定性

通过对晚明"散曲源流论"的梳理，可以明显看出，无论哪种说法，首先肯定的都是"曲"的"入乐可唱"性，可见晚明曲论家对于散曲"乐本位"的定性是一致的。且以此为基点，更发展出"格律本体论"，而这正是晚明散曲观中"散曲本体论"最核心的部分。

众所周知，在提倡"格律本体论"的晚明曲论家中，最著名的便是吴江派领袖沈璟。前文已引其【南商调·二郎神】套曲，其首曲曰："何元郎，一言儿启词中宝藏，道'欲度新声休走样'。名为乐

---

① 徐渭：《南词叙录》，李复波、熊澄宇注释《南词叙录注释》，第24页。

府，须教合律依腔。宁使时人不鉴赏，无使人挠喉捩嗓。说不得才长，越有才越当着意斟量。"①曲中所提到的"何元郎"即明中期曲论家何良俊。关于散曲本体论的问题，何氏曾提出一个十分重要的命题："夫既谓之辞，宁声叶而辞不工，无宁辞工而声不叶。"②他认为曲之为曲，音乐性是首要的，而曲词只能作为曲乐的附属，故若曲不能合律，即使曲词绝佳，也根本不可称之为"曲"。沈璟正是继承了何氏的观点，所以其认为"合律依腔"是"乐府"创作的第一要义，如果格律和曲词发生冲突，则宁可牺牲字句文采，也要保证曲作协律可歌。

诚如前文所述，作为晚明曲坛一大家，沈璟在完善南曲曲谱，规范南曲格律、音韵方面的成就颇高。其"声律至上"的曲学观，不仅影响了晚明中期至明末清初整个南派曲坛的散曲创作，而且在当时的曲论界也起到了重要的理论导向作用。如汪廷讷在《刻陈大声全集自序》中说道：

> 曲虽小技乎，摹写人情，藻绘物采，实为有声之画，所忌微独鄙俚而不驯，亦恐饶洽而太晦，即雅俗并陈矣。倘律韵少舛，其于合作无当也。盖律以定调，韵以辨声。律不叶则拂于板，韵不谐则噎于喉。③

---

① 沈璟：《太霞新奏序》，冯梦龙编《太霞新奏》，卷首。
② 何良俊：《四友斋丛说》，中华书局 1959 年版，第 343 页。
③ 汪廷讷：《刻陈大声全集自序》，陈铎著、汪廷讷精订《陈大声乐府全集》，明万历三十九年（1611）环翠堂刊本，卷首。

汪廷讷这段话先指出"曲虽小技"，但"实为有声之画"，故对创作技术的要求很高：一方面，文辞讲究雅俗并陈；另一方面，必须严守律韵，不得有任何舛误。他虽兼论曲词与声律，然仅从"倘律韵少舛，其于合作无当也"一句即可以明确看出，其更突出"声"的地位。换句话说，汪廷讷认为：如果曲词的雅俗之度没有把握好，则不能称之为一幅"好画"，但仍可算作"画"；而如果声律出现偏差舛误，直接影响到"声"与"画"的"合作"，则不可称之为"有声之画"，自然也就算不得"曲"。

再如王骥德在《曲律》中谈道：

> 南、北之律一辙。北之歌也，必和以弦索，曲不入律，则与弦索相戾，故作北曲者，每凛凛遵其型范，至今不废；南曲无问宫调，只按之一拍足矣，故作者多孟浪其调，至混淆错乱，不可救药。不知南曲未尝不可被管弦，实与北曲一律，而奈何离之？[1]

针对南曲创作"无问宫调""混淆错乱"的现象，王骥德从"可被管弦"即"入乐"的角度，提出"南、北之律一辙"的观点，以此来提倡南曲创作在宫调格律方面的规范化。另其曾曰："曲何以言律也？以律谱音，六乐之成文不乱；以律绳曲，七均之丛调不奸。"[2]可见其同样认为"律"乃"曲"之根本。

---

[1] 王骥德：《曲律》，陈多、叶长海注释《曲律注释》，第92页。
[2] 王骥德：《曲律自序》，王骥德著《曲律》，陈多、叶长海注释《曲律注释》，第7页。

　　然而，值得注意的是，尽管诸如"大抵曲之称当行者，首重谱韵，次论词章"[①]、"词场佳句多矣，然于曲体及用韵混乱者，虽美不贵"[②]之类的赞同声此起彼伏，但晚明曲论界对于沈璟的观点也并非没有争议，反对最强烈的即汤显祖。

　　汤显祖曾在《答吕姜山》中说道："凡文以意趣神色为主，四者到时，或有丽词俊语可用，尔时能一一顾九宫四声否？如必按字摸声，即有窒滞迸拽之苦，恐不能成句矣。"[③]又在《答孙俟居》一文中说道："知曲意者，笔懒韵落，时时有之，正不妨拗折天下人嗓子。"[④]正是这两封信揭开了"汤沈之争"的序幕，同时也推进了晚明曲坛诸家对声律和意趣"合之双美"[⑤]的追求。然而，关于"汤沈之争"，我们必须意识到：一来，虽然汤显祖十分重视曲的文学性，但他也并非不知声律的重要性，只不过针对沈璟唯声律论的偏执，故意道出"不妨拗折天下人嗓子"的激烈言辞；二来，晚明曲坛诸家对汤沈二人的观念采取折衷态度，主张声律与文辞"合之双美"，此论的确兼顾了曲体音乐和文学的双重性，但实际却是从逻辑上将曲之"本体论"转化为了"创作论"。

　　归根结底，沈璟对何良俊"格律本体论"的继承，本意首要解决的问题依然是"什么是曲"，而非"如何创作出好曲"。声、辞俱

①　张琦：《衡曲麈谭》，张琦选辑、张旭初删订《白雪斋选订乐府吴骚合编》，商务印书馆民国二十三年（1934）版，卷首。
②　张琦：《吴骚合编凡例》，张琦选辑、张旭初删订《白雪斋选订乐府吴骚合编》，卷首。
③　汤显祖：《答吕姜山》，汤显祖著、徐朔方笺校《汤显祖全集》，北京古籍出版社1999年版，第1302页。
④　汤显祖：《答孙俟居》，汤显祖著、徐朔方笺校《汤显祖全集》，第1392页。
⑤　吕天成：《曲品》，吴书荫校注《曲品校注》，第37页。

佳自是曲之至境，但"名为乐府，须教合律依腔"是对曲之"乐本位"的定性，而"宁使时人不鉴赏，无使人挠喉捩嗓"则是强调在声、辞不能兼得之时，也一定要保证"曲之为曲"的最低标准。因此，所谓"汤沈之争"实乃源于对沈璟"格律本体论"的过度解读，从而导致不同论题混淆，但这在根本上并没有否定对曲之"乐本位"的定性。

故综上所述，在解决了"作为体式之称的'散曲'指什么""散曲源于什么"和"散曲的本质是什么"这三个问题之后，晚明曲论家的"散曲本体论"已基本建构完成。而除了对散曲这一文体本身的集中探讨，一些曲论家还有意识地将"散曲"与其他文体进行比较，如：

> 吾谓诗不如词，词不如曲，故是渐近人情。夫诗之限于律与绝也，即不尽于意，欲为一字之益，不可得也。词之限于调也，即不尽于吻，欲为一语之益，不可得也。若曲，则调可累用，字可衬增；诗与词，不得以谐语方言入，而曲则惟吾意之欲至，口之欲宣，纵横出入，无之而无不可也。故吾谓快人情者，要毋过于曲也。[1]（王骥德《曲律》）

> 乐府，诗之变也，而调谐律吕，字辨阴阳，较诗实难为之。至以诗韵为曲韵者十常八九，竟不知曲韵毫不可假借于诗韵也。[2]

① 王骥德：《曲律》，陈多、叶长海注释《曲律注释》，第287—288页。
② 汤有光：《精订陈大声乐府全集序》，陈铎著、汪廷讷精订《陈大声乐府全集》，明万历三十九年（1611）环翠堂刊本，卷首。

（汤有光《精订陈大声乐府全集序》）

　　词调两半篇乃合一阕，今南曲健便，多用前半篇，故曰一只，犹物之双者，止其一半，不全举也。① （徐渭《南词叙录》）

　　时曲者无是事而有是情，而词人曲摹之者也；戏曲者有是情且有是事，而词人曲肖之者也。② （周之标《吴歈萃雅又题辞》）

这些论述或谈及诗、词、曲在语言、声韵、体例等方面的差异，或强调曲体在表情达意方面的优越性，或分析散曲与戏曲在抒情和叙事功能领域的分工……相较于单纯的散曲本体论，这些对比性的论述的确更加凸显了"散曲"这一文体的独立性，充分表明晚明曲论家对"散曲"的曲体观念已理解得十分透彻。

第二节　散曲风格论

　　晚明曲论家对于散曲风格的批评方式主要有两类：一类是对散曲作家创作的风格特征作审美概括式的点评，如："马致远【百岁光阴】，放逸宏丽，而不离本色"③，"伯虎小词翩翩有致"④，"康富而芜，

① 徐渭：《南词叙录》，李复波、熊澄宇注释《南词叙录注释》，第 41 页。
② 周之标：《吴歈萃雅又题辞》，周之标编《吴歈萃雅》，明万历四十四年（1616）刻本，卷首。
③ 王世贞：《曲藻》，中国戏曲研究院编《中国古典戏曲论著集成》第四集，第 28 页。
④ 王世贞：《曲藻》，中国戏曲研究院编《中国古典戏曲论著集成》第四集，第 37 页。

王艳而整，杨俊而葩”①，“冯海浮直是粗豪，原非本色”②……这类论述或品评曲家的具体作品，或概括曲家的整体风格，或比较不同曲家创作风格的差异，语言皆精炼简约，但所论多模糊随性，不成理论系统；另一类则是通论“散曲”这一“文体”的风格特征，主要分音乐声情和语言文辞两个方面，逻辑性较强，系统体现了晚明曲论家对散曲文体审美特征的宏观把握。

需要说明的是，本节所讨论的即晚明曲论家的“散曲文体风格论”：

一、晚明曲论家的“散曲音乐风格论”

南北曲的源流不同，在音乐和声情方面也有着明显的风格差异，这一点明中期曲家康海就已注意到：“然南词主激越，其变也为流丽；北曲主慷慨，其变也为朴实。”③嗣后，晚明曲论家在论及散曲音乐声情的风格问题时，皆十分注重对南北差异的比较分析。如：

> 凡曲，北字多而调促，促处见筋；南字少而调缓，缓处见眼。北则辞情多而声情少，南则辞情少而声情多；北力在弦，南力在板，北宜和歌，南宜独奏；北气易粗，南气易弱。此吾论曲三昧语。④（王世贞《曲藻》）

---

① 王骥德：《曲律》，陈多、叶长海注释《曲律注释》，第 297 页。
② 王骥德：《曲律》，陈多、叶长海注释《曲律注释》，第 341—342 页。
③ 康海：《沜东乐府序》，康海著《沜东乐府》，江苏广陵古籍刻本社 1980 年版，卷首。
④ 王世贞：《曲藻》，中国戏曲研究院编《中国古典戏曲论著集成》第四集，第 27 页。

　　听北曲使人神气鹰扬，毛发洒渐，足以作人勇往之志，信胡
人之善于鼓怒也，所谓"其声噍杀以立怨"是已；南曲则纤徐绵
眇，流丽婉转，使人飘飘然丧其所守而不自觉，信南方之柔媚也；
所谓"亡国之音哀以思"是已。[①]（徐渭《南词叙录》）

　　上引两段材料，王世贞所论全面细致，徐渭所言则偏于整体审美感
悟，角度虽不同，但都肯定了南北曲在音乐声情方面的风格差异。大
致说来，北曲字多腔少，节奏快，故文字传达的情感内容比声情要
多；而南曲音乐柔和缓慢，声多字少，字音常为曲声所掩，故声情反
较词情为多。且北曲主要源于胡乐，以琵琶为伴奏乐器，故整体风格
偏于豪放悲壮；而南曲主要以箫笛为伴奏乐器，受南方柔和清靡的音
乐影响，整体风格偏于清越柔婉。

　　然何以南北曲之间存在如此全方位的差异？关于这一点，晚明曲
论家基本上都是从南北地域文化差异的角度来解释的。如：

　　曲之兴也，其来远矣。惟地异风殊，人分语别。南方水土和
柔，音则清举而佻巧；北地山川重厚，语则沉浊而钝讹。譬之泾
渭判流，渑淄各味者也。[②]（周之标《吴歈萃雅叙》）

　　南北二调，天若限之。北之沉雄，南之柔婉，可画地而知也。
北人工篇章，南人工句字。工篇章，故以气骨胜；工句字，故以

---

① 徐渭：《南词叙录》，李复波、熊澄宇注释《南词叙录注释》，第76页。
② 周之标：《吴歈萃雅叙》，周之标编《吴歈萃雅》，明万历四十四年（1616）刻本，卷首。

色泽胜。^①（王骥德《曲律》）

的确，南北地域环境、风情习俗不同，这些因素都会影响南北曲在音乐、语音、声调等方面的差异，故二者整体音乐风格自然也呈现出不同的特色。

另王世贞在探讨曲源问题时也提到过北曲源于嘈杂凄紧的胡乐，但随着金元入主中原，则"大江以北，渐染胡语，时时采入，而沈约四声遂阙其一。东南之士，未尽顾曲之周郎，逢掖之间，又稀辨挝之王应，稍稍复变新体，号为南曲。高拭则成，遂掩前后。大抵北主劲切雄丽，南主清峭柔远，虽本才情，务谐俚俗。譬之同一师承，而顿渐分教；俱为国臣，而文武异科"^②。虽然王世贞这段话对南北曲音乐风格差异的分析在思路上仍未摆脱其"北曲变而为南曲"的错误套路，但他同样选择了符合客观事实的地域角度为切入点，并且尤为强调自金元入主中原，南北曲在一定程度上相互融汇交流，因此以禅宗渐、悟两派和朝臣文、武两班为喻，以说明二者既相互关联而又有差异的复杂关系，所论的确更为精准。

故总而言之，因地域差异而导致南北曲在音乐和声情方面存在明显的风格差异，这一点实为晚明曲论家之共识。

二、晚明曲论家的"散曲语言风格论"

如前文所述，在对"散曲本体论"的探讨中，晚明曲论家已分析

---

① 王骥德：《曲律》，陈多、叶长海注释《曲律注释》，第236页。
② 王世贞：《曲藻序》，王世贞著《曲藻》，中国戏曲研究院编《中国古典戏曲论著集成》第四集，第25页。

过散曲与诗词在语言方面的差异。不同于诗词语言的典雅蕴藉，散曲语言贵在浅显通俗，对此，晚明曲论家多以"本色"一词概而论之。

所谓"本色语"，乃指能表现出特定文体艺术特色的语言，最早出现于北宋陈师道《后山诗话》："退之以文为诗，子瞻以诗为词，如教坊雷大使之舞，虽极天下之工，要非本色。"[①] 后南宋严羽《沧浪诗话》中亦有"禅道惟在妙悟，诗道亦在妙悟……惟悟乃为当行，乃为本色"[②] 之言。而在曲论界最早使用"本色"这一概念的则是明中期曲论家何良俊，其于《四友斋丛说》卷三十七"词曲类"中说道："盖填词须用本色语，方是作家。"[③] 并极力赞扬"清丽流便，语入本色"[④]、"简淡可喜"[⑤] 一类的曲语，而反对"专弄学问"[⑥]、"施朱傅粉，刻画太过"[⑦] 之作，可见其以"本色"一词专指那些不事雕琢、不用典故、朴实简淡的通俗语言。

至晚明时期，曲论家对"本色"的理解更加深入细化。如王世贞在《曲藻》中修改周德清《作词十法》一节，曰：

> 作词十法，亦出德清，稍删其不切者。一、造语。谓可作者：乐府语、经史语、天下通语。予谓经史语亦有可用不可用。不可作者：俗语、蛮语、谑语、嗑语、市语、方语、书生语、

---

① 陈师道：《后山诗话》，何文焕、丁福保编《历代诗话统编》，北京图书馆出版社 2003 年版，第 187 页。
② 严羽：《沧浪诗话》，胡才甫笺注《沧浪诗话笺注》，浙江古籍出版社 2015 年版，第 4 页。
③⑥ 何良俊：《四友斋丛说》，第 337 页。
④ 何良俊：《四友斋丛说》，第 338 页。
⑤⑦ 何良俊：《四友斋丛说》，第 339 页。

讥诮语。愚谓谑、市、讥诮亦不尽然，顾用之何如耳。又语病、语涩、语粗、语嫩，皆所当避。二、用事。明事隐使，隐事明使。三、用字。生硬字、太文字、太俗字及衬垫字太长者，皆所当避……①

首先，对于散曲语言，周德清提倡的是"文而不文，俗而不俗"②的风格，但其《作词十法》中涉及曲语的部分，却更偏于"文而不俗"。对此，王世贞"稍删其不切者"，认为"经史语亦有可用不可用"，"谑、市、讥诮亦不尽然"，明显更偏于"俗而不文"。但特别要注意的是，王世贞虽亦倾向于"本色语"，但其尤为强调"顾用之何如耳"，并且也没有彻底否定用典，这种根据具体情况来灵活对待曲语的态度反而更近于"本色"之追求。

另外，王世贞还评价"马致远【百岁光阴】，放逸宏丽，而不离本色"③，又列举元人曲句以分类，细化出"景中雅语""景中壮语""意中爽语""情中快语""情中冶语""情中悄语""情中紧语""诨中奇语""诨中巧语"九类，使得"本色"概念不再抽象，更为具体化。

再如徐渭在《南词叙录》中亦有言曰：

以时文为南曲，元末、国初未有也，其弊起于《香囊记》。《香囊》乃宜兴老生员邵文明作，习《诗经》，专学杜诗，遂以二

---

① ③ 王世贞：《曲藻》，中国戏曲研究院编《中国古典戏曲论著集成》第四集，第 28 页。
② 周德清：《中原音韵》，艺文印书馆 2008 年版，第 112 页。

> 书语句匀入曲中，宾白亦是文语，又好用故事作对子，最为害事。
> 夫曲本取于感发人心，歌之使奴、童、妇、女皆喻，乃为得体；
> 经、子之谈，以之为诗且不可，况此等耶？直以才情欠少，未免
> 辏补成篇。吾意与其文而晦，曷若俗而鄙之易晓也？①

他明确反对以时文作曲，提倡通俗的本色语。但与此同时，亦提出
"填词如作唐诗，文既不可，俗又不可"②及"最喜用事当家，最忌用
事重沓及不着题"③的观点。可见其对于"本色"的理解亦非局限于
语言的通俗和不用典故。

　　且随着"白苎派"和"吴江派"在晚明曲坛的发展、盛行，晚明
曲论家对曲语的标准则又发生了一些变化：有的提倡"词欲藻，意
欲纤，用事欲典，丰腴绵密，流丽清圆"④，有的则坚持"平言淡语，
只如白话，此词家最上白描手"⑤。但更为普遍的情况是，曲论家多
意识到两派各有利弊，故折衷而论之。如王骥德提出："大曲宜施文
藻，然忌太深；小曲宜用本色，然忌太俚。须奏之场上，不论士人闺
妇，以及村童野老，无不通晓，始称通方。"⑥其针对不同体式的散曲
提出不同的语言要求，但对于"文藻之深"和"本色之俚"均尤为强
调"度"的把握，并指出"奏之场上，不论士人闺妇，以及村童野

① 徐渭：《南词叙录》，李复波、熊澄宇注释《南词叙录注释》，第 49 页。
② 徐渭：《南词叙录》，李复波、熊澄宇注释《南词叙录注释》，第 53 页。
③ 徐渭：《南词叙录》，李复波、熊澄宇注释《南词叙录注释》，第 58 页。
④ 陈所闻：《刻南宫词纪凡例》，陈所闻编、赵景深校订《南北宫词纪》，第 5 页。
⑤ 蔡叔文：《跋〈寄人樵李〉散套》，施绍莘著《秋水庵花影集》，明末刻本，卷三。
⑥ 王骥德：《曲律》，陈多、叶长海注释《曲律注释》，第 212 页。

老，无不通晓"即是衡量二者之"度"的通用标准。故在此理论基础上，其又明确指出"掇拾陈言，凑插俚语，为学究，为张打油，勿作可也"①，"曲之不可解，非入方言，则用僻事之故也"②，"即作曲者用绮丽字面，亦须下得恰好，全不见痕迹碍眼，方为合作。若读去而烟云花鸟、金币丹翠、横垛直堆，如摊卖古董、铺缀百家衣，使人种种可厌，此小家生活，大雅之士所深鄙也"③等具体创作禁忌，充分体现了其对于散曲语言雅俗共存特质的认识和对元代"文而不文，俗而不俗"的乐府语言论的认同。

再如晚明著名曲论家凌濛初，其于《谭曲杂劄》中指出：

曲始于胡元，大略贵当行不贵藻丽。其当行者曰"本色"。盖自有此一番材料，其修饰词章，填塞学问，了无干涉也。故《荆》《刘》《拜》《杀》为四大家，而长材如《琵琶》犹不得与。以《琵琶》间有刻意求工之境，亦开琢句修词之端，虽曲家本色故饶，而诗余弩末亦不少耳。国朝如汤菊庄、冯海浮、陈秋碧辈，直闯其藩，虽无专本戏曲，而制作亦富，元派不绝也。自梁伯龙出，而始为工丽之滥觞，一时词名赫然。盖其生嘉、隆间，正七子雄长之会，崇尚华靡；弇州公以维桑之谊，盛为吹嘘，且其实于此道不深，以为词如是观止矣，而不知其非当行也。以故吴音一派，竞为剿袭。靡词如绣阁罗帏、铜壶银箭、黄莺紫燕、浪蝶狂蜂之类，启口即是，千篇一律。甚者使僻事，绘隐语，词须累诠，意

① 王骥德：《曲律》，陈多、叶长海注释《曲律注释》，第 207 页。
② 王骥德：《曲律》，陈多、叶长海注释《曲律注释》，第 275 页。
③ 王骥德：《曲律》，陈多、叶长海注释《曲律注释》，第 268—269 页。

如商谜，不惟曲家一种本色语抹尽无余，即人间一种真情话，埋没不露已。至今胡元之窍，塞而未开，间以语人，如锢疾不解，亦此道之一大劫哉！①

凌濛初以元曲为"本色"之标尺，故其对于崇尚华靡藻饰，堆砌词章典故的晚明南曲极力批驳，认为这些千篇一律之作不仅在语言上达不到当行本色的境界，甚而极端的形式主义已完全导致曲家对曲作内在真情的忽略。而与此同时，尤为可贵的是，其虽提倡"曲中妙处，专取当行本色俊语，非取丽藻"②，但也注意到"本色"之旨并非一味追求俚俗直白：

> 元曲源流古乐府之体，故方言、常语，沓而成章，着不得一毫故实；即有用者，亦其本色事，如蓝桥、祆庙、阳台、巫山之类。以拗出之为警俊之句，决不直用诗句，非他典故填实者也。一变而为诗余集句，非当可矣，而未可厌也。再变而为诗学大成、群书摘锦，可厌矣，而未村煞也。忽又变而文词说唱、胡诌【莲花落】，村妇恶声、俗夫亵谑无一不备矣。今之时行曲，求一语如唱本【山坡羊】【刮地风】【打枣竿】【吴歌】等中一妙句，所必无也。故以藻缋为曲，譬如以排律诸联入《陌上桑》《董妖娆》乐府诸题下，多见其不类；以鄙俚为曲，譬如以三家村学究口号、歪诗，拟《康衢》《击壤》，谓"自我作祖，出口成章"，岂不可笑？

---

① 凌濛初：《谭曲杂劄》，凌濛初编《南音三籁》，卷首。
② 凌濛初：《琵琶记凡例》，蔡毅编《中国古典戏曲序跋汇编》，齐鲁书社 1989 年版，第594 页。

而又攘臂自命，日新不已，直是有觍而目。①

显然，凌濛初既批判"以藻绘为曲"，同时也反对"以鄙俚为曲"，实际上即分别针对"白苎派"和"吴江派"在具体创作中的两种极端表现。且相较于藻饰故实一派，其认为"直以浅言俚句，捅拽牵凑"②的做法更不可取，在理论层面指出晚明曲坛部分曲家在实际创作中"以鄙俚可笑为不施脂粉，以生梗稚率为出之天然"③的误区。

综上所述，晚明曲论家对于"本色"这一概念的理解总体上是客观细致的：一方面，他们在文体层面肯定了散曲整体语言风格的独特性；另一方面，针对具体创作，他们对"本色"的解读也没有完全局限于语言的俚俗和不用典故，而是在追求雅俗平衡的过程中传承元代曲语"文而不文，俗而不俗"的理论传统，这对于纠正晚明曲坛创作实践中存在的一些弊端起到了一定的指导作用。

第三节　散曲创作论

除了散曲本体论和风格论外，晚明曲论家对散曲创作论也进行了系统深入的探讨，且所论并不限于音韵格律、字句章法、修辞技巧之类的方法说明，还涉及对散曲创作精神和创作功用两方面的讨论：

---

①②③　凌濛初:《谭曲杂劄》，凌濛初编《南音三籁》，卷首。

一、晚明曲论家的"散曲创作精神论"

俞彦《南宫词纪题辞》云："迩来作者，真晦于文，情掩于藻，饾饤工而章法乱，殊为谱曲之蠹；及借口本色者以鄙秽为蒜酪，以蹀躞为务头，词林两讥之。"① 此言即如上文所谈，晚明曲坛一些曲家在实际创作中或崇尚华靡藻饰、堆砌词章典故，或误以鄙俚为本色，皆在很大程度上导致了对曲作内在真情的忽略。针对这些创作中的不良风气，在散曲创作精神论层面上，晚明曲论家一致呼吁"真情"的回归。

如公安派代表人物袁宏道，其论文主张"独抒性灵，不拘格套"②，论曲亦提倡"真情真声，任性而发"：

> 且夫天下之物，孤行则必不可无，必不可无，虽欲废焉而不能。雷同则可以不有，可以不有，则虽欲存焉而不能。故吾谓今之诗文不传矣。其万一传者，或今闾阎妇人孺子所唱【劈破玉】【打草竿】之类，犹是无闻无识真人所作，故多真声。不效颦于汉魏，不学步于盛唐，任性而发，尚能通于人之喜怒哀乐嗜好情欲，是可喜也。③

袁宏道从反复古主义的文艺观出发，认为今之诗文一味模仿前人、追

---

① 俞彦：《南宫词纪题辞》，陈所闻编、赵景深校订《南北宫词纪》，第 3 页。
② 袁宏道：《叙小修诗》，袁宏道著、钱伯城笺校《袁宏道集笺校》，上海古籍出版社 1981 年版，第 187 页。
③ 袁宏道：《叙小修诗》，袁宏道著、钱伯城笺校《袁宏道集笺校》，第 188 页。

求复古，完全丧失了与众不同的个性，所以根本没有存在的价值；而民间小曲则恰恰因为"不效颦于汉魏，不学步于盛唐"，真情真声任性而发，保留了独特的自我价值，故可长传不朽。

再如周之标，其论曲以"情真境真"为标准，有《吴歈萃雅题辞》一文曰：

> 当今制科，率取时文，而士子穷年矻矻，精力都用之八股中矣。举秦汉唐宋以来，所谓工词赋、工诗、工策者一切弃置，即有高才逸致，除却八股，安所自见，而人亦安所见之？顾词赋之客，与夫诗之友、策之士，虽已靡极，不堪采用，间有一二骚人，祖昔人之所谓曲者，而殚精力焉。夫曲则近淫，如昔人《大堤曲》《采莲曲》，令人听之忘倦，况今时之曲，尤极其宛转流丽乎？袁石公所云"千人石上，每度一字迟一刻"者，此类是也。斯即飞鸟闻之，亦且徘徊欲下，而幽人壮士，概可知已。嗟乎！世道日衰，人心日下，毋论真文章、真事业不可多得，即最下如淫词艳曲，求其近真者绝少。惟是闺中思妇、塞外征人，情真境真，尚堪摹画。而骚人以自己笔端代他人口角，或灯之前，或月之下，或花之旁，或柳之畔，或山水之间，洋洋出之，宛然真也，歌之者亦宛然真也。然则八股何如十三腔乎？而学士家虽谓读烂时文，不如读真时曲也可。[①]

---

① 周之标：《吴歈萃雅题辞》，周之标编《吴歈萃雅》，明万历四十四年（1616）刻本，卷首。

这段话从"当今制科，率取时文"的社会文化背景谈起，指出当代文人的才华精力多为空疏虚浮的八股文创作所侵占，这在很大程度上影响了世风、文风的健康发展，从而不仅导致"世道日衰"，"真文章、真事业不可多得"，甚至"最下如淫词艳曲，求其近真者绝少"，惟有以"闺中思妇、塞外征人"之类为创作题材的时曲尚保持着"情真境真"的本色。因此，周氏呼吁"学士家"当摒弃"烂时文"的创作风气，向"真时曲"学习。

袁宏道以"孤行则必不可无""雷同则可以不有"的个性至上主义价值观来推尊民间小曲的地位，周之标则将时曲创作缺乏真情的根本原因归结于"当今制科，率取时文"的不良世风，所论角度虽有不同，但对于"绝假纯真"[①]的理念追求确是一致的，他们的观点都充分体现了晚明文学界反复古主义运动和思想界以情反理思潮对曲学批评的影响。

众所周知，晚明文学界反复古主义运动和思想界以情反理思潮的哲学根源，皆来自以李贽为代表的左派王学。作为学界公认的晚明启蒙思想家，李贽以传统儒学的"异端"自居，反对儒家的泛道德主义，贬斥程朱理学为伪道学，主张"革旧鼎新"[②]；在诗文领域，多抨击前七子、后七子的复古主张，而着重提出"童心说"，强调"真人"表"真心"，反对"以闻见道理为心"[③]的"假人言假言"[④]，其思想本质实乃"以非理性主义的情至论反抗理对人的异化"[⑤]。而在曲论界，将

① 李贽：《童心说》，李贽著《焚书·续焚书》，中华书局 2009 年版，第 98 页。
② 李贽：《代深有告文·又告》，李贽著《焚书·续焚书》，第 149 页。
③④ 李贽：《童心说》，李贽著《焚书·续焚书》，第 99 页。
⑤ 杨栋：《中国散曲学史研究（续篇）》，山东大学出版社 1998 年版，第 125 页。

李贽"童心说"发挥至极致的当属稍后的曲论家冯梦龙：

> 书契以来，代有歌谣，太史所陈，并称风雅，尚矣。自楚骚唐律，争妍竞畅，而民间性情之响，遂不得列于诗坛，于是别曰"山歌"，言田夫野竖矢口寄兴之所为，荐绅学士家不道也。唯诗坛不例，荐绅学士不道，而歌之权愈轻，歌者之心亦愈浅。今所盛行者，皆私情谱耳。虽然，桑间濮上，国风刺之，尼父录焉，以是为情真而不可废也。山歌虽俚甚矣，独非郑卫之遗欤？今虽季世，而但有假诗文，无假山歌，则以山歌不与诗文争名，故不屑假。苟其不屑假，而吾借以存真，不亦可乎？抑今人想见上古之陈于太史者如彼，而近代之留于民间者如此，倘亦论世之林云尔。若夫借男女之真情，发名教之伪药，其功与《挂枝儿》等。故录《挂枝词》而次及《山歌》。①

在这篇《叙山歌》中，冯梦龙首先将与正统诗文相对的民间俗曲统称为"山歌"，然后一方面按照传统的尊体思路，将其归为"桑间濮上""郑卫之遗"，并以"尼父录焉"为依据来肯定这些俗曲存在的合理性，明确指出它们的存在价值——"情真而不可废"；另一方面，冯梦龙沿着"真诗乃在民间"②的思路，进一步从反封建、反礼教的角度提出其"非理性主义情至论"的核心观点——"借男女之真情，发名教之伪药"，并将表达"男女之真情"的"真山歌"与附加了外

---

① 冯梦龙：《叙山歌》，冯梦龙编《山歌》，卷首。
② 李梦阳：《诗集自序》，李梦阳著《李空同全集》，明万历间浙江思山堂本，卷五十。

在功利性的"假诗文"相对立，从而彻底否定传统"诗贵曲贱"的价值观。

另外，冯梦龙在《太霞新奏序》中亦有言曰：

> 文之善达性情者无如诗，"三百篇"之可以兴人者，唯其发于中情，自然而然故也。自唐人用以取士，而诗入于套；六朝用以见才，而诗入于艰；宋人用以讲学，而诗入于腐。而从来性情之郁，不得不变而之词曲。胜国尚北，皇明专尚南，盖易弦索而箫管，陶激烈于和柔，令听者解烦释滞，油然觉化日之悠长。此亦太平鸣豫之一征矣。①

这段话主要是从诗歌发展史的角度，来谈论散曲这一新诗体兴盛的必然性，而冯梦龙同样是通过"以情反理"的逻辑来予以论证：首先以"三百篇"为例来说明"真情"在诗歌感染力层面的重要作用，随后又提出"历代诗歌皆是因为承载了纯抒情功能之外的功利性，所以才逐步走向衰落"的观点，最后自然得出"散曲这一新诗体因为'善达性情'故得以起而代之"的结论。

总而言之，晚明曲论家对于散曲创作精神论的探讨，一方面是源于对晚明散曲创作弊端的反思，另一方面也受到了以李贽为代表的左派王学启蒙思潮的影响。而从晚明至明末清初，在曲论家逐步完善散曲创作精神论的同时，理论亦反作用于创作本身。因此，明末清初散曲风貌为之一变，理论指导确也是不可忽视的一环。

---

① 冯梦龙：《太霞新奏序》，冯梦龙编《太霞新奏》，卷首。

二、晚明曲论家的"散曲创作功用论"

晚明曲论家徐复祚尝有言曰："夫余所作者词曲，金元小技耳，上之不能博高名，次复不能图显利，拾文人唾弃之余，供酒间谑浪之具，不过无聊之计，假此以磨岁耳，何关世事！"① 长久以来，受"诗言志"观念的影响，传统文人对于词、曲一般皆以"小道"视之，故徐氏此论极具代表性。但事实上，从元代特殊的社会政治背景和实际创作情况来看，散曲作家的身份构成、散曲的创作题材、创作风格都呈现出多样化的局面，故散曲这一文体的实际创作功用也并不限于"娱乐"，还包括"寄情"和"通政"两方面，这些早在元代诸家曲论中即已有提及。②

至晚明，受江南经济繁荣、娱乐业高度发达的影响，南派曲家多延续香奁一路的创作以满足词场应歌之需要，且又多奉行"文章必推梁氏为极轨，韵律必推沈氏为极轨"③ 的准则，故曲作语言风格明显偏于典雅绮丽；而北派曲家则于香奁艳丽之外别开一路，通过对社会时事、百姓民生的关注将散曲文学的精神回归至"诗言志"的儒家诗教传统，在散曲内容方面趋于雅化。故在此全方位的散曲雅化潮流中，曲论家对于散曲创作功用的探讨也呈现出了新的特点：

其一，晚明曲论家对于散曲的"娱乐"和"寄情"功用多合而论之。如宙槇《刻明农轩乐府小叙》一文曰：

---

① 徐复祚：《花当阁丛谈》，民国九年（1920）博古斋刻本，卷三。
② 参见刘凤玲《元代散曲观念研究》第五章《元代散曲功用观念》，首都师范大学博士论文，2008 年。
③ 任讷：《散曲概论》，曹明升点校《散曲丛刊》，第 1097 页。

公既罢相归济上，绝口不谈声利，而于诗文亦谢不复为。日与其友人许殿卿辈，策款段，命扁舟，延眺嵋华之峰，寄傲明湖之渚。酒酣兴逸，则肆口而占乐府数阕，间自为曼声，引而歌之相乐也。……公以台鼎旧臣，道不合而引退。盛年茂德，遇不究施天下，谈士孰不为公扼腕？而徜徉林壑，曾无几微，效愤世者所为，乐府可概见矣。①

在宙楨的观念里，殷士儋所创作的"乐府数阕"是罢归后不谈声利，不为诗文的消遣之作，故其"引而歌之相乐"的娱乐功用自不必多言；但与此同时，他又明确指出殷士儋创作散曲是"效愤世者所为"，可见虽是"酒酣兴逸，肆口而占"，实际却是意在言外，别有寄托。

再如沈德符在《顾曲杂言》中云："填词出才人余技，本游戏笔墨间耳，然亦有寓意讥讪者。"② 钟羽正《小令序》亦有言曰："世运升降，人情抑扬，殆有得于游戏翰墨之故。"③ 他们在指出散曲是"游戏笔墨"的同时，也都肯定其中别有寄托，寓意丰富。

值得注意的是，这类论点并非是晚明曲论家将前人的两种观念简单相加，而是呼应了当时曲坛的实际创作：一方面，从散曲的创作题材来看，在元散曲的初兴时期，戏谑嘲弄之作是散曲娱乐之功用的主要表现类型之一，而至晚明，散曲创作整体日趋雅化，有些曲家甚至

---

① 宙楨：《刻明农轩乐府小叙》，殷士儋著《明农轩乐府》，明万历六年（1578）刻本，卷首。
② 沈德符：《顾曲杂言》，第5页。
③ 钟羽正：《小令序》，丁綵著《小令》，绥中吴氏绿云山馆抄本，卷首。

提出"曲制重雅训，一涉嘲谑，非礼也"①的观点，故类似元散曲中长毛小狗、美人黑痣、秃指甲、大蝴蝶之类的纯戏谑之曲大幅减少，娱乐功用中的纯"戏玩"成分也自然弱化；另一方面，如前文所述，晚明散曲家的整体身份地位较高，在理念上，他们承认散曲文体功能与传统诗文有所不同，但与此同时又以溯源的方式为之尊体，使之不断向传统诗文"言志"的功能靠近，故在创作上，为官散曲家创作的作品多是"以诗为曲""以文为曲"，较少涉及纯娱乐性的散曲创作，而底层文人散曲家则是借散曲的娱乐性来抒泻愁思、逞才扬名，创作动机皆较为复杂。因此，在这样的创作背景下，晚明曲论家对于散曲的功用观则从元代的"诗歌本质，娱乐为用"②逐步转变为"娱乐为本，寄情为用"。

其二，晚明曲论家对于散曲"通政"功用的理解更为全面细致。众所周知，"乐与政通"的观念古而有之，故散曲作为"乐"之一种自然也不应例外。元代曲论家虞集就曾提出散曲可以"颂清庙，歌郊祀，抒和平正大之音，以揄扬今日之盛"③的观点，元末学者叶子奇亦有"元将亡，都下有【骂玉郎】曲，极其淫泆之状。盖桑间濮上之风，居变风之极也"④之言，但二者皆只是概括性地将散曲的创作与政教之得失相关联。明初永乐年间，有榜文曰："今后人民倡优装扮杂剧，除依律神仙道扮，义夫节妇，孝子顺孙，劝人为善，及欢乐太

---

① 王克笃:《适暮稿小引》，王克笃著《适暮稿》，清嘉庆二十一年（1816）王志超抄本，卷首。
② 刘凤玲:《元代散曲观念研究》，首都师范大学博士论文，2008年，第135页。
③ 虞集:《中原音韵序》，吴毓华编《中国古代戏曲序跋集》，中国戏剧出版社1990年版，第8页。
④ 叶子奇:《草木子》，中华书局1959年版，第79页。

平不禁外，但有亵渎帝王圣贤之词曲、驾头杂剧，非律所该载者，敢有收藏传诵、印卖，一时拿送法司究治。"① 该榜文的政治功利意味十分明显，但这也正充分说明官方已经意识到曲之通政功用在教化百姓方面的重要性。再至晚明，受朝纲紊乱、内忧外患的特殊时代政治背景影响，不仅散曲家在实际创作中全面结合社会现实、不断开拓题材类型，曲论家也大力发扬现实主义精神，将散曲的"通政"功用拓展为更趋具象化的"全面反映社会现实"。

这一点主要集中在对晚明北派代表曲家薛论道的散曲批评中，如胡汝钦《林石逸兴序》云：

夫乐由音著，音自心生，实有本乎自然者也。不歌则已，歌必使之声入心通，情无留滞斯可矣。孔子曰："兴于诗，成于乐。"厥三百篇纪事咏物，莫不出乎自然，亦莫不荡涤邪秽，流通精神，养中和之德，而救气质之偏者矣。相维世道，孰云小补？然旨趣玄远，义理邃奥，岂惟匹夫匹妇无以识悟，即骚人墨士难可详悉。繇是近代以来，非治业经生，则置而不讲矣。吁！示瞽以文章，责聋于钟鼓，是强其所不能也。若君所辑，托物寓兴，质古拟今，语邪秽则默夺潜消，语精神则飞华扬彩，语中和则包涵天地，语气质则变化性灵。发之以七情，寄之以六义。纵横反覆，若出一言。意深而词浅，理微而义著。俾匹夫匹妇，如见黑白；骚人墨士，若数一二。准之以声律，被之以管弦。闻之者心阆意悟，识太古于讴歌，化时俗于谭笑。苟偷风少挽厥功，岂亦小补云哉？②

① 顾起元：《客座赘语》，南京出版社 2009 年版，第 296 页。
② 胡汝钦：《林石逸兴序》，薛论道著《林石逸兴》，明万历间刻本，卷首。

胡汝钦是从尊体的角度将薛论道的散曲与《诗经》进行比较：一方面，其认为诗、曲同为"乐"之属，故皆本乎自然，发乎性情，皆可有补于世道；另一方面，其又指出《诗经》"旨趣玄远，义理邃奥，岂惟匹夫匹妇无以识悟，即骚人墨士难可详悉"，而散曲却"意深而词浅，理微而义著。俾匹夫匹妇，如见黑白；骚人墨士，若数一二"。很明显，在思想层面，其认为诗曲同值，散曲一样可以"质古拟今""包涵天地"，而在语言层面，其又认为通俗易懂的散曲更容易为社会各阶层所接受，具有明显的传播优势，故二者相合，对于散曲"有补于世"的功用提倡自是不言而喻。

再如吴京在《林石逸兴引》中说道：

> 明兴二百余年，文命覃敷，制度大备；独音律阙然不讲，师失其官，即新声小令，亦鲜名家。正、嘉以前，学士大夫歆慕诗余，时一点缀，超轶宋元，然于管弦无当也。辊近传奇间出，要皆绮罗香泽之态，绸缪宛转之度；非旅思闺愁，即丽情宫怨，亦无取焉。吾友薛谭德氏，博综六艺，淹贯百家，浮沉纮纲之内，睥睨玄虚之表。尝扼腕而叹，制礼作乐，国家大典，奈何当吾世使音律不追古昔，不明于天下，后世无传焉，士人之耻也！……所谓曲者，曲尽人情也。其智圆，故其音节以舒；其识旷，故其词畅以达。昔山谷老人称晏叔原乐府为挟邪大雅，豪士鼓吹。彼固花间、阳春之艳耳。孰如切时务，合人情，关世道，通物理。士君子咏之，辗然冲融；而庸夫听之，慢然荡涤也。斯足以传矣。①

---

① 吴京：《林石逸兴引》，薛论道著《林石逸兴》，明万历间刻本，卷末。

吴京首先批评了明初曲坛创作的衰微和明中叶以后曲风的萎靡，随后十分明确地指出了其所提倡的散曲具体创作功用——"切时务，合人情，关世道，通物理"，即散曲创作应当充分反映社会现实，因为这不仅可以矫正当时曲坛空疏浮泛的创作风气，更重要的是可以回归"制礼作乐"的古昔传统。

另外，俞钟还在《跋林石逸兴》中盛赞薛论道散曲曰："其于古今之成败，物理之变迁，习俗之雕敝，世道之靡薄，囊括殆尽矣。用以备省察，足可以垂鉴戒，藉益心身，或可以揭幻婴。是编一辑，贱者安，贫者乐，锐者折，矜者摧，化今警后，弗溺于物欲者，而君之遗范，岂浅鲜哉！"① 薛论道在《自序》中也提出"代不绝音者，以其歌颂国家遗美，未可以阙之也"② 的观点，并认为自己作品最大的特点即"或忠于君，或孝于亲，或忧勤于礼法之中，或放浪于形骸之外，皆可以上鸣国家治平之盛，而亦可以发林壑游览之情"③。二人所论或偏于伦理教化、历史鉴戒，或强调忠君守礼、歌功颂德，皆可谓是对散曲文学"通政"功用的进一步细化。

三、晚明曲论家的"散曲创作方法论"

晚明曲论中对"散曲创作方法论"的探讨主要涉及声韵格律、字句章法和修辞技巧三个方面，且尤以王骥德《曲律》一书所论最为全面。而学界对这部分内容的研究成果十分丰富，故本节只略作梳理。

王骥德《曲律自序》开篇即言："曲何以言律也？以律谱音，六

---

① 俞钟：《跋林石逸兴》，薛论道著《林石逸兴》，明万历间刻本，卷末。
②③ 薛论道：《林石逸兴自序》，薛论道著《林石逸兴》，明万历间刻本，卷首。

乐之成文不乱；以律绳曲，七均之从调不奸。"① 直接点明声律之于曲之音乐本质的重要性。随后在《论宫调第四》中又指出"古之乐先有诗而后有律，而今乐则先有律而后有词"，故"曲句之长短，字之多寡，声之平仄"以及"各宫各调"都应"部署甚严，如卒徒之各有主帅，不得陵越"②，极力强调遵循声律之法的必要性，并由此引出关于平仄、阴阳、韵脚等方面的具体创作要求：

> 今之平仄，韵书所谓四声也，而实本始反切。……北音重浊，故北曲无入声，转派入平、上、去三声，而南曲不然。词隐谓入可代平，为独泄造化之秘。又欲令作南曲者，悉遵《中原音韵》，入声亦止许代平，余以上、去相间。不知南曲与北曲正自不同，北则入无正音，故派入平、上、去之三声，且各有所属，不得假借；南则入声自有正音，又施于平、上、去之三声，无所不可。③（《曲律·论平仄第五》）

> 古之论曲者曰：声分平仄，字别阴阳。阴阳之说，北曲《中原音韵》论之甚详；南曲则久废不讲，其法亦淹没不传矣。……夫自五声之有清、浊也，清则轻扬，浊则沉郁。周氏以清者为阴，浊者为阳，故于北曲中，凡揭起字皆曰阳，抑下字皆曰阴；而南曲正尔相反。南曲凡清声字皆揭而起，凡浊声字皆抑而下。今借其所谓阴阳二字而言，则曲之篇章句字，既播之声音，必高下

---

① 王骥德：《曲律自序》，王骥德著《曲律》，陈多、叶长海注释《曲律注释》，第 7 页。
② 王骥德：《曲律》，陈多、叶长海注释《曲律注释》，第 91—92 页。
③ 王骥德：《曲律》，陈多、叶长海注释《曲律注释》，第 97—98 页。

抑扬，参差相错，引如贯珠，而后可入律吕，可和管弦。[①]（《曲律·论阴阳第六》）

> 且周之韵，故为北调设也；今为南曲，则益有不可从者。盖南曲自有南方之音，从其地也……词隐先生欲别创一韵书，未就而卒。余之反周，盖为南词设也。而中多取声洪武正韵，虽尽更其旧，命曰《南词正韵》，别有蠡见，载凡例中。[②]（《曲律·论韵第七》）

伴随着昆腔的兴起，南北曲的兴衰更替形势明了，但晚明时期，南曲的实际创作却面临着"无律可循"的尴尬局面。故很明显，在有关声律问题的具体论述中，王骥德基本都是南北曲对举，以充分体现南北语音的差异，并始终坚持"盖南曲自有南方之音，从其地也"的核心理念，从实际出发，以期改变当时曲坛南曲创作因"无律可循"而盲目遵循《中原音韵》所导致的混淆错乱状况。

在字句章法方面，王骥德在《曲律》中专列《论章法》《论句法》《论字法》三章，以详析制曲过程中所应当注意的结构和炼字之法：

> 作曲，犹造宫室者然。工师之作室也，必先定规式，自前门而厅、而堂、而楼，或三进、或五进、或七进，又自两厢而及轩

---

① 王骥德：《曲律》，陈多、叶长海注释《曲律注释》，第103页。
② 王骥德：《曲律》，陈多、叶长海注释《曲律注释》，第116—117页。

察，以至廪庾、庖湢、藩垣、苑榭之类，前后、左右、高低、远近，尺寸无不了然胸中，而后可施斤斫。作曲者，亦必先分段数，以何意起，何意接，何意作中段敷衍，何意作后段收煞，整整在目，而后可施结撰。① (《曲律·论章法第十六》)

这段话乃是针对当时套数创作"漫然随调，逐句凑拍，掇拾为之"②的情况而提出的。王骥德极力反对"如理乱丝，不见头绪"③、"颠倒零碎，终不成格局"④的创作方法，故以建筑为喻，形象说明制曲过程中结构布局的重要性，并以"意"贯穿"起""接""敷衍""收煞"四段说，保证套曲的创作在追求结构章法的同时也不至流于空泛的形式主义。

　　而针对句法和炼字，王骥德则以"宜自然不宜生造"⑤为总纲领，分列出句法所应注意的九宜九不宜，并着重针对句眼的锤炼、虚实的互衬以及务头、押韵等处提出具体的标准。除此之外，王骥德还强调句法要"意常则造语贵新，语常则倒换须奇"⑥，字法"要极新，又要极熟；要极奇，又要极稳"⑦，可见其对于曲家创新能力的要求之高。而尤为需要注意的是，在对句法和字法的论述中，王骥德也并没有将曲之文学性与音乐性完全割裂，如其在《论句法第十七》中说："一调之中，句句琢炼，毋令有败笔语，毋令有欺嗓音。"⑧在《论字法第十八》中又提倡："闭口字少用，恐唱时费力。"⑨在《论衬

---

①　王骥德：《曲律》，陈多、叶长海注释《曲律注释》，第159—160页。
②③④　王骥德：《曲律》，陈多、叶长海注释《曲律注释》，第160页。
⑤⑥　王骥德：《曲律》，陈多、叶长海注释《曲律注释》，第161页。
⑦　王骥德：《曲律》，陈多、叶长海注释《曲律注释》，第163页。
⑧　王骥德：《曲律》，陈多、叶长海注释《曲律注释》，第162页。
⑨　王骥德：《曲律》，陈多、叶长海注释《曲律注释》，第164页。

字第十九》中更是结合南、北曲的音乐特点而谈："古诗余无衬字，衬字自南、北二曲始。北曲配弦索，虽繁声稍多，不妨引带。南曲取按拍板，板眼紧慢有数，衬字太多，抢带不及，则调中正字反不分明。大凡对口曲，不能不用衬字；各大曲及散套，只是不用为佳。细调板缓，多用二、三字尚不妨；紧调板急，将用多字，便躲闪不迭。"① 这些都充分说明王骥德对"格律本体论"的坚守，他对于"散曲创作方法论"各个层面的探讨都是基于曲之音乐性的实际需求。

至于修辞技巧方面，《曲律》中也有多章涉及，且举两例如下：

> 当对不对，谓之草率；不当对而对，谓之矫强。对句须要字字的确，斤两相称方好。上句工宁下句工，一句好一句不好，谓之"偏枯"，须弃了另寻。借对得天成妙语方好，不然反见才窘，不可用也。② (《曲律·论对偶第二十》)

> 曲之佳处，不在用事，亦不在不用事。好用事，失之堆积；无事可用，失之枯寂。要在多读书，多识故实，引得的确，用得恰好，明事暗使，隐事显使，务使唱去人人都晓，不须解说。又有一等事，用在句中，令人不觉，如禅家所谓撮盐水中，饮水乃知盐味，方是妙手。③ (《曲律·论用事第二十一》)

在《论对偶》一章中，王骥德首先指出"凡曲遇有对偶处，得对方见

---

① 王骥德：《曲律》，陈多、叶长海注释《曲律注释》，第 165—166 页。
② 王骥德：《曲律》，陈多、叶长海注释《曲律注释》，第 170—171 页。
③ 王骥德：《曲律》，陈多、叶长海注释《曲律注释》，第 173 页。

整齐，方见富丽"①，点明对偶这一修辞手法对于突出文辞表现效果的重要作用，随后又分别列举实例以说明各类对偶的具体形式，而上引第一段文字则是对这一手法在具体运用过程中所应注意之点的提示，总体上既要求规范工整，也提倡灵活自然。在《论用事》一章中，王骥德明确指出"曲之佳处，不在用事，亦不在不用事"，而在于"引得的确，用得恰好"，即提倡典故的运用应当自然贴切，不牵强，不生搬硬造，令人不觉却又能与作品本身水乳交融，正体现其对于传统"本色"观念的辩证思考。

另外，王骥德还针对散曲创作的具体题材、体式提出不同的修辞要求，如要求咏物题材的创作"毋得骂题，却要开口便见是何物"，要达到"不即不离，是相非相""了然目中，却摸捉不得"②的境界；而对于俳谐类散曲则要求"以俗为雅"——"着不得一个太文字，又着不得一句张打油语"③；套数的创作"须先定下间架，立下主意，排下曲调，然后遣句，然后成章"，保证"有起有止，有开有阖"④的完整性；小令则讲求"要蕴藉，要无衬字，要言简而趣味无穷"⑤；至于短柱、药名、集句等巧体的创作则更需翻新出奇，灵活巧妙，"若不能穷极妙境，不如毋添蛇足之为愈也"⑥……这些都充分体现出王骥德对于散曲创作实际的注重，而这也正是其理论探讨未流于虚空形式，具有切实可行性的根本原因。

<hr/>

① 王骥德:《曲律》，陈多、叶长海注释《曲律注释》，第 170 页。
② 王骥德:《曲律》，陈多、叶长海注释《曲律注释》，第 192 页。
③ 王骥德:《曲律》，陈多、叶长海注释《曲律注释》，第 199 页。
④ 王骥德:《曲律》，陈多、叶长海注释《曲律注释》，第 183 页。
⑤ 王骥德:《曲律》，陈多、叶长海注释《曲律注释》，第 190 页。
⑥ 王骥德:《曲律》，陈多、叶长海注释《曲律注释》，第 204 页。

第 六 章
晚明散曲选本 [①] 研究

　　自万历时期以至明末清初，与晚明散曲创作的繁荣景象相应，曲坛上也涌现出数量空前、种类繁多的曲选。其中，较为重要的纯散曲选本主要有《北宫词纪》《南宫词纪》《吴骚集》《吴骚二集》《太霞新奏》《吴骚合编》等。这些选本不仅收录了大量流行于当时曲坛的元明散曲，还提出了许多重要的曲学理论，对于扩大这些散曲作品的传播影响和反映当时曲坛的流行风尚都具有十分重要的价值。

第一节　从《南北宫词纪》[②] 看晚明 "婉丽" 曲观的建立

　　众所周知，随着南曲的日益兴盛，晚明曲坛对散曲文学的审美观

---

① 此处 "晚明散曲选本" 指晚明至明末清初收录有晚明曲家散曲作品的纯散曲选本，具体书目参见本书第一章第二节。

② 1959 年，中华书局将陈所闻所编《北宫词纪》六卷、《南宫词纪》六卷合并排印出版，分为四本，前两本为《南宫词纪》，后两本为《北宫词纪》，合称《南北宫词纪》，由赵景深校订。后吴晓铃对赵本进行订补，并增《北宫词纪外集》三卷，附于《南北宫词纪校补》之后，1961 年亦由中华书局排印出版。

与南曲的音乐特征渐趋统一，故而产生所谓"婉丽"曲观。从晚明诸家曲论来看，王骥德《曲律》所云"曲以婉丽俊俏为上"①，当为最早直接使用"婉丽"一词者。但事实上，早在《曲律》成书（1610）前五年，俞彦、陈所闻就分别在《南宫词纪》的题辞和凡例中表达过类似的观点，甚至可以说，陈所闻编选《南北宫词纪》的目的就是为了建立起晚明曲坛的全新审美观。

万历三十二年（1604），陈所闻编《新镌古今大雅北宫词纪》六卷刊印，次年，姊妹篇《新镌古今大雅南宫词纪》六卷亦刊行。据笔者统计：《北宫词纪》六卷计收元人曲家 61 位（不含无名氏），明人曲家 44 位（不含无名氏），所收作品均为北曲套数，共计 343 套②；《南宫词纪》收套数、小令各三卷，除元人二家 1 令 1 套外，其余计收明人曲家 77 位（不含无名氏），套数 172 套，小令 773 首。由此可见这两部晚明重要曲选总集的规模之大。

关于这两部晚明大型散曲选本的编选目的，可分别由两书卷前题辞中探得：

　　今乐府近体，北以九宫统之，九宫外别有道宫、高平、般涉三调。南人之歌，亦有九宫，被之管弦，间多未叶。昔人所云：土气偏陂，不嗜钟律者也。然自金元以后，竞尚南音，而中原之声调日微。祝希哲尝叹："今惟乐为大坏，无论雅俗，止日用十七宫调，知其美劣是非者几人，数十年前尚有之，今殆绝矣，岂非

① 王骥德：《曲律》，陈多、叶长海注释《曲律注释》，第 288 页。
② 《北宫词纪外集》残本三卷又加收元人曲家 8 位，明人曲家 11 位，所收曲作现存套数 7 篇，小令 278 首。

惜哉!"金陵故都,居南北之中,擅场斯艺者,往往而是。陈大声,金在衡,皆卓然能名其家。余友陈君荩卿,经子之暇,旁及乐律,其所撰造,业已无逊古人矣。复阅今昔名篇,日就湮没,乃铨择其合作裒而录之,用示同好。盖君如荀勖之闇解,兼周郎之善顾,博采前籍,时延佳论,假此以泄胸中之奇耳。藉第令肆而歌之,挽南音而还畴昔之盛,安知不自此也耶。时万历甲辰夏龙洞山农题。[①](《题北宫词纪》)

　　南词摹写人情,妆点物态,大都吴侬子夜之声,清圆溜丽,语忌深而意忌浅也。迩来作者,真晦于文,情掩于藻,矩钉工而章法乱,殊为谱曲之蠹。及藉口本色者,以鄙秽为蒜酪,以蹀躞为务头,词林两讥之。同社陈荩卿氏,风流蕴藉,醉经之余,时染神于乐府,取诸名家所传中縠者,汇而成纪。总之,扬诩丽句,填缀新腔,律正而态妍,词平而趣永,使市童蚕妾闻之而倾耳,韵士才人味之而会心,亦一大快事也。岂徒增豪客之声尘,助歌儿之牙慧哉!直令六朝递运而往,复见江南弄,可以想荩卿之致矣。万历乙巳夏午秣陵俞彦识。[②](《题南宫词纪》)

龙洞山农即人称澹园先生的焦竑(1540—1620),在当时与张凤翼、汪廷讷、陈所闻等皆有密切交往。在上引《北宫词纪》的这段题辞中,焦竑首先谈及的便是当时北曲音乐体系崩坏,而南曲音乐规范

① 焦竑:《题北宫词纪》,陈所闻编、赵景深校订《南北宫词纪》,第 351 页。
② 俞彦:《题南宫词纪》,陈所闻编、赵景深校订《南北宫词纪》,第 3 页。

尚未建立的曲坛现状，随后指出对于日渐衰微的北曲音乐来说，金陵具有"居南北之中"的地理和文化优势，并由此引出陈所闻编选《北宫词纪》的动机，即"闵今昔名篇，日就湮没，乃铨择其合作衷而录之，用示同好"，希望可以"藉第令肆而歌之，挽南音而还畴昔之盛"。而在《南宫词纪》的题辞中，俞彦则是直接点出当时曲坛南曲创作的两种极端现象，以说明陈所闻"取诸名家所传中縠者，汇而成纪"的目的，是为了给当时南曲新腔的创作竖立起"律正而态妍，词平而趣永"的审美规范，以期纠正"迩来作者"的那些创作弊病。

而与各自的编选目的相应，陈所闻在两书的《凡例》中也分别提出了一些具体的选录标准：

陈氏于《刻北宫词纪凡例》中说道："《中原音韵》，元高安周德清氏为北曲设也。北人无入声，入声派入平、上、去三声，而平声中又分阴阳。胜国作者，毫不假借。今人或以诗韵为曲韵，或以其声之相近者任意为韵，故出入甚多，合作者十不得一。此纪尽厘前弊，虽有佳词，弗韵弗选也。"① 又言："北曲音节，要矣造词命意，贵在雅俗并陈……予所选大都事与情谐，神随景会，质不俚，文不支，阕虽短而咏周，章若断而意属，真可以陶镕心性，鼓吹词场者。一弗娴此，虽世所脍炙，绝不滥收。"② 可见其择曲标准之严格，既要守韵合律，又要文采可观，尤为强调雅俗并陈、文质兼美，与此同时，对于字句章法，其亦认为"自有定式"③，必须合乎规范，不可漫为。

①②③　陈所闻：《刻北宫词纪凡例》，陈所闻编、赵景深校订《南北宫词纪》，第 353 页。

诚如朱之蕃《北宫词纪小引》所言："北曲昉自金元，摹绘神理，殚极才情，足抉宇壤之秘。"[1] 陈所闻也抱持同样的观点，因此对元人之作十分推崇。然从具体选目情况来看，《北宫词纪》虽然选录元曲家的人数较多，但除了元明之际的汤式，其他曲家的入选篇数皆为个位数，且绝大部分只选一篇，这充分体现了陈所闻在编选过程中对于"博"与"精"双重标准的辩证把握。换言之，按照陈所闻的选曲标准，元人之作很多都是符合的，或者说其本来就是以元曲为标准的，因此在汇而成纪的过程中，考虑篇幅[2] 和影响力的因素，只能推崇名篇，并酌情附上当时一些曲论家的评语，以强化读者对其选曲标准的直观感受。而对于明曲家之作，在韵律方面，陈所闻认为"今人或以诗韵为曲韵，或以其声之相近者任意为韵，故出入甚多，合作者十不得一"[3]，在文辞方面，其又认为"近代文士，务为雕琢，殊失本色，而里巷歌曲，又类不雅训"[4]，因此在选曲上尤为用心，所入选者必是"词娴而法不失矩镬"[5]。而很明显的是，《北宫词纪》中入选作品数量较多的明曲家基本都是南京籍或流寓南京的文人，这一方面自然是与编者的交游范围相关，另一方面也正如前文所述——对于日渐衰微的北曲音乐来说，金陵具有"居南北之中"的地理和文化优势，故金陵曲家之作大量入选正呼应了编者的这种心理优越感。

再看《南宫词纪》，对于南曲，陈所闻是持"南曲实北曲之变

---

① ⑤　朱之蕃：《北宫词纪小引》，陈所闻编、赵景深校订《南北宫词纪》，第 352 页。

②　陈所闻编《北宫词纪》六卷全收北曲套数，后又编《外集》六卷，兼收北曲小令、套数，可见其补充《北宫词纪》之意。

③ ④　陈所闻：《刻北宫词纪凡例》，陈所闻编、赵景深校订《南北宫词纪》，第 353 页。

也"① 的观点，认为一些基本常识都是与北曲相通的，故没有再作重复说明，但在《凡例》中特别强调了南曲与北曲在用韵方面的差异：

> 《中原音韵》，周德清虽为北曲而设，南曲实不出此，特四声并用。今人非以意为韵，则以诗韵韵之。夫灰回之于台来也，元喧之于尊门也，佳之于斋，斜之于麻也，无难分别，而不知支思、齐微、鱼模，三韵易混；真文、庚清、侵寻三韵易混；寒山、桓欢、先天、监咸，廉纤五韵易混。此宁庵先生《南词韵选》所由作也。彼且辨之详矣。是纪确遵《韵选》，删其所不精，增其所未备。他若幽窗下、教人对景、霸业艰危、画楼频倚、天长地久、无意整云鬟、群芳绽锦鲜等曲，词虽佳，出韵弗录。②

众所周知，早期南曲依地方语音入曲，故"同此一曲而一乡有一乡之唱法"③，导致用韵杂乱，不成体系，"只可施之一方，不能通之天下"④。后随着北曲的流入，南曲在创作中便于用韵处借北韵，而于句中字面仍用南音，至明《洪武正韵》出，此书虽不为填词度曲而设，但由于保留了南音和入声，故南曲创作常以此为依据，遂有"北叶《中原》，南遵《洪武》"⑤ 之说，但南曲曲韵规范仍未统一。晚明时期，随着魏良辅所创制新声的流行，统一南曲曲韵成为当务之急，这在当时也引起了激烈的争论：以魏良辅为代表的曲论家们提倡宗

---

①② 陈所闻：《刻南宫词纪凡例》，陈所闻编、赵景深校订《南北宫词纪》，第 5 页。
③④ 徐大椿：《乐府传声》，吴同宾、李光同译注《乐府传声译注》，第 41 页。
⑤ 沈宠绥：《度曲须知》，中国戏曲研究院编《中国古典戏曲论著集成》第五集，第208 页。

《中原音韵》，理由是"中州韵词意高古，音韵精绝，诸词之纲领"①，
"曲之有《中原韵》，犹诗之有沈约韵也，而诗韵不可入曲，犹曲韵
不可入诗也"②；而以王骥德为代表的另一派观点则认为"周之韵，故
为北曲设也，今为南曲，则盖有不可从者，盖南曲自有南方之音，从
其地也"③，"北音不可入南词，惟有《正韵》字音，与南音谐合，故
宜遵用"④。两派观点可谓各有利弊，前者重视"曲"之共性，故强调
南北韵通用，但却忽略了南曲不同于北曲的个性；后者倒是注意到了
南北曲的个性差异，但又忽视了诗韵、曲韵的差异和不同方言对南曲
传播的阻碍。正是在此背景下，沈璟提出"以《中原音韵》为主，以
吴方言韵字为辅"⑤的理念，编选出《南词韵选》，对易混之韵详加分
辨，建立起南曲曲韵规范。故陈所闻明确表示其《南宫词纪》选录的
首要标准即遵守《南词韵选》的用韵规范，如若出韵，词虽佳，亦
不录。

　　除了南北曲的用韵差异问题，陈所闻还在《凡例》中针对南曲的
语言风格提出了较北曲更为具体的审美标准："凡曲忌陈腐，尤忌深
晦，忌率易，尤忌牵涩。下里之歌，殊不驯雅，文士争奇炫博，益非
当行。大都词欲藻，意欲纤，用事欲典，丰腴绵密，流丽清圆，令歌
者不噎于喉，听者大快于耳，斯为上乘。"⑥诚如俞彦在题辞中所言，

① 钱南扬：《魏良辅〈南词引正〉校注》，钱南扬著《汉上宧文存》，中华书局2009年版，第91页。
② 凌濛初：《南音三籁凡例》，凌濛初编《南音三籁》，卷首。
③ 王骥德：《曲律》，陈多、叶长海注释《曲律注释》，第116页。
④ 沈宠绥：《度曲须知》，中国戏曲研究院编《中国古典戏曲论著集成》第五集，第235页。
⑤ 参见石艺：《沈璟曲学研究》，南京大学博士论文，2011年，第86—94页。
⑥ 陈所闻：《刻南宫词纪凡例》，陈所闻编、赵景深校订《南北宫词纪》，第5页。

陈所闻编选《南宫词纪》的目的是"扬诩丽句，填缀新腔"①，故其对于南曲文辞风格提出的审美标准也正是为了配合当时新腔"清圆俊雅""流利轻滑"的音乐特点，其本质是"将南曲'温雅'的音乐风格转移到曲文学之中，故其一反雄劲险峻，二反鄙俚质实，三反晦涩雕缋"②，即形成了晚明曲坛占主导地位的曲文学"婉丽"观。

关于"婉丽"观在《南宫词纪》中的具体体现，可以通过对比《南宫词纪》与《北宫词纪》的题材分类以及《南宫词纪》的具体选目情况来分析：

《南宫词纪》题材分类表 单位：首（套）

美丽	闺怨	宴赏	祝贺	游览	咏物	题赠	寄慰寄答	送别	写怀旅怀	伤逝	隐逸	嘲笑
71	343	67	18	45	47	52	29	25	42	8	135	63

《北宫词纪》（含《外集》）题材分类表 单位：首（套）

宴赏	祝贺	栖逸兼归田	送别	旅怀附悼亡	咏物	宫室	美丽	闺情	述隐	嘲戏风情	嘲咏事物
52	45	52	16	13	16	16	72	112	71	67	96

陈所闻在《刻南宫词纪凡例》中说道："予所选有豪爽者，有隽逸者，有凄惋者，有诙谐者。总之锦绣为质，声调合符，体贴人情，委曲必尽，描写物态，仿佛如生，即小令数言，亦皆翩翩有致，以故绝与他刻不同。"③的确，题材类型的丰富在一定程度上正印证了入选

---

① 俞彦：《题南宫词纪》，陈所闻编、赵景深校订《南北宫词纪》，第3页。
② 李昌集：《中国古代散曲史》，第382页。
③ 陈所闻：《刻南宫词纪凡例》，陈所闻编、赵景深校订《南北宫词纪》，第5页。

曲作风格的多样化。但很明显,《南宫词纪》中收录最多的是闺怨类作品,隐逸类次之,美丽类再次之,其中闺怨类和美丽类无疑最能体现南曲"婉丽"之特色,而这两类作品的数量就占《南宫词纪》入选曲作总数的43.8%,再相较于《北宫词纪》(含《外集》)中这两类作品所占总数的比例(29.3%),则更凸显了《南宫词纪》的主导风格。

再来统计《南宫词纪》的选目情况,入选曲家中,明前中期曲家计47位,晚明曲家计30位。前者入选曲目10首(套)以上者共计9位,分别为:沈仕(57)、陈铎(51)、杨慎(47)、王九思(38)、孙楼(29)、王问(24)、康海(14)、陈鹤(14)、高承学(14),其中只有王九思和康海为北派曲家,且入选作品中属于隐逸类的较多,而其余曲家所作大多皆可归为"南派雅唱"[1];后者入选曲目10首(套)以上者共计7位,分别为:陈所闻(219)、梁辰鱼(65)、冯惟敏(57)、金銮(40)、高濂(27)、史槃(13)、李登(11),其中也只有冯惟敏为北派曲家,且入选题材类型较丰富,其余亦均属南派曲家。值得注意的是,尽管陈所闻在《凡例》中专门指出《南宫词纪》选录的首要标准即遵守《南词韵选》的用韵规范,但在入选的晚明所有南派曲家中,却并没有著名的词隐先生沈璟。这无非是因为沈璟的曲作在文辞风格方面不符合《南宫词纪》的选录标准,因此相较于梁辰鱼等白苎派曲家作品的入选数量,所谓"婉丽"观虽既反对鄙俚质实,也反对晦涩雕缋,但在审美倾向上还是更偏向于典雅之风格。

综上所述,作为晚明时期刊行最早的两部纯散曲选集[2],《北宫

---

① 赵义山:《明清散曲史》,第171页。
② 沈璟辑《南词韵选》成书于《南宫词纪》之前,但其编选目的实为"金汤韵学而设",故本质上是选本型曲韵韵书。

词纪》《南宫词纪》分别体现了晚明中期曲坛对北曲、南曲的主流审
美观念。从两书的编选目的来看，《北宫词纪》的核心理念在于"重
现"，故选曲标准基本上延续元末周德清"文而不文、俗而不俗"[①]
的理论主张；而《南宫词纪》的核心理念在于"创建"，故在当时南
曲新腔兴盛的曲坛背景下，编者秉承"南曲实北曲之变也"[②]之观点，
将南曲的用韵、语言风格与北曲相比较，以《北宫词纪》的选曲标准
为基础，结合南曲独特的音乐特点，建立起晚明曲坛的新审美观——
"婉丽"曲观。因此，正如李昌集在《中国古代散曲史》中所言："晚
明的曲坛，虽然对元曲推崇备至[③]，然其曲论自身的内容和实质，却
是对元曲文学风范的背反。"[④] 的确，随着"婉丽"曲观在曲论界受认
可度的提高，经过不断发展，最终建构起晚明最完善的"声辞双美"
审美观和创作论，反过来又影响晚明曲文学的创作风格，故而，晚
明时期虽亦不乏北派曲家，但元曲豪放直率的风范却再也不是曲坛
主流。

第二节　从《吴骚》系列看晚明至明末"骚雅"曲观内涵的演变

自张炎在《词源》一书中评姜夔之作"不惟清空，又且骚雅"[⑤]，
"骚雅"一词便作为一种兼及创作倾向和美学风格的艺术概念被运用

---

① 周德清：《中原音韵》，第 112 页。
② 陈所闻：《刻南宫词纪凡例》，陈所闻、赵景深校订《南北宫词纪》，第 5 页。
③ 原文为"推崇备致"，"致"字误，径改。
④ 李昌集：《中国古代散曲史》，第 381 页。
⑤ 张炎：《词源》，夏承焘校注《词源注》，人民文学出版社 1998 年版，第 16 页。

于后世的词学理论之中。而在明代尤其南曲兴盛后的晚明时期，受
"词曲一体"观念的影响，"骚雅"观也被引入曲学范畴，而其标志即
为万历四十二年（1614）王穉登所编《吴骚集》四卷的刊行。

《吴骚集》卷首有陈继儒所作《吴骚引》（后在《吴骚合编》中更
名为《序吴骚初集》），其言曰：

> 夫世间一切色相，倩有能离情者乎？顾情一耳，正用之为忠
> 愤、为激烈、为幽宛，而抑之为忧思、为不平、为枯槁憔悴，至
> 于缠缠一腔，难以自已，遂畅之为诗歌、为骚赋，而风雅与三闾
> 诸篇并重于世。昔史迁之传三闾也，悲其值而大其志，谓"足以
> 兼国风、小雅"，而班固氏亦美之曰："弘博丽雅，为词赋宗。"
> 此皆窥见平情而深乎其味者。然情宁独平哉？佳人幽客，好事多
> 磨，缱绻萦怀，抚时触景，联床同调，两地吊天，我辈钟情，岂
> 同槁木？故窍发于灵，而响呈其籁，代不乏矣。汉以歌，唐以
> 诗，宋以词，迨胜国而宣于曲，迄今盛焉。总之，以风雅为宗，
> 而愤激幽情、锦心慧口相伯仲也。南国讴吟，不减江皋讽咏；三
> 吴丰韵，类延晋代风流。词本于骚，而地别于楚，故因弁其骚曰
> "吴"。嗟嗟！今乐府滥觞极矣。自有兹帙也，洛阳纸贵，收尽阳
> 春冰玉，蛟螭刻成天巧，岂非造物之情，至此而一畅耶。世不乏
> 有情人，而知吴骚之足尚也。时万历甲寅秋日清懒居士书于尚白
> 斋中。①

---

① 陈继儒：《吴骚引》，王穉登编《吴骚集》，民国二十五年（1936）贝叶山房刻本，
卷首。

陈继儒于首句就明确点出其所理解的"骚雅"观核心内涵——"情"，并将之视为一切文学创作的本源，认为所有诗歌、骚赋的创作都是源于"情"之不平，难以自已。随后，他又以司马迁和班固的评价作为旁证，说明屈原作品的价值正在于内在之"情"，由此引申开来——人皆有情，情各有类，而每个时代所盛行的不同文体都只是"情"之载体，其本质并无不同。而这正是历来理论家所惯用的尊体逻辑，陈继儒的目的就是要将"小道之曲"与"大志之骚"联系起来，同归于"风雅之宗"。但尤为值得注意的是，在为"曲"尊体溯源的过程中，陈继儒巧妙地将"楚骚"之"愤激幽情"替换成了"吴骚"之"缱绻情怀"，这使得传统楚骚精神中所寓含的规讽之旨、忠怨之意被忽略，只剩下狭隘的"佳人幽客""抚时触景"之情。

　　"曩初集行，已纸贵洛阳，海内复渴望次集"①，两年后，张琦、王辉又选辑《吴骚二集》四卷。该书前有花裀上人许当世所作序言，云："夫人莫情真，情莫怨真，而离骚其言哀，其志切，其托讽远，怨矣哉！所云情之所钟，政在我辈。三闾大夫其人也，大夫其有情痴也哉！……夫两集皆曲也，曷为而骚之？曰：体异而情同也。情曷为而同？其摘词不必尽怨矣。他弗具论，间且欢。曰：繇怨而欢，欢复致怨者，人间世聚散之常也。总之怨其情种也。"② 很明显，作为《吴骚集》的扩充续集，《吴骚二集》在编选理念上也同样延续了以"言情"为内涵的"骚雅"观，因此，其所选录内容亦以"闺情""咏艳""寄情""怀妓""欢会""惜别""伤逝"等题材为多。

---

①② 许当世：《序吴骚二集》，张琦、王辉编《吴骚二集》，明万历间刻本，卷首。

然及至《吴骚三集》，"骚雅"观的内涵则开始发生变化，这同样可从其序言中窥见一斑：

> 怀沙写志，幽忧无已。盖继三百而作者自宋子师之，而汉贾生拟感鹏之论。凡幽人志士不平而喜为古言辞者，人非楚而楚其辞，掭笔而从，子云之后者不乏人也。然赋体浮夸，引用古字称长，学士经生，亦多未解。世因变之为词曲，语近本色，遂与里耳相通。总之体异而志同也。①

《吴骚三集》今虽已不存，但从张旭初（半岭主人）所作的这篇序言来看，相比于初集、二集对"言情"的偏重，《吴骚三集》在理念上明显更倾向于传统的"诗骚言志"精神，且入选作品的题材类型也较为丰富——"其慷慨类侠，滑稽类诞，怨思类愤"②，绝不同于前两集单调的"佳人幽客""抚时触景"之情。

而后，再至明末《吴骚合编》刊出，这种观念的内涵转变就更是一览无余了：

崇祯十年（1637），由张琦选辑、张旭初删订的《白雪斋选订乐府吴骚合编》四卷问世，书前刻有许当世《吴骚合编序》、张琦《吴骚合编小序》和张旭初所作跋文，除此之外，还收录了前三集的序文以及张琦《衡曲麈谈》（分《填词训》《作家偶评》《曲谱辨》《情痴寱言》四篇）、魏良辅《曲律》两部曲论。

---

①② 张旭初：《序吴骚三集》，张琦选辑、张旭初删订《白雪斋选订乐府吴骚合编》，商务印书馆民国二十三年（1934）版，卷首。

该书虽名曰"合编",但实际上却并非是前三集的简单合并,据编者所撰《凡例》曰:

> 往时选刻吴骚,苦无善本,所行者惟《南词韵选》及遴奇振雅诸俗刻,所载清曲,大略雷同。《韵选》一书,又为金汤韵学而设,仅惟小令散见,而套数则落落晨星。余特搜诸残简蠹余,零星旧本,及各家文集中,积渐罗致,虽已刻者有三集,而所见之词,不啻广矣。其后坊刻效步,似亦柏梁余材、武昌剩竹耳,终不能出其范围也。是集更汇精美,用公见闻。①

由这段话可以看出,早从编选《吴骚集》开始,编者就对于当时曲坛散曲选本所选作品"大略雷同"的现象十分不满,故其广泛搜罗,编成三集,但仍认为"所见之词,不啻广矣",及至《吴骚合编》,其更不愿囿于前三集所选之范围,故在编选过程中"依据旧本,而仍寓增删之法"②,"划去泛滥,近补新声"③,终成一部在编选内容上有所扩充和出新的全新散曲选本。

另外,《吴骚合编》在编排上以宫调为序,"正曲居先,犯调列后,而南北调以及北调,附列终篇"④,并辨订牌调,严循谱韵,考订字句,修正板式,许多入选作品后还附有编者评点,较之同时期其他选本确实可谓"更汇精美",无怪乎吴梅评曰:"是为散曲中尽善之作,《韵选》而外,首屈一指矣。"⑤

---

①②③④　张琦:《吴骚合编凡例》,张琦选辑、张旭初删订《白雪斋选订乐府吴骚合编》,商务印书馆民国二十三年(1934)版,卷首。
⑤　吴梅:《吴骚合编跋》,蔡毅编《中国古典戏曲序跋汇编》,第457页。

至于对"骚雅"观内涵的理解，《吴骚合编》的编者在理念上可谓是各有所偏：张琦认为"曲之为义也，缘于心曲之微，荡漾盘折，而幽情跃然，故其言语文章别是一色"①，而张旭初则在跋文中曰："况以律调精严，宫商得所，俱堪为后人药石，而采风正乐与凡扶衰起弊之苦心亦庶几乎？"②很明显，前者延续了初集和二集的"言情"观，而后者却更强调传统诗教，突出诗骚言志精神③。故《吴骚合编》对于"骚雅"观内涵的理解可以说是二者兼有，情志并重。

然而，若再结合《吴骚合编》的选录作品和编者评点来看，问题似乎又并非如此简单——

该书《凡例》有言曰："是集专录丽情散曲，惟幽期欢会、惜别伤离之词，得以与选，其他杂咏佳篇，俱俟续刻，概弗溷收。"④又云："是选虽未空群，亦称鸿览。其他名家著作虽多，一时不能悉购，俟容广搜，以成续刻。倘得闻风辱教，犹拜明赐。"⑤这两段话的意思非常清楚，一是点明是集所选曲目的题材类型，二是表达还有编选续刻的计划。正如前文所述，从编选《吴骚集》开始，编者就不满于当时曲坛散曲选本所选作品"大略雷同"的现象，故其求新求广，广泛搜罗，以期编成一部规模宏大、题材丰富、分类明晰的散曲选本，但在编《吴骚合编》的过程中，又受到时间、篇幅等因素限制，所以当

---

① 张琦：《吴骚合编小序》，张琦选辑、张旭初删订《白雪斋选订乐府吴骚合编》，商务印书馆民国二十三年（1934）版，卷首。
② 张旭初：《跋》，张琦选辑、张旭初删订《白雪斋选订乐府吴骚合编》，商务印书馆民国二十三年（1934）版，卷首。
③ 许当世在《吴骚合编序》中亦以"采风以曲，于乐府为良史，而于三百篇为功臣"之语称赞编者张琦。
④⑤ 张琦：《吴骚合编凡例》，张琦选辑、张旭初删订《白雪斋选订乐府吴骚合编》，商务印书馆民国二十三年（1934）版，卷首。

时只能先刊出"专录丽情"的部分。

毫无疑问，这些"幽期欢会、惜别伤离之词"正合张琦对"骚雅"观之"言情"内涵的理解，但有趣的是，同样是在那篇《吴骚合编小序》中，张琦又有言曰："晚近浅俗，见闻侧陋，且以香奁湮没之词，目为新裁，以词场手授之曲谬日附会，则曲之穷于观也。"[1] 即针对晚明曲坛这类香奁言情之作的过度盛行提出批评。那么，既然张琦并不欣赏这些内容相似、风格雷同的香奁体曲作，为何仍要在自己编选的散曲选本中大量收录，以至于"其他杂咏佳篇"只能"俱俟续刻"呢？

关于这个问题，《填词训》中有一段主客对话，我们可从中寻得答案：

> 客曰："词余之兴也，多以情癖，大抵皆深闺永巷、春伤秋怨之语，岂须眉学士所宜有？况文辞之贵，期于浑涵，若夫雕心琢句、柔脆纤巧、披靡淫荡，非鼓吹之盛事，曲固可废也。"骚隐生曰："嘻，子陋矣！尼山说诗，不废郑、卫；圣世采风，必及下里。古之乱天下者，必起于情种先坏，而惨刻不衷之祸兴。使人而有情，则士爱其缘，女守其介，而天下治矣！"[2]

以虚拟的主客对话方式来表达对某一问题的辩证思考，这是历代文人所惯用的一种写作手法。张琦在这段话中即先借客之口道出

---

[1] 张琦：《吴骚合编小序》，张琦选辑、张旭初删订《白雪斋选订乐府吴骚合编》，商务印书馆民国二十三年（1934）版，卷首。

[2] 张琦：《衡曲麈谭》，张琦选辑、张旭初删订《白雪斋选订乐府吴骚合编》，商务印书馆民国二十三年（1934）版，卷首。

了"言情"之曲多作"深闺永巷、春伤秋怨之语"与传统"骚雅"观注重政治教化、国家治乱的"言志"内涵之间的矛盾，然后自己标举起"尼山说诗，不废郑、卫；圣世采风，必及下里"的旗帜，将这些专写"幽期欢会、惜别伤离之词"的丽情散曲与《诗经》之"风"类化，从而使得这些作品中所表达之"情"也与传统诗骚精神中的政治教化、国家治乱联系起来。很明显，其本质还是通过尊体的逻辑方式，提高了丽情散曲的文学地位，从而巧妙化解了"骚雅"观内涵中"言情"与"言志"的矛盾。

另外，张旭初在跋文中还提到："伯兄骚隐生视予，偶见兹帙，因而谓予曰：'大凡情之郁而不伸者，则隐伏而为祟，故昔人书空击剑，痛饮歌骚，寄情于笔墨之中，寓言于花月之际，无非销此块垒。'"[1] 可见即便不涉及家国大事、政治教化，张琦对于丽情散曲的理解也并未局限于字面的风花雪月、闺情相思，而是更强调其背后"别有寄托"的"言志"动机，这无疑又与传统"骚雅"观所提倡的"香草美人""意内言外"之旨相通。

实际上，这种审美倾向在编者评点中也多有体现，如其在《作家偶评》中批评王磐《西楼乐府》"较为警健，题赠亦善调谑，而少风人之蕴藉"[2]，称赞梁辰鱼《江东白苎》"读之有学士气"[3]、史槃"集中句多佳胜，再得洗刷，一开生面，几几乎大雅"[4]，又在卷二金銮【红衲袄】《题情》一曲后称赞该曲经梁辰鱼改作后达到"词意格调自然曲合"[5] 的境

---

① 张旭初：《跋》，张琦选辑、张旭初删订《白雪斋选订乐府吴骚合编》，商务印书馆民国二十三年（1934）版，卷首。

②③④ 张琦：《衡曲麈谭》，张琦选辑、张旭初删订《白雪斋选订乐府吴骚合编》，商务印书馆民国二十三年（1934）版，卷首。

⑤ 张琦：《评金白屿〈题情〉散套》，张琦选辑、张旭初删订《白雪斋选订乐府吴骚合编》，商务印书馆民国二十三年（1934）版，卷二。

界，对于卷二沈则平【宜春令】《幽期》一曲更是给予"天然丰度，绝
无脂粉之气"①的高度评价……显然，对于这些香奁丽情之作，张琦的
评点审视角度皆是由外及内，明显更强调"骚雅"观的内在"言志"
层面。换言之，这些丽情散曲之所以能够入选《吴骚合编》，也正是
因为张琦认为其符合"骚雅"观所提倡的"香草美人""意内言外"之
旨，即外在"言情"与内在"言志"的完美结合。当然，至于这些丽
情散曲在客观上是否都真正符合意内言外、追求寄托言志的标准就另
当别论了，但至少仅据有"学士气"的梁辰鱼作品数量在《吴骚合编》
中占有绝对优势这一事实②，就可说明在选曲过程中，编者张琦确实是
依据其所理解的这种"骚雅"审美观来审视、解读作品的。

　　至此，可以非常清晰地看出，《吴骚合编》对"骚雅"观内涵的
理解绝非简单的情志并重，而是将"言志"视为内在本质和创作目
的，"言情"不过是外在表达方式，二者孰重孰轻，高下立判。

　　纵观《吴骚》系列，举凡涉及对于"骚雅"观内涵的解读，论者
都是以尊体的方式来建立散曲与诗、骚的联系，以此来提高散曲的
文学史地位，但不同之处在于，《吴骚集》《吴骚二集》突出的是"言
情"之作本身的"缱绻情怀"；至《吴骚三集》则开始强调散曲与诗、
骚"体异而志同"；再至《吴骚合编》，则将"言志"视为散曲的内
在本质和创作目的，"言情"视为外在表达方式，回归至传统"骚雅"

---

① 张琦：《评沈则平〈幽期〉散套》，张琦选辑、张旭初删订《白雪斋选订乐府吴骚合编》，
　　商务印书馆民国二十三年（1934）版，卷二。
② 据笔者统计，《吴骚合编》收录梁辰鱼作品数量最多，共计 33 首（套），次之为陈铎
　　17 首（套）、王骥德 14 首（套）、沈璟 11 首（套）、沈仕 10 首（套），其余曲家入选
　　作品数量均为个位数。

观所提倡的"香草美人""意内言外"之旨。而这种思想观念的演变，实则是基于对晚明南派曲坛流于香艳之风、缺乏真情实感之弊病的反思，正体现了晚明至明末曲坛散曲创作、审美观念的转变，尤其《吴骚合编》作为整个明代最后一部大型散曲选本，其对于"骚雅"观内涵的解读完全可视为明清之际"云间曲派"创作的理论指导，可见其承前启后的重大时代意义。

第三节　从《太霞新奏》看明末曲坛对晚明"本色"曲观的接受

如上章所述，"本色"这一曲学概念最早由明中期曲论家何良俊提出，其意在针对当时曲坛追求藻饰、好用生僻典故的不良创作风气，强调曲文学的文体独特性，提倡浅显通俗、朴实简淡的语言风格。这一观点在稍后的晚明曲坛引起了强烈反响，一时间论争纷呈，各家理解亦不尽相同，而与何良俊观点最接近的即词隐先生沈璟。

沈璟对何良俊"本色"观的承袭主要体现在两个方面：一是将何良俊对于"曲"之"入乐可唱性"的强调引申为"名为乐府，须教合律依腔"[①]的"格律本体论"，从而更加凸显曲文学的文体独特性；另一则是相较于当时曲坛"白苎派"对曲词文采的过度重视，其更推崇宋元"北词"质朴无华、生活化口语化的语言风格，即何良俊所提倡的"曲辞易晓性"。很明显，沈璟对于曲作语言通俗化的追求，也正

---

① 沈璟：《太霞新奏序》，冯梦龙编《太霞新奏》，卷首。

是基于曲之"入乐可唱"的根本属性，毕竟作为歌场演唱之作，只有做到"既耸观，又耸听"①，才能真正达到所谓"与读书人、不读书人及妇人小儿同看"②的创作目的。

　　沈璟在晚明曲坛的地位之高自不必多言，但整个晚明时期，无论是创作还是理论层面，曲家和曲论家对其所提倡的"本色观"两个方面的接受情况却呈现出了两种极端：对于格律问题，大部分南派曲家在创作上基本都是"韵律必推沈氏为极轨"③，理论上大多也基于对散曲"乐本位"的定性，将"格律本体论"视为"散曲本体论"的核心理念；但在散曲语言方面，且不赘述前文提到的一些曲论家对于"直以浅言俚语，捆拽牵凑"④的极端作法的批判，仅在创作领域，即便是吴江后学，亦多偏离沈璟所提倡的"本色当行"，而坚持"文章必推梁氏为极轨"⑤，与对格律问题的态度形成了鲜明对比。

　　这种对比在晚明诸家散曲选本中也体现得十分明显，如前文所述，自沈璟《南词韵选》出，晚明许多散曲选本在《凡例》中都会提到选录标准之一即严格遵守《南词韵选》的用韵规范，但对于沈璟本人的散曲作品却都鲜有收录——据笔者统计，在晚明时期的纯散曲选本中，唯有《吴骚二集》收录沈璟作品 2 首，《彩笔情辞》收录 3 首，他如《南宫词纪》《乐府先春》《吴骚集》等皆无入选，而在《词林白雪》《吴歈萃雅》《词林逸响》等一些当时较著名的散曲戏曲合选本中，也唯有《词林逸响》收录其作品 1 首。很明显，沈氏作品的入选率，

① 周德清：《中原音韵》，第 112 页。
② 李渔：《闲情偶寄》，上海古籍出版社 2000 年版，第 40 页。
③⑤　任讷：《散曲概论》，曹明升点校《散曲丛刊》，第 1097 页。
④ 凌濛初：《谭曲杂劄》，凌濛初编《南音三籁》，卷首。

与当时在各个选本中备受推崇的"白苎派"曲家作品相比，其影响力完全不可同日而语。

这种情况一直持续到明末，及至天启七年（1627）冯梦龙编选的《太霞新奏》刊出方有所改观。据笔者统计，《太霞新奏》十四卷收录散曲作品数量在10首（套）以上的曲家共有5位，分别为王骥德62首（套）、沈璟46首（套）、冯梦龙25首（套）、卜大荒21首（套）、沈自晋16首（套），全是以往不被选家重视的"吴江派"曲家；与此同时，诸如梁辰鱼、陈所闻等晚明散曲名家的作品入选率却大幅下降，且自此之后，明末其他散曲选本的编选也都为沈璟等"吴江派"曲家留有了一席之地。因此，可以说，《太霞新奏》的编选与刊行标志着以沈璟为代表的"吴江派"曲家群体在明末曲坛的正式崛起。那么，"吴江派"在曲坛影响力的扩大是否也促进了沈璟所提倡的"本色"观在明末曲坛的被接受呢？

关于这个问题，不妨先从《太霞新奏序》看起：

> 文之善达性情者，无如诗。《三百篇》之可以兴人者，唯其发于中情，自然而然故也。自唐人用以取士，而诗入于套；六朝用以见才，而诗入于艰；宋人用以讲学，而诗入于腐。而从来性情之郁，不得不变而之词曲。胜国尚北，皇明专尚南，盖易弦索而箫管，陶激烈于和柔，令听者解烦释滞，油然觉化日之悠长，此亦太平鸣豫之一征已。先辈巨儒文匠，无不兼通词学者，而法门大启，实始于沈铨部《九宫谱》之一修。于是海内才人，思联臂而游宫商之林。然传奇就事敷演，易于转换，散套推陈致新，戛戛乎难之。当行也，语或近于学究；本色也，腔或近于打油。又或运笔不灵，

而故事填塞，侈多闻以示博；章法不讲，而饾饤拾凑，摘片语以夸工，此皆世俗之通病也。作者不能歌，每袭前人之舛谬，而莫察其腔之忤合；歌者不能作，但尊世俗之流传，而孰辨其词之美丑。自非知音人，亟为提其耳而开其瞙。则今日之曲，又将为昔日之诗。词肤调乱，而不足以达人之性情，势必再变而之《粉红莲》《打枣竿①》矣，不亦伤乎！余扆揽此道，间取近日名家散曲，择其娴于词，而复不诡于律者如干，题曰"新奏"，而冠以"太霞"。"太霞"者，太极真人命青童所歌曲名也……呜呼！此曲应从天上有，人间能得几回闻。世有知音者，亦或知余苦心哉！②

这篇序言非常有名，集中体现了冯梦龙"情至论"的要义：首先，其从诗歌发展史的角度详细论述了曲之演变过程，随后通过对传奇和散套创作方法的比较，指出散曲套数在创作中推陈出新的难度之高，并由此针对当时曲坛的一些创作弊病提出批评，意在强调曲"达人之性情"的根本创作目的。毫无疑问，这一点确是最能体现其理论价值之处，因此也最受历来研究者关注，本文再不赘述。

而这篇序言中还有两点尤为值得注意：一是冯梦龙编选《太霞新奏》的选曲标准——"择其娴于词，而复不诡于律者"；二是其对于《粉红莲》《打枣竿》这类民歌小调的态度。

先论其一：所谓"娴于词，而复不诡于律"，即是对声律与文辞"合之双美"的追求。冯梦龙在《发凡》中有言曰："词学三法，曰

---

① 原文作"打枣干"，径改。
② 冯梦龙：《太霞新奏序》，冯梦龙编《太霞新奏》，卷首。

调，曰韵，曰词。不协调，则歌必揿嗓，虽烂然词藻无为矣。自东嘉沿诗余之滥觞，而效颦者遂藉口不韵。不知东嘉宽于南，未尝不严于北。谓北词必韵，而南词不必韵，即东嘉亦不能自为解也。是选以调协韵严为主，二法既备，然后责其词之新丽，若其芜秽庸淡，则又不得以调韵滥竽。"①很明显，作为"吴江派"后学，冯梦龙亦是坚持"格律本体论"，在《太霞新奏》的编选过程中，其首要考虑的便是入选散曲的"入乐可唱性"，而在"调协韵严"的基础上，其又对散曲语言的文学性提出了较高的要求——"责其词之新丽"，若是"芜秽庸淡"之作，则亦不得入选。

在上引序言中，冯梦龙从诗歌发展史的角度，由《诗经》论及南北曲的演变，随后指出南曲声律之"法门大启，实始于沈铨部《九宫谱》之一修"，明确肯定了沈璟在规范南曲音律方面所作出的贡献。且在《太霞新奏》具体编选过程中，也坦言多有效仿沈璟之作法，如"兹选以宫调分卷，其中犯调，一依《九宫词谱》分注"②，"字有唇音、舌音、齿音、喉音、鼻音及撮口、闭口等，不能尽标，今仿词隐先生体，止圈闭口，以便初学"③等，可见其受沈璟影响之大。

但冯梦龙对于沈璟并非盲目推崇，而是在其理论基础上不断反思完善，即便是沈氏已入选的作品，他也针对其中出现的一些格律问题给予了批评。如在卷三《书怀》散套后评曰："周德清《中原音韵》原为北曲而作，北无入声，故配入平、上、去三声之中。若南曲自有入韵，不宜以北字入南腔也。如词隐先生'片时情'一套，以'窄''侧'叶上，'划'叶平，终不可为训。精于律者，自当

①②③　冯梦龙:《太霞新奏发凡》，冯梦龙编《太霞新奏》，卷首。

戒之。"① 又如卷十三评《代武陵友人悼吴姬》散套曰："此曲仿梁少白'院落清明左右'作，词隐先生评云：'【三换头】前二句是【五韵美】，中二句是【腊梅花】，今用于此，是【巫山十三峰】，非【十二峰】矣。须用南吕别曲几句以代之，方得。'先生既驳少白而躬自蹈之，吾所不解。大抵作套数者，每多因袭之病，总为就去已经行世，若改调必置弗歌。夫因陋仍弊，以求不废于俗，此亦作者之羞也。"②由此可见，在冯梦龙的观念里，沈璟之作亦非尽善尽美，而大量选入其作品在很大程度上不过是出于对其"吴江派"领袖地位的尊重。

事实上，从《太霞新奏》的选目中即可看出，沈璟虽为"吴江派"领袖，但入选的作品数量却并不是最多，就冯梦龙的选曲标准来看，显然他更为推崇王骥德之作。冯梦龙曾评王骥德《曲律》一书，谓其"法尤密，论尤苛，厘韵则德清蒙讥，评辞则高东嘉领罚。字栉句比，则盈床无合作；敲今击古，则积世少全才。虽有奇颖宿学之士，三覆斯编，亦将咋舌而不敢轻谈，韬笔而不敢漫试，洵矣攻词之针砭，几于按曲之申、韩。然自此律设，而天下始知度曲之难；天下知度曲之难，而后之芜词可以勿传"③，可见赞誉程度之高。实际上，就格律问题来说，冯梦龙确实与王骥德的观点更为接近，如：王骥德主张南曲入声应依《洪武正韵》，但沈璟则主张遵《中原音韵》，对此，冯梦龙在《发凡》中说道："《中原音韵》原为北曲而设，若南韵又当与北稍异，如'龙'之驴东切，'娘'之尼姜切，此平韵之不可同于北也；'白'之为'排'，'客'之为'楷'，此入韵之不可废

---

① 冯梦龙：《评沈伯英〈书怀〉散套》，冯梦龙编《太霞新奏》，卷三。
② 冯梦龙：《评沈伯英〈代武陵友人悼吴姬〉散套》，冯梦龙编《太霞新奏》，卷十三。
③ 冯梦龙：《叙曲律》，王骥德著《曲律》，陈多、叶长海注释《曲律注释》，第1—2页。

于南也。词隐先生发明韵学，尚未及此，故守韵之士犹谓南曲亦可以入韵代上去之押，而南北声自兹混矣。《墨憨斋新谱》谓入声在句中可代平，亦可代仄，若用之押韵，仍是入声。此可谓精微之论。"①另外，在文辞方面，冯梦龙对王骥德也评价甚高，如其赞卷三所收王骥德《寄中都赵姬》散套"雅艳不减《西厢》"②，评《席上为田姬赋得鞋杯》散套"律调既娴，而才情足以配之。字字文采，却又字字本色"③，又如在卷十《寄方姬》散套后论道："伯良之词，由烂熟中来，故水到渠成，瓜熟蒂脱。手口调和处，自有一种秀色，不似小家子，以字句争奇已也。"④凡此种种，皆印证了冯梦龙在选曲过程中，兼顾曲体音乐、文学的双重性，对声、辞双美之至境的追求。

故而，由此反观"本色"观的接受问题，可以很清楚地看出：在格律问题方面，冯梦龙对于沈璟的理论并非全盘接受，而是既有继承，亦有反思，并且还提出了一些修改意见，但这反而更加说明其对于散曲"入乐可唱"之根本属性的肯定与重视，所谓"格律本体论"，实为散曲"本色"观第一要义，因此，冯梦龙对这一首要层面观点的接受自然是毫无疑问的；而在曲词方面，《太霞新奏》作为第一部集中展示"吴江派"散曲创作成就的选本，虽然在很大程度上弱化了之前"白苎派"浓艳华美的曲风，但也绝非真如沈璟所提倡的宋元"北词"那般质朴无华，毕竟，从晚明中期至明末清初，整个南派曲坛在创作上基本都是"文章必推梁氏为极轨"⑤，吴江后学亦多受其影响，

---

① 冯梦龙：《太霞新奏发凡》，冯梦龙编《太霞新奏》，卷首。
② 冯梦龙：《评王伯良〈寄中都赵姬〉散套》，冯梦龙编《太霞新奏》，卷三。
③ 冯梦龙：《评王伯良〈席上为田姬赋得鞋杯〉散套》，冯梦龙编《太霞新奏》，卷三。
④ 冯梦龙：《评王伯良〈寄方姬〉散套》，冯梦龙编《太霞新奏》，卷十。
⑤ 任讷：《散曲概论》，曹明升点校《散曲丛刊》，第1097页。

而冯梦龙在编选《太霞新奏》的过程中又明确提出所选散曲要"娴于词",并大量选录声辞俱美的王骥德之作给予高度评价,可见在保证"调协韵严"的前提下,冯氏"责其词之新丽"的态度亦十分明确。

再论其二:众所周知,冯梦龙毕生热衷于通俗文学的创作与整理,编著甚富,尤以号称"三言"的短篇小说集《喻世明言》《醒世恒言》《警世通言》最为有名,除此之外,他还专门辑录民歌俗曲集《挂枝儿》(又名《童痴一弄》)、《山歌》(又名《童痴二弄》),另又拟撰了一部《夹竹桃》,可见其对于俗曲的重视程度之高。并且,诚如前文论及冯氏散曲创作时所言,其散曲大多皆有真情真事为据,语言方面又率真直爽,与民歌俗曲尖新爽脆之风貌颇为相似,这便在很大程度上影响了研究者的判断,似乎冯梦龙在散曲语言层面亦接受了所谓的"本色观"。

而事实上,冯梦龙对于民歌俗曲的推崇,其重点并不在于语言风格,而在于"情真而不可废"①的思想价值。在上一章分析"散曲创作精神论"时,笔者曾引过其《叙山歌》一文,在该文中,冯氏将与正统诗文相对的民间俗曲统称为"山歌",并按照传统的尊体观念,将它们归为"桑间濮上""郑卫之遗",以凸显它们存在的合理性,然后便是沿着"真诗乃在民间"②的思路,更进一步地从反封建、反礼教的角度提出其"非理性主义情至论"的核心观点——"借男女之真情,发名教之伪药"③。由此看来,冯氏赞赏俗曲之情真,也并非真的是为了肯定俗曲的内容和情感本身,而是希望以情反理,通过对"唯真主义"俗曲观的提倡,来矫正"假诗文"的虚伪空洞之弊、反抗礼

①③ 冯梦龙:《叙山歌》,冯梦龙编《山歌》,卷首。
② 李梦阳:《诗集自序》,李梦阳著《李空同全集》,明万历浙江思山堂本,卷五十。

教对人性的禁锢。

而对于俗曲语言本身，冯梦龙虽时有"语多真至"①之类的评价，但很明显亦是与"情"相关联，除此之外则非但没有专门的赞赏之词，反而直言"俚甚"②。且从上引《太霞新奏序》的论述中，也可以明显看出，冯梦龙对于文人散曲语言的要求与俗曲是完全不一样的：所谓"本色也，腔或近于打油"，此乃其所认为的世俗通病之一，自是不可能提倡；后又借对"作者不能歌"与"歌者不能作"的批判，强调在散曲创作中格律与文辞的同等重要性，认为散曲创作若是"词肤调乱"，则"不足以达人之性情，势必再变而之《粉红莲》《打枣竿》矣"，可见其将格律与文辞视作散曲情感内容的载体，同时，是否"娴于词，而复不诡于律"也成为其区别文人散曲与民歌俗曲的标准。

实际上，从冯氏所编《挂枝儿》和《山歌》的内容来看，这些所谓的民歌俗曲大多皆是"街市歌头"③，有些其实就是文人拟作，这就意味着这些作品本身已非"田夫野竖矢口寄兴之所为"④的原生态乡野民歌，而是典型的城市市民阶层的产物，在一定程度上已经文人化。另外，冯梦龙还在《夹竹桃后叙》中写道"无中生有把歌翻，诗句拈来凑巧难"⑤，可见作惯了文人雅词，刻意追求俗曲"本色"亦非易事。因此，可以说，作为文人的冯梦龙，从来没有真正赞赏过俗曲

---

① 冯梦龙：《评秦复庵〈暮春初会少华于谯，词以纪之〉散套》，冯梦龙编《太霞新奏》，卷一。
②④ 冯梦龙：《叙山歌》，冯梦龙编《山歌》，卷首。
③ 俞琬纶：《打枣竿小引》，俞琬纶著《自娱集》，清康熙三十八年（1699）刻本，卷八。
⑤ 冯梦龙：《夹竹桃后序》，冯梦龙等编《明清民歌时调集》，上海古籍出版社1987年版，第501页。

的语言，故在文人散曲的创作中，自然也不会接受所谓"腔或近于打油"的本色风格。换言之，其对于民歌俗曲的重视，所强调的一直都是思想内容层面的"情真"，这与其在散曲语言层面对"本色"观的接受并没有直接关系。

至此，关于冯梦龙对"本色"观两个层面的接受态度已十分明晰：作为集中展示"吴江派"散曲创作成就的载体，《太霞新奏》的刊行无疑扩大了以沈璟为代表的"吴江派"曲家群体在明末曲坛的影响力，但并没能促进沈璟所提倡的"本色"观在明末曲坛被全面接受。

通观晚明至明末曲坛对"本色"观的接受情况，可以很清楚地看出，格律问题所受重视程度越来越高，但在曲词方面，所谓"本色"却从未真正为文人散曲所接受。究其原因，亦很明显：晚明时期，随着魏良辅所创制新声的流行，为南曲音乐建立规范成为曲坛当务之急，故从沈璟修订《南九宫谱》开始，到王骥德著《曲律》、冯梦龙编《墨憨斋新谱》，再至明末沈宠绥著《度曲须知》、沈自晋重新编订《南词新谱》，可谓是环环相扣，南曲格律系统也在此过程中愈加完善；而在散曲语言方面，早在元代，散曲就已经完成所谓"由俗到雅，由民间到文人"的文体进化历程，这就意味着散曲语言与民歌俗曲语言之间早已存在本质差异，故在晚明至明末曲坛，无论是曲家创作还是曲学理论，对散曲"曲辞易晓性"的追求反映在实际创作中，也只会是传承元代散曲"文而不文，俗而不俗"[1]的语言风格，而绝不可能再回归到民歌语言的那种俚俗程度。并且，格律与曲词作为散

———
[1] 周德清：《中原音韵》，第112页。

曲"本色"观的两个层面，本就相互依存，从理论上来说，对于散曲语言通俗化的追求，正是基于曲之"入乐可唱"的根本属性，即为了做到"既耸观，又耸听"①，让更多阶层的观众、听众所接受，但实际上，随着南曲格律系统的逐步完善，"以格律为本"的创作行为本身就会对曲词语言造成高度约束，从而导致其通俗化程度降低。

综上所述，从整体来看，明末曲坛对"本色"观的接受情况大致延续了晚明曲坛的思路，但在格律问题方面，以冯梦龙、沈宠绥、沈自晋为代表的吴江派后学，不仅继承了沈璟"格律本体论"的核心理念，更针对一些具体的理论观点提出了修改意见，从而使得散曲（主要是南曲）格律理论系统更加完善；而在曲词方面，则表现为将"以鄙俚可笑为不施脂粉，以生梗稚率为出之天然"②的创作误区转化为"组织藻绘而不涉于辞赋"③与"常谈口语而不涉于粗俗"④之间的雅俗平衡，而这与"一反雄劲险峻，二反鄙俚质实，三反晦涩雕缋"⑤的晚明"婉丽"曲观在本质上亦是相通的。

---

① 周德清：《中原音韵》，第 112 页。
② 凌濛初：《谭曲杂劄》，凌濛初编《南音三籁》，卷首。
③④ 冯梦龙：《评沈子勺〈离情〉散套》，冯梦龙编《太霞新奏》，卷十二。
⑤ 李昌集：《中国古代散曲史》，第 382 页。

第七章
晚明散曲与词之间的交互影响

　　众所周知，唐有韩愈"以文为诗"，宋有苏轼"以诗为词"、辛弃疾"以文为词"，这些都体现了同一时代不同文体之间的互动关系。而对于词与散曲这两种文体而言，二者产生背景相似，文体形式又相近，虽分别被誉为宋、元两朝的"一代之文学"，但彼此之间名称不分、创作手法与风格互化的现象在各自文体发展历程中却一直存在。尤其至晚明时期，随着南曲音乐的兴盛，"曲的词化"与"词的曲化"更是同时达到了前所未有的普遍程度，这已成为研究明代词曲不可回避的一个重要论题。

第一节　晚明时期"曲的词化"与"词的曲化"现象

　　通观整个明代词与散曲的发展历程，不难发现，二者关系之紧密首先就表现为盛衰轨迹的同步：自元末明初异代传承的过渡期之后，明词与散曲在永乐至成化年间因受到政治文化的压制而全面落入衰敝期，而成化之后，随着江南经济文化的复苏，词与散曲又因江南才子的词场应歌而得以复兴，后经过弘治、嘉靖时期的中兴气象，到隆庆之后，则无论在创作或是理论领域，明词与散曲都达到了最为繁荣鼎盛的时期。本书所划定的"晚明"时间范围，大致正是明词与散曲共同由中兴步入全面鼎盛的阶段。

一、晚明词曲创作的互化

晚明时期，文坛上出现了许多词曲兼作的作家，他们的存在为晚明词与散曲的互动、合流提供了主观条件，故"曲的词化"与"词的曲化"现象也主要体现在他们的创作中[①]。据笔者统计，晚明时期词曲皆有创作可考的作家共有 67 位[②]，他们具体的词曲存世情况如下[③]：

姓　名	存词数量	存曲数量	姓　名	存词数量	存曲数量
金　銮	1	163	吴承恩	91	7
熊　过	3	2	冯　柯	6	4
冯惟敏	1	572	张守中	5	17
梁辰鱼	1	95	曹大章	1	3
徐　渭	35	6	王世贞	90	7
高　濂	205	32	张凤翼	21	38
胡汝嘉	29	2	于慎思	20	6
王穉登	1	5	莫是龙	23	1

---

① 此处应特别说明的是：晚明时期"曲的词化"与"词的曲化"现象并不只存在于词曲兼作者的创作中，但他们无疑是主要创作者，而下文所提到的"曲家偶为词者"与"词家偶为曲者"实际上也可视为纯散曲家、纯词家中的代表（因为许多作家的词曲作品已散佚不可考，所以我们并不能真正得知其是否只创作过散曲或词）。

② 据笔者统计，晚明时期词曲皆可考的作家实有 68 位，但其中陈翼飞的散曲集今不传，故具体创作情况不得而知。

③ 本表所录作家存词数量乃据《全明词》和《全明词补编》统计所得，存曲数量参见附录一。

（续表）

姓　名	存词数量	存曲数量	姓　名	存词数量	存曲数量
冯敏劾	16	45	周履靖	265	44
李维桢	3	1	马守真	9	2
景翩翩	3	2	薛素素	7	1
王锡爵	9	12	胡文焕	19	81
吕　坤	5	16	毕　木	8	5
程可中	23	32	顾大典	2	2
屠　隆	10	5	梅鼎祚	3	10
汤显祖	16	1	赵南星	3	59
沈　璟	4	60	陈所闻	1	251
黄　辉	2	1	王化隆	1	55
黄祖儒	60	15	许乐善	4	16
李应策	40	468	董其昌	4	1
刘　然	2	1	陈继儒	61	6
沈　瓒	3	8	徐　媛	12	28
范允临	7	8	王　衡	7	5
龙　膺	21	57	顾起元	16	3
刘汝佳	10	12	汪廷讷	72	28
俞　彦	188	15	胡仁广	1	2
王嗣奭	8	30	屠本畯	1	31
俞琬纶	10	28	宋楙澄	12	3
沈　演	1	7	沈静专	8	5
王　屋	647	85	余壬公	30	6
杜文焕	34	15	董斯张	47	2
范壶贞	13	6	施绍莘	190	161
焦源溥	5	4	李春芳	2	1
邓志谟	1	2			

据上表统计，词曲兼擅者（词曲数量皆大于 20 首）有高濂、张凤翼、周履靖、程可中、李应策、龙膺、汪廷讷、王屋、施绍莘；曲家偶为词者（散曲数量大于 20 首，词作数量小于 20 首）有金銮、冯惟敏、梁辰鱼、冯敏劾、胡文焕、赵南星、沈璟、陈所闻、王化隆、徐媛、王嗣奭、屠本畯、俞琬纶；词家偶为曲者（词作数量大于 20 首，散曲数量小于 20 首）有吴承恩、徐渭、王世贞、胡汝嘉、于慎思、莫是龙、黄祖儒、俞彦、陈继儒、杜文焕、余壬公、董斯张。

其中，上述第一类作家的创作中词曲互化现象最为突出，主要体现为作家个体对于词曲创作题材选择的相似性，如：高濂、张凤翼词曲创作皆以闺情相思类为主；李应策词曲创作中则都有不少感时叹世类作品；而周履靖、汪廷讷、王屋则多于词曲中咏物写景，表达闲适之情……而相同的作家、相似的题材、相近的文体这三者在创作中主客观相结合，又促进了词曲的互化。

试读高濂《踏莎行·新秋》与【南仙吕·桂枝香】《中秋怀远》：

> 云白吞烟，山青傲雨。西风瑟瑟惊幽户。奈何多病怕逢秋，偏是流光急于弩。　　一枕寒蛩，半窗红树，眼前惹起愁无数。藤床有梦隔巫阳，天街且卧看河鼓。（《踏莎行·新秋》）

> 珠帘乍卷，银河初转。下遥天桂影生寒，满长空蟾光如练。望关河断肠，望关河断肠，苍山万点，白云一片。泪空悬，雁截秋来信，人孤月共圆。（【南仙吕·桂枝香】《中秋怀远》）

这两首作品虽一为词，一为散曲，但皆为感时抒怀之作，且无论是谋篇布局、以景衬情的表现手法，还是清雅流丽的文辞、对仗的句式，以及真切的情感、开阔的境界，全部如出一辙，若非调牌与格式区分，几乎分辨不出词曲之别。

而对于后两类作家而言，他们虽然对词与散曲这两种文体各有偏爱，但在具体创作中，散曲家"以词为曲"与词家"以曲为词"的作法亦比比皆是——

如梁辰鱼的【南正宫·白练序】《暮秋闺怨》便是极具代表性的"词化之曲"：

【南正宫·白练序】西风里，见点点昏鸦渡远洲，斜阳外景色不堪回首。寒骤，谩倚楼，奈极目天涯无尽头。销魂处，凄凉水国，败荷衰柳。

【醉太平换头】罗袖，琵琶半掩，是当年夜泊，月冷江州。虚窗别馆，难消受暮云时候。娇羞，腰围宽褪不宜秋。访清镜为谁憔瘦？海盟山咒，都随一江逝水东流。

【白练序换头】凝眸，古渡头，云帆暮收，牵情处错认几人归舟。悠悠，事已休，总欲致音书何处投？空追究，光阴似昔，故人非旧。

【醉太平换头】飕飕，霜林斗叶，更风檐骤马，夜堂飞漏。白云去远，那堪值雁南归后。衾裯，空余兰麝伴薰篝，冷落了窃香韩寿。背灯独守，寒生兔窟，露凝鸳甃。

【余文】荏苒年华还九九，登临怕惹无限愁，尽开遍黄花不上钩。

从表现手法来看，该套曲开篇即罗列出"西风""昏鸦""斜阳""败荷衰柳"等一系列凄凉意象，通过对环境气氛的渲染来抒写悲伤的情绪；从曲作语言来看，该套曲不仅字句雅炼，还引用典故，令曲意更加含蓄委婉；从创作动机来看，曲前小序则有言曰："余沦身未济，落魄不羁，感纨扇之弃捐，每堕班夫人之泪；见草木之摇落，常增屈弟子之悲。非儿女之情多，实英雄之气塞。因假闺人之意，以开烈士之膺。"① 可见梁辰鱼是借闺怨写沦落之感，实乃典型的词家比兴寄托之传统。因此，可以说，这首套曲是真正做到了由内而外全方位的"以词为曲"。

再看以下两首作品：

> 无个事，湘枕睡初酣。青织晚潮萦似带，碧攒春树小于簪。遮莫是江南。（王世贞《望江南·梦故乡作》）

> 谁能消受，恰带三分红杏瘦。似笑还颦，对面无非两个人。　　檀郎须记，要数佳人他第二。除我除他，此外如何见得些。（董斯张《减字木兰花·对镜》）

相对于上引"词化之曲"语言的典雅精工、曲境的含蓄蕴藉，这两首词作则堪称"以曲为词"的典范：第一首描写梦中家乡的景色，直接以方言口语入词，语言极其直白，俗曲风味跃然纸上，使得词风颇显自然真切、清新流丽；第二首则是描写女子揽镜自照，借与镜中人比

---

① 梁辰鱼：《江东白苎》，梁辰鱼著、吴书荫校点《梁辰鱼集》，上海古籍出版社 2010 年版，第 350 页。

美而向檀郎撒娇的情态，言辞极为活泼生动，将小女子娇蛮可爱、嗔中带俏的形象刻画得淋漓尽致，既有传统闺情词之柔媚，又兼得散曲谐趣之风味。

由此可见，无论上述哪一类作家，都并未将词与散曲的体性视为"凝固的和一成不变的"[1]，在实际创作中，词与散曲这两种文体之间呈现出的是双向渗透、相互影响之关系。

二、晚明词曲理论的互化

不唯创作，晚明词曲的互化现象在理论领域也体现得十分明显。其最直接的表征无疑是二者名称不分、概念混淆，这一点从晚明词曲集的名称就可略见一斑：有的散曲集直接以"词"为名，如《海浮山堂词稿》《敲月轩词稿》《笑词》；有的则以"乐府"称散曲，如《萧爽斋乐府》《双溪乐府》《明农轩乐府》，但同时亦有以"乐府"称词者，如《崇雅堂乐府》；还有名为"词曲"却只收"曲"者，如《南北词曲随笔》；又或者名为"诗余""词"，实则词曲兼收，如《自娱集》附"诗余"卷（含散曲小令 23 首，套数 5 篇）、《刘婺州集》卷八"词部"（含散曲小令 8 首，套数 4 篇）……

词曲名称不分之历史实由来已久，因为二者本质上皆是可以配乐歌唱的音乐文学，所以词最初即被称为"曲子"或"曲子词"，后又有近体乐府、长短句、诗余等别称，而散曲在元代则称"乐府"，又或叫"今乐府""词余"。晚明时期，随着南曲音乐的兴盛，其"清圆俊雅""流利轻滑"的音乐特点亦影响到散曲的文学风格，导致词曲

---

[1]　黄天骥、李恒义《元明词平议》，《文学遗产》1994 年第 4 期，第 75 页。

的语体界限更加模糊。因此，审美观的一致也成为晚明词曲理论互化的一个重要方面。

于散曲而言，晚明时期的主流审美观即"婉丽"曲观，这一点前文已有论述，此处且再简单罗列几段相关曲论——

> 曲以婉丽俊俏为上。（王骥德《曲律》）①

> 南词摹写人情，妆点物态，大都吴侬《子夜》之声。清圆溜丽，语忌深而意忌浅也……总之，扬诩丽句，填缀新腔。律正而态妍，词平而趣永。（俞彦《题南宫词纪》）②

> 凡曲忌陈腐，尤忌深晦，忌率易，尤忌牵涩。下里之歌，殊不驯雅，文士争奇炫博，益非当行。大都词欲藻，意欲纤，用事欲典，丰腴绵密，流丽清圆，令歌者不噎于喉，听者大快于耳，斯为上乘。（陈所闻《刻南宫词纪凡例》）③

很明显，这些观点在本质上几乎与当时"以婉约为正"的词体审美观毫无二致：

> 盖六朝君臣，颂酒赓色，务裁艳语，默启词端，实为滥觞之始。故词须宛转绵丽，浅至倮俏，挟春月烟花于闺幨内奏之，一

① 王骥德：《曲律》，陈多、叶长海注释《曲律注释》，第 288 页。
② 俞彦：《题南宫词纪》，陈所闻编、赵景深校订《南北宫词纪》，第 3 页。
③ 陈所闻：《刻南宫词纪凡例》，陈所闻编、赵景深校订《南北宫词纪》，第 5 页。

语之艳，令人魂绝，一字之工，令人色飞，乃为贵耳。至于慷慨
磊落，纵横豪爽，抑亦其次，不作可耳，作则宁为大雅罪人，勿
儒冠而胡服也。①

这段话为王世贞《艺苑卮言》论词二十九条之首，其开宗明义，将
"颂酒赓色，务裁艳语"的六朝艳诗视作词之滥觞，指出词之文体风
格当是"宛转绵丽，浅至儇俏"，而非"慷慨磊落，纵横豪爽"。其
中，"宛转"意为含蓄委婉；"绵丽"则同陈所闻论曲之"绵密流
丽"；而"浅至"指文辞浅易，类于俞彦所言"语忌深"；"儇俏"则
与曲中常用之词"俏倬"相通，含妙趣新巧之味。而后"挟春月烟花
于闺幨内奏之，一语之艳，令人魂绝，一字之工，令人色飞，乃为
贵耳"一句，又点明词以描写闺情相思为擅场，以语艳字工为追求，
以令人魂绝色飞、轻松娱乐为功能的文体特色，从而与追求"大雅"
的"诗教""文统"区分开来，更突出了"婉娈而近情"②、"柔靡而近
俗"③的词曲共性。

　　正是基于相同的审美观，晚明词曲理论家多将词曲并论，故诸如
"词曲不尚雄劲险峻，只一味妩媚闲艳，便称合作"④之类的言辞比比
皆是。不惟如此，他们还常常"以词评曲"或"以曲释词"：如梁辰
鱼《杂咏效沈青门〈唾窗绒〉体》组曲前的小序中有"不揣芜陋，欲
窥室堂，乃效苎萝之颦，敢学邯郸之步；庶《金荃》之句，使复见于

①②③　王世贞：《艺苑卮言》，唐圭璋编《词话丛编》，第 385 页。
④　王骥德：《曲律》，陈多、叶长海注释《曲律注释》，第 363 页。

当年，而《香奁》之篇，不独称于前代"①之言，即明确以花间词人温庭筠、和凝为标帜，实已自觉将其所创作的这组散曲归入"词"之一途；又如汤显祖评毛熙震《酒泉子》上片"闲卧绣岭，塸想万般情宠。锦檀偏，翘股重，翠云欹"云"'手抵着牙腮，慢慢的想'，知从此处翻案，觉两两尖新"②，言王实甫曲语化用毛词，此论虽未必属实，但这种比附的行为本身却体现了晚明理论家"以曲释词"的惯性思维……凡此种种，皆显现出晚明时期词曲理论的互化程度之高。

综上所述，晚明时期，无论在创作或是理论领域，"曲的词化"与"词的曲化"现象都十分普遍。对此，后世多从文体之辨的角度出发，将二者的互化视为"破体出位"，多有非议，但实际上，从本质上来看，晚明词曲的互化现象所反映的正是当时词曲家们对"词曲一体"观念的认知。

第二节 "词曲一体"观与晚明词曲互化现象的形成

所谓"词曲一体"，清人刘熙载尝言"词曲本不相离，惟词以文言，曲以声言耳"③，宋翔凤亦道"宋元之间，词与曲一也，以文写之则为词，以声度之则为曲"④，即从歌词与音乐的关系来看，无论词或散曲，都是配乐演唱的歌词，也就是说，词与散曲这两种文体在本质

① 梁辰鱼：《江东白苎》，梁辰鱼著、吴书荫校点《梁辰鱼集》，第 354 页。
② 汤显祖：《汤若士词评》，张璋等编《历代词话》，大象出版社 2002 年版，第 359 页。
③ 刘熙载：《艺概》，袁津琥校注《艺概注稿》，中华书局 2009 年版，第 612 页。
④ 宋翔凤：《乐府余论》，唐圭璋编《词话丛编》，第 2498 页。

上都是音乐文学。这一点从词与散曲的起源来看，也确是符合客观事实的。

一、晚明词曲起源论之联系

早在晚唐五代至北宋时期，一些词学批评中就已经涉及词体起源问题，后随着世人对词体认识的不断加深，关于词源问题的探讨也愈发深入，众说纷纭。一般来说，主要有词源于《诗经》、词源于乐府、词源于燕乐、词源于近体诗这几种观点，晚明时期的词体起源论基本上也没有偏离这几种观点，如：

> 词者，乐府之变也。昔人谓李太白《菩萨蛮》《忆秦娥》，杨用修又传其《清平乐》二首，以为词祖。不知隋炀帝已有《望江南》词。盖六朝诸君臣，颂酒赓色，务裁艳语，默启词端，实为滥觞之始。[1]（王世贞《艺苑卮言》）

> 三百篇亡，而后有骚、赋；骚、赋难入乐，而后有古乐府；古乐府不入俗，而后以唐绝句为乐府；绝句少宛转，而后有词；词不快北耳，而后有北曲；北曲不谐南耳，而后有南曲。[2]（王世贞《曲藻》）

> 夫古之乐府，皆叶宫调；唐之律诗、绝句，悉可弦咏，如渭城朝雨，演为三叠是也。至唐末，患其间有虚声难寻，遂实之以

---

[1]　王世贞：《艺苑卮言》，唐圭璋编《词话丛编》，第385页。
[2]　王世贞：《曲藻》，中国戏曲研究院编《中国古典戏曲论著集成》第四集，第27页。

字，号长短句。[①]（徐渭《南词叙录》）

对比上引三条材料，可以很清楚地看出，所谓词源《诗经》、词源乐府、词源近体诗这三种观点其实是统一的，差异仅在于所溯之源的远近，但不论远近，这些"源"皆是可合乐歌唱的，只不过，不同的文体所合之音乐是有差异的。后两条材料即从音乐变化的角度出发，虽未明确提及词与燕乐的关系，但也表达了音乐的变化是导致历代音乐文学文体形式发生相应转变的根本原因这一观念，强调了音乐的重要性。

同样，前文已述，自元代起，散曲的渊源问题便也一直是曲学家探讨的重要论题之一，历来大致有曲源乐府论、曲源胡乐论、词曲流变论等几种说法。而晚明曲论家对此问题的阐释大多也是在这几种观点的基础上加以综合、总结（参见第五章第一节）。

因此，若将词曲的起源论联系起来看，则很明显——

虽然关于词曲各自的起源问题历来众说纷纭，但无一不与音乐相关，所以，二者的起源无疑也是相关联的。而在此前提下，大致又可分为以"诗变而为词，词变而为曲"[②]、"曲者，词之变"[③]之类观点为代表的"词曲递兴流变论"和以"词曲者，古乐府之末造也"[④]、"词曲本古诗之流"[⑤]之类观点为代表的"词曲同源异流论"。然而，无论

---

① 徐渭：《南词叙录》，李复波、熊澄宇注释《南词叙录注释》，第 15 页。

② 孟称舜：《古今词统序》，卓人月汇选、徐士俊参评、谷辉之校点《古今词统》，第 3 页。

③ 王世贞：《曲藻序》，王世贞著《曲藻》，中国戏曲研究院编《中国古典戏曲论著集成》第四集，第 25 页。

④ 胡寅：《题酒边词》，毛晋编《宋六十名家词》第六册，商务印书馆民国二十二年（1933）版，第 1 页。

⑤ 杨维桢：《周月湖今乐府序》，吴毓华编《中国古代戏曲序跋集》，第 21 页。

哪类观点，争论之处也仅仅在于二者所溯之源的直接与间接差异，对于词曲同为音乐文学这一点皆毫无异议。

众所周知，词与散曲的音乐性质实际上都是被称为"时调新声"的通俗流行歌曲，文学性质都是可以配乐歌唱的新诗体，也就是歌词。所以，从这个角度来说，词曲确是"同源"的，所同之"源"即在于二者都是音乐文学，具有音乐性和文学性的双重身份。而且，二者的文体形成过程又都是在继承前代音乐文学的基础上，通过融合外来音乐和吸收民间艺术达成的，故在音乐性方面也确有一定的相同和相通之处。因而，可以说，晚明词曲家对"词曲一体"观的认知正是基于二者同为音乐文学这一根本性质。

二、晚明词曲互化现象的形成

如上文所述，音乐的变化是导致历代音乐文学文体形式发生相应转变的根本原因。因此，虽说"词曲同源"，二者本质上都是音乐文学，但各自所合之音乐还是有差异的。也就是说，词之所以为词，曲之所以为曲，各自终究还是"别是一家"，而此根本之别亦在于二者的音乐性。

晚明词曲家俞彦尝在《爰园词话》中说道：

> 周东迁之后，世竞新声，三百之音节始废。至汉而乐府出。乐府不能行之民间，而杂歌出。六朝至唐，乐府又不胜诘曲，而近体出。五代至宋，诗又不胜方板而诗余出。唐之诗，宋之词，甫脱颖，已遍传歌工之口。元世犹然，至今则绝响矣。即诗余中，有可采入南剧者，亦仅引子。中调以上，通不知何物，此词之所

以亡也。今世歌者，惟南北曲宁如宋犹近古。①

相较于上引王世贞的历代音乐文学"递兴流变论"，俞彦所言更为精
准：其将历代音乐文学兴衰递嬗的关键直接归结为"新乐代兴"，即
当"一种新的音乐产生，必然会带动一种新的音乐文学形式的兴盛；
而当这种音乐被另一种新起的音乐取代之时，与这种音乐相配的文学
形式也就随之式微了"②。因此，中国音乐文学史的发展兴替，表面看
来是诗经、乐府、声诗、词、曲等韵文形式的更替，实际上则是与各
类韵文文体相配合的音乐体系之代兴。

　　而关于词曲所合之音乐，一般来说，学界较为公认的观点是：词
是随着隋唐燕乐而兴起的"曲子"，燕乐是隋唐之际西域各少数民族
乃至中西亚一些国家的音乐传入中原，与中原旧乐融汇而形成的以西
域胡乐为主，不同于传统清乐的新型音乐。而曲分南北，关于北曲的
产生，王世贞有言曰："曲者，词之变。自金、元入主中国，所用胡
乐，嘈杂凄紧，缓急之间，词不能按，乃更为新声以媚之"③，可见虽
然概括说来，北曲也是胡乐与中原音乐的融合，但与词乐还是有很大
差别的；而南曲是由前代诗、词、诸宫调、赚词等传统文学艺术与南
方民间小曲结合演变的结果，其音乐也与词乐不同，但相较于北曲而
言，南曲音乐所受词乐的影响较大（详见下文）。

　　众所周知，南宋之后，随着乐谱的失传，词体便慢慢丧失了其最

① 俞彦：《爱园词话》，唐圭璋编《词话丛编》，第 400 页。
② 张仲谋：《明代词学通论》，中华书局 2013 年版，第 230 页。
③ 王世贞：《曲藻序》，王世贞著《曲藻》，中国戏曲研究院编《中国古典戏曲论著集成》
　　第四集，第 25 页。

初的"乐府之本来面目"①，逐渐走向案头化，变得不再可唱。在这种情况下，一方面，部分词乐因被曲乐继承、吸收而得以变相留存；另一方面，词体本身在其与生俱来的音乐基因驱动下，也在一定程度上主动向新兴的音乐文学（散曲）靠拢。这两方面情形交互并存，才是所谓"词曲互化"现象产生的根本和保证。

因此，晚明时期，受词乐影响颇大的南曲音乐的兴盛，便从根源上为词曲的高度互化提供了契机：

王国维曾在《宋元戏曲考》中论述南北曲之渊源。他据元周德清《中原音韵》所载 335 章元杂剧所用之曲调统计，其中出于大曲者 11 章，出于诸宫调者 28 章，出于唐宋词者 75 章；又据明沈璟《南九宫谱》所载 543 章南戏曲调统计，其中出于大曲者 24 章，出于诸宫调者 13 章，而出于唐宋词者则高达 190 章。②可见曲乐受词乐影响之大，且相比较而言，南曲与词的渊源关系更深。故而，之前我们在探讨晚明时期"曲的词化"现象、"婉丽"审美曲观的形成时，就反复强调是受南曲"清圆俊雅""流利轻滑"的音乐特点影响，而此音乐特点正是源于南曲音乐对词乐的广泛继承与深度融合。

至于词体向曲乐的主动靠拢，最典型的表征即南戏剧本中词曲牌调的交错使用。这种现象在晚明乃至整个明代都十分普遍，张若兰在其博士论文《明代中后期词坛研究》中对《六十种曲》所收录戏曲开场一出所用词牌情况做过统计：这些南戏剧本开场一出中几乎尽用词调，且绝大部分符合所选词牌格式，其中尤以《满庭芳》《沁园春》《汉

---

① 俞平伯：《词曲同异浅说》，俞平伯著《论诗词曲杂著》，上海古籍出版社 1983 年版，第 696 页。
② 参见王国维《宋元戏曲考》第八章《元杂剧之渊源》、第十四章《南戏之渊源及时代》。

宫春》《西江月》四调最为习用，有时甚至作为惯例都不需要特别标明词牌①。这就说明在词乐流失，词体不可再唱的时代背景下，确实存在词体为了保持其音乐性，主动向曲乐靠拢的情形，此即"词牌入曲调演唱"，而这"既是词曲化的表征之一，也是风格上曲化的重要根源"②。

综上所述，从词与散曲的起源来看，二者在本质上皆为音乐文学，且无论音乐性还是文学性，二者之间又颇有关联，较为相似，这便从根源上为二者创作风格的互化和理论的"一体化"提供了可能性。具体到晚明时期词曲互化现象的形成，最关键的契机便是南曲的高度兴盛：于散曲而言，因对词乐的广泛继承与吸收，南曲音乐呈现出"清圆俊雅""流利轻滑"的音乐特点，由此又影响到散曲的文辞风格，便形成"曲的词化"现象；而于词而言，在词乐失传的情况下，为了保持词体的可唱性，受词乐影响颇深的南曲音乐无疑即成为最佳的替代品，故词体主动向曲乐靠拢，以"词牌入曲调演唱"的方式，从根本上实现了"词的曲化"。

第三节　晚明词曲"正变异流"与"同源"观的悖论

众所周知，"正变"的概念最早源于《诗经》，原本只是以时间为据，根据作品产生的时代先后划分，将产生于早期安治之世的诗歌称为正风、正雅，将产生于后期衰乱之世的诗歌称为变风、变雅。但也

---

① 参见张若兰《明代中后期词坛研究》，中国社会科学院研究生院博士论文，2007年，第195—197页。
② 张若兰：《明代中后期词坛研究》，中国社会科学院研究生院博士论文，2007年，第194页。

正因如此，后世亦将"正变"的概念与时事政治、社会治乱联系起来。汉代之后的诗学家以"正变"评论诗歌，以"正"代表正体、正格，故凡不合源流之正即为"变"，代表旁流、变格，这便在一定程度上又含有了褒贬的意味，而这种意味也影响到了后世词曲界的理论批评：

一、晚明词曲正变观

嘉靖十五年（1536），明中期词学家张綖在其所著《诗余图谱》的《凡例》中写道：

> 按词体大略有二：一体婉约，一体豪放。婉约者欲其辞情酝藉，豪放者欲其气象恢弘，盖亦存乎其人。如秦少游之作多是婉约，苏子瞻之作多是豪放。大抵词体以婉约为正，故东坡称少游为今之词手。后山评东坡词虽极天下之工，要非本色。①

这是词学史上第一次明确将词体分为婉约、豪放两派，并两相对比以作风格正变之分。稍后至晚明时期，词论家王世贞则对此"以婉约为正"的观点进行了更为详尽深刻的阐释：

> 词者，乐府之变也。昔人谓李太白《菩萨蛮》《忆秦娥》，杨用修又传其《清平乐》二首，以为词祖。不知隋炀帝已有《望江南》词。盖六朝君臣，颂酒赓色，务裁艳语，默启词端，实为滥觞之始。故词须宛转绵丽，浅至儇俏，挟春月烟花于闺幨内奏之，

---

① 张綖：《诗余图谱凡例》，张綖著《诗余图谱》，明嘉靖十五年（1536）初刻本，卷首。

一语之艳，令人魂绝，一字之工，令人色飞，乃为贵耳。至于慷
慨磊落，纵横豪爽，抑亦其次，不作可耳，作则宁为大雅罪人，
勿儒冠而胡服也。

　　《花间》以小语致巧，《世说》靡也。《草堂》以丽字取妍，六
朝隃也。即词号称诗余，然而诗人不为也，何者？其婉娈而近情也，
足以移情而夺嗜；其柔靡而近俗也，诗啴缓而就之，而不知其下也。
之诗而词，非词也。之词而诗，非诗也。言其业，李氏、晏氏父子、
耆卿、子野、美成、少游、易安至也，词之正宗也。温韦艳而促，
黄九精而险，长公丽而壮，幼安辨而奇，又其次也，词之变体也。①

王世贞在这两段话中主要表达了三层意思：其一，通过溯源的方式，
将词体风格与六朝文学联系起来，从而界定出词体风格当以"宛转绵
丽，浅至儇俏"为正，而非"慷慨磊落，纵横豪爽"；其二，词虽为诗
余，但其文体功能和审美特点与宗经明道、追求雅正的诗教传统却有
很大的差异，词之为词，即以描写闺情相思为擅场，以语艳字工为追
求，以令人魂绝色飞、轻松娱乐为功能，故"婉娈而近情""柔靡而近
俗"的审美特点方符合词之文体独特性；其三，将李璟、李煜、晏殊、
晏几道、张先、周邦彦、秦观、李清照等词家之作视为正宗，而将温
庭筠、韦庄、黄庭坚、苏轼、辛弃疾等词家之作视为变体②，即通过对

---

① 王世贞：《艺苑卮言》，唐圭璋编《词话丛编》，第385页。
② 王世贞将温庭筠、韦庄之词列为变体，是不妥当的。清初词学家王士禛曾从词史的角
　 度对王世贞的这一观点表示反对，其在《花草蒙拾》中说："弇州谓苏、黄、稼轩为
　 词之变体，是也。谓温、韦为词之变体，非也。夫温、韦视晏、李、秦、周，譬赋有
　 《高唐》《神女》，而后有《长门》《洛神》，诗有古诗、录别，而后有建安、黄初、三唐
　 也。谓之正始则可，谓之变体则不可。"

词学史上具有代表性的词家进行划分，从而使得"婉约为正，豪放为变"的词体风格论更加具象化。

自此之后，晚明词论中类似的论述便屡见不鲜，如徐师曾《文体明辨序说》论"诗余"有云："至论其词，则有婉约者，有豪放者，婉约者欲其辞情蕴藉，豪放者欲其气象恢弘，盖虽各因其质，而词贵感人，要当以婉约为正。否则虽极精工，终乖本色，非有识之士所取也。"① 王骥德《曲律》卷四"杂论"中也说："词曲不尚雄劲险峻，只一味妖媚闲艳，便称合作，是故苏长公、辛幼安并置两庑，不得入室。"② 可见，"以婉约为正，以豪放为变"的词体正变观已成为晚明时期词学界的共识。

任讷在其《散曲概论》中说道："词静而曲动，词敛而曲放，词纵而曲横，词深而曲广，词内旋而曲外旋，词阴柔而曲阳刚。词以婉约为主，别体则为豪放；曲以豪放为主，别体则为婉约。词尚意内言外，曲竟为言外而意亦外。词曲之精神如此，作曲者有以显其精神，斯为合法也。"③ 这段话向来被视为曲之正变观的正式提出，但实际上，曲之正变观也早在晚明之前就已形成——

嘉靖二十九年（1550），明中期著名理论家何良俊即在《类编草堂诗余序》中说道："乐府以蹊径扬厉为工，诗余以婉丽流畅为美。即《草堂诗余》所载，如周清真、张子野、晏叔原诸人之作，柔情曼声，摹写殆尽，正词家所谓当行，所谓本色者也。"④ 他将散曲（乐

---

① 徐师曾：《文体明辨序说》，人民出版社1962年版，第165页。
② 王骥德：《曲律》，陈多、叶长海注释《曲律注释》，第363页。
③ 任讷：《散曲概论》，曹明升点校《散曲丛刊》，第1071页。
④ 何良俊：《类编草堂诗余序》，武陵逸史编《类编草堂诗余》，明嘉靖二十九年（1550）顾从敬刻本，卷首。

府）之"皦径扬厉为工"与词（诗余）之"婉丽流畅为美"对举，又于此处指出词家当行本色即如周邦彦、张先、晏几道所作之"柔情曼声"，而众所周知，其对于曲之本色风格的理解则为所谓"蒜酪风味"，故词曲二体之正变差异实已不言而喻。

正如前文多次所谈及，何良俊的这些观点在晚明曲坛反响强烈，故在"词曲一体"的普遍认知背景下，晚明曲家对曲之正变问题却多强调"词之与曲，实分两途"①，最典型的即词隐先生沈璟针对"白苎派"类词化的创作，转而提倡宋元"北词"质朴无华、生活化口语化的本色语言风格。除此之外，晚明著名曲论家凌濛初所论亦十分明确：

> 曲始于胡元，大略贵当行不贵藻丽。其当行者曰"本色"。盖自有此一番材料，其修饰词章，填塞学问，了无干涉也。故《荆》《刘》《拜》《杀》为四大家，而长材如《琵琶》犹不得与。以《琵琶》间有刻意求工之境，亦开琢句修词之端，虽曲家本色故饶，而诗余弩末亦不少耳。国朝如汤菊庄、冯海浮、陈秋碧辈，直闯其藩，虽无专本戏曲，而制作亦富，元派不绝也。自梁伯龙出，而始为工丽之滥觞，一时词名赫然。盖其生嘉、隆间，正七子雄长之会，崇尚华靡；弇州公以维桑之谊，盛为吹嘘，且其实于此道不深，以为词如是观止矣，而不知其非当行也。②

这段论述在逻辑上回归了"正变"概念最初的时间依据，直言"曲始

---

① 王骥德：《曲律》，陈多、叶长海注释《曲律注释》，第31页。
② 凌濛初：《谭曲杂劄》，凌濛初编《南音三籁》，卷首。

于胡元，大略贵当行不贵藻丽"，故"蒜酪风味"的本色风格方为曲之"正体"，而"刻意求工""琢句修辞"则皆为"诗余弩末"。因此，晚明时期因"工丽"而"词名赫然"的梁辰鱼一派，虽为当时曲坛主流，但所作却并非当行，实属"变体"。

由此可见，自何良俊至晚明诸曲家，虽未直接提出"曲以豪放为正，别体则为婉约"的观点，但他们对词曲"当行本色"的分别辨析，实已判明二者之正变差异。

二、晚明"词曲同源"与"正变异流"的悖论

如前文所述，"词曲同源"与"正变异流"这两个观点可以说是晚明词曲理论界的共识，然而，若把两者联系起来，却发现彼此互为悖论：既然"词曲同源"，又都是沿着"由俗到雅，由民间到文人"的轨迹发展，为何在词曲高度互化的晚明时期却产生了二者风格正变相反的观点？或既然词曲风格正变相反，那是不是意味着"词曲同源"的命题并不成立？

要解决这个悖论问题，则需要再回归这两个观点本身：

前文在论及晚明词曲互化现象的形成时已有提及，"词曲同源"是指词、曲同属于音乐文学的性质，但是两种具体的音乐是不尽相同的，所以尽管现在已经无法知晓最初词乐与曲乐的具体面貌，但是可以肯定的是，词、曲二者不同的主体风格与它们各自的音乐特点是紧密相关的。这一点已有学者指出：在隋唐之际，外域音乐是为中原音乐逐渐吸收融合的，因此词乐在一定程度上是经过中原文化筛选的；而曲分南北，宋金之际，北曲曲乐是伴随着外族的入侵进入中原的，不同于词乐渐进式的融合汉化，因此更多地保留了胡乐本身"嘈杂

凄紧”“壮伟狠戾”的特点，更符合北人“蒜酪味”般直快酣畅的审美趣味，此即徐渭所言“听北曲使人神气鹰扬，毛发洒淅，足以作人勇往之志，信胡人之善于鼓怒也，所谓‘其声噍杀以立怨’是已”①；而南曲音乐因受词乐影响颇深，音乐风格呈现出“清圆俊雅”“流利轻滑”的特点，由此又影响到散曲的文辞风格，故在审美上与词同以“婉丽流畅为美”。

当代学界一般认为，南曲早在宋宣和年间（1119—1125）就已滥觞，南渡（1127）之后盛行开来，其实际产生时间较金元之际的北曲要早，且自北曲产生后，二者也一直并存于世。但在晚明时期，曲论家受“亡而后有”的文体流变思路影响，大多都认为“南曲实北曲之变也”②。故结合南北曲的音乐特点，再从时间顺序的角度来看，晚明时期出现“以北曲雄浑豪放之风为正，以南曲柔媚婉丽之风为变”的散曲正变观，便可谓是情理之中。

再看词曲二体正变观的具体内涵：众所周知，词曲二体的发展过程，皆符合一般文体“由俗到雅，由民间到文人”的客观规律，但所谓“词以豪放为变”的一个重要含义即指“以诗为词”的语言变化，而“曲以豪放为主”的含义则只是突出曲之语言的通俗本色。正如王世贞所言：“大抵北主劲切雄丽，南主清峭柔远，虽本才情，务谐俚俗。”③不论北曲、南曲，虽各有特色，抑或变而有风格意境类似于词的清丽一派，却都不脱“谐”“俗”之本色特点。因此，从这个角度来说，词曲

① 徐渭：《南词叙录》，李复波、熊澄宇注释《南词叙录注释》，第 76 页。

② 陈所闻：《刻南宫词纪凡例》，陈所闻编、赵景深校订《南北宫词纪》，第 5 页。

③ 王世贞：《曲藻序》，王世贞著《曲藻》，中国戏曲研究院编《中国古典戏曲论著集成》第四集，第 25 页。

的风格正变在一定程度上确是与各自语言的雅俗特点联系在一起的：

> 　　最初之词、曲虽同为口语体，同趋于文，而后来雅俗之正变
> 似相反也。换言之，即词之雅化甚早，而白话词反成为别体；曲
> 之雅化较迟，固已渐趋繁缛，仍以白话为正格也。此种情形在文
> 史上一览可知，不待烦言也。原因自非一端，而口语在词、曲中
> 用法不同，亦主要原因之一。曲似乎始终以口语为主，而以文言
> 中词藻错杂之。凡历来成名之曲家，无不以白话擅场……词用口
> 语只在宾位……故词、曲之源同为白话，其流变迥异；曲犹保存
> 其乐府之本来面目，词则成为诗之别体矣。①

俞平伯在这段话中明确指出了词曲雅俗正变相反的原因，即白话所处
宾主地位的不同，并将此差异的根本原因归于词曲二体语言雅化的早
晚不同。的确，词曲语言的雅俗之别，是体现词曲风格正变不同的一
个重要方面，但并不是词曲同源而风格正变相反的根本原因——

　　细看词体的发展演变，从最早在体式特点和语言风格上与散曲十
分相近的民间词《云谣集杂曲子》，到后来经过晚唐五代逐渐文人化，
由伶工之词变而为士大夫之词，似乎词体确实雅化甚早，但是直到北
宋，即便是"凡有井水饮处，皆能歌柳词"的专业词家柳永，还遭
遇到晏殊不曾道"彩线慵拈伴伊坐"的尴尬②。而散曲虽然作为宋金

---

① 俞平伯：《词曲同异浅说》，俞平伯著《论诗词曲杂著》，第696页。
② 张舜民《画墁录》谓："柳三变既以词忤仁庙，吏部不放改官，三变不能堪，诣政府。
　　晏公曰：'贤俊作曲子么？'三变曰：'只如相公亦作曲子。'公曰：'殊虽作曲子，不
　　曾道：彩线慵拈伴伊坐。'柳遂退。"

时期的通俗流行歌曲，似乎一出现就以"俗"作为标志而划开与诗词之"雅"的界限，但是在实际创作中因为同为配乐歌唱的歌词，散曲的创作一直也受到词的影响，所以呈现的是"词的曲化"和"曲的词化"的雅俗融合面貌。入元以后，又因为元代文人特殊的地位，众多文人乃至一些位高名显的高官都投入到散曲的创作中，实在不可尽谓之"俗"。但是这些"名公"之作也为市井百姓、平民歌女所接受并广泛传唱①，可以说达到了一种"雅"与"俗"的平衡。所以虽然后世认为"曲"较"词"更次一等，但实际上，回到各自所处的时代，"词"是为显赫名公视为"小道"的游戏之作，而"曲"却为社会各个阶层所广泛接受。因此，就"词""曲"二者各自所处时代的地位和文人接受与创作的情况而言，实在是很难以具体的时间来衡量判定它们在语言上"词之雅化甚早，曲之雅化较迟"这一论断。

那么，晚明理论家判定词曲风格正变相反的根本原因究竟是什么呢？

对此，不妨先回顾一下前文所引王世贞对于"词以婉约为正"观点的阐释，很明显，其对于词体正变观的理解是非常全面的，并没有

---

① 陶宗仪《南村辍耕录》卷九云："时歌儿刘氏名解语花者，左手折荷花，右手执杯，歌《小圣乐》云：'绿叶阴浓，遍池亭水阁，偏称凉多。海榴初绽，朵朵蹙红罗。乳燕雏莺弄语，对高柳鸣蝉相和。骤雨过，似璃珠乱撒，打遍新荷。人生百年有几，念良辰美景，休放虚过。富贵前定，何用苦张罗。命友邀宾宴赏，饮芳醑，浅斟低歌。且酩酊，从教二轮，来往如梭。'……《小圣乐》乃小石调曲，元遗山先生好问所制，而名姬多歌之，俗以为'骤雨打新荷'者是也。"又其卷四曰："歌儿郭氏顺时秀者，唱今乐府，其《折桂令》起句云：'博山铜细袅香风。'一句而两韵，名曰短柱，极不易作。先生爱其新奇，席上偶谈蜀汉事，因命纸笔，亦赋一曲：'鸾舆三顾茅庐，汉祚难扶，日暮桑榆。深渡南泸。长驱西蜀，力拒东吴。美乎周瑜妙术，悲夫关羽云殂。天数盈虚，造物乘除。问汝何如？早赋归与。'盖两字一韵，比之一句两韵者为尤难。先生之学问该博，虽一时娱戏，亦过人远矣。"

局限于风格层面，同时强调的还有词体的创作内容和文体功能。故所谓"词以豪放为变"，其内涵不仅只是指"以诗为词"的语言变化，同时还包括创作内容由儿女风情向国事民生的转变，文体功能由娱乐性向社会性的转变。

　　的确，自南宋以来，词论家对于豪放词的评价，除了在是否应该"入律"的问题上有所争议外，大多都对其"指出向上一路，新天下耳目"①的开拓意义予以肯定。正所谓"一洗绮罗香泽之态，摆脱绸缪宛转之度"②，豪放派"以诗为词"的创作方法不仅改变了词体的语言风格，更丰富了词的创作内容，开拓了词的思想境界，提高了词的品格气度，使得词不再局限于"小道"歌词。其于词史的贡献绝不局限于雄健豪放的气势风格，而更重要的是在于其内容中包含的社会责任感，对社会民生、政治国事的关注。

　　而曲则不同，就上引所有关于曲之正变的论述来看，皆只关系曲体之风格，并不牵涉内容和功能由娱乐性向社会性的转变。且综观元明以来的散曲创作，确实大多数作品在内容上都不脱个人生活的圈子，只有很少一部分内容涉及国事民生，而这类作品中还有不少是表现消极的反传统态度，其中真正"作'壮志'的咏叹高歌"③实在是少之又少④。因此，所谓"曲以豪放为主"主要指的是其语言的通俗自然，境界的超逸隽爽，情感的豪宕淋漓；而"别体则为婉约（清

---

① 王灼：《碧鸡漫志》，唐圭璋编《词话丛编》，第85页。
② 胡寅：《题酒边词》，毛晋编《宋六十名家词》第六册，第1页。
③ 李昌集：《中国古代散曲史》，第332页。
④ 且这类作品往往仅为士大夫曲家的个体化创作，缺乏与职业曲家的交流，也没有主动融入主流曲坛的意识。这一点，擅长以时事入曲的晚明曲家李应策，虽创作散曲数量居明代第三，却长久不为人知，即为典型一例。

丽）"是相对于"豪放"而言，指风格较为雅丽和婉，语言较为蕴藉工巧，但仍保持曲通俗豁朗的本色风貌。故而，曲的"豪放"与"婉约"（清丽）两派，从来不像词之两派分界那么明显，"以豪放为主"的说法仅仅只是为了凸显曲的通俗本色风貌。

　　故很明显，词曲正变观的实际内涵其实并不在同一层面。而究其原因，实则因为词体在发展过程中，随着词内容的社会性增强，词乐却逐渐流失，晚明时期词体早已丧失其最初的"乐府之本来面目"①（尽管南宋的风雅派词人曾以音乐格律来规范"雅词"，但结果也只是使得词乐专业化精英化，想要恢复词为最初市井流传的通俗歌曲已是不可能了）；而散曲在发展过程中，虽然一直也有受词体影响的雅化趋势，但是由于支曲可以被作为基本元运用到各类戏曲戏剧中，所以晚明时期伴随着各类戏曲戏剧艺术的兴盛，散曲也始终保持着流行的通俗性、可歌的音乐性、表演的娱乐性。

　　故而，晚明理论家对词曲风格正变相反的判定，其实是意识到词曲二体内容性质和音乐属性的变化导致二者文体本位功能的转变，即"词以豪放为变"是伴随词作内容的社会性增加和音乐的流失而导致的词体功能由"乐本位"向"诗本位"的转变②；而曲则无论豪放、婉约（清丽），变化的是风格，不变的是其通俗豁朗的本色和对"乐本位"的娱乐性功能的坚守。③此即俞平伯所言"曲犹保存其乐府之

---

① 俞平伯：《词曲同异浅说》，俞平伯著《论诗词曲杂著》，第696页。
② 参见朱惠国《"苏李之争"：词功能嬗变的迷局与词学家的困惑——兼论宋代词论的两种基本观点及其演化方向》，《文艺理论研究》2009年第1期，第53—56页。
③ 此处需要特别注意的是，散曲并非没有社会性功能（参见本书第五章第三节对"散曲创作功用论"的分析），但就正变观而言，所强调的是其没有丧失娱乐性功能。

本来面目，词则成为诗之别体矣"，而其根本原因并不是在于词曲语言雅俗差异的表面现象，而在于二者文体发展过程中"诗本位"与"乐本位"功能的分流。

至此，可以说，晚明"词曲同源"与"正变异流"这两个观点之间并非互为悖论：一方面，"词曲同源"指的是词、曲同属于音乐文学的性质，但二者却各有其不同的、具体的音乐性，故二者不同的主体风格是与它们各自的音乐特点相关联的。同时，曲又分南北，二者实为并存关系，但晚明曲论家却普遍认为"南曲实北曲之变也"，故从时间顺序的角度来看，便出现了"以北曲雄浑豪放之风为正，以南曲柔媚婉丽之风为变"的散曲正变观。另一方面，晚明词曲正变观的实际内涵其实并不在同一层面：词之正变内涵是从内在内容到外在语言风格全方位的"以诗为词"，而曲之正变内涵只牵涉外在语言风格的变化。因此，晚明理论家判定词曲风格正变相反的根本原因，实为隐含在二者语言风格雅俗差异背后的内容性质和音乐属性的变化，其本质即为二者文体功能上"诗本位"与"乐本位"的分流。

结
语

行文至此，我们对明嘉靖三十五年（1556）至天启五年（1625）这七十年间散曲曲坛的情况已有了较为全面且客观的认识，同时，对于绪论中所搁置的"晚明散曲"时间下限问题，亦可给出一个较为合理的答案。

先论这七十年间散曲曲坛的情况：

其一，从当时的曲家地域分布情况来看，"晚明时期"南方散曲家人数确实远多于北方，但自晚明前期直至后期，北方散曲家的势力虽逐步衰落，但毕竟也从未完全退出过曲坛；而就南北曲的创作数量来看，不算无宫调令、不明牌调令与南北合套，晚明前期南散曲数量只略高于北散曲，晚明中期南散曲数量方才大增，是北散曲数量的 2 倍，晚明后期又扩大至 4.7 倍，这便说明昆腔兴起之后的晚明曲坛，在相当长的一段时间内依然承续着明中叶南北各擅胜场的局面，及至中、后期方才可谓"南曲乃成曲坛主流，北曲则已成余响"[1]。因此，这一时期并不可以简单概括为"南曲的时代"[2]。

其二，整个"晚明时期"，散曲家创作都可分为南、北两派，而

---

① 李昌集：《中国古代散曲史》，第356页。
② 郑振铎：《插图本中国文学史》，第758页。

"文章必推梁氏为极轨，韵律必推沈氏为极轨"[①] 的现象只存在于晚明中、后期的大部分南派曲坛，梁、沈二派势力并不足以完全笼罩整个"晚明散曲"曲坛；且"晚明散曲"的题材类型十分丰富，历来被认为是"晚明散曲"主打题材的闺情艳情类作品数量只占"晚明散曲"总量的 22.8%，而闲适归隐类题材占比也大约达到了 20%，二者大致持平。因此，认为"晚明散曲"大多不离嘲风弄月、闺情相思，囿于梁、沈二家的传统观念并不准确。

其三，与"晚明散曲"丰富的题材类型相关联，同时还受到曲家地域、南北音乐等因素的影响，"晚明散曲"的具体风格也是多样化的，从整体来看可谓是南北交融、豪丽相参，而非仅有"婉丽"一派；同理，"晚明散曲"丰富的题材类型亦反映出当时曲家创作目的和散曲文体功能的多样性，尤其之前被认为因明末清初易代变动才产生的时事曲，实际上在晚明中期北派曲坛就已出现，可以说，反映时世之忧、关心家国民生的"言志"儒家诗教传统在"晚明散曲"曲坛从未中断。

基于以上三点认识，再反观本书绪论中提到的"晚明散曲"时间下限问题，很明显，艾立中以施绍莘《秋水庵花影集》中散曲四卷的成书（1625 年）作为"晚明"这一时期的终结，此观点确实存在不合理之处：

如本书绪论中所言，艾立中对于"晚明散曲"和"明末清初散曲"的划分，是依据"作家和作品的内在特点"[②]，其认为"晚明曲

---

① 任讷：《散曲概论》，曹明升点校《散曲丛刊》，第 1097 页。
② 艾立中：《明末清初散曲研究》，南京大学博士论文，2006 年，第 3 页。

坛"为白苎派和吴江派所笼罩，直到施绍莘的出现，才"突破梁沈绮丽香艳末流的苑囿"①。但实际上，自明嘉靖三十五年（1556）至天启五年（1625），这七十年间，散曲家的地域分布广阔、社会阶层分布广泛，散曲作品在题材、风格、功能各方面也都呈现出多样性的特点，因此，既然"晚明散曲"并非不离嘲风弄月、闺情相思，囿于梁、沈二家，那么自然也就不存在"一代之殿"②施绍莘的出现打破香奁文学一统局面的论断了。

当然，就施绍莘本人的创作而言，其涉题广泛，章法严密，意脉流畅，且又雅擅音律，南北兼长，所作"乃融元人之豪放与清丽，而以绵整出之"③，"有大江东去之雄风，复饶晓风残月之佳致"④，谓之"明人散曲中之大成者"⑤并不为过。但同时也必须承认的是，施绍莘社会地位不显，交际圈狭窄，且创作重才情而轻声韵，故在当时只得身边少数文友赏识，而不被同时代的其他曲家所重视。正如任讷所言："施派以后，亦无继者，惟清人赵庆熺差近之。"⑥的确，就施绍莘对明末散曲曲坛的实际影响力来看，根本无法与之前"为一时词家所宗"⑦的梁辰鱼相提并论。并且，施绍莘的散曲创作也是全部在"晚明时期"完成，而在其之后的明代散曲曲坛中，也再未出现任何成就突出或是超出晚明散曲创作题材、风格的曲家。因此，施绍莘只可视为"晚明曲坛"中成就十分突出的曲家个例，而非"晚明散曲"

---

① 艾立中：《明末清初散曲研究》，南京大学博士论文，2006 年，第 5 页。
② 吴梅：《顾曲麈谈·中国戏曲概论》，第 174 页。
③⑥ 任讷：《散曲概论》，曹明升点校《散曲丛刊》，第 1100 页。
④ 顾彦容：《评施绍莘〈春游述怀〉散套》，施绍莘著《秋水庵花影集》，明末刻本，卷一。
⑤ 任讷：《秋水庵花影集提要》，曹明升点校《散曲丛刊》，第 757 页。
⑦ 张大复：《梅花草堂笔谈》，卷五。

与"明末散曲"的分水岭。

那么，"晚明散曲"与"明末散曲"的分界点究竟何在？

李昌集曾在论及明末清初曲家沈自晋的散曲创作时说道："自晋身逢明清之际的江山变动，其曲作亦不由得渗透着这一特殊的时代气息。"① 的确，对于明末清初的曲家而言，易代之际的江山变动对他们产生了前所未有的精神冲击，这无疑深刻影响到他们散曲创作的精神内涵和文学风格。但散曲史的发展并不是完全依据社会政治的影响，且如前文所述，"以时事入曲"的创作手法也并非产生于明清易代之际，而是在晚明中期的北派曲坛就已出现，至于表达时世之忧、关注家国民生的现实主义精神，更是一直贯穿整个晚明北派曲坛的创作。因此，若单纯从创作层面探讨，实在很难对"晚明散曲"与"明末散曲"进行明确分界。

众所周知，理论源于创作，同时又可反过来指导和促进创作，故针对"晚明散曲"与"明末散曲"的分界问题，我们可以从晚明至明末散曲观念演变的角度来探讨。从前文对晚明曲论著作和散曲选本的梳理情况来看，与晚明散曲创作南北并存的情况不同，散曲理论几乎只存在于南派曲坛②，故基于对散曲"乐本位"的定性，在当时南曲音乐高度兴盛的背景下，曲论家对于散曲文学风格的审美始终都不离南曲本身的音乐特点③。但在对散曲精神内涵的解读方面，从晚明至明末却发生了巨大的变化，前文对《吴骚》系列"骚雅"曲观内涵的

---

① 李昌集：《中国古代散曲史》，第700页。
② 只有少数北方曲论家谈及散曲的创作功用，参见本书第五章。
③ 从晚明中期"婉丽"曲观的建立，到天启年间吴江后学对"本色"曲观的完善，二者在本质上其实是相通的，参见本书第六章。

分析，即充分体现了这一点——

　　《吴骚集》《吴骚二集》对"骚雅"曲观核心内涵的理解，强调的是"言情"之作本身的"缱绻情怀"，至《吴骚三集》则开始倾向于传统的"诗骚言志"精神，再至崇祯十年（1637）《吴骚合编》刊出，则将"言志"视为散曲的内在本质和创作目的，"言情"视为外在表达方式，回归至传统"骚雅"观所提倡的"香草美人""意内言外"之旨。而《吴骚合编》对"骚雅"观的理解恰恰最符合明末清初散曲创作的实际精神内涵，由此可见，在江山易代之前，散曲发展已存在一定程度的自我革新。故从这个角度来看，《吴骚合编》的刊出即可视为"晚明散曲"与"明末散曲"的分界点。

　　且如前所述，整个明代词与散曲的发展历程几乎同步，而晚明时期受词乐影响颇大的南曲音乐的兴盛，又从根源上为词曲的高度互化提供了契机。明嘉靖以后词坛的审美风尚重婉约而轻豪放，此可谓学界之共识，其原因即在于《花间》《草堂》二集独盛一时，令"婉娈而近情"①成为时人对词之文体特性的认知。直至崇祯六年（1633），卓人月选编、徐士俊参评的《古今词统》问世，这种强调词体长于言情、风格重婉媚清丽的词坛格局方被打破。《古今词统》在编选上一以古今并重，二以婉约豪放并重，尤其相较于之前《草堂诗余》对苏、辛豪放词的排斥，《古今词统》则极力推重"稼轩风"，入选辛词数量居冠，体现了对词之文体特性的重新体认。当然，这无疑也是与明末风雨飘摇、江山不稳的时代背景相关联的，因此，可以说，"《古今词统》的刊刻是明末词风迁移的契机，也是当时词风开始发生明显

①　王世贞：《艺苑卮言》，唐圭璋编《词话丛编》，第385页。

转变的重要标志"①。

　　随后，在明清之际的词坛上，即出现了"文学史上最早的真正意义上的词派"②——云间词派。他们在创作上以唐五代花间之风为尚，但对花间风的理解却并不局限于绮罗香泽的外在风貌，而是强调词作内在的蕴意深微、寄托幽婉。正所谓"托贞心于妍貌，隐挚念于侻言"③，在明清之际特殊的时代背景下，云间派词人以"缘情托兴"④的方式，联通起风骚之旨与闺帏之言，借词体委曲宛转、含蓄蕴藉的特点，将身世之感、家国之忧隐然寄寓其中。而这样的词学观念同时也影响到他们的散曲创作，故也形成了同样提倡"香草美人""意内言外"之旨的云间曲派⑤，将《吴骚合编》对"骚雅"曲观的理解真正付诸创作实践。

　　显而易见，从"词曲一体"同步发展的观念来看，标志着明末词风转变的《古今词统》的刊刻和云间词派在创作层面对"骚雅"观的落实，均与《吴骚合编》的刊出时间大致吻合。故而，将《吴骚合编》刊出的崇祯十年（1637）视为"晚明散曲"与"明末散曲"的分界点，也是与明清之际词之创作、理论的变化相符合的。

　　实际上，从散曲自身发展的连续性来看，在《吴骚合编》刊出的崇祯年间，北派曲家几乎已完全退出曲坛，但《吴骚合编》对"骚

① 郑海涛：《明代词风嬗变研究》，中国社会科学出版社 2013 年版，第 244 页。
② 姚蓉：《明清词派史论》，广西师范大学出版社 2007 年版，第 12 页。
③ 陈子龙：《三子诗余序》，施蛰存编《词籍序跋萃编》，中国社会科学出版社 1994 年版，第 508 页。
④ 吴梅：《词学通论》，中国书籍出版社 2006 年版，第 82 页。
⑤ 参见艾立中《云间曲派论略》，《苏州大学学报》（哲学社会科学版）2012 年第 6 期，第 173—175 页。

雅"曲观内涵的解读却将晚明曲坛北派的"言志"与南派的"言情"以"意内言外"的方式结合起来，从而使得北派精神得以延续，且以一种更适合明末清初这一特殊时代的表达方式而存在。因此，《吴骚合编》对"骚雅"曲观内涵的解读是具有承前启后的时代意义的，确实可将之视为"晚明散曲"与"明末散曲"的分界点 ①。

---

① 需要特别说明的是，既然"晚明散曲"与"明末散曲"的分界点为《吴骚合编》刊出的崇祯十年（1637），那么本书的研究对象实际上还应当包括天启六年（1626）至崇祯十年（1637）这十二年内有生平、创作可考的散曲家及其全部散曲作品。但实际上对于各位散曲家创作时期的判定是要综合考虑各方面因素的（参见附录一），因此这十二年内部分有生平、创作可考的散曲家已归入晚明后期，还有部分散曲家的主要创作时期则要归入明末清初。且从嘉靖三十五年（1556）至天启五年（1625），这七十年虽不能等同于完整的散曲史中的"晚明"，但从时间长度来看，无疑也是"晚明"的主体阶段。故即便从天启六年（1626）至崇祯十年（1637）这十二年内有个别散曲家未能纳入本书研究范围，也不影响整体结论。

一、基本文献

（宋）陈师道《后山诗话》，北京：北京图书馆出版社，2003 年《历代诗话统编》本。

（宋）王灼《碧鸡漫志》，北京：中华书局，1986 年《词话丛编》本。

（宋）武陵逸史编《类编草堂诗余》，明嘉靖二十九年（1550）顾从敬刻本。

（宋）严羽《沧浪诗话》，杭州：浙江古籍出版社，2015 年。

（宋）张炎《词源》，北京：人民文学出版社，1998 年。

（元）周德清《中原音韵》，台北：艺文印书馆，2008 年。

（明）陈铎《陈大声乐府全集》，明万历三十九年（1611）环翠堂刊本。

（明）陈继儒编《乐府先春》，明万历间徽郡谢少连校刊本。

（明）陈所闻《濠上斋乐府》，长沙：商务印书馆，1941 年。

（明）陈所闻编《南北宫词纪》，北京：中华书局，1959 年。

（明）陈所闻编《北宫词纪外集》，北京：中华书局，1961 年《南北宫词纪校补》本。

（明）陈与郊《隅园集》，民国二十五年（1936）饮虹簃刻本。

（明）程可中《程仲权先生集》，明拜环堂集丛刻本。

（明）崔时佩《南西厢记》，明万历间刻本。

（明）丁綵《小令》，绥中吴氏绿云山馆抄本。

（明）丁惟恕《续小令集》，明崇祯十三年（1640）自刻本。

（明）窦彦斌编《词林白雪》，明万历三十四年（1606）刻本。

（明）杜子华《新刻三径闲题》，明万历六年（1578）刻本。

（明）范垣《南北词曲随笔》，明抄本。

（明）方来馆主人编《万锦清音》，清顺治十八年（1661）方来馆刻本。

（明）冯梦龙《宛转歌》，长沙：商务印书馆，1941年。

（明）冯梦龙编《山歌》，南京：江苏古籍出版社，2000年。

（明）冯梦龙编《太霞新奏》，上海：上海古籍出版社，1993年。

（明）冯梦龙编著《夹竹桃》，上海：上海古籍出版社，1987年《明清民歌时调集》本。

（明）冯敏劢《小有亭集》，明刻本。

（明）冯惟敏《海浮山堂词稿》，上海：上海古籍出版社，1981年。

（明）顾起元《客座赘语》，南京：南京出版社，2009年。

（明）顾正谊《笔花楼新声》，民国二十五年（1936）饮虹簃刻本。

（明）何良俊《四友斋丛说》，北京：中华书局，1959年。

（明）胡文焕编《群音类选》，北京：中华书局，1980年。

（明）金銮《萧爽斋乐府》，民国四年（1915）董氏诵芬室刻本。

（明）李贽《焚书·续焚书》，北京：中华书局，2009年。

（明）李梦阳《李空同全集》，明万历间浙江思山堂本。

（明）李应策《苏愚山洞续集》，明刻本。

（明）李子汇编《词珍雅调》，金陵书肆绣刻本。

（明）梁辰鱼《江东白苎》，民国四年（1915）武进董氏诵芬室刻本。

（明）凌濛初编《南音三籁》，上海：上海古籍书店，1963年。

（明）刘效祖《词脔》，清康熙三十三年（1694）刻本。

（明）龙膺《龙太常全集》，清光绪十四年（1888）九芝堂重刊家刻本。

（明）吕天成《曲品》，北京：中华书局，2006年。

（明）祁彪佳《远山堂曲品剧品》，上海：上海古典文学出版社，1957年。

（明）骑蝶轩主人编《情籁》，明万历间刊本。

（明）秦时雍《秦词正讹》，明嘉靖四十年（1561）刻本。

（明）沈宠绥《度曲须知》，北京：中国戏剧出版社，1959年《中国古典戏曲论著集成》本。

（明）沈宠绥《弦索辨讹》，北京：中国戏剧出版社，1959 年《中国古典戏曲论著集成》本。

（明）沈德符《顾曲杂言》，北京：中华书局，1985 年。

（明）沈德符《万历野获编》，上海：上海古籍出版社，2012 年。

（明）沈璟编《南词韵选》，明虎林刊本。

（明）沈静专《适适草》，抄本。

（明）施绍莘《秋水庵花影集》，明末刻本。

（明）孙峡峰《峡峰先生小令》，明末抄本。

（明）汤显祖《汤显祖全集》，北京：北京古籍出版社，1999 年。

（明）屠本畯《屠田叔小品七种》，明万历间刻本。

（明）屠本畯编《山林经济籍》，明万历四十一年（1613）惇德堂刻本。

（明）汪廷讷《坐隐先生全集》，明万历三十七年（1609）环翠堂刻本。

（明）王衡《缑山先生集》，明万历间刻本。

（明）王屋《草贤堂词笺》，明崇祯间刊本。

（明）王寅《十岳山人诗集》，明万历间刻本。

（明）王化隆《谚谟·曲典》，明万历间刻本。

（明）王骥德《方诸馆乐府》，长沙：商务印书馆，1941 年。

（明）王骥德《曲律》，上海：上海古籍出版社，2012 年。

（明）王克笃《适暮稿》，清嘉庆二十一年（1816）抄本。

（明）王世贞《曲藻》，北京：中国戏剧出版社，1959 年《中国古典戏曲论著集成》本。

（明）王世贞《艺苑卮言》，北京：中华书局，1986 年《词话丛编》本。

（明）王嗣奭《密娱斋诗集》，上海图书馆传抄本。

（明）王穉登编《吴骚集》，民国二十五年（1936）贝叶山房排印本。

（明）魏之皋编《昔昔盐》，明万历三十四年（1606）刻本。

（明）吴承恩《射阳先生曲存》，民国二十五年（1936）饮虹簃刻本。

（明）吴廷翰《吴廷翰集》，北京：中华书局，1984 年。

（明）徐渭《南词叙录》，北京：中国戏剧出版社，1989 年。

（明）徐媛《络纬吟》，明万历四十一年（1613）刻本。

（明）徐复祚《花当阁丛谈》，民国九年（1920）博古斋刻本。

（明）徐师曾《文体明辨序说》，北京：人民出版社，1962年。

（明）许宇编《词林逸响》，明天启三年（1623）刻本。

（明）薛岗《金山雅调南北小令》，明万历四十四年（1616）抄本。

（明）薛论道《林石逸兴》，明万历间刻本。

（明）叶华《太平清调迦陵音》，民国二十五年（1936）饮虹簃刻本。

（明）叶子奇《草木子》，北京：中华书局，1959年。

（明）殷士儋《明农轩乐府》，明万历六年（1578）刻本。

（明）俞彦《爰园词话》，北京：中华书局，1986年《词话丛编》本。

（明）俞琬纶《自娱集》，清康熙三十八年（1699）刻本。

（明）袁宏道《袁宏道集》，上海：上海古籍出版社，1981年。

（明）张錬《双溪乐府》，民国二十五年（1936）饮虹簃刻本。

（明）张琦、王煇编《吴骚二集》，明万历间长洲周氏刊本。

（明）张琦、张旭初编《吴骚合编》，上海：商务印书馆，1934年。

（明）张綖《诗余图谱》，明嘉靖十五年（1536）初刻本。

（明）张大复《梅花草堂笔谈》，上海：上海古籍出版社，1986年。

（明）张守中《中宪裕斋张公集》，清张廷枢辑《高邮张氏遗稿》十六卷稿本。

（明）张栩编《彩笔情辞》，明天启四年（1624）刻本。

（明）赵南星《芳茹园乐府》，民国二十五年（1936）饮虹簃刻本。

（明）周晖《金陵琐事·续金陵琐事·二续金陵琐事》，南京：南京出版社，
  2007年。

（明）周履靖《鹤月瑶笙》，民国二十五年（1936）饮虹簃刻本。

（明）周之标编《吴歈萃雅》，明万历四十四年（1616）长洲周氏刻本。

（明）朱孟震《玉笥诗谈》，北京：中华书局，1985年。

（明）朱元亮、张梦征编《青楼韵语》，明万历四十四年（1616）武林刻本。

（明）朱载堉《醒世词》，郑州：中州古籍出版社，1992年。

（明）卓人月编《古今词统》，沈阳：辽宁教育出版社，2000年。

（清）陈栋《北泾草堂集》，清道光间剑南室刻本。

（清）李渔《闲情偶寄》，上海：上海古籍出版社，2000年。

（清）凌廷堪《校礼堂文集》，北京：中华书局，1998年。

（清）刘熙载《艺概》，北京：中华书局，2009年。

（清）毛晋编《宋六十名家词》，上海：商务印书馆，1933年。

（清）钱谦益《列朝诗集小传》，上海：上海古籍出版社，2008年。

（清）沈自晋编《南词新谱》，清顺治十二年（1655）刻本。

（清）宋翔凤《乐府余论》，北京：中华书局，1986年《词话丛编》本。

（清）谭献《复堂词话》，北京：中华书局，1986年《词话丛编》本。

（清）王端淑编《名媛诗纬雅集》，民国二十五年（1936）饮虹簃刻本。

（清）徐大椿《乐府传声》，北京：中国戏剧出版社，1982年。

（清）徐树丕《识小录》，民国五年（1916）涵芬楼刻本。

（清）尤侗《西堂全集》，清康熙二十四年（1685）云溪阁刻本。

（清）张廷玉编《明史》，北京：中华书局，1974年。

（清）朱彝尊《静志居诗话》，北京：人民文学出版社，1990年。

蔡毅编《中国古典戏曲序跋汇编》，济南：齐鲁书社，1989年。

曹立会《冯惟敏年谱》，青岛：青岛出版社，2006年。

黄本骥编《历代职官表》，上海：上海古籍出版社，1980年。

金宁芬《明代中叶北曲家年谱》，北京：中国大百科全书出版社，2012年。

齐森华等编《中国曲学大辞典》，杭州：浙江教育出版社，1997年。

施蛰存编《词籍序跋萃编》，北京：中国社会科学出版社，1994年。

隋树森编《全元散曲》，北京：中华书局，1989年。

田守真编著《明散曲纪事》，成都：巴蜀书社，1996年。

汪超宏《明清曲家考》，北京：中国社会科学出版社，2006年。

汪超宏《明清浙籍曲家考》，杭州：浙江大学出版社，2009年。

汪超宏《明清散曲辑补》，杭州：浙江大学出版社，2018年。

吴毓华编《中国古代戏曲序跋集》，北京：中国戏剧出版社，1990年。

谢伯阳编《全明散曲》，济南：齐鲁书社，1994年。

谢伯阳编《全明散曲》(增补版)，济南：齐鲁书社，2016年。

徐朔方《晚明曲家年谱》，杭州：浙江古籍出版社，1993年。

叶晔《晚明曲家及文献辑考》，杭州：浙江大学出版社，2017年。

张璋等编《历代词话》，郑州：大象出版社，2002 年。

张璋总编《全明词》，北京：中华书局，2004 年。

张美翊编《甬上屠氏宗谱》，民国八年（1919）既勤堂刻本。

张如安、张萍《明清宁波文学家评传》，北京：海洋出版社，2011 年。

赵景深、张增元编《方志著录元明清曲家传略》，北京：中华书局，1987 年。

庄一拂编著《明清散曲作家汇考》，杭州：浙江古籍出版社，1992 年。

周明初、叶晔编《全明词补编》，杭州：浙江大学出版社，2007 年。

二、研究论著

罗锦堂《中国散曲史》，台北：中国文化大学出版社，1983 年。

叶长海《王骥德〈曲律〉研究》，北京：中国戏剧出版社，1983 年。

俞平伯《论诗词曲杂著》，上海：上海古籍出版社，1983 年。

蔡孟珍《近代曲学二家研究——吴梅、王季烈》，台北：台湾学生书局，1992 年。

李惠绵《王骥德曲论研究》，台北：台湾大学出版委员会，1992 年。

羊春秋《散曲通论》，长沙：岳麓书社，1992 年。

林鹤宜《晚明戏曲剧种及声腔研究》，台北：学海出版社，1994 年。

梁扬、杨东甫《中国散曲史》，南宁：广西人民出版社，1995 年。

洛地《词乐曲唱》，北京：人民音乐出版社，1995 年。

梁乙真《元明散曲小史》，北京：商务印书馆，1998 年。

杨栋《中国散曲学史研究》，北京：高等教育出版社，1998 年。

杨栋《中国散曲学史研究（续篇）》，济南：山东大学出版社，1998 年。

陆侃如、冯沅君《中国诗史》，天津：百花文艺出版社，1999 年。

王星琦《元明散曲史论》，南京：南京师范大学出版社，1999 年。

周维培《曲谱研究》，南京：江苏古籍出版社，1999 年。

吴梅《顾曲麈谈·中国戏曲概论》，上海：上海古籍出版社，2000 年。

王国维《王国维文学论著三种》，北京：商务印书馆，2001 年。

赵义山编《新世纪曲学研究文存两种》，上海：上海古籍出版社，2003 年。

赵义山《元散曲通论》，上海：上海古籍出版社，2004 年。

赵义山《明清散曲史》，北京：人民出版社，2005 年。

方智范、邓乔彬、周圣伟、高建中《中国古典词学理论史》，上海：华东师范大学出版社，2005 年。

吴梅《词学通论》，北京：中国书籍出版社，2006 年。

朱崇才《词话史》，北京：中华书局，2006 年。

金宁芬《明清戏曲史》，北京：社会科学文献出版社，2007 年。

黎国韬、周佩文《梁辰鱼研究》，广州：中山大学出版社，2007 年。

李昌集《中国古代散曲史》，上海：华东师范大学出版社，2007 年。

梁扬、杨东甫《中国散曲综论》，北京：中国社会科学出版社，2007 年。

孙书磊《明末清初戏剧研究》，北京：社会科学文献出版社，2007 年。

姚蓉《明清词派史论》，桂林：广西师范大学出版社，2007 年。

韦金满《冯惟敏散曲研究》，板桥：天工书局，2008 年。

向国柱《胡文焕〈胡氏粹编〉研究》，北京：中华书局，2008 年。

张世斌《明末清初词风研究》，天津：天津古籍出版社，2008 年。

钱南扬《汉上宧文存》，北京：中华书局，2009 年。

余意《明代词学之建构》，上海：上海古籍出版社，2009 年。

郑振铎《插图本中国文学史》，北京：中国文联出版社，2009 年。

兰拉成《清代散曲研究》，北京：中国社会科学出版社，2011 年。

林照兰《〈全明散曲〉中的南曲体制研究》，新北：花木兰文化出版社，2011 年。

陆华《明代散曲用韵研究》，上海：上海教育出版社，2011 年。

王易《词曲史》，长沙：岳麓书社，2011 年。

陈宁《明清曲韵书研究》，武汉：华中师范大学出版社，2013 年。

卢前《卢前曲学论著》，上海：上海书店出版社，2013 年。

任讷《散曲概论》，南京：凤凰出版社，2013 年。

张仲谋《明代词学通论》，北京：中华书局，2013 年。

赵义山等《明代小说寄生词曲研究》，北京：商务印书馆，2013 年。

郑海涛《明代词风嬗变研究》，北京：中国社会科学出版社，2013 年。

刘英波《明代"吴中"、"关中"散曲史论》，济南：山东人民出版社，2014 年。

孟森《明史讲义》，上海：上海人民出版社，2014 年。

岳淑珍《明代词学批评史》，北京：社会科学文献出版社，2014 年。

余意《明代词史》，北京：北京大学出版社，2015 年。

张仲谋《明词史》，北京：人民文学出版社，2015 年。

郑骞《从诗到曲》，北京：商务印书馆，2015 年。

三、学位论文

［韩国］梁会锡《明代散曲研究》，首尔大学博士论文，1989 年。

徐定宝《凌濛初研究》，南京师范大学博士论文，1998 年。

刘勇刚《云间派研究》，南京师范大学博士论文，2002 年。

郦波《王世贞文学研究》，南京师范大学博士论文，2003 年。

谭坤《晚明越中曲家群体研究》，华东师范大学博士论文，2003 年。

朱崇志《中国古代戏曲选本研究》，华东师范大学博士论文，2003 年。

戴健《明下叶吴越城市娱乐文化与市民文学》，扬州大学博士论文，2004 年。

郝丽霞《吴江沈氏文学世家研究》，华东师范大学博士论文，2004 年。

周玉波《明代民歌研究》，南京师范大学博士论文，2004 年。

艾立中《明末清初散曲研究》，南京大学博士论文，2006 年。

刘召明《晚明苏州剧坛研究》，华东师范大学博士论文，2006 年。

郑小雅《不惟近情动俗，还求融通兼美——晚明曲学范畴演进论》，福建师范
    大学博士论文，2006 年。

王丽慧《从唐宋词到当代流行歌曲》，复旦大学博士论文，2007 年。

吴志武《〈新定九宫大成南北词宫谱〉研究》，上海音乐学院博士论文，
    2007 年。

夏太娣《晚明南京剧坛研究》，华东师范大学博士论文，2007 年。

张若兰《明代中后期词坛研究》，中国社会科学院研究生院博士论文，
    2007 年。

刘凤玲《元代散曲观念研究》，首都师范大学博士论文，2008 年。

许秋群《中晚明词的传承与新变》，广西师范大学博士论文，2010 年。

石艺《沈璟曲学研究》，南京大学博士论文，2011 年。

刘英波《明代中后期南、北方散曲比较研究》，山东师范大学博士论文，2013 年。

冯艳《明清散曲与歌谣时调互动研究》，南京师范大学博士论文，2014 年。

张天琪《高濂研究》，黑龙江大学博士论文，2022 年。

王燕飞《越中派初探》，山东师范大学硕士论文，2002 年。

关春燕《明代吴江女性文学研究》，南京师范大学硕士论文，2004 年。

金鑫《论梁辰鱼的昆曲创作》，江西师范大学硕士论文，2004 年。

刘春燕《论冯惟敏杂剧与散曲的思想成就》，新疆师范大学硕士论文，2004 年。

王丽芳《明代女曲家研究》，华南师范大学硕士论文，2005 年。

白强《分明世事等蜉蝣——冯惟敏散曲简论》，山东大学硕士论文，2006 年。

冯艳《施绍莘研究》，南京师范大学硕士论文，2006 年。

梁娟娟《明清临朐冯氏家族研究》，山东师范大学硕士论文，2006 年。

李菁《晚明文人陈继儒研究》，上海师范大学硕士论文，2006 年。

刘颖《沈自晋研究》，西北师范大学硕士论文，2006 年。

王金安《冯惟敏曲作新论》，山东师范大学硕士论文，2006 年。

张燕肖《明代南散套体制研究》，河北师范大学硕士论文，2006 年。

程莉萍《明代京畿作家研究》，上海师范大学硕士论文，2007 年。

郭慧霞《张四维年谱》，兰州大学硕士论文，2007 年。

孙艳芳《明代河北散曲家薛论道散曲用韵考》，陕西师范大学硕士论文，2007 年。

薛琳《张凤翼曲作研究》，河北师范大学硕士论文，2007 年。

张敏《王端淑研究》，南京师范大学硕士论文，2007 年。

武艺《晚明曲家沈自晋研究》，苏州大学硕士论文，2008 年。

郭玲《王端淑研究》，中南大学硕士论文，2009 年。

张桂芳《陈与郊及其曲作研究》，河北师范大学硕士论文，2009 年。

赵玮《薛论道散曲研究》，南京师范大学硕士论文，2009 年。

周军《金銮及其著述研究》，西北师范大学硕士论文，2009 年。

滑丽坤《朱载堉〈醒世词〉研究》，河北师范大学硕士论文，2010 年。

阮志芳《吴江派散曲研究》，华中师范大学硕士论文，2010 年。

徐玛丽《王骥德散曲研究》，河北师范大学硕士论文，2010 年。

胡玺《冯梦祯研究》，浙江大学硕士论文，2011 年。

李冠然《沈璟〈南曲全谱〉研究》，河北师范大学硕士论文，2011 年。

宋素乾《香奁艳曲坛——黄峨、徐媛、景翩翩、蒋琼琼散曲研究》，兰州大学
    硕士论文，2011 年。

徐建红《胡文焕〈群音类选〉研究》，江西师范大学硕士论文，2011 年。

崔淑静《明代张錬世系、年谱及交游考释》，西北大学硕士论文，2012 年。

王宇明《从〈挂枝儿〉、〈山歌〉看明代民歌与散曲的关系》，南京师范大学硕
    士论文，2012 年。

刘斌《龙膺研究》，湘潭大学硕士论文，2013 年。

刘树霞《中国古代集句散曲研究》，辽宁大学硕士论文，2013 年。

史冰如《"元曲四大家"作品在明代曲选（谱）的收录情况及其曲学意义》，
    华东师范大学硕士论文，2013 年。

唐玉雄《明嘉靖至崇祯朝词学观念之演进及指向研究》，东华理工大学硕士论
    文，2013 年。

仓纪红《明代咏物散曲研究》，苏州大学硕士论文，2016 年。

闵雪阳《陈所闻散曲创作研究》，四川师范大学硕士论文，2016 年。

方媛《沈仕生平、交游及文学考论》，华东师范大学硕士论文，2017 年。

王阳《晚明选本型格律谱研究》，南京师范大学硕士论文，2018 年。

张羽佳《汪廷讷词曲研究》，黑龙江大学硕士论文，2020 年。

杜继芬《基于计量的〈全明散曲〉词汇研究》，广西民族大学硕士论文，
    2021 年。

何婷婷《梁辰鱼香奁散曲研究》，四川师范大学硕士论文，2021 年。

周倩玉《王骥德曲学思想专题研究》，华东师范大学硕士论文，2021 年。

四、期刊论文

谢伯阳《台湾点校本〈南词韵选〉佚文补录》，《社会科学战线》，1989 年第 4 期。

田守真《试论明代散曲的流变》，《四川师范大学学报》（社会科学版），1992 年第 5 期。

［韩国］梁会锡《明代社会与散曲》，《中国学报》，1992 年第 32 期。

杨东甫《被偏见掩没的珍珠——明散曲简论》，《广西师院学报》，1994 年第 1 期。

黄天骥、李恒义《元明词平议》，《文学遗产》，1994 年第 4 期。

金宁芬《顾大典生平事迹补正》，《河北师院学报》（社会科学版），1995 年第 2 期。

艺瀚《明代散曲家冯惟敏》，《春秋》，1995 年第 2 期。

张晶《论散曲的当行本色》，《吉林大学社会科学学报》，1996 年第 1 期。

张增元《近年新发现的明清曲家史料汇录》，《中华戏曲》，1997 年第 1 期。

欧明俊《晚明散曲漫议》，《中国韵文学刊》，1998 年第 1 期。

潘莉《明代"本色"、"当行"曲论兴盛原因初探》，《宁波大学学报》（人文科学版），1999 年第 1 期。

门岿《21 世纪散曲研究预说》，《淮阴师范学院学报》，1999 年第 6 期。

黎国韬《梁辰鱼散曲论》，《中国韵文学刊》，2000 年第 2 期。

薛宗正《冯梦龙的生平、著述考索》，《乌鲁木齐职业大学学报》，2000 年第 4 期。

王宁《王骥德〈曲律〉之散曲理论探略》，《文艺研究》，2000 年第 5 期。

郑树平《论冯惟敏散曲的艺术价值》，《泰安师专学报》，2001 年第 4 期。

郭立刚《曲的词化与词的曲化——论宋代文人俗词》，《廊坊师范学院学报》，2002 年第 1 期。

刘英波《刘效祖及其散曲浅论》，《聊城大学学报》（哲学社会科学版），2002 年第 2 期。

徐元勇《冯梦龙及其明代俗曲》，《交响——西安音乐学院学报》，2002 年第 2 期。

张秉国《冯惟敏创作述评》，《聊城大学学报》（哲学社会科学版），2002 年第

2 期。

刘英波、刘虎《试论刘效祖散曲的思想性和艺术性》,《泰安师专学报》,
　　2002 年第 4 期。

刘英波、张凤英《刘效祖及其散曲的"俗"》,《滨州师专学报》,2003 年第
　　1 期。

徐朔方、孙秋克《明代清曲的创作与发展》,《昆明师范高等专科学校学报》,
　　2003 年第 3 期。

张登勤《论冯惟敏散曲的贡献》,《江苏广播电视大学学报》,2003 年第 4 期。

李简《冯惟敏〈山堂缉稿〉说略》,《北京大学学报》(哲学社会科学版),
　　2003 年第 4 期。

李真瑜《文学世家的联姻与文学的发展——以明清时期吴江叶、沈两家为例》,
　　《中州学刊》,2004 年第 2 期。

门岿《用备省察　足以垂鉴——论明代杰出散曲家薛论道的叹世曲》,《中国
　　韵文学刊》,2004 年第 2 期。

王莉芳、赵义山《晚明女曲家徐媛初论》,《苏州大学学报》(哲学社会科学
　　版),2004 年第 4 期。

范长华《由明入清散曲麦秀黍离主题的书写形态初探》,《东南大学学报》(哲
　　学社会科学版),2004 年第 5 期。

张达《元明散曲在山东》,《理论学刊》,2004 年第 11 期。

刘水云《全明散曲曲家考补》,《文献》,2005 年第 1 期。

周金霞《王骥德"曲"观及其〈曲律〉理论体系》,《金陵科技学院学报》(社
　　会科学版),2005 年第 1 期。

王莉芳、赵义山《晚明闺阁曲家群体形成原因初探》,《佛山科学技术学院学
　　报》(社会科学版),2005 年第 2 期。

刘晓静《明代的"小唱"——从〈金瓶梅词话〉中唱曲牌的曲艺谈起》,《中
　　国音乐学》,2005 年第 3 期。

刘英波《全明散曲曲家考补》,《中国韵文学刊》,2005 年第 3 期。

杨育东《浅谈朱载堉散曲创作的历史背景及思想特色》,《焦作师范高等专科
　　学校学报》,2005 年第 3 期。

吴秀华《关于明代戏剧家沈自征经历的一段史实考辨》,《东南大学学报》(哲学社会科学版),2005 年第 4 期。

陈良运《"真诗在民间"——民歌理论发生初探》,《萍乡高等专科学校学报》,2006 年第 1 期。

赵义山《明散曲发展历程之重新认识》,《中国社会科学》,2006 年第 1 期。

林深《论昆曲吴江派》,《苏州科技学院学报》(社会科学版),2006 年第 2 期。

刘英波《明代山东散曲家及其创作内容简论》,《泰安教育学院学报岱宗学刊》,2006 年第 2 期。

石艳梅《从〈群音类选〉看明代剧坛的"诸腔"纷呈现象》,《徐州教育学院学报》,2006 年第 2 期。

赵义山《近几年散曲研究的新进展与相关问题思考》,《文学遗产》,2006 年第 3 期。

刘英波《雄爽泼辣 清新顽雅——赵南星散曲创作浅论》,《山东省农业管理干部学院学报》,2006 年第 4 期。

冯艳《论施绍莘的散曲创作观》,《艺术百家》,2006 年第 5 期。

朱丽霞《明清之际松江宋氏家族的散曲创作及文学史意义》,《上海大学学报》(社会科学版),2006 年第 5 期。

胡元翎《对"曲化"与"明词衰弊"因果链的重新思考》,《中国韵文学刊》,2007 年第 1 期。

李铁晓《元明歌妓散曲作品浅探》,《四川职业技术学院学报》,2007 年第 1 期。

张进德《简论〈金瓶梅词话〉中的散曲》,《明清小说研究》,2007 年第 1 期。

田中华、张丽芳《浅谈〈郑王词曲〉》,《焦作师范高等专科学校学报》,2007 年第 2 期。

冯艳《〈秋水庵花影集〉的成书及版本考论》,《许昌学院学报》,2007 年第 3 期。

郭英德《稀见明代戏曲选本三种叙录》,《清华大学学报》(哲学社会科学版),2007 年第 3 期。

孙慧慧《论赵南星的散曲创作》,《焦作师范高等专科学校学报》,2007 年第 3 期。

鲍晓东、陈志勇《"白苎体"与梁辰鱼的散曲创作》,《湖北民族学院学报》

（哲学社会科学版），2007 年第 5 期。

杨东甫《散曲家丁綵、王庆澜生卒年及作品断句辨误》，《阅读与写作》，
　　2007 年第 11 期。

艾立中《论〈太霞新奏〉与吴江派散曲家之关系》，《苏州科技学院学报》（社
　　会科学版），2008 年第 1 期。

华玮《马湘兰与明代后期的曲坛》，《中华戏曲》，2008 年第 1 期。

赵玮《试论薛论道散曲的喜剧意味》，《新余高专学报》，2008 年第 1 期。

陈秋月《试论薛论道散曲中的意象》，《聊城大学学报》（社会科学版），2008
　　年第 2 期。

郭梅《中国古代女性曲家创作风格初探》，《文化艺术研究》，2008 年第 3 期。

叶晔《李应策〈苏愚山洞续集〉的戏曲文献价值》，《文献》，2008 年第 3 期。

艾立中《论〈吴骚合编〉与万历至崇祯时期散曲观转变之关系》，《浙江艺术
　　职业学院学报》，2008 年第 4 期。

向志柱《论晚明出版家胡文焕的韵文创作》，《中国韵文学刊》，2008 年第 4 期。

赵义山《试论散曲文献整理与散曲文学研究》，《四川大学学报》（哲学社会科
　　学版），2008 年第 5 期。

陆华、李业才《论〈全明散曲〉所收散曲的体式及其特征》，《沈阳工程学院
　　学报》（社会科学版），2009 年第 1 期。

朱惠国《"苏李之争"：词功能嬗变的迷局与词学家的困惑——兼论宋代词论
　　的两种基本观点及其演化方向》，《文艺理论研究》，2009 年第 1 期。

胡元翎《"词之曲化"辨》，《文学遗产》，2009 年第 2 期。

郑海涛《明词人王屋生卒年考》，《中华文史论丛》，2009 年第 4 期。

周军《金銮生卒年新考》，《现代语文》（文学研究版），2009 年第 4 期。

夏增加《明代散曲雅化初探》，《盐城师范学院学报》（人文社会科学版），
　　2009 年第 5 期。

邢永革《冯惟敏散曲的语料价值》，《聊城大学学报》（社会科学版），2009 年
　　第 5 期。

赵义山《明代前后期之南北曲盛衰观》，《文学评论》，2009 年第 5 期。

郑海涛、霍有明《论明词曲化的表现和成因——兼谈对明词曲化的评价》，

《长江学术》，2010 年第 1 期。

高莹《明散曲研究的新创获——读〈冯惟敏全集〉》，《石家庄学院学报》，
　　2010 年第 2 期。

裴喆《论明清之际的词曲之辨》，《郑州大学学报》（哲学社会科学版），2010
　　年第 2 期。

叶晔《冯敏劝〈小有亭集〉及其生平考略——兼补〈全明散曲〉48 小令 4 套
　　数》，《古籍整理研究学刊》，2010 年第 2 期。

裴喆《韦十一娘传的作者胡汝嘉考略》，《明清小说研究》，2010 年第 3 期。

冯艳《从明刻本〈秋水庵花影集〉的特点看施绍莘的心态》，《许昌学院学报》，
　　2010 年第 4 期。

周玉波《明代民歌研究五题》，《淮阴师范学院学报》（哲学社会科学版），
　　2010 年第 6 期。

叶晔《论李应策散曲及其散曲史意义》，《文学遗产》，2011 年第 1 期。

张进德、张韶闻《明代皇族散曲家简论》，《沈阳师范大学学报》（社会科学
　　版），2011 年第 1 期。

张清华《明代女作家沈静专家世生平及著述考论》，《青岛大学师范学院学报》，
　　2011 年第 1 期。

陈玉平《明女散曲家黄娥与徐媛散曲风格之异同及成因》，《新余学院学报》，
　　2011 年第 2 期。

徐丽丽《丁綵散曲浅论》，《聊城大学学报》（社会科学版），2011 年第 2 期。

赵义山《湖南历代散曲创作初论》，《中国文学研究》，2011 年第 2 期。

叶晔《全明散曲新辑》（上），《文学遗产》网络版，2011 年第 4 期。

叶晔《全明散曲新辑》（下），《文学遗产》网络版，2011 年第 6 期。

郑海涛、赵义山《寄生词曲与明代话本小说的文体变迁》，《云南社会科学》，
　　2011 年第 6 期。

徐丽丽《丁惟恕散曲思想内容研究》，《群文天地》，2011 年第 8 期。

胡劲敏《令人惆怅的闺怨——浅析薛论道的闺情曲》，《旅游教育管理》，2011
　　年第 11 期。

胡劲敏《一帖有益的清凉剂——试论薛论道的说教曲》，《投资与合作》，2011

年第 11 期。

王秀萍《对朱载堉音乐地位的再认识》,《焦作大学学报》, 2012 年第 1 期。

张明华《论古代的集句散曲》,《中国韵文学刊》, 2012 年第 1 期。

赵义山《旧话重说:散曲的流变及体式特征》,《西华师范大学学报》(哲学社会科学版), 2012 年第 1 期。

蔡铁鹰《台北故宫藏〈射阳先生存稿〉述略》,《文献》, 2012 年第 2 期。

刘英波《冯惟敏散曲中的谶纬思想论略》,《山西大同大学学报》(社会科学版), 2012 年第 3 期。

宋瑞芳《明代曲化词探析》,《内蒙古师范大学学报》(哲学社会科学版), 2012 年第 3 期。

谢伯阳《重订朱载堉散曲并记》,《中国韵文学刊》, 2012 年第 3 期。

周潇《明清诸城丁氏文学成就述要》,《东方论坛》, 2012 年第 3 期。

蒋月侠、王绍卫《明代散曲家薛论道生平考辨》,《宿州学院学报》, 2012 年第 4 期。

刘英波《明代散曲家考补及曲作辑佚》,《古籍整理研究学刊》, 2012 年第 4 期。

刘英波《明代山东散曲艺术特点概说》,《焦作师范高等专科学校学报》, 2012 年第 4 期。

艾立中《云间曲派论略》,《苏州大学学报》(哲学社会科学版), 2012 年第 6 期。

侯荣川《明曲家陈所闻生平考补》,《文艺评论》, 2012 年第 6 期。

刘英波《明代散曲家薛论道生年辨析——兼与蒋月侠、王绍卫先生商榷》,《宿州学院学报》, 2012 年第 7 期。

戚昕《明代女性出版家周之标》,《新世纪图书馆》, 2012 年第 10 期。

刘蓓《史槃散曲浅析》,《西江月》, 2012 年第 12 期。

刘英波《明代隆庆、万历间散曲对正德、嘉靖间的承变》,《遵义师范学院学报》, 2013 年第 1 期。

刘英波《清爽　谑讽　俗朴——明人金銮散曲曲风论析》,《重庆文理学院学报》(社会科学版), 2013 年第 1 期。

刘英波《〈全明散曲〉曲家考辨三则》,《图书馆理论与实践》, 2013 年第 1 期。

刘建朝《景翩翩其人其诗探析》,《厦门广播电视大学学报》, 2013 年第 2 期。

刘英波《明代散曲家补正》,《鲁东大学学报》(哲学社会科学版),2013 年第 3 期。

石艺《二十世纪沈璟曲学研究综述》,《榆林学院学报》,2013 年第 3 期。

伍光辉《论晚明文人戏曲选本的编辑理念》,《求索》,2013 年第 3 期。

冯艳《论明代散曲家丁彩的拟民歌创作及其意义》,《山花》,2013 年第 6 期。

李山岭《秦时雍散曲考论》,《淮海工学院学报》(人文社会科学版),2013 年第 22 期。

王丽媛《浅谈周之标曲选〈吴歈萃雅〉的选编特色》,《大众文艺》,2014 年第 5 期。

冯艳《歌谣时调对冯梦龙散曲创作之影响析论》,《新余学院学报》,2015 年第 1 期。

黎国韬、杨瑾《梁辰鱼与中晚明曲家交往述略》,《文化遗产》,2015 年第 3 期。

汪超《论"以词为曲"与明代曲坛的风格嬗变》,《齐鲁学刊》,2015 年第 4 期。

王静《论"词曲同源"与"正变异流"的内涵及其悖论》,《中国文学研究》,2016 年第 1 期。

王阳《晚明散曲观的新变:〈吴骚合编〉的"心曲"观研究》,《天水师范学院学报》,2017 年第 4 期。

叶晔《关于明散曲整理之后续空间的思考——〈明清散曲辑补〉之我观》,《戏曲与俗文学研究》,2018 年第 1 期。

王阳《晚明南曲集曲形态探究——以晚明三种选本型格律谱为研究对象》,《浙江艺术职业学院学报》,2019 年第 3 期。

闵雪阳、杨丽霖《论晚明叹世散曲的思想意蕴》,《黄河之声》,2019 年第 12 期。

梁海文《施绍莘散曲中闲适人生的多彩呈现》,《宁波开放大学学报》,2023 年第 1 期。

附 录 一
晚明散曲家生平及创作情况表

　　本表以谢伯阳《全明散曲》(增补版)(2016 年齐鲁书社出版)为主要依据,同时参考了齐森华等《中国曲学大辞典》(1997 年浙江教育出版社出版),庄一拂《明清散曲作家汇考》(1992 年浙江古籍出版社出版),徐朔方《晚明曲家年谱》(1993 年浙江古籍出版社出版),金宁芬《明代中叶北曲家年谱》(2012 年中国大百科全书出版社出版),赵景深、张增元《方志著录元明清曲家传略》(1987 年中华书局出版),张增元《近年新发现的明清曲家史料汇录》(《中华戏曲》1997 年第 1 期),刘英波《明代中后期南北方散曲比较研究》(2013 年山东师范大学博士论文),汪超宏《明清散曲辑补》(2018 年浙江大学出版社出版),叶晔《晚明曲家及文献辑考》(2017 年浙江大学出版社出版)等资料以及其他一些古籍和研究文章,对诸位晚明散曲家的生平和存曲数量进行增补修订。

　　关于各位晚明散曲家创作时期的判定,我们主要综合考虑以下几个方面:

　　1. 散曲家在世的时间。一般来说,散曲家 20 岁以后才会创作散曲,对于某些生卒年不确定的散曲家,我们则依据其交游情况来大致推断其在世及主要创作时间。

2. 散曲家及第或致仕（罢官）时间。一般来说，大部分散曲家在考取科举前是不作曲的（也有极少数出仕前即作曲者，如冯惟敏），还有一些散曲家是致仕（罢官）后才作曲的。

3. 散曲家作品中的明确纪年及作品的具体内容。例如：写情类的散曲作品作于中青年时期的可能性较大，而叹世、闲适、归隐类的散曲作品作于老年时期的可能性较大。

4. 散曲家别集或相关选本的刊刻（成书）时间。根据作品集的刊刻（成书）时间可确定散曲家创作的时间下限。

5. 散曲家其他方面活动的时间。有些散曲家作曲数量极少，难以确定创作时期，则依据其戏曲创作、选本辑录、绘画书法等活动的时间来大致推断。

6. 个别散曲家存在跨时期创作的现象，对此则依据不同创作时期所占的时间比例以及散曲家最具价值的作品的创作时期来酌情归类。

表一 晚明前期散曲家生平及创作情况

序号	姓 名	生卒年	籍 贯	身份经历	存曲情况［首（套）］
1	刘龙田	嘉靖、隆庆年间在世	山东	不详	北令 3，南令 7
2	金銮	1494—1587[①]	陕西陇西（今甘肃）	布衣	北令 99，南令 38，北套 17，南套 5，南北合套 4

① 生卒年参见周军《金銮生卒年新考》，《现代语文》（文学研究版）2009 年第 4 期。

（续表）

序号	姓名	生卒年	籍贯	身份经历	存曲情况[首（套）]
3	吴承恩	约1500—1582以后	南直隶山阳（今江苏淮安）	嘉靖二十三年（1544）始补贡生，四十五年（1566）任长兴县丞，历荆府纪善，不久辞归	北令1，南令4，北套1，南套1
4	熊过	1506—1580	四川富顺	嘉靖八年（1529）进士，累官礼部郎中，坐事贬秩，复除名为民	无宫调令2①
5	张錬	1508—1598②	陕西武功	嘉靖七年（1528）举人，二十三年（1544）进士，授行人司行人，二十六年（1547）选为刑科给事中，二十七年（1548）出为湖南按察司佥事，二十九年（1550）落职归里	北令159，南令44，北套36，南套1，南北合套1
6	邢一凤	1509—1572后	南直隶江宁（今江苏南京）	嘉靖二十年（1541）进士，授编修，三十五年（1556）改官南太常寺少卿	南套3③

① 汪超宏《明清散曲辑补》（浙江大学出版社，2018年）据熊过《南沙文集》卷八补小令2首。
② 生卒年参见金宁芬：《明代中叶北曲家年谱》，中国大百科全书出版社2012年版，第134页。
③ 汪超宏《明清散曲辑补》（浙江大学出版社，2018年）据顾起元《客座赘语》卷六补套数1篇。

（续表）

序号	姓名	生卒年	籍贯	身份经历	存曲情况[首（套）]
7	冯惟敏	1511—1578①	山东临朐	嘉靖十六年（1537）举于乡，久困礼闱；四十一年（1562）进京谒选，授涞水知县，后迁保定府通判，隆庆五年（1571）末，改任鲁王府审理，辞免未赴任，次年春，弃官回乡	北令 315，南令 207，北套 45，南套 5
8	兰陵笑笑生	嘉靖年间在世	不详	不详	北令 59，南令 48，北套 3，南套 3，南北合套 1②
9	张守中	嘉靖、隆庆年间在世	南直隶高邮州（今江苏高邮）	张綎子。嘉靖四十一年（1562）进士，授工部主事，后升浙江按察司副使	南令 17
10	陈五岳	嘉靖、隆庆年间在世	不详	不详	南套 1
11	张自慎	隆庆年间在世	山东商河	诸生	无宫调令 1
12	沈孟桦	隆庆年间在世	浙江仁和（今杭州）	不详	不明牌调令 2③

① 生卒年参见曹立会：《冯惟敏年谱》，青岛出版社 2006 年版。
② 汪超宏《明清散曲辑补》（浙江大学出版社，2018 年）据兰陵笑笑生《金瓶梅词话》补小令 22 首。
③ 汪超宏《明清散曲辑补》（浙江大学出版社，2018 年）据沈孟桦《钱塘渔隐济颠师语录》补小令 2 首。

（续表）

序号	姓名	生卒年	籍贯	身份经历	存曲情况 [首（套）]
13	高志学	隆庆、万历年间在世	南直隶江宁（今江苏南京）	秀才	南令 14
14	郑琰	隆庆、万历年间在世	福建闽县（今福州）	布衣	南套 2
15	秦时雍	万历初（1573）前后在世	南直隶亳州（今安徽亳县）	官宪副	北令 6，南令 50，南套 23，南北合套 2
16	周天球	1514—1595	南直隶太仓（今江苏太仓）	诸生	南令 1
17	吴国宝	1515—?①	南直隶无为（今安徽无为）	嘉靖二十九年（1550）进士	北令 18，南令 38，南套 14，南北合套 4
18	宋登春	?—1585②	直隶新河（今河北新河）	布衣	北令 1
19	梁辰鱼	约 1519—约 1591	南直隶昆山（今江苏昆山）	以例贡为太学生	南令 54，南套 41
20	曹大章	1521—1575	南直隶金坛（今江苏金坛）	嘉靖三十二年（1553）进士第一，官翰林院编修，三十九年（1560）被罢黜	南令 2，南北合套 1
21	徐渭	1521—1593	浙江山阴（今绍兴）	诸生，客总督胡宗宪幕	北令 1，南令 5

---

① 生卒年参见齐森华等：《中国曲学大辞典》，浙江教育出版社 1997 年版，第 116 页。
② 生卒年参见程莉萍：《明代京畿作家研究》，上海师范大学硕士论文，2007 年。

（续表）

序号	姓 名	生卒年	籍 贯	身份经历	存曲情况[首（套）]
22	刘效祖	1522—1589	山东滨州（今惠民）	嘉靖二十九年（1550）进士，历任卫辉府推官、户部主事，官至按察司副使，四十二年（1563）罢官	北令66，南令30，无宫调令16，北套1
23	殷士儋	1522—1582	山东历城（今济南）	嘉靖二十六年（1547）进士，选庶吉士，授检讨，隆庆元年（1567）擢侍读学士，次年拜礼部尚书，三年（1569年）兼任文渊阁大学士，后晋升太子太保，改武英殿大学士，五年（1571）辞官归乡	北套13，南北合套1
24	冯 柯	1523—1601	浙江慈溪	隆庆元年（1567），诏举贤良，万历初，应襄藩之聘，辑《宗藩训典》，后朝廷授宗学教授，以疾归	北令4①
25	李 登	1524—1609②	南直隶上元（今江苏南京）	隆庆初以选贡充太学生，授新野令，改崇仁教谕，后去官归家，居林下三十年③	南令11

---

① 汪超宏《明清散曲辑补》（浙江大学出版社，2018年）据冯柯《贞白全书》庚帙《词》补小令4首。

② 生卒年参见侯荣川《明曲家陈所闻生平考补》，《文艺评论》2012年第6期。

③ 经历参见刘英波《全明散曲曲家考补》，《中国韵文学刊》2005年第3期。

（续表）

序号	姓　名	生卒年	籍　贯	身份经历	存曲情况 ［首（套）］
26	汪道昆	1525—1593	南直隶歙县 （今安徽歙县）	嘉靖二十六年 （1547）进士， 官至兵部侍郎， 四十五年（1566） 遭弹劾获罪，罢 官归里，隆庆四 年（1570）复职， 万历三年（1575） 又请告归	南套 1，南北 合套 1
27	王世贞	1526—1590	南直隶太仓 （今江苏太仓）	嘉靖二十六年 （1547）进士，后 官至刑部尚书， 移疾归	北令 5，南令 2
28	张四维	1526—1585①	南直隶江宁 （今江苏南京）	嘉靖三十二年 （1553）进士，历 官翰林学士、吏 部左侍郎，万历 十年（1582）官 至内阁首辅，次 年，以父丧离职	北套 1
29	王克笃	约 1526—1594 后	山东寿里 （今东平）	诸生	北令 108，南 令 27，北套 4，南套 1， 南北合套 3
30	薛论道	约 1526 左右— 1596 左右②	直隶定兴 （今河北易县）	从军三十年，屡 建奇功，后以神 枢参将加副将 归田	北令 400，南 令 599

① 生卒年参见郭慧霞：《张四维年谱》，兰州大学硕士论文，2007 年。
② 生卒年参见刘英波《明代散曲家薛论道生年辨析——兼与蒋月侠、王绍卫先生商榷》，《宿州学院学报》2012 年第 7 期。

（续表）

序号	姓　名	生卒年	籍　贯	身份经历	存曲情况 ［首（套）］
31	高濂	1527 或略前—1603 或略后①	浙江钱塘（今杭州）	曾官鸿胪寺	南令 16，南套 14，南北合套 2
32	张凤翼	1527—1613	南直隶长洲（今江苏苏州）	嘉靖四十三年（1564）举人，后屡试不第，晚年以卖书为生	南令 21，北套 1，南套 16②
33	李贽	1527—1602	福建晋江	嘉靖三十一年（1552）举人，不应会试，历共城知县、国子监博士，万历五年（1577）官姚安知府，八年（1580）辞官	南套 1
34	张佳胤	1527—1588	四川铜梁	嘉靖二十九年（1550）进士，万历间官至太子太保总督蓟辽尚书兼都御史，后三疏谢病归	南套 1
35	蔡国珍	1528—1611	江西奉新	嘉靖三十五年（1556）进士，授刑部主事，历福建提学副使，以母丧归，居家二十年不出，万历十一年（1583）起为故官，累迁至吏部尚书，二十五年（1597）乞休	南套 3

① 生卒年参见徐朔方：《晚明曲家年谱》（浙江卷），浙江古籍出版社 1993 年版，第 197 页。

② 汪超宏《明清散曲辑补》（浙江大学出版社，2018 年）据冯梦龙《山歌》卷九补小令 1 首。

（续表）

序号	姓 名	生卒年	籍 贯	身份经历	存曲情况[首（套）]
36	胡汝嘉	1529—1578①	南直隶江宁（今江苏南京）	嘉靖三十二年（1553）进士，授翰林院编修，历官至河南参议，万历六年（1578）以疾致仕	南套 2
37	王 寅	1531？—?②	南直隶歙县（今安徽歙县）	布衣，客胡尚书督府，终不为重用	北令 95，南令 11，北套 18，南套 1
38	殷 都	1531—1601	南直隶嘉定（今上海嘉定）	万历十一年（1583）进士，官兵部侍郎	南令 1
39	于慎思	1531—1588	山东东阿	诸生	北令 4，北套 2
40	沈一贯	1531—1615	浙江鄞县（今宁波）	隆庆二年（1568）进士，万历二十九年（1601）首辅，三十四年（1606）遭弹劾，请退	南北合套 1
41	吴复菴	隆庆、万历年间在世	南直隶武进（今江苏常州）	隆庆五年（1571）进士，授编修，累官至侍讲学士	南令 10
42	丁綵	约 1533—1603以后③	山东诸城	布衣	北令 20，南令 85，无宫调令 7，不明牌调令 5，南北合套 1

---

① 生卒年参见裴喆《韦十一娘传的作者胡汝嘉考略》，《明清小说研究》2010 年第 3 期。

② 生卒年参见齐森华等：《中国曲学大辞典》，浙江教育出版社 1997 年版，第 121 页。

③ 生卒年参见杨东甫《散曲家丁綵、王庆澜生卒年及作品断句辨误》，《阅读与写作》2007 年第 11 期。

序号	姓名	生卒年	籍贯	身份经历	存曲情况 [首（套）]
43	沈袾宏	1535—1615	浙江仁和（今杭州）	年十七为诸生，三十二岁辞家祝发	南令7
44	王穉登	1535—1612	南直隶武进（今江苏武进）	不详	南令1，南套4
45	申时行	1535—1614	南直隶长洲（今江苏苏州）	嘉靖四十一年（1562）状元，万历十六年（1588）内阁首辅，十九年（1591）归乡	南套1
46	薛岗	约1535—1595	山东益都	万历元年（1573）乡试第一，四上春官不第，遂弃举子业	北令44，南令61
47	杜子华	万历六年（1578）在世	南直隶勾吴（今江苏无锡）	尝官太医	南令137，南套7
48	莫是龙	1537—1587	南直隶华亭（今上海松江）	以诸生贡入国学	南套1
49	潘士藻	1537—1600	南直隶婺源（今江西婺源）	万历十一年（1583）进士，授温州推官，历御史、南京吏部主事，官至尚宝卿，卒于官	南套1
50	顾养谦	1537—1604	南直隶通州（今江苏南通）	嘉靖四十四年（1565）进士，官至兵部侍郎，又奉命为蓟辽总督兼经略朝鲜军务，万历二十六年（1598）因日本犯朝鲜被罢官	南套1

（续表）

序号	姓　名	生卒年	籍　贯	身份经历	存曲情况[首（套）]
51	冯敏劾	1538—1594	浙江平湖	贡生，少善属文，七举不第，杜门著述	北令 2，南令 36，南套 6，南北合套 1
52	黄洪宪	1541—1600	浙江秀水（今嘉兴）	隆庆五年（1571）进士，官至少詹事兼侍读学士，以文受知张居正，万历十年（1582）张居正去世后被罢官	南套 1
53	周履靖	1542—1632	浙江秀水（今嘉兴）	隐者	北令 2，南令 1，不明牌调令 1，北套 3，南套 35，南北合套 2①
54	顾正谊	万历年间在世	南直隶华亭（今上海松江）	以父荫，于万历时由太学生官中书舍人	南令 20，南套 6
55	郑心材	万历年间在世	浙江海盐	刑部尚书郑晓孙。万历间，以荫生历都督府都事，官至应天府治中	南令 4
56	丘齐云	1543—1590	湖广麻城（今湖北麻城）	嘉靖四十四年（1565）进士，官至潮州保宁知府，万历三年（1575）罢官	
57	呼文如	万历年间在世	湖广江夏（今湖北武汉）	营妓	南令 4

---

① 汪超宏《明清散曲辑补》（浙江大学出版社，2018 年）据徐𤊹《徐氏笔精》卷五补小令 1 首，据周履靖辑《唐宋元明酒词》补小令 2 首。

（续表）

序号	姓　名	生卒年	籍　贯	身份经历	存曲情况 ［首（套）］
58	李维祯	1547—1626	湖广京山（今湖北京山）	隆庆二年（1568）进士，由庶吉士授编修，进修撰，出为陕西右参议，迁提学副使，天启初召为南京礼部右侍郎，进尚书，告老归	南套1
59	马守真	1548—1604	南直隶金陵（今江苏南京）	秦淮名妓	南令1，南套1
60	许次纾	1549—1604	浙江钱塘（今杭州）	不详	南套4
61	俞安期	1550—1627后	南直隶吴江（今江苏苏州）	不详	南套1
62	景翩翩	万历年间在世	江西建昌（今南城）	名妓	南令2
63	张文介	万历年间在世	浙江西安（今衢县）	诸生	南令3，南套3
64	方　氏	万历年间在世	不详	张文介妾	南套1
65	薛素素	万历年间在世	南直隶吴县（今江苏苏州）	青楼女	南令1
66	餐花主人	万历年间在世	不详	不详	不明牌调令5[①]
67	陈全游	万历年间在世	南直隶金陵（今江苏南京）	妓女	不明牌调令2[②]

---

① 汪超宏《明清散曲辑补》（浙江大学出版社，2018年）据餐花主人《浓情快史》补小令5首。

② 汪超宏《明清散曲辑补》（浙江大学出版社，2018年）据李贽《山中一夕话》下集卷二补小令2首。

说　明：

1. 据刘英波《明代中后期南北方散曲比较研究》（2013 年山东师范大学博士论文）附录五考证，刘龙田【南中吕·山花子】《送段古松行》小令四首为送别山东巡按段顾言离任（1559 年）而作，故本书将其归为晚明前期散曲家。

2. 金銮散曲创作时间较长，早在正德年间就已出名，一直到万历元年（1573）还作有【北仙吕·点绛唇】《八十自寿》套曲，其散曲集《萧爽斋乐府》二卷有明万历刊本，故本书将其归为晚明前期散曲家。

3. 吴承恩散曲有归隐之作，据其经历可知作于嘉靖四十五年（1566）之后，结合其在世时间，本书将其归为晚明前期曲家。

4. 熊过散曲内容为"寿中岩李先生乐府"，据其序中"于是庚申，先生寿七十二，其亲党姜生、曹生复为请……今惟吾与先生在也"可知写作时间在嘉靖三十九年（1560）之后，结合其在世时间，本书将其归为晚明前期曲家。

5. 张錬散曲创作时间较长，在嘉靖二十九年（1550）归里前就已创作了不少散曲，一直到万历二十五年（1597）还作有【北仙吕·端正好】《九十自寿》套曲，其散曲集《双溪乐府》二卷有明抄本，后附有嘉靖丙寅（1566）双溪渔人跋，故本书将其归为晚明前期散曲家。

6. 邢一凤散曲写重九聚会、闺思、咏物，《全明散曲》（增补版）记其"尝与冯惟敏、金銮……等于金陵结文酒之会"，故本书权将其归为晚明前期散曲家。

7. 冯惟敏散曲集《海浮山堂词稿》四卷，有嘉靖四十五年（1566）题词，但集中还有不少 1566 年以后的作品，应为其晚年手订本，仍保留之前的题词，结合其在世时间，本书将其归为晚明前期散曲家。

8. 兰陵笑笑生散曲辑自其所著《金瓶梅词话》一百回，《金瓶梅词话》成书约在万历年间，故结合其在世时间，本书权将其归为晚明前期散曲家。

9. 张守中散曲有乡居之作，故结合其在世时间和及第时间，本书将其归为晚明前期散曲家。

10. 茅坤（1512—1601）《谢陈五岳序文刻书》一文中有"明兴以来二百年"之语，应作于隆庆二年（1568）前后，结合陈五岳在世时间，本书权将其归为晚明前期散曲家。

11. 刘英波《明代中后期南北方散曲比较研究》（2013 年山东师范大学博士论

文）附录五据石毓嵩、路成讳纂修《商河县志》[民国二十五年（1936）铅印本]卷八《文苑·人物志》补张自慎小传及小令 1 首，据其在世时间，本书将其归为晚明前期散曲家。

12. 沈孟烨散曲皆收录于其隆庆年间成书的小说《钱塘渔隐济颠师语录》中，故本书权将其归为晚明前期散曲家。

13. 高志学散曲内容涉及与晚明前期散曲家李登交游，结合其在世时间，本书权将其归为晚明前期散曲家。

14. 郑琰散曲写闺思，据刘水云《全明散曲曲家考补》（《文献》，2005 年 1 月）考证，其与周履靖、屠隆、臧懋循等有所交往，且在屠隆罢官（1584 年）之前，亦常为西宁侯宋世恩府上常客，结合其在世时间，本书权将其归为晚明前期散曲家。

15. 秦时雍有散曲集《秦词正讹》二卷，刊于嘉靖四十年（1561），故结合其在世时间，本书将其归为晚明前期散曲家。

16. 周天球散曲写情，刘英波《明代中后期南北方散曲比较研究》（2013 年山东师范大学博士论文）附录一将其归为隆庆、万历间散曲家，结合其在世时间，本书权将其归为晚明前期散曲家。

17. 刘英波《明代中后期南北方散曲比较研究》（2013 年山东师范大学博士论文）附录一据其父吴廷翰生卒年（1491—1559）和吴国宝及第时间，推断其散曲创作于后半生，将其归为隆庆、万历年间散曲家，故结合其生年时间和其万历十五年（1587）编次刊行吴廷翰《苏原全集》的经历，本书将其归为晚明前期散曲家。

18. 刘英波《明代中后期南北方散曲比较研究》（2013 年山东师范大学博士论文）附录一据《宋布衣集》"徐学谟以尚书致政归，登春访之吴中"[徐学谟（1521—1593）万历初年致仕]，将宋登春归为隆庆、万历年间散曲家，故结合其卒年时间，本书将其归为晚明前期散曲家。

19. 梁辰鱼散曲集《江东白苎》刊于嘉靖三十五年（1556），万历时又补刻续集，结合其在世时间，本书将其归为晚明前期散曲家。

20. 曹大章散曲写情，据曹大章在世时间和及第、罢官时间，本书权将其归为晚明前期散曲家。

21. 徐渭散曲为嘲妓、题图之作，创作时间不明，收录于《徐文长佚草》(明末清初息耕堂写本)十卷中，结合其在世时间和"万历元年(1573)出狱，万历五年(1577)完成《四声猿剧本》"的经历，本书权将其归为晚明前期散曲家。

22. 刘效祖所作散曲多散佚，后其从孙辑有《词脔》一卷，清康熙刊本。刘英波《明代中后期南北方散曲比较研究》(2013年山东师范大学博士论文)附录一认为其罢官后才创作散曲，将其归为隆庆、万历间散曲家，结合其在世时间，本书将其归为晚明前期散曲家。

23. 殷士儋有散曲集《明农轩乐府》，初刻于济南，万历四年(1576)、六年(1578)重刻。其散曲多闲适之情，为辞官归田后所作，故结合其在世时间，本书将其归为晚明前期散曲家。

24. 冯柯著有《求是编》《三极通》《小学补》《质言》《回澜正论》《贞白全书》等，约成书流传于万历初年，故本书权将其归为晚明前期散曲家。

25. 李登散曲多写闲情、归隐，据其在世时间和"后去官归家，居林下三十年"的经历，可知其散曲作于万历七年(1579)之后，且其散曲为晚明中期散曲家陈所闻辑《南宫词纪》(1605年成)所收，故本书权将其归为晚明前期散曲家。

26. 汪道昆散曲多写归隐、参禅，应为告归后所作，故结合其在世时间，本书将其归为晚明前期散曲家。

27. 王世贞有散曲明确纪年作于嘉靖三十五年(1556)，且《弇州山人四部稿》于万历三年(1575)开始整理，万历五年(1577)刊刻，故结合其在世时间，本书将其归为晚明前期散曲家。

28. 张四维有散曲集《溪上闲情集》，今不传，散曲内容涉及与晚明中期散曲家陈所闻交游，但综合考虑其在世时间，本书将其归为晚明前期散曲家。

29. 王克笃有散曲集《适暮稿》一卷，小引作于万历二十二年(1594)，据散曲内容和纪年可知其创作时间约为万历三年(1575)至二十一年(1593)，故考虑时间比例，本书将其归为晚明前期散曲家。

30. 薛论道有散曲集《林石逸兴》十卷，明万历十八年(1590)刻本，小引作于万历十六年(1588)，序作于万历十八年(1590)，据赵玮《薛论道散曲研究》(2009年南京师范大学硕士论文)考证，薛论道于嘉靖三十八年(1559)出仕，万历初罢官，后又再仕再隐，其散曲应创作于万历年间，故本书将其归为晚明前期散曲家。

31. 高濂主要活动于万历前期，散曲多写情，且为晚明中期散曲家陈所闻辑《南宫词纪》(1605 年成) 所收，故本书将其归为晚明前期散曲家。

32. 张凤翼有散曲集《敲月轩词稿》，今不传。其散曲多写情，部分收录于晚明前期散曲家杜子华《三径闲题》[明万历六年（1578）刻本] 中，故结合其在世时间和中举时间，本书将其归为晚明前期散曲家。

33. 李贽散曲写情，结合其在世时间和辞官时间，本书权将其归为晚明前期散曲家。

34. 张佳胤散曲写相思，结合其在世时间和"三疏谢病归"的经历，本书权将其归为晚明前期散曲家。

35. 蔡国珍作有《贺初泉七十》套曲，"初泉"为嘉靖十七年（1538）进士刘起宗（1504—？）之号，故可知此套曲作于万历元年（1573），再结合蔡国珍以母丧归家二十年不出，万历十一年（1583）复官的经历，本书将其归为晚明前期散曲家。

36. 胡汝嘉散曲写闲情，应为归隐后所作，结合其在世时间和致仕时间，本书将其归为晚明前期散曲家。

37. 王寅有散曲集《王十岳乐府》一卷，万历十三年（1585）序，结合其生年时间，本书将其归为晚明前期散曲家。

38. 殷都散曲写闺思，结合其在世时间和及第时间，本书权将其归为晚明前期散曲家。

39. 于慎思散曲多叹世、不遇之感，应为其晚年所作，结合其在世时间，本书将其归为晚明前期散曲家。

40. 沈一贯散曲写西湖佳景，该曲所属争议较大，为多部选本所收，结合其在世时间和诸部选本的刊刻时间，本书权将其归为晚明前期散曲家。

41. 吴复菴万历年间与晚明前期散曲家沈一贯同为朝臣，故本书将其归为晚明前期散曲家。

42. 丁綵有散曲集《小令》一卷，万历二十九年（1601）序，言其"自弱冠以及垂老，雅好为词曲"，故结合其在世时间，可知其散曲创作时间较长，应为晚明前、中期散曲家，但考虑时间比例，本书权将其归为晚明前期散曲家。

43. 沈袾宏散曲即写出家，据其 32 岁出家的经历，可推断其散曲作于嘉靖四十五年（1566），故本书将其归为晚明前期散曲家。

44. 王穉登散曲写情，其与晚明前期散曲家汪道昆、王世贞等交游甚契，结合其在世时间，本书权将其归为晚明前期散曲家。

45. 申时行散曲写相思之情，结合其在世时间和及第时间，本书权将其归为晚明前期散曲家。

46. 薛岗有散曲集《金山雅调南北小令》一卷，明万历四十四年（1616）抄本，其散曲有"白发不相饶""仕路蹉跎"等句，且有呈冯惟敏（1511—1578）之作，结合其在世时间和其"四上春官不第，遂弃举子业"的经历，本书将其归为晚明前期散曲家。

47. 杜子华有散曲集《新刻三径闲题》二卷，明万历六年（1578）刻本，王穉登序。刘英波《明代中后期南北方散曲比较研究》（2013年山东师范大学博士论文）附录一据王穉登生平判定杜子华大致在世时间，将其归为隆庆、万历年间散曲家，故本书将其归为晚明前期散曲家。

48. 莫是龙散曲写闺怨，结合其在世时间，本书将其归为晚明前期散曲家。

49. 潘士藻散曲写相思离情，结合其在世时间和及第时间，本书权将其归为晚明前期散曲家。

50. 顾养谦散曲写训妓，结合其在世时间和及第时间，本书权将其归为晚明前期散曲家。

51. 冯敏劝散曲多怀人、写景之作，结合其在世时间和"七举不第，杜门著述"的经历，本书将其归为晚明前期散曲家。

52. 黄洪宪散曲写春游，结合其在世时间和及第、罢官时间，本书权将其归为晚明前期散曲家。

53. 周履靖有散曲集《鹤月瑶笙》四卷，原载明万历二十五年（1597）刊《夷门广牍》中，结合其在世时间，其散曲创作应跨晚明前、中两期，但考虑时间比例，本书权将其归为晚明前期散曲家。

54. 顾正谊有散曲集《笔花楼新声》一卷，明万历间刻本，有万历十八年（1590）王穉登跋、陈继儒序，故结合其在世时间，本书将其归为晚明前期散曲家。

55. 郑心材散曲明确纪年作于万历十六年（1588），故本书将其归为晚明前期散曲家。

56. 丘齐云自纪罢官后遇呼文如事，为朱孟震《游宦余谈》收录，有小令 4 首，《全明散曲》（增补版）归于呼文如名下，但二人两相酬唱，故结合其在世时间，本书将其归为晚明前期散曲家。

57. 呼文如散曲写四时闺情，后嫁与晚明前期散曲家丘齐云，故本书权将其归为晚明前期散曲家。

58. 李维桢散曲写春日思情，结合其在世时间和及第时间，本书权将其归为晚明前期散曲家。

59. 马守真散曲写闺思，作于青年时期的可能性较大，故结合其在世时间，本书权将其归为晚明前期散曲家。

60. 许次纾散曲多写情，故结合其在世时间，本书权将其归为晚明前期散曲家。

61. 俞安期散曲写情，尝以长律一百五十韵投晚明前期散曲家王世贞，故结合其在世时间，本书权将其归为晚明前期散曲家。

62. 景翩翩散曲写别情，据刘建朝《景翩翩其人其诗探析》（《厦门广播电视大学学报》，2013 年 5 月）考证，其与晚明前期散曲家王穉登（1535—1612）有交往，故结合其在世时间，本书权将其归为晚明前期散曲家。

63. 张文介有散曲明确纪年作于万历九年（1581），且茅坤（1512—1601）有诗《酬张少谷》，其应与茅坤为同时代人，故结合其在世时间，本书将其归为晚明前期散曲家。

64. 方氏散曲写闺思，其为晚明前期散曲家张文介妾，故本书权将其归为晚明前期散曲家。

65. 薛素素散曲【南仙吕·桂枝香】《示李生》，"李生"可能即是李征蛮，故该曲应作于其少年时期，其生卒年不可考，但与晚明前期散曲家马守真、王穉登有所交往，故本书权将其归为晚明前期散曲家。

66. 餐花主人所作散曲均收录于其所著小说《浓情快史》三十回中，而成书于万历前的《玉妃媚史》序曾言及《快史》，故《浓情快史》写作年代不应晚于万历年间，本书权将其归为晚明前期散曲家。

67. 陈全游所作散曲均收录于托名晚明前期散曲家李贽的《山中一夕话》中，故本书权将其归为晚明前期散曲家。

表二　晚明中期散曲家生平及创作情况

序号	姓名	生卒年	籍贯	经历身份	存曲情况 [首(套)]
1	史槃	1533或略前—1629或略后①	浙江会稽(今绍兴)	不详	北令1,南令9,南套7
2	王锡爵	1534—1610	南直隶太仓(今江苏太仓)	嘉靖四十一年(1562)进士,授翰林院编修,万历二十一年(1593)为首辅,官至太子太保、吏部尚书、建极殿大学士,二十二年(1594)辞官	北令12
3	胡文焕	万历年间在世	浙江钱塘(今杭州)	监生,万历四十一年(1613)任耒阳县丞,四十三年(1615)署兴宁知县	北令16,南令47,北套2,南套13,南北合套3
4	朱载堉	1536—1611②	南直隶凤阳(今安徽凤阳)	郑恭王朱厚烷之子。因皇族内讧,父获罪系狱,遂筑土室于宫门外,独居十九年,万历十九年(1591)父死,不袭王位,而以著述终身	北令75,南令142,无宫调令16,不明牌调令21,南北合套1③
5	吕坤	1536—1618	河南宁陵	万历二年(1574)进士,历官山西巡抚、刑部侍郎,二十五年(1597)称疾乞休	北令16

① 生卒年参见徐朔方:《晚明曲家年谱》(浙江卷),浙江古籍出版社1993年版,第223页。
② 生卒年参见滑丽坤:《朱载堉〈醒世词〉研究》,河北师范大学硕士论文,2010年。
③ 汪超宏《明清散曲辑补》(浙江大学出版社,2018年)据路工编《明代歌曲选》卷六补小令1首。

（续表）

序号	姓 名	生卒年	籍 贯	经历身份	存曲情况 [首（套）]
6	毕 木	1537—1601	山东淄川	不详	无宫调令2，北套2，南套1①
7	程可中	1541？—？②	南直隶休宁（今安徽休宁）	童子师	北令14，南令5，北套8，南套5
8	顾大典	1541—1596③	南直隶吴江（今江苏苏州）	隆庆二年（1568）进士，授绍兴府教谕，官至福建提学副使，居官清正，后因故被谪禹州知州，遂弃官归田	南套2
9	王骥德	1542？—1623④	浙江会稽（今绍兴）	不详	南令58，南套32
10	屠 隆	1543—1605	浙江鄞县（今宁波）	万历五年（1577）进士，官青浦知县，迁吏部主事，十二年（1584）蒙受诬陷，削籍罢官	北令1，南套1，南北合套3
11	陈与郊	1544—1611	浙江海宁	万历二年（1574）进士，官至太常寺少卿，二十年（1592）被免官	北令4，南令57，北套3，南套3
12	盛敏耕	1546—1598	南直隶上元（今江苏南京）	诸生	北套1

① 刘英波《明代中后期南北曲比较研究》（山东师范大学博士论文，2013年）附录五据毕木《黄发翁全集》卷二补小令2首。
② 生卒年参见齐森华等：《中国曲学大辞典》，浙江教育出版社1997年版，第123页。
③ 生卒年参见徐朔方：《晚明曲家年谱》（苏州卷），浙江古籍出版社1993年版，第263页。
④ 生卒年参见徐朔方：《晚明曲家年谱》（浙江卷），浙江古籍出版社1993年版，第237页。

（续表）

序号	姓 名	生卒年	籍 贯	经历身份	存曲情况 [首（套）]
13	冯梦祯	1546—1605	浙江秀水（今嘉兴）	万历五年（1577）会试第一，官编修，累迁南国子监祭酒，二十四年（1596）被劾罢官，移居杭州孤山之麓	南套 1
14	梅鼎祚	1549—1615	南直隶宣城（今安徽宣城）	诸生	南令 7，南套 3
15	汤显祖	1550—1616	江西临川	万历十一年（1583）进士，历官南京太常寺博士、礼部祠祭司主事、浙江遂昌知县，二十六年（1598）弃官归家	南套 1
16	顾宪成	1550—1612	南直隶无锡（今江苏无锡）	万历八年（1580）进士，授户部主事，官至吏部郎中，二十二年（1594）因上疏忤旨，官籍被削，革职归家	南北合套 1
17	赵南星	1550—1627	直隶高邑（今河北元氏）	万历二年（1574）进士，除汝宁推官，历文选员外郎，因疏陈时政四害，触时忌，乞归，再起历考功郎中，二十一年（1593）遭诬劾，斥为民，光宗立，起为太常少卿，迁左都御史，天启三年（1623）任吏部尚书，被宦官魏忠贤排斥，削籍戍代州至卒	北令 15，南令 20，无宫调令 16，北套 2，南套 2，南北合套 4

（续表）

序号	姓名	生卒年	籍贯	经历身份	存曲情况[首（套）]
18	沈璟	1553—1610	南直隶吴江（今江苏苏州）	万历二年（1574）进士，历官兵部、礼部、吏部主事，员外郎，十六年（1588）任顺天乡试同考官，迁光禄寺丞，十七年（1589）因科场案告归	南令17，南套43
19	黄辉	1553—1612	四川南充	万历十七年（1589）进士，授编修	不明牌调令1①
20	陈所闻	1553—？②	南直隶上元（今江苏南京）	诸生	北令12，南令180，北套18，南套39，南北合套2
21	黄方胤	与陈所闻同时	南直隶金陵（今江苏南京）	不详	南令2，无宫调令2③
22	黄祖儒	万历年间在世	南直隶上元（今江苏南京）	诸生	北令7，北套3，南套4，南北合套1④
23	黄戍儒	万历年间在世	南直隶上元（今江苏南京）	黄祖儒弟，诸生	北令5，南令3

---

① 汪超宏《明清散曲辑补》(浙江大学出版社，2018年）据蒋一葵《尧山堂外纪》卷九十八补小令1首。
② 生卒年参见侯荣川《明曲家陈所闻生平考补》，《文艺评论》2012年第6期。
③ 汪超宏《明清散曲辑补》(浙江大学出版社，2018年）据冯梦龙《挂枝儿》卷八咏部补小令2首。
④ 汪超宏《明清散曲辑补》(浙江大学出版社，2018年）据窦彦斌辑《新镌词林白雪》卷五《宴赏》补套数1篇。

序号	姓名	生卒年	籍贯	经历身份	存曲情况[首（套）]
24	许乐善	万历年间在世	南直隶华亭（今上海松江）	隆庆五年（1571）进士，历任郏县令、巡按直隶御史、太仆寺少卿，官至南京通政司通政	南令 12，北套 2，南套 2
25	李应策	1554—1635 后	陕西蒲城	万历十一年（1583）进士，历任河北任丘、四川成都、河南安阳知县，太常少卿，给事中，官至通政司左通政，三十年（1602）致仕归乡	北令 284，南令 178，无宫调令 6
26	董其昌	1555—1636	南直隶华亭（今上海松江）	万历十七年（1589）进士，改庶吉士，授编修，官至南京礼部尚书	南套 1
27	关思	万历年间在世	浙江乌程（今吴兴）	不详	南套 1
28	沈璟	1558—1612	南直隶吴江（今江苏苏州）	沈璟仲弟，万历十四年（1586）进士，授南京刑部主事，进郎中，后任江西按察使金事，两年后乞归，家居十八年后，被荐补广东按察使金事，然刚入境即病逝	南令 2，南套 6
29	陈继儒	1558—1639	南直隶华亭（今上海松江）	诸生	南令 3，北套 1，南套 2

（续表）

序号	姓名	生卒年	籍贯	经历身份	存曲情况[首（套）]
30	范允临	1558—1641	南直隶华亭（今上海松江）	万历二十三年（1595）进士，授南京兵部主事，改工部，历员外郎、郎中、云南按察司金事，提调学政，三十六年（1608）官至福建布政司右参议，然未履任，旋即罢官	北令1，南令6，南套1
31	徐媛	1560—1619①	南直隶长洲（今江苏苏州）	范允临妻	北令4，南令22，南套1，南北合套1
32	袁宗道	1560—1600	湖广公安（今湖北公安）	万历十四年（1586）进士第一，授庶吉士，进编修，官终右庶子	北令1，不明牌调令2
33	龙膺	1560—1622	湖广武陵（今湖南常德）	万历八年（1580）进士，除徽州府推官，终南太常寺卿	北令4，南令44，不明牌调令4，北套2，南套2，南北合套1②
34	杜大成	？—1619后	南直隶上元（今江苏南京）	不详	北套2
35	徐维敬	1560？—？③	南直隶濠州（今安徽凤阳）	中山王徐达九世孙	南套1

---

① 生卒年参见汪超宏《范允临的散曲及生平考略——兼谈其妻徐媛的生卒年》（《明清曲家考》，中国社会科学出版社，2006年）一文。

② 汪超宏《明清散曲辑补》（浙江大学出版社，2018年）据龙膺《九芝集》卷十四《杂曲》补小令4首。

③ 生卒年参见齐森华等：《中国曲学大辞典》，浙江教育出版社1997年版，第128页。

（续表）

序号	姓 名	生卒年	籍 贯	经历身份	存曲情况 [首（套）]
36	茅溙	万历年间在世	南直隶镇江（今江苏镇江）	不详	北令1，北套4，南套2
37	王衡	1561—1609①	南直隶太仓（今江苏太仓）	王锡爵之子。万历十六年（1588）举顺天乡试第一，二十九年（1601）举进士廷试第二人，授翰林院编修，是岁奉使江南，因请终养归	南令5②
38	刘汝佳	1564—1615	南直隶无为（今安徽无为）	万历三十五年（1607）进士，授工部主事，历都水司郎中，官至金华知府，因忤权贵，旋告归，逾半年而卒	南令8，南套3，南北合套1
39	沈珂	1565—1630	南直隶吴江（今江苏苏州）	沈璟从弟，经历不详	南令1
40	顾起元	1565—1628	南直隶江宁（今江苏南京）	万历二十六年（1598）进士，三十八年（1610）升任南京国子监司业，四十三年（1615）六月为祭酒，终于吏部左侍郎兼翰林侍读学士，后辞官还乡，七诏不起	南套3

---

① 生卒年参见徐朔方《晚明曲家年谱》（苏州卷），浙江古籍出版社1993年版，第347页。

② 笔者据王衡《缑山先生集》（明万历刻本）卷二十七附"词"补小令5首。

（续表）

序号	姓名	生卒年	籍贯	经历身份	存曲情况[首（套）]
41	佘翘	1567—1612	南直隶铜陵（今安徽铜陵）	万历十九年（1591）举人，后屡试不第，归里潜心著书	北令1，南令1
42	汪廷讷	1569？—1628后①	南直隶休宁（今安徽休宁）	由贡生官盐运使，后谪宁波府同知	北令4，南令21，北套2，南套1
43	王化隆	1573？—？②	四川广汉	由贡生官主簿	北令8，南令46，南套1
44	张以诚	1576—1615	南直隶华亭（今上海松江）	万历二十九年（1601）进士第一，官翰林院修撰	南套1
45	王澹	1577—1620后③	浙江会稽（今绍兴）	布衣	
46	禄洪	？—1633	云南宁州（今华宁）	世袭土知州。崇祯三年（1630）率部勤王北都，为幕府所倚重，五年（1632）为阿密州土知州普明声所败，六年（1633）只身返回宁州，忧郁而卒	南令4，南套3
47	范垣	万历年间在世	陕西郃阳（今合阳）	万历七年（1579）举人，官高密知县三年，后迁云南大理府同知，又数年后以老疾乞休④	北令1，南令37

① 生卒年参见徐朔方：《晚明曲家年谱》（赣皖卷），浙江古籍出版社1993年版，第505页。
② 生卒年参见齐森华等：《中国曲学大辞典》，浙江教育出版社1997年版，第131页。
③ 生卒年参见徐朔方：《晚明曲家年谱》（浙江卷），浙江古籍出版社1993年版，第525页。
④ 经历参见刘水云《全明散曲曲家考补》，《文献》2005年第1期。

（续表）

序号	姓名	生卒年	籍贯	经历身份	存曲情况 [首（套）]
48	孙起都	万历年间在世	南直隶秣陵（今江苏南京）	诸生，万历三十七年（1609）应乡试被黜，原因不明	南令 4
49	王昇	万历年间在世	陕西郃阳（今合阳）	不详	南套 1
50	两峰主人	万历年间在世	山西黎城	太学生	南令 1
51	皮光淳	万历年间在世	南直隶江宁（今江苏南京）	不详	北令 2，南令1，南套1，南北合套1
52	孙湛	万历年间在世	南直隶徽州（一作新都）（今安徽歙县）	不详	北令1，南令1，北套3①
53	张曼倩	万历年间在世	不详	不详	北令1，南令1
54	孙胤伽	万历年间在世	不详	不详	北令1，南令2
55	朱庆樾	万历年间在世	不详	不详	南令 2
56	胡仁广	万历年间在世	不详	不详	南令 2
57	欧阳阴惟	万历年间在世	江西庐陵（今吉安）	不详	南套 1
58	俞彦	万历年间在世	南直隶上元（今江苏南京）	万历二十九年（1601）进士，即陈情归养，四十三年（1615）起复，历官北枢部主政、光禄少卿、南枢，终以京察罢归	北令2，南令13
59	吕时臣	嘉靖、万历年间在世	浙江鄞县（今宁波）	山人，避仇远游，客食诸王门下	南令1②

① 汪超宏《明清散曲辑补》（浙江大学出版社，2018年）据潘之恒《亘史钞》外纪卷八补套数2篇。

② 汪超宏《明清散曲辑补》（浙江大学出版社，2018年）据俞宪编选《盛明百家诗·续吕山人集》补小令1首。

（续表）

序号	姓　名	生卒年	籍　贯	经历身份	存曲情况 [首（套）]
60	文　淑	万历年间在世	湖广江夏（今湖北武汉）	歌妓	南令 15，南套 1 ①
61	刘　然	万历年间在世	南直隶歙县（今安徽歙县）	不详	南令 1

说　明：

1. 史槃有散曲集《齿雪余香》，今不传。史槃与王骥德同为晚明前期散曲家徐渭门生，且徐朔方考证其【南南吕·宜春令】《为陈姬雪筝赋》套曲作于万历二十年（1592），故本书将其归为晚明中期散曲家。

2. 王锡爵散曲多叹世之作，应作于辞官后，故结合其在世时间，本书将其归为晚明中期散曲家。

3. 向国柱《胡文焕〈胡氏粹编〉研究》（2008 年中华书局出版）以 1593 年编选的《群音类选》收录【南大石调·催拍】《落第》中有"三战徒劳，半世羁迟"之句为证，推断胡文焕在 1593 年之前参加过三次科举。胡文焕所编《群音类选》四十六卷刊于万历二十年（1592）至二十五年（1597），再结合其做官经历，可推出其主要活动时间在万历二十年（1592）到四十三年（1615）之间，故本书将其归为晚明中期散曲家。

4. 朱载堉散曲多讽世之作，结合其在世时间和"父死，不袭王位，而以著述终身"的经历，本书将其归为晚明中期散曲家。

5. 吕坤散曲内容涉及为父母祝寿、悼念父母、示儿，应作于中晚年时期，结合其在世时间和乞休时间，本书将其归为晚明中期散曲家。

6. 毕木散曲有"归来""老先生"等语，应为晚年所作，结合其在世时间，本书将其归为晚明中期散曲家。

7. 程可中散曲内容涉及与晚明中期散曲家汪廷讷交游，结合其生卒年时间，本书权将其归为晚明中期散曲家。

---

① 汪超宏《明清散曲辑补》（浙江大学出版社，2018 年）据潘之恒《亘史钞》外纪卷三十四补小令 15 首，套数 1 篇。

8. 顾大典散曲写相思别情、病怀，其罢归后居乡蓄声妓自娱，常自按红牙度曲，与晚明中期散曲家沈璟诗酒流连，结合其在世时间，本书将其归为晚明中期散曲家。

9. 王骥德有散曲集《方诸馆乐府》二卷，今不传，其《曲律》成于万历三十八年（1610），且其与晚明中期散曲家沈璟、屠隆、汤显祖交好，结合其在世时间，本书将其归为晚明中期散曲家。

10. 屠隆散曲内容涉及归隐、与晚明中期散曲家汪廷讷交游，结合其在世时间和罢官时间，应为晚明前、中期散曲家，但考虑时间比例，本书权将其归为晚明中期散曲家。

11. 陈与郊散曲多退隐、忆往之作，当作于退居后，故结合其在世时间，本书将其归为晚明中期散曲家。

12. 盛敏耕散曲内容涉及与晚明中期散曲家陈所闻交游，结合其在世时间，本书将其归为晚明中期散曲家。

13. 冯梦祯散曲写春思，有"留取初心"之语，结合其在世时间和罢官时间，本书将其归为晚明中期散曲家。

14. 梅鼎祚散曲写情，其与晚明中期散曲家汤显祖交谊甚笃，结合其在世时间，本书权将其归为晚明中期散曲家。

15. 汤显祖散曲写忆旧之情，其于弃官后开始专心戏曲创作，结合其在世时间和弃官时间，本书权将其归为晚明中期散曲家。

16. 顾宪成散曲写相思，为改前人之作，故结合其在世时间和革职时间，本书权将其归为晚明中期散曲家。

17. 赵南星有散曲集《芳茹园乐府》一卷，明崇祯间刻本，其大部分散曲都创作于罢官居家期间，故结合其"万历二十一年（1593）遭诬劾，斥为民，光宗立，起为太常少卿"的经历，其创作可能跨晚明中、后两期，但考虑时间比例，本书权将其归为晚明中期散曲家。

18. 沈璟散曲多翻北词之作，其有散曲集《情痴瘭语》《词隐新词》各一卷，《曲海青冰》二卷，惜皆不传。其于万历十七年（1589）告归后，开始全面创作戏曲，故结合其在世时间和告归时间，本书将其归为晚明中期散曲家。

19. 黄辉书画在当时与晚明中期散曲家董其昌齐名，故本书权将其归为晚明中期散曲家。

20. 陈所闻有散曲集《濠上斋乐府》，今不传，辑有散曲选集《南宫词纪》（1605 年成）、《北宫词纪》（1604 年成），其可明确考证创作时间的散曲均作于万历二十八年（1600）至三十三年（1605），故本书将其归为晚明中期散曲家。

21. 黄方胤在世时间约与晚明中期散曲家陈所闻同时，故本书将其归为晚明中期散曲家。

22. 黄祖儒【北南吕·一枝花】《除夕偶成》套曲有"不觉的万历二十年"之语，且许多散曲内容都涉及与晚明中期散曲家陈所闻交游，故本书将其归为晚明中期散曲家。

23. 黄戍儒散曲多嘲谑之作，为晚明中期散曲家陈所闻辑《南宫词纪》（1605 年成）、《北宫词纪》（1604 年成）所收，且其为晚明中期散曲家黄祖儒之弟，故本书将其归为晚明中期散曲家。

24. 据许乐善散曲纪年，其散曲创作于万历十三年（1585）至四十一年（1613），考虑时间比例，本书将其归为晚明中期散曲家。

25. 李应策散曲创作时间较长，从万历中期一直延续到崇祯年间，应属晚明中、后期散曲家，但考虑晚明中、后期时间比例及其最有价值的时事曲创作时间，本书权将其归为晚明中期散曲家。

26. 董其昌散曲写情，结合其在世时间和及第时间，本书权将其归为晚明中期散曲家。

27. 关思散曲写闺情，其与晚明中期散曲家董其昌并驰画誉，故本书权将其归为晚明中期散曲家。

28. 沈瓒散曲多翻北词之作，且其为晚明中期散曲家沈璟仲弟，故本书权将其归为晚明中期散曲家。

29. 陈继儒散曲写清明之景、相思，其辑有《乐府先春》三卷［明万历间徽郡谢少连（？—1615）刊本］，且与晚明中期散曲家范允临交好，故结合其在世时间，本书权将其归为晚明中期散曲家。

30. 范允临散曲多写闺思，其罢归后隐居天平山，与妻子徐媛相互唱和，且其书法与晚明中期散曲家董其昌齐名，故本书权将其归为晚明中期散曲家。

31. 徐媛著有《络纬吟》十二卷，万历四十一年（1613）刻本，卷十为散曲，多写景、感怀之作，结合其夫晚明中期散曲家范允临的罢归时间，本书权将其归为晚明中期散曲家。

32. 据袁宗道【北南吕·一枝花带折桂令】《生朝》"明朝已是三三"之句，可判定作于万历二十年（1592），故本书将其归为晚明中期散曲家。

33. 龙膺著有《纶隐诗文集》，附载《九芝集》，中有散曲二卷，今存清光绪十四年（1888）重刊刻本。其有【南商调·黄莺儿】《南归》二十首作于万历二十一年（1593），故本书将其归为晚明中期散曲家。

34. 杜大成散曲内容涉及与晚明中期散曲家陈所闻交游，故本书将其归为晚明中期散曲家。

35. 徐维敬散曲写情，为晚明中期散曲家陈所闻辑《南宫词纪》（1605年成）所收，结合其生年时间，本书权将其归为晚明中期散曲家。

36. 茅溱散曲内容涉及与晚明中期散曲家汪廷讷交游，故本书将其归为晚明中期散曲家。

37. 王衡著有《缑山先生集》[明万历四十五年（1617）刊]二十七卷，附南令5首，借咏梅抒思乡之情，结合其在世时间和及第时间，本书将其归为晚明中期散曲家。

38. 刘汝佳散曲多壮志未酬之叹，表达对功名的渴望，应作于中进士之前，结合其在世时间，本书将其归为晚明中期散曲家。

39. 沈珂散曲写参禅，且其为沈璟从弟，故本书权将其归为晚明中期散曲家。

40. 顾起元散曲写美人、春思，结合其在世和及第、解职时间，本书权将其归为晚明中期散曲家。

41. 佘翘散曲内容涉及与晚明中期散曲家汪廷讷交游，故结合其在世时间，本书将其归为晚明中期散曲家。

42. 汪廷讷为沈璟弟子，且其散曲内容涉及与晚明中期散曲家陈所闻交游，故结合其在世时间，本书将其归为晚明中期散曲家。

43. 王化隆有散曲集《曲典》一卷，万历间刻本。据王化隆之子娶黄彦士（1569—1630）之女可知，王化隆与黄彦士为同时代人，且黄彦士为万历三十二年（1604）进士，结合王化隆由贡生官主簿的经历，本书权将其归为晚明中期散曲家。

44. 张以诚散曲写情，为晚明中期散曲家陈继儒辑《乐府先春》[明万历间徽郡谢少连（？—1615）刊本]所收，结合其在世时间和及第时间，本书权将其归为晚明中期散曲家。

45. 据庄一拂《明清散曲作家汇考》(1992 年浙江古籍出版社出版）记载，王澹有散曲集《欸乃编》，今不传。其为晚明前期散曲家徐渭门生，故本书权将其归为晚明中期散曲家。

46. 禄洪散曲写情，其与晚明中期散曲家董其昌、陈继儒交善，故结合其生平经历，本书权将其归为晚明中期散曲家。

47. 范垣有散曲集《南北词曲随笔》，明抄本，其散曲有归田之作，故结合其中举时间和做官经历，本书权将其归为晚明中期散曲家。

48. 孙起都散曲写别情，为晚明中期散曲家陈所闻辑《南宫词纪》(1605 年成）所收，结合其在世时间和"万历三十七年（1609）应乡试被黜"的经历，本书权将其归为晚明中期散曲家。

49. 王异散曲咏屏水妇，刘英波《明代中后期南北方散曲比较研究》(2013 年山东师范大学博士论文）附录一据王异与许自昌（1578—1623）交厚，判定其为万历时期散曲家，而许自昌又与晚明中期散曲家董其昌、陈继儒等有所交往，故本书权将王异归为晚明中期散曲家。

50. 两峰主人散曲写艳情，为晚明中期散曲家陈所闻辑《南宫词纪》(1605 年成）所收。另据刘书友主编《黎城旧志五种》(北京图书馆出版社 1996 年 12 月版，第 312 页）记载："高步蟾，字伯仙，幼有大略，好学善属文，为乡先生李冲虚所器，遂师事之。于书无所不读。家仅中资而事母奉养极厚。喜周急，赈孤寡。为人解纷雪冤，至出资财任之不恤也。晚结庐天马山下，自号为两峰主人。著有《两峰文集》，以太学生终。"两峰山人应较李冲虚（1583—1649）年代稍后，故本书权将其归为晚明中期散曲家。

51. 皮光淳散曲内容涉及与晚明中期散曲家汪廷讷交游，故本书将其归为晚明中期散曲家。

52. 孙湛散曲内容涉及与晚明中期散曲家汪廷讷交游，故本书将其归为晚明中期散曲家。

53. 张曼倩散曲内容涉及与晚明中期散曲家汪廷讷交游，故本书将其归为晚明中期散曲家。

54. 孙胤伽散曲内容涉及与晚明中期散曲家汪廷讷交游，故本书将其归为晚明中期散曲家。

55. 朱庆樾散曲内容涉及与晚明中期散曲家汪廷讷交游，故本书将其归为晚明中期散曲家。

56. 胡仁广散曲内容涉及与晚明中期散曲家汪廷讷交游，故本书将其归为晚明中期散曲家。

57. 欧阳阴惟散曲内容涉及与晚明中期散曲家汪廷讷交游，故本书将其归为晚明中期散曲家。

58. 据庄一拂《明清散曲作家汇考》(1992年浙江古籍出版社出版)记载，俞彦有散曲集《近体乐府》一卷，今不传。结合其万历三十三年(1605)为《南宫词纪》作序和"中进士(1601)后，即陈情归养，四十三年(1615)起复"的经历，本书权将其归为晚明中期散曲家。

59. 吕时臣散曲写思乡之情，当为中年避仇远游时所作，结合其在世时间，本书权将其归为晚明中期散曲家。

60. 文淑散曲皆收录于潘之恒万历四十年(1612)刊刻的《亘史钞》中，结合其在世时间，本书权将其归为晚明中期散曲家。

61. 刘然与晚明中期散曲家汪廷讷交善，结合其在世时间，本书将其归为晚明中期散曲家。

表三 晚明后期散曲家生平及创作情况

序号	姓名	生卒年	籍贯	经历身份	存曲情况[首(套)]
1	屠本畯	1542—1622	浙江鄞县(今宁波)	以任子起家，官至湖广辰州府知府，进阶中宪大夫，万历二十九年(1601)因"为同僚同乡所陷"而于辰州任上罢官	南令30，北套1①

---

① 汪超宏《明清散曲辑补》(浙江大学出版社，2018年)据屠本畯《屠田叔小品七种》补小令30首，据张美翊编《甬上屠氏宗谱》卷三十补套数1篇。

（续表）

序号	姓名	生卒年	籍　贯	经历身份	存曲情况 [首（套）]
2	周栩生	万历年间在世	不详	举人	
3	沈　演	1566—1638	浙江乌程（今湖州）	万历二十年（1592）进士，授南京工部主事，迁礼部员外郎，升本部郎中，出为福建布政司参议，迁江西按察副使，历陕西左布政使、顺天府尹、刑部侍郎，天启中削籍，崇祯初起工部侍郎，官至南京刑部尚书	北令7
4	王嗣奭	1566—1648	浙江鄞县（今宁波）	万历二十八年（1600）举人，官至涪州知州，明亡返乡，不仕清	南令30①
5	宋楙澄	1569—1620	南直隶华亭（今上海松江）	万历四十年（1612）举于乡	北令3
6	叶　华	万历年间在世	山东曲阜	不详	北令7，南令4，无宫调令2，北套4，南套5，南北合套1
7	米万钟②	1570—1628	关中（今陕西）	万历二十三年（1595）进士，授永宁令，累官江西按察使，为魏忠贤所恶，削籍，魏忠贤诛后复起太仆寺少卿	无宫调令1

① 笔者据王嗣奭《喜词》（《密娱斋诗集》，抄本）补小令30首。

② 即米仲诏，生平经历见汪超宏《明清散曲辑补》，浙江大学出版社2018年版，第721页。

（续表）

序号	姓 名	生卒年	籍 贯	经历身份	存曲情况 [首（套）]
8	丁惟恕	约 1570 后— 1640 后①	山东琅琊（今诸城）	布衣	北令 50，南令 118，无宫调令 35，不明牌调令 2
9	卜世臣	1572—1645	浙江秀水（今嘉兴）	诸生	南令 9，南套 12
10	孙峡峰	1573？—1642②	山东安丘	布衣	南令 58
11	冯梦龙	1574—1646	南直隶长洲（今江苏苏州）	崇祯三年（1630）补贡生，七年（1634）官福建寿宁知县，十一年（1638）归乡	北令 1，南令 6，无宫调令 5，不明牌调令 3，南套 19，南北合套 1③
12	俞琬纶	1576—1618	南直隶长洲（今江苏苏州）	万历四十一年（1613）进士，尝官西安令，后为宪台弹劾，罢归后，以著述自娱	南令 23，南套 5

---

① 生卒年参见刘英波《明代散曲家补正》,《鲁东大学学报》（哲学社会科学版）2013 年第 3 期。

② 生卒年参见齐森华等:《中国曲学大辞典》,浙江教育出版社 1997 年版,第 131 页。

③ 汪超宏《明清散曲辑补》（浙江大学出版社,2018 年）据冯梦龙《山歌》卷一补小令 2 首,据冯梦龙《三教偶拈》卷一补小令 1 首,据池上餐华生辑《诗笑》卷下补小令 1 首。

（续表）

序号	姓　名	生卒年	籍　贯	经历身份	存曲情况 [首（套）]
13	王象春	1578—1632	山东新城（今淄博）	万历三十八年（1610）进士，四十年（1612）任顺天乡试同考官，受科场弊案牵连，告病回原籍，后避乱出走沂蒙、徐州、兖州等地，于济南筑问山亭以自娱，四十五年（1617）重回官场，历官上林苑典簿、南京、大理寺评事、工部员外郎、吏部考功郎等，后因得罪魏忠贤，于天启五年（1625）被削职回籍，抑郁而卒	南令 8 ①
14	沈静专	万历年间在世	南直隶吴江（今江苏苏州）	沈璟季女	南令 5
15	王屋	万历年间在世	浙江嘉善	不详	南令 85
16	周之标（宛瑜子，周君建）	万历年间在世	南直隶长洲（今江苏苏州）	女性出版家	南令 32，北套 2，南套 11，南北合套 1
17	陈翼飞	万历年间在世	福建平和	万历三十八年（1610）进士，官宜兴知县，后被劾归	

① 汪超宏《明清散曲辑补》（浙江大学出版社，2018 年）据王象春《问山堂诗》卷九补小令 8 首。

序号	姓　名	生卒年	籍　贯	经历身份	存曲情况 [首（套）]
18	李　朴	万历、天启年间在世	陕西朝邑（今大荔县）	万历二十九年（1601）进士，授彰德府推官，入为户部郎中，疏请破朋党之争，谪光州同知，后京察落职，天启初起用，历官参议	南令 6
19	余壬公	万历、天启年间在世	不详	不详	南套 5，南北合套 1
20	凌濛初	1580—1644	浙江乌程（今吴兴）	崇祯七年（1634）以副贡选任上海县丞，十五年（1642）擢徐州判官，十七年（1644）拒降李自成农民军，忧愤而死	北令 5，南令 5，无宫调令 5，南套 2，南北合套 1①
21	吴载伯	明末在世	不详	不详	南套 9
22	杜文焕	1581—入清	南直隶昆山（今江苏昆山）	以父荫延绥将军，天启元年（1621）镇延绥，度不能制贼，谢病去，七年（1627）再起镇宁夏，任总兵官，入清后返乡	南令 12，北套 1，南套 2
23	董斯张	1586—1628	浙江乌程（今吴兴）	监生	无宫调令 1，南套 1

---

① 汪超宏《明清散曲辑补》（浙江大学出版社，2018 年）据凌濛初《二刻拍案惊奇》卷四补小令 1 首，卷十四补小令 1 首。

（续表）

序号	姓名	生卒年	籍贯	经历身份	存曲情况 ［首（套）］
24	范壶贞	晚明时人	南直隶吴县 （今江苏苏州）	胡畹生妻	北令 2，南令 3，南套 1
25	施绍莘	1588—1626 秋冬至崇祯初①	南直隶华亭 （今上海松江）	布衣	北令 16，南令 60，北套 5，南套 77，南北合套 3
26	顾乃大	万历、天启年间在世	南直隶华亭 （今上海松江）	不详	南令 1
27	李春芳②	嘉靖、万历年间在世	山西沁水	嘉靖三十二年（1553）进士，授鳌屋知县，选兵科给事中，历升刑科左，隆庆元年（1567）以疾归	无宫调令 1
28	丘田叔	万历年间在世	楚地	不详	无宫调令 3
29	白石山主人	万历年间在世	不详	不详	无宫调令 1
30	冯喜生	万历年间在世	不详	名妓	无宫调令 2③
31	张瘦郎	1575？—？	湖广石阳（今湖北黄陂）	不详	北套 1，南套 13，南北合套 7
32	席浪仙	万历年间在世	湖广石阳（今湖北黄陂）	不详	南令 4，无宫调令 2，南套 2

① 生卒年参见冯艳《施绍莘研究》第四章《施绍莘年谱》，南京师范大学硕士论文，2006 年。
② 即李元实，生平经历见汪超宏《明清散曲辑补》，浙江大学出版社 2018 年版，第 316 页。
③ 汪超宏《明清散曲辑补》（浙江大学出版社，2018 年）据冯梦龙《挂枝儿》卷四别部补小令 1 首。

（续表）

序号	姓名	生卒年	籍贯	经历身份	存曲情况 ［首（套）］
33	杨尔曾	万历年间在世	浙江钱塘（今杭州）	不详	北令46，南令73，无宫调令1，不明牌调令24，南北合套1①
34	焦源溥	？—1643	陕西三原	万历四十一年（1613）进士，历知沙河、濬县，召为御史，崇祯中巡抚大同，呕请蠲赈，且增兵饷，当事不能应，逾年自劾求去，寻罢归，后拒降李自成被支解而死	北令4②
35	屠鼎忠	1597—1667	浙江鄞县（今宁波）	屠本畯孙，由庠生授都督禁旅副镇，明末弃职不仕	
36	范云钵	万历、天启年间在世	浙江鄞县（今宁波）	屠鼎忠表兄，经历不详	
37	邓志谟	万历、天启、崇祯年间在世	江西饶州	不详	无宫调令2③
38	风月轩又玄子	万历年间在世	不详	不详	北令1，南令1④

① 汪超宏《明清散曲辑补》(浙江大学出版社，2018年) 据杨尔曾《韩湘子全传》补小令61首。
② 汪超宏《明清散曲辑补》(浙江大学出版社，2018年) 据焦源溥《逆旅集》卷十《诗余》补小令4首。
③ 汪超宏《明清散曲辑补》(浙江大学出版社，2018年) 据邓志谟《童婉争奇》卷上补小令2首。
④ 汪超宏《明清散曲辑补》(浙江大学出版社，2018年) 据风月轩又玄子《浪史》补小令2首。

（续表）

序号	姓 名	生卒年	籍 贯	经历身份	存曲情况〔首（套）〕
39	苏子忠	明末在世	不详	不详	不明牌调令 1①

说　明：

1. 据屠本畯《笑词》(《屠田叔小品七种》，明刻本）万历丙辰（1616）自序和王嗣奭《索笑词帖》可推知《笑词》三十首作于万历四十二年（1614）至四十四年（1616）之间，另据【双调·新水令】《写照自题》套曲小序可知该套曲作于万历三十九年（1611），故本书将其归为晚明后期散曲家。

2. 据王嗣奭《喜词》(收于抄本《密娱斋诗集》中）小引"癸丑下第，落魄羁都下，越一岁，所友人周栩生以诵通荐至，觞酒邀之，绸缪道故，甚乐也。已而探襄中出《怨词》三十阕，……因反而和之为《喜词》，如其数"，可推知周栩生《怨词》三十首（今不传）作于万历四十二年（1614），故本书将其归为晚明后期散曲家。

3. 沈演散曲均为闲适、归隐之作，当作于削籍后复出前，故本书将其归为晚明后期散曲家。

4. 据王嗣奭《喜词》(收于抄本《密娱斋诗集》中）小引"癸丑下第，落魄羁都下，越一岁，所友人周栩生以诵通荐至，觞酒邀之，绸缪道故，甚乐也。已而探襄中出《怨词》三十阕，……因反而和之为《喜词》，如其数"，可推知王嗣奭《喜词》三十首作于万历四十二年（1614），故本书将其归为晚明后期散曲家。

5. 宋楙澄散曲均为嘲妓之作，结合其在世时间和中举时间，本书权将其归为晚明后期散曲家。

6. 叶华有散曲集《太平清调迦陵音》一卷，明刊影印本。刘英波《明代中后期南北方散曲比较研究》(2013 年山东师范大学博士论文）附录一将《迦陵音序一》中提到的"癸丑秋"定为万历四十一年（1613），故本书权将其归为晚明后期散曲家。

---

① 汪超宏《明清散曲辑补》(浙江大学出版社，2018 年）据冯梦龙《山歌》卷一补小令 1 首。

7. 米万钟所作散曲收录于万历四十年（1612）出版的《挂枝儿》，结合其生平经历，本书权将其归为晚明后期散曲家。

8. 丁惟恕有散曲集《续小令集》，自刻于崇祯十三年（1640），其散曲创作时间很长，作品中有"五十年风光""五十年眼睛""眼看看六十生辰""七十古来稀，这话我不依"等语句，故结合其在世时间，本书权将其归为晚明后期散曲家。

9. 卜世臣散曲多翻北词之作，其为沈璟嫡传弟子，故本书权将其归为晚明后期散曲家。

10. 孙峡峰有散曲集《峡峰先生小令》不分卷，明末抄本，其有散曲明确纪年作于万历四十三年（1615），故本书权将其归为晚明后期散曲家。

11. 据薛宗正《冯梦龙的生平、著述考索》（《乌鲁木齐职业大学学报》，2000年11月）考证，冯梦龙有散曲、俗曲六种：《挂枝儿》十卷，1612年出版；《山歌》十卷，崇祯间刻本；《太霞新奏》十四卷，1627年辑成；又有《七乐斋集》《郁陶集》《宛转歌》，惜已散佚。其大部分作品都完成于万历后期及泰昌、天启年间，故本书将其归为晚明后期散曲家。

12. 俞琬纶有《自娱集》附曲，明万历四十六年（1618）刻本，结合其在世时间和"罢归后，以著述自娱"的经历，本书将其归为晚明后期散曲家。

13. 王象春散曲均为写景之作，结合其生平经历可知作于济南筑问山亭自娱期间，故本书将其归为晚明后期散曲家。

14. 沈静专散曲多写闺情，其为晚明中期散曲家沈璟季女，故本书权将其归为晚明后期散曲家。

15. 王屋有散曲集《蘗弦斋曲》一卷，明崇祯八年（1635）刊《草贤堂词笺》本。刘英波《明代中后期南北方散曲比较研究》（2013年山东师范大学博士论文）附录一据王屋与魏大中（1575—1625）交往，并与魏大中的儿子以兄弟相称，判断其为万历后期人，故本书权将其归为晚明后期散曲家。

16. 周之标（宛瑜子，周君建）著有《吴姬百媚》，万历四十五年（1617）自序。刘英波《明代中后期南北方散曲比较研究》（2013年山东师范大学博士论文）附录一据其与冯梦龙等吴门曲家交善将其归为天启、崇祯间散曲家，故本书权将其归为晚明后期散曲家。

17. 据庄一拂《明清散曲作家汇考》（1992年浙江古籍出版社出版）记载，陈翼飞有散曲集《梧院填词》一卷，今不传，据其及第时间，本书权将其归为晚明后期散曲家。

18. 李朴散曲有"一片野心，笑与白云伴""暂息人间万事劳""忘身谁惜鬓如霜"之句，当作于落职后及复出后，故本书将其归为晚明后期散曲家。

19. 据余壬公散曲纪年，其散曲创作自万历四十三年（1615）至天启二年（1622），故本书将其归为晚明后期散曲家。

20. 凌濛初散曲多客愁、飘蓬、落魄之感，当为其少壮累困场屋之时所作，故结合其在世时间，本书将其归为晚明后期散曲家。

21. 吴载伯散曲多写思情，其与晚明后期散曲家凌濛初交善，时称"吴凌"，故本书权将其归为晚明后期散曲家。

22. 杜文焕散曲多闲适、归隐之作，当作于天启元年（1621）辞官之后，七年（1627）复出之前，故本书将其归为晚明后期散曲家。

23. 董斯张散曲写情，其与晚明后期散曲家冯梦龙交游甚契，结合其在世时间，本书权将其归为晚明后期散曲家。

24. 范壶贞散曲中有"结同心三年早谋""俏低声二八女郎"之句，当作于少年时期，且晚明中期散曲家范允临（1558—1641）为其叔祖，故本书将其归为晚明后期散曲家。

25. 施绍莘少怀大志，然屡试不第，其弱冠即工于作曲，有《秋水庵花影集》（散曲四卷，词一卷），初步成书于天启五年（1625）夏末至秋之间，后经整理编订于明末出版，其有年代可查的散曲作品基本都创作于万历三十九年（1611）以后，故结合其在世时间，本书将其归为晚明后期散曲家。

26. 顾乃大散曲写山居生活，其尝为晚明后期散曲家施绍莘评《花影集》，当与施绍莘为同时代人，故本书权将其归为晚明后期散曲家。

27. 李春芳与晚明后期散曲家冯梦龙交往，所作散曲收录于万历四十年（1612）出版的《挂枝儿》，故本书将其归为晚明后期散曲家。

28. 丘田叔与晚明后期散曲家冯梦龙交往，所作散曲收录于万历四十年（1612）出版的《挂枝儿》，故本书将其归为晚明后期散曲家。

29. 白石山主人与晚明后期散曲家冯梦龙交往，所作散曲收录于万历四十年（1612）出版的《挂枝儿》，故本书将其归为晚明后期散曲家。

30. 冯喜生与晚明后期散曲家冯梦龙交善，晚明后期散曲家宛瑜子（周之标）亦有曲赠，所作散曲收录于万历四十年（1612）出版的《挂枝儿》，故本书将其归为晚明后期散曲家。

31. 张瘦郎有《步雪初声》集，晚明后期散曲家冯梦龙为之作序，结合其在世时间，本书将其归为晚明后期散曲家。

32. 席浪仙与晚明后期散曲家张瘦郎交厚，《步雪初声》后附席浪仙和曲，故本书将其归为晚明后期散曲家。

33. 杨尔曾著有小说《韩湘子全传》[明天启三年（1623）金陵九如堂刊本]，其所作散曲皆收录于此，结合其在世时间，本书将其归为晚明后期散曲家。

34. 焦源溥散曲写四时景色，当为青年时期所作，结合其生平经历，本书权将其归为晚明后期散曲家。

35. 屠鼎忠作有《醉词》三十首，今不传，其《醉词自序》言："周方回、王右仲两先生，一作《怨词》，一作《喜词》，家大父憨先生作《笑词》，名【黄莺儿】三十首……忽范云钵表兄惠教《清凉散》一帧，凡用韵【黄莺儿】三十阕，读之不觉技痒，爰命管城和如其数。醉余适兴，名曰《醉词》……"，其于序中称屠本畯为"家大父"，而未称"先大父"，则《醉词》当作于屠本畯在世期间，故本书将其归为晚明后期散曲家。

36. 据屠鼎忠《醉词自序》可知范云钵作有《清凉散》三十首，今不传，创作时间与《醉词》相当，故本书将其归为晚明后期散曲家。

37. 邓志谟所作散曲收录于天启四年（1624）出版的《童婉争奇》，故本书将其归为晚明后期散曲家。

38. 风月轩又玄子所作散曲收录于约万历末年成书的《浪史》，故本书权将其归为晚明后期散曲家。

39. 苏子忠为晚明后期散曲家冯梦龙友人，所作散曲收录于崇祯年间刊刻的《山歌》中，故本书将其归为晚明后期散曲家。

附 录 二
晚明重要散曲文献叙录

一、单独刊行的散曲集

1. 金銮《萧爽斋乐府》二卷

明散曲别集。有明万历刊本、武进董氏刻本、明汪氏环翠堂《四词宗合刻》本。前两种版本卷上为套数，卷下为小令，环翠堂本则合为一卷。近人卢前将其收入《饮虹簃所刻曲》，并于卷末附王骥德《曲律》、俞宪《盛明百家诗》、顾起元《客座赘语》、周晖《金陵琐事》、郭元极《皇明律范》、余怀《东山谈苑》、钱谦益《列朝诗集》《钱牧斋集》、朱彝尊《静志居诗话》、路鸿休《明代帝里人文略》《明诗人小传》、朱绪曾《金陵诗征》、陈田《明诗纪事》诸家述评。另1989年上海古籍出版社出版有骆玉明点校本。

2. 张錬《双溪乐府》二卷

明散曲别集。有明抄本，卷末附嘉靖丙寅（1566）双溪渔人跋，卷上为小令、套数，卷下全为套数（其中【北正宫·端正好】《九十自寿》套数中自【朝天子】曲牌以下佚）。近人卢前将其收入《饮虹簃所刻曲》，卷首有于右任《题双溪乐府》七绝二首，卷末保留张錬自跋，并作附记。另有民国间朱丝栏钞本，亦自明抄本出。

3. 冯惟敏《海浮山堂词稿》四卷

明散曲别集。有明嘉靖四十五年（1566）冯氏手订刊本、明抄本、明隆万间刻本、明汪氏环翠堂刻《四词宗合刻》本。卷首有冯惟敏《山堂词稿引》，卷一为"大令"，卷二为"归田小令"，卷三为"击节余音"，卷四为"附录"（后附《玉殿传胪》杂剧和《僧尼共犯》传奇），环翠堂本则合为二卷。近人任讷以嘉靖间刊本为底本，参校汪氏环翠堂本，整理后收入《散曲丛刊》，并于卷首撰写提要以作说明（《散曲丛刊》本删除了原书四卷后所附《玉殿传胪》杂剧及《僧尼共犯》传奇，并将归田小令内所杂《十自由》一套移于四卷之末，又将环翠堂本所多出的【锦堂月】等三首补于三卷之后，且将原书称"本朝"处空格提行一概免去）。另1981年、1989年上海古籍出版社还分别出版有《中国古典文学丛书》本、汪贤度点校本，2007年齐鲁书社出版谢伯阳《冯惟敏全集》点校本亦有收。

4. 秦时雍《秦词正讹》二卷

明散曲别集。有明嘉靖四十年（1561）刊本，今仅存上卷。卷内题作"涟川复庵秦时雍稿，卉坞练子鼎辑"，卷首有嘉靖辛酉（1561）九月陈良金序。

5. 梁辰鱼《江东白苎》二卷，续二卷

明散曲别集。今存明刊本、汪氏环翠堂《四词宗合刻》本（作一卷）、暖红室刊本、武进董氏刊本、《曲苑》影石印巾箱本，卷首有张伯起《江东白苎小序》。另1989年上海古籍出版社出版有彭飞点校本，1998年上海古籍出版社出版吴书荫校点《梁辰鱼集》亦有收。

6. 刘效祖《词脔》一卷

明散曲别集。刘效祖曾撰有《云林稿》《都邑繁华》《闲中一笑》《混俗陶情》《裁冰剪雪》《良辰乐事》《空中语》《莲步新声》等散曲别集，然多散佚，康熙九年（1670）其从孙芳躅于诸家选本中辑得尚存之曲，编为《词脔》一卷，后于康熙年间几度刊行。今存清康熙三十三年（1694）胡介祉跋本，近人卢前将其收入《饮虹簃所刻曲》，卷首有康熙九年（1670）刘效祖从孙芳躅序，卷末有康熙三十三年（1694）刘效祖外曾孙胡介祉跋、卢前附记。另还有清康熙二十九年（1690）刘芳永刻本，书名《良辰乐事》，取自首篇套数题名，然实际内容与《词脔》无异，卷末附有康熙九年原序和刘芳永《重刻词脔后序》。

7. 殷士儋《明农轩乐府》一卷

明散曲别集。今存明万历六年（1578）刊本，前有万历四年（1576）宙积《刻明农轩乐府小序》和万历六年（1578）许邦才《重刻明农轩乐府序》。据宙积《刻明农轩乐府小序》中"积久成帙，二三同好者，梓之济上，余从南阳司理王君所得一帙"之语，可知殷士儋散曲初刻于济南，万历四年、六年又有重刻。

8. 张四维《溪上闲情集》

明散曲别集，今不传。书名见黄虞稷《千顷堂书目》。

9. 王克笃《适暮稿》一卷

明散曲别集。今存清嘉庆二十一年（1816）王克笃八世孙王志超抄本，书前有万历二十二年（1594）王克笃《适暮稿小引》。

10. 薛论道《林石逸兴》十卷

明散曲别集。有明万历刻本、续四库影印本，前有万历十八年

（1590）龙川居士胡汝钦序、万历十六年（1588）薛论道自序，卷末
有万历十八年（1590）俞钟跋、万历十六年（1588）新安吴京引。每
卷有同曲牌小令100首：卷一为【古山坡羊】、卷二为【朝天子】、
卷三为【水仙子】、卷四为【黄莺儿】、卷五为【沉醉东风】、卷六
为【桂枝香】、卷七为【朝元歌】、卷八为【傍妆台】、卷九为【步步
娇】、卷十为【玉抱肚】，共计小令1000首（今仅存999首，【仙吕
入双调·玉抱肚】《乡思》佚1首）。近人卢前仅刊首卷100首及第
三卷29首，收入《饮虹簃所刻曲》，并于卷末附记说明。另今人赵
玮、张强以续四库影印本为底本，参校《全明散曲》和《饮虹簃所刻
曲》本，整理而成《林石逸兴校注》一书，2011年由云南大学出版
社出版。

11. 张凤翼《敲月轩词稿》

明散曲别集，今不传。书名见冯梦龙《太霞新奏》。

12. 丁綵《小令》一卷

明散曲别集。今存明崇祯间刻本、绥中吴氏绿云山馆抄本，卷
首有少林丘云嵊序、【黄莺儿】《咏风花雪月》小令三首，崇祯十年
（1637）钟羽正撰、丘石常手题序以及跋文二则。现吴氏抄本已收入
《绥中吴氏抄本稿本戏曲丛刊》，2004年由学苑出版社出版。

13. 薛岗《金山雅调南北小令》一卷

明散曲别集。今存明万历四十四年（1616）刘朴抄本。

14. 杜子华《新刻三径闲题》二卷附录一卷

明散曲别集。有明万历六年（1578）刻本，卷首有王穉登序、圻
山山人题词。上卷为小令（含1篇套数），下卷为套数。附录一卷则
收录一些前人及当时名家的散曲作品。

15. 顾正谊《笔花楼新声》一卷

明散曲别集。有明万历刻本，卷首有陈继儒、杨继礼题词，卷末附万历十八年（1590）王穉登跋语。后近人卢前将其收入《饮虹簃所刻曲》本。

16. 史槃《齿雪余香》

明散曲别集，今不传。书名见冯梦龙《太霞新奏》。

17. 王骥德《方诸馆乐府》二卷

明散曲别集。原刻久已不传，书名见毛允遂《曲律》跋。近人任讷尝辑之，然书稿未刊而遭倭变被焚，后近人卢前重新补辑，共得小令 52 首，套数 30 篇，收入《散曲集丛》本，书前附卢前《方诸馆乐府弁言》，民国三十年（1941）由长沙商务印书馆排印出版。另 1983 年湖南人民出版社出版陈多、叶长海注释《王骥德曲律》，该书后附《方诸馆乐府辑佚》，较之卢前所辑又增小令 9 首、套数 1 篇①。

18. 赵南星《芳茹园乐府》一卷

明散曲别集。有明崇祯间刻本、清光绪间王灏辑《味檗斋文集》本，卷首有新周居士小序。近人卢前将其收入《饮虹簃所刻曲》，并于卷末附记说明。

19. 沈璟《情痴㝩语》一卷，《词隐新词》一卷，《曲海青冰》二卷

明散曲别集，前二种曾刊行，今不传，后一种未刊即佚。书名见王骥德《曲律》。近人陆侃如、冯沅君曾据《太霞新奏》等选本辑成

---

① 谢伯阳《全明散曲》（增补版）（齐鲁书社，2016 年）收录为小令 58 首，套数 32 篇。

《沈伯英散曲》一卷（未见），约存小令 10 余首，套数 30 余篇。

20. 陈所闻《濠上斋乐府》二卷

明散曲别集。原本久已失传，书名见于周晖《金陵琐事·曲品》。近人卢前据《南北宫词纪》所录辑出，收入《散曲集丛》本，卷一为小令，卷二为套数，书前附卢前《濠上斋乐府弁言》，民国三十年（1941）由长沙商务印书馆排印出版。

21. 俞彦《近体乐府》一卷

明散曲别集，今不传。书名见《千顷堂书目》著录。

22. 王澹《欸乃编》

明散曲别集，今不传。书名见王骥德《曲律》。

23. 范垣《南北词曲随笔》不分卷

明散曲别集。今存明抄本。

24. 丁惟恕《续小令集》不分卷

明散曲别集。今存明崇祯十三年（1640）自刻本、抄本，前有琅琊山人书序。

25. 孙峡峰《峡峰先生小令》不分卷

明散曲别集。有明末抄本。

26. 冯梦龙《宛转歌》不分卷

明散曲别集。原书散佚已久，书名见冯梦龙《太霞新奏》。近人卢前辑得小令 6 首，套数 18 篇，收入《散曲集丛》本，书前附卢前《宛转歌弁言》，民国三十年（1941）由长沙商务印书馆排印，书后并附时调小曲《挂枝儿》41 首。

27. 陈翼飞《梧院填词》一卷

明散曲别集，今不传。书名见《千顷堂书目》著录。

28. 周栩生《怨词》一卷

明散曲别集，共有散曲小令 30 首，全以【黄莺儿】曲牌为咏，今不传。书名见王嗣奭《喜词》卷首小引和屠本畯《笑词》卷末屠苌忠题辞。

29. 屠鼎忠《醉词》一卷

明散曲别集，共有散曲小令 30 首，全以【黄莺儿】曲牌为咏，今不传。书名见《甬上屠氏宗谱》[民国八年（1919）既勤堂刻本] 著录，并收其《醉词自序》。

30. 范云钵《清凉散》一卷

明散曲别集，共有散曲小令 30 首，全以【黄莺儿】曲牌为咏，今不传。书名见屠鼎忠《醉词自序》。

二、作家别集或丛书附刻

1. 吴承恩《射阳先生存稿》四卷

明诗文别集。今存民国十九年（1930）故宫博物院图书馆排印本，分两册，每册两卷，前有万历庚寅（1590）陈文烛《吴射阳先生存稿叙》、李维祯《吴射阳先生集选叙》，后有万历己丑（1589）吴国荣跋。该书卷四包括"障词"和"词"两部分，目录著录收词 69 阕，实含散曲小令 5 首，套数 2 篇。1958 年刘修业据此排印本整理《吴承恩诗文集》，并附补遗、年谱、考述等，由上海古典文学出版社出版。1991 年刘怀玉又作《吴承恩诗文集笺校》，由上海古籍出版社出版。另近人卢前将吴承恩散曲单独辑为《射阳先生曲存》一卷，收入《饮虹簃所刻曲》。1980 年，广陵古籍刻印社又将《伯虎杂曲》《射阳先生曲存》《长春竞辰乐府》合刊为《伯虎杂曲等三种》。

2. 张守中《中宪裕斋张公集》八卷

明诗文、词曲别集。今存扬州市图书馆藏清张廷枢辑《高邮张氏遗稿》十六卷稿本,其中张守中《中宪裕斋张公集》包括文集一卷,诗集四卷附录一卷,词集遗编一卷附散曲一卷,共收散曲小令17首。

3. 吴廷翰《苏原先生全集》十四卷

明诗文别集。该书于万历十五年(1587)经吴廷翰长子吴国宝编次,少子吴国寅刊行,包括《吉斋漫录》二卷,《瓮记》二卷,《椟记》二卷,《湖山小稿》三卷,文集二卷,诗集二卷,《洞云清响》一卷。传本极罕见,仅日本藏有全本,现可见的只有容肇祖据明万历二十九年(1601)刊本点校改编而成的《吴廷翰集》,前有《吴廷翰的哲学思想概述》,后附《吴廷翰小传》,1984年由中华书局出版。其中《洞云清响》一卷为散曲,卷首有刘汝佳《小引》,共收小令56首,套数21篇,均为吴廷翰、吴国宝父子归隐湖上之作,除3篇套数题"苏原"(吴廷翰)、4篇套数题"万湖"(吴国宝)外,其余均无署名(《全明散曲》将无署名之作归于吴国宝)。

4. 王寅《十岳山人诗集》四卷附《王十岳乐府》一卷

明诗曲别集。有明万历间刻本。诗集前有嘉靖癸亥(1563)胡宗宪序、万历辛卯(1591)陈文烛序、嘉靖癸亥(1563)方九叙序和汪道昆著《王仲房传》,后附嘉靖癸亥(1663)王文禄序。《王十岳乐府》一卷为散曲,赵大忠校刊,卷前有王寅万历乙酉(1585)《乐府小序》,共收散曲小令113首,套数18篇①。

---

① 谢伯阳《全明散曲》(增补版)(齐鲁书社,2016年)收录为小令106首,套数19篇。

5. 冯敏劝《小有亭集》三十卷

明诗文、词曲别集。国内现存只有上海图书馆藏二十六卷明刻本残本，卷端署"平湖冯敏劝忠卿甫著"，共十四册，包括五言律诗五卷、诗余一卷、曲部二卷、七言律诗八卷、七言绝句二卷、梦言三卷、寐言三卷、杂体二卷。今人叶晔将《曲部》二卷所收散曲辑出，计小令 48 首，套数 4 篇①，收入《〈全明散曲〉新辑（下）》，发表于 2011 年第 6 期《文学遗产》网络版。

6. 周履靖《夷门广牍》一百五十八卷

明丛书。汇辑历代稗官杂记和辑者自著的吟咏投赠诗篇，共计 107 种，分艺苑、博雅、尊生、书法、画薮、食品、娱志、杂占、禽兽、草木、招隐、闲适、觞咏 13 类，现存明万历二十五年（1597）自刻本。闲适类中有散曲集《鹤月瑶笙》四卷，卷一为"霞外清声"，卷二为"闲云逸调"，卷三为"鸳湖渔唱"，卷四为"梅里樵歌"，每卷含套数 10 篇（每篇末附七言绝句 1 首），共收套数 40 篇，前有姚弘谊《鹤月瑶笙叙》。1937 年商务印书馆据明万历刻本影印，将《鹤月瑶笙》四卷收入《丛书集成初编》；近人卢前亦将其辑出收入《饮虹簃所刻曲》，并于卷末附记；1989 年上海古籍出版社又出版有甘林点校本。

7. 朱载堉《醒世词》

明诗文、词曲别集。有清道光元年（1821）贺汝田刻本、清道光四年（1824）王栗园刻本、民国二十四年（1935）阎永仁汇编益智堂刻本。目前能见到的是 1992 年中州古籍出版社影印的益智堂本，书

---

① 谢伯阳《全明散曲》（增补版）（齐鲁书社，2016 年）收录为小令 38 首，套数 7 篇。

前有影印版新序及道光元年（1821）贺汝田序、道光四年（1824）王林春序、民国十七年（1928）阎永仁《郑王词分类汇编序》、民国二十二年（1933）樊学圃《重编郑王词序》。由于阎永仁对散曲的格式体例不甚了解，故阎本中诗、文、民歌、散曲参差混列，编况紊乱，今人谢伯阳据曲谱将阎本中曲文和曲牌排列归位，辑得散曲小令252首，套数1篇①，并作《重订朱载堉散曲并记》，发表于《中国韵文学刊》2012年第3期。

8. 程可中《程仲权先生集》诗集十卷，文集十六卷

明诗文、词曲别集。今存明刊拜环堂集丛刻本，明程胤万、程胤兆刻本，明末抄本。其中文集卷十五、十六为散曲，分著"乐府北词""乐府南词"，共收散曲小令16首，套数13篇，卷末附程胤万、程胤兆跋。

9. 陈与郊《隅园集》十八卷

明诗文、词曲别集。有明天启元年（1621）赐绯堂刊本，前有李维桢序，卷十八著"词曲"，实全为散曲，共收小令60首，套数6篇。近人卢前将其辑出，收入《饮虹簃所刻曲》，并于卷末附记。

10. 李应策《苏愚山洞续集》三十卷

明诗文、词曲别集。今仅存北京大学图书馆藏四函二十八册明刻本残本（缺卷十九、卷二十九），无序跋，总目镌至卷二十六。今人叶晔从该书卷八、卷二十二、卷二十八中辑出散曲小令488首②，依《全明散曲》成例，整理为《苏愚山洞乐府》三卷，发表于2011年第

---

① 谢伯阳《全明散曲》（增补版）（齐鲁书社，2016年）收录为小令253首，套数1篇。
② 谢伯阳《全明散曲》（增补版）（齐鲁书社，2016年）收录为小令468首。

4期《文学遗产》网络版。

11. 徐媛《络纬吟》十二卷

明诗文、词曲别集。今存明万历四十一年（1613）刻本，卷首有万历四十一年（1613）范允临《络纬吟小引》、董斯张《徐姊范夫人诗序》、徐洌仲《络纬吟题辞》，主要收录各体诗歌，次为赋、序、传、颂、诔、悼词、祭文及尺牍等。该书卷十为散曲，共收小令26首，套数2篇。

12. 龙膺《龙太常全集》四十六卷

明诗文、词曲别集。今存湖南省常德市图书馆藏清光绪十四年（1888）九芝堂重刊家刻本，包括《纶瘾文集》二十七卷，《纶瘾诗集》十九卷。诗集卷一至卷十四题《九芝集》，其中卷十三为散曲套数5篇，卷十四收词24首、散曲小令48首。另今人梁颂成、刘梦初据光绪刻本整理校点而成《龙膺集》，2011年由岳麓书社出版。

13. 汪廷讷《坐隐先生全集》十八卷

明诗文、词曲别集。今存明万历三十七年（1609）环翠堂刻本，包括《坐隐先生订谱》八卷和《坐隐先生集》十卷。其中《坐隐先生集》含文三卷，诗四卷（后两卷为联句和集句），诗余一卷，南北曲一卷，随录一卷。书前有朱赓题词，朱之蕃、曹学佺等序；书后有万历三十七年（1609）萧和中序、万历戊申（1608）王之机跋、万历己酉（1609）胡焕跋。《南北曲》为卷九，共收散曲小令21首，套数11篇，今人汪超宏将其辑出，收入《〈全明散曲〉补辑》（《明清曲家考》附录，2006年中国社会科学出版社出版）[①]。另《坐隐先生集》

① 谢伯阳《全明散曲》（增补版）（齐鲁书社，2016年）收录为小令25首，套数3篇。

卷七集句末还附有集诗句南曲;《坐隐先生订谱》匏部有《坐隐南北曲》,为其他散曲家赠答汪廷讷之作,汪超宏《〈全明散曲〉补辑》亦有收录。

14. 王化隆《谚谟·曲典》二卷

明文曲别集。今存明万历间刻本,包括杂文《谚谟》一卷,散曲《曲典》一卷,书前有"翠竹山房真如子识"字样和真如子(王化隆)《谚谟曲典序》。《曲典》一卷按题咏内容分为"忠孝节义门""感慨悲歌门""警悟解脱门",共收散曲小令60首①。

15. 屠本畯《屠田叔小品七种》八卷,附二种二卷

明文曲别集。今仅存浙江图书馆藏明刻本,包括有《霞爽阁空言》一卷、《憨聋观》一卷、《聋政》一卷、《笑词黄莺儿三十阕》一卷、《状游翻》一卷、《状游译》一卷、《游舟山籍》二卷,附《笔剩》一卷、《状游廿三发》一卷。《笑词黄莺儿三十阕》一卷为散曲,卷前有万历庚申(1620)王思任《憨先生笑词序》、万历丙辰(1616)屠本畯自序及《笑品四十八》,卷末附王右仲《索笑词帖》和万历庚申(1620)屠荩忠题辞,共有小令30首,全以【黄莺儿】曲牌为咏。

16. 王嗣奭《密娱斋诗集》

明诗曲别集。有中国科学院文学研究所藏抄本,上海图书馆1962年12月据此抄本传录,共十四册,包括《学游草》《九怀》《最适草》《雁山纪游》《药笼存草》《惭陶集》《泠然草》《腹留草》《喜词》《证习诠》《远志篇》《桂石轩诗》《涉川吟》《铁匦篇》《夷困篇》《初集》《剩集》十七种,首册前有崇祯庚辰(1640)《王右仲先生密娱斋诗集

---

① 谢伯阳《全明散曲》(增补版)(齐鲁书社,2016年)收录为小令54首,套数1篇。

序》、崇祯庚辰（1640）王嗣奭《密娱斋诗集引首》。其中《喜词》一卷为散曲，卷前有张鼎业《刻王右仲喜词序》、王嗣奭《小引》，共有小令 30 首，全以【黄莺儿】曲牌为咏。另北京图书馆还藏有五册本《密娱斋诗集》抄本，1962 年 12 月上海图书馆亦有传抄，但此书只分五古、七古、五律、七律、后集，为王嗣奭诗歌选集。

17. 叶华《刻金粟头陀青莲露》六卷

明杂著。包括《金粟园尘挥清语》一卷，《心经诠注石点头》一卷，《古今逸贤清史》一卷，《太平清调迦陵音》一卷，《澹斋群英霏玉》一卷，《修齐至宝养生主》一卷，有明刻本和民国九年（1920）北平故宫博物院影印本。其中《太平清调迦陵音》一卷为散曲集，前有冰雪道人释如德序、陈拱璧序，并附《迦陵音指迷十六观》，卷末附园隐主人跋语，共收小令 13 首，套数 11 篇，但《闲情》一套实为马东篱《秋思》套曲，故后来卢前辑出时删除此套和《迦陵音指迷十六观》，其余收入《饮虹簃所刻曲》，并于卷末附记说明。

18. 王屋《草贤堂词笺》十卷附《蘗弦斋词笺》一卷

明词曲别集。今存明崇祯间刊本，前有崇祯八年（1635）钱继登序、支允坚序、自序等。《蘗弦斋词笺》一卷后又附《杂笺》曲部，共收散曲小令 85 首，全部以【黄莺儿】曲牌为咏。

19. 施绍莘《秋水庵花影集》五卷

明词曲别集。有明抄本、明崇祯间施氏秋水庵刻本，包括乐府（散曲）四卷，诗余（词）一卷。秋水庵刻本为施绍莘手订，卷首有陈继儒、顾乃大、顾胤光、沈士麟序和施绍莘自序，并附《杂纪》十一则，以说明评校谱韵，曲作按创作时间先后排列，曲前多有叙，曲后多有评跋，且间附诗文。后近人任讷略去卷五"诗余"和眉批、夹批，又将曲后文字改为小字，校正讹字后收入《散曲丛刊》，并于卷首撰写提要。1989 年上海古籍出版社又出版来云点校本。

三、曲选

1. 李子汇《词珍雅调》十三卷

明散曲、戏曲选集。今存金陵书肆绣刻本，包括翰苑词珍残帙三卷，庆贺词珍一卷，风月词珍三卷，夏景遣怀雅调一卷，秋景遣怀雅调一卷，冬景遣怀雅调一卷，江湖遣怀雅调一卷，时兴遣怀雅调二卷。此书所选剧曲（套曲）、散曲（小令、套曲）及时曲皆按类分编，如"勉学类""别亲远赴类""及第类""闺情类""叹世类"等，然标准不一，极为驳杂，且多不注作者姓名。

2. 胡文焕《群音类选》

元明戏曲、散曲选集。该书原为明万历间文会堂辑刻《格致丛书》之一种，然原书卷数今已不详，可能为四十六卷。现仅存三十九卷残本，分藏于南京图书馆和首都图书馆。全书分为官腔类（指昆腔）二十六卷（前五卷已佚），诸腔类（指多种地方剧曲）四卷，北腔类（北剧散出、北散曲）六卷（卷二、卷三已佚），清腔类（南散曲）八卷，续选二卷（元明杂剧、传奇单出和散曲）。另有 1980 年中华书局影印万历刊本、1987 年台湾学生书局《善本戏曲丛刊》影印本。

3. 沈璟《南词韵选》十九卷

明散曲选集。有明万历间吴江沈氏刻本（已佚）、台湾国立中央图书馆藏明虎林刊本、清昼堂所藏传抄晒蓝残本以及由此书排印的郑骞点校本。书前《凡例》云："虽有佳词，弗韵弗选也。"选曲次序按周德清《中原音韵》排列，自"东钟"至"廉纤"共十九韵，共收小令 315 首，套数 74 篇。

4. 陈所闻《新镌古今大雅北宫词纪》六卷

元明散曲选集。有明万历间陈氏继志斋原刻初印本和重印本，卷首有万历三十二年（1604）焦竑题序、朱之蕃小引，正文上有眉批，摘引王世贞《曲藻》、何良俊《曲论》等评曲之语。该书专收北曲，其中元人五十家、明人八十家，所选作品按题材分为"宴赏"（卷一），"祝贺"（卷二），"栖逸并归田"（卷三），"送别""旅怀附悼亡""咏物""宫室"（卷四），"美丽"（卷五），"闺情"（六卷）等类编排，共收套数 312 篇。另陈所闻还编有《北宫词纪外集》，有吴晓铃藏抄本，残存卷四、五、六。1959 年中华书局排印赵景深校订本《南北宫词纪》，后吴晓铃对赵本进行订补，并增《外集》三卷，附于《南北宫词纪校补》之后，卷次改为卷一、二、三，1961 年由中华书局排印出版。

5. 陈所闻《新镌古今大雅南宫词纪》六卷

元明散曲选集。有明万历三十三年（1605）俞彦序刻本。该书专收南曲，套数、小令各三卷，其中除收元人二家 1 令 1 套外，其余 74 家均为明人，共收小令 721 首，套数 166 篇。所选作品按题材分类编排：第一卷"美丽""闺怨"，第二卷"宴赏""祝贺""游览""咏物""题赠""寄慰"，第三卷"送别""写怀""伤逝""隐逸"，第四卷"美丽""闺怨"，第五卷"宴赏""祝贺""游览""咏物""题赠""寄答"，第六卷"送别""旅怀""隐逸""嘲笑"。后 1959 年中华书局将此书与《北宫词纪》合并排印出版，分为四本，前两本是《南宫词纪》，后两本是《北宫词纪》，合称《南北宫词纪》，由赵景深校订。

6. 魏之皋《新刻点板情词昔昔盐》五卷

明散曲选集。今存明万历三十四年（1606）刻本、影抄本，书前有万历丙午（1606）三花居士（魏之皋）《题情词昔昔盐序》，该书所录散曲不著作者，编排以题材为序，然内容均不离男女相思、别愁离绪、伤春悲秋之类。

7. 窦彦斌《新镌出像词林白雪》八卷

元明散曲、戏曲选集。今存明万历三十四年（1606）刻本，前有万历三十四年（1606）自序。该书卷一至卷六选录南北散曲，卷七、卷八选录传奇散出，各卷目录中皆署有撰人，但不可尽信。所选散曲共计140套，按"美丽""闺情""闺怨""咏物""宴赏""栖逸"等题材分类编排。

8. 陈继儒《精选点板昆调十部集乐府先春》三卷

明散曲选集。有明万历间徽郡谢少连校刊本，为徽派版画名手黄应光所刻。所选全为南曲套数，首卷20篇，上卷65篇，下卷57篇，共计142篇，其中有许多作者作品为明代诸曲选集所未见。

9. 王穉登《吴骚集》四卷

明散曲选集。有明万历间张琦校刻本、明末刻本、民国二十五年（1936）贝叶山房"中国文学珍本丛书"排印本。卷首有万历四十二年（1614）陈继儒所作《吴骚引》，所选作品以典雅派为主。

10. 张琦、王辉《吴骚二集》四卷

明散曲选集。有明万历间长洲周氏刊本、抄本，书前有万历四十四年（1616）花裀上人许当世序，云："吴骚广楚骚者也。曩初集行，已纸贵洛阳，海内复渴望次集，遂复辑次集以广初集。夫两集皆曲也，曷为而骚之？曰体异而情同也。情曷为而同？其摛词不必尽怨矣。他弗具论，间且欢曰斁怨而欢，欢复致怨者，人间世聚散之常也。总之怨其情种也。"故内容多以"闺情""闺思""咏艳""寄情""怀妓""咏妓""欢会""惜别""伤逝"等为题。

11. 朱元亮、张梦征《青楼韵语》四卷

明诗词、散曲选集。有明万历四十四年（1616）武林刻本，书前有万历丙辰（1616）序、万历乙卯玄度子《韵语小引》、郑应台《韵语画品》、花裩上人《青楼韵语题词》、插图十二祯、《凡例》，后有六观居士跋。此书专收妓女作品，然诗、词、曲杂录，共辑"古今词妓凡百八十人，韵语计五百有奇"。另有民国三年（1914）同永印局刊本、民国二十四年（1935）中央书店《国学珍本文库》本。

12. 周之标《吴歈萃雅》四卷

元明散曲、戏曲选集。有明万历四十四年（1616）长洲周氏刻本、1984年台湾学生书局《善本戏曲丛刊》影印本，卷首有周之标"题辞"及万历四十四年（1616）自序、小引、选例，自称以"惟取其情真景真，则凡真者尽可采"为选录标准，附刊魏良辅《曲律》十八条，插图三十二帧。该书前两卷（元集、亨集）选录30位曲家小令5首，套数117篇，后两卷（利集、贞集）收录38种剧曲159篇（另有散套1篇），牌名板眼皆依蒋孝《南九宫谱》，详注撮口，分别平仄阴阳，附有点板，便于清唱。

13. 骑蝶轩主人《情籁》四卷

明词曲选集。有明万历间刊本，卷首有陈继儒序言，前二卷为词，后二卷为散曲。该书共选张荦如、伍灌夫、余壬公、姚小涞、扶摇 5 位曲家散曲小令 19 首，套数 15 篇，皆为明人其他曲选所未录。

14. 许宇《词林逸响》四卷

元明散曲、戏曲选集。有明天启三年（1623）刻本、萃锦堂刻本、书业堂刻本、1984 年台湾学生书局《善本戏曲丛刊》影印本、《四库未收书辑刊》影印本。卷首有天启三年（1623）勾吴愚谷老人《词林逸响序》《词林逸响凡例》，并附魏良辅《昆腔原始》。该书分风、花、雪、月四集，每集一卷，每卷目录后附插图三幅，风、花二卷收录明人散曲套数 120 篇，雪、月二卷收录元明戏曲剧套 121 篇，以南曲为主，偶尔酌收北曲。编排以宫调曲牌为序，并据《中原音韵》注明平仄阴阳，附有点板，无宾白，专供清唱用。

15. 张栩《石镜山房汇彩笔情辞》十二卷

元明散曲选集。有明天启四年（1624）刻本、1987 年台湾学生书局《善本戏曲丛刊》影印本。首卷前有天启甲子（1624）张栩《彩笔情辞叙》、张冲《彩笔情辞引》《凡例》，并附《彩笔情辞辞人姓字》（元人 30 位，明人 50 位，大部分并载辞人名号和籍贯），另每卷扉页皆题书名和天鬻斋主人识语，每卷有插图两幅。全书按题材分类编排，共分十八类：卷一、卷二为“赠美类”，卷三为“合欢类”，卷四为“调合类”和“叙赠类”，卷五为“题赠类”“携春类”和“耽恋类”，卷六为“间阻类”和“嘱劝类”，卷七为“离别类”“送饯类”和“赋物类”，卷八为“感怀类”，卷九为“感怀类”和“访遇类”，卷十为“相思类”，卷十一为“相思类”和“嘲谑类”，卷十二为“寄酬类”和“伤悼类”，每类又按南散套、北散套、南北散套、南小令、北小令的顺序排列，共收小令 336 首，套数 203 篇。

16. 冯梦龙《太霞新奏》十四卷

明散曲选集。有明天启七年（1627）刻本，前有天启丁卯
（1627）顾曲散人《太霞新奏序》《太霞新奏发凡》十三则及沈璟【二
郎神】《太霞新奏序》《太霞新奏山像八景》插图十六帧，编排依宫调
为序，前十二卷为套数，后二卷为小令，书中眉批处加注读音、用
韵，有些篇目后还附有评语，论及作曲方法及曲坛典故。另有民国
二十年（1931）北京富晋书社影印本、1986年海峡文艺出版社影印
本、1987年台湾学生书局《善本戏曲丛刊》影印本、1993年上海古
籍出版社影印本。

17. 凌濛初《南音三籁》四卷

元明散曲、戏曲选集。该书成于万历四十五年（1617）至天启六
年（1626）之间，有明崇祯刻本，前两卷为散曲，后两卷为戏曲，书
前有凌濛初自序、《凡例》《谭曲杂劄》和插图十六幅，卷中栏上、曲
尾时有批注。编者崇尚自然本色，将所选元明两代南曲作品按"其古
质自然，行家本色，为天""其俊逸有思，时露质地者，为地""若但
粉饰藻绘，沿袭靡词者，虽名重词流，声传里耳，概谓之人籁而已"
的标准评分优劣。后清康熙七年（1668）袁园客又有重刻增益本，卷
首载康熙戊申（1668）袁于令序、袁园客题词、康熙六年（1667）李
玉序和凌濛初自序，次王骥德《曲律》二十六则，又次《谭曲杂劄》
十七则。另还有1953年上海古籍书店影印明刊本、1987年台湾学生
书局《善本戏曲丛刊》影印明末原刊本配补清康熙增订本。

18. 张琦、张旭初《白雪斋选订乐府吴骚合编》四卷

明散曲选集。有明崇祯十年（1637）张师龄刻本，为名刻家武林
项南洲和古歙汪成甫、洪国良所刻。卷内题作"虎林骚隐居士选辑，

半岭道人删订"，卷首刻有张琦的《衡曲麈谈》和魏良辅的《曲律》。内容"惟幽期欢会，惜别伤离之词，得以与选，其他杂咏佳篇，俱俟续刻，概不溷收"，主要从《吴骚集》《吴骚二集》《吴骚三集》等书选辑而成，所选以宫调为序编排，分析正赠，辨订牌调，正板式之差讹，考集曲之字句，比之其他曲选集，较为精详，且每套散曲后面，附有许多评语，很有参考价值。另有吴郡绿荫堂翻刻本、大来堂刊本及民国二十三年（1934）商务印书馆"续四部丛刊"影印本。

19. 方来馆主人《方来馆合选古今传奇万锦清音》四卷

元明散曲、戏曲选集。有明末刻本，清顺治十八年（1661）方来馆刻本，分上下栏，上栏收录散曲、杂曲，下栏录戏文、传奇散出。该书共收明代410首（篇）散曲，但只有40首作品标注了曲家名姓，共计25人，其中马更生、嵇行若、程岂一、周君建、邵涵远、嵇一庵、沈沧雨等人作品为众多明人曲选集所不见，弥足珍贵；所收元明传奇散出，则多为当时市井流行的弋、昆演出剧目。

20. 沈自晋《广辑词隐先生增订南九宫词谱》二十六卷

南曲谱。该书为沈自晋于顺治二年（1645）起根据沈璟《南九宫谱》加以修订补充编成，顺治十二年（1655）刊刻，体例与沈璟谱大致相同，除散曲、传奇外，亦收诗余，且有眉批评点说明。今有民国时期影印的清初刊本，卷首保留了嘉靖己酉（1549年）蒋孝《南词旧谱序》、李鸿《南词全谱原序》，并附乙未（1655年）沈自南《重定南九宫新谱序》、沈自继《重辑南九宫十三调词谱述》及《参阅姓氏》《凡例》《凡例续纪》《古今入谱词曲传剧总目》《宫调总论》，且于《凡例》中提出了"遵旧式""禀先程""重原词""参增注""严律韵""慎更删""采新声""稽作手""从诠次""俟补遗"十项制谱原则，卷末附有沈永隆《南词新谱后序》、沈自友《鞠通生小传》。

21. 王端淑《名媛诗纬初编》四十二卷

明诗词、散曲选集。有清康熙六年（1667）刻本，书前有顺治十八年（1661）钱谦益序及王端淑自序。此书专收女性著作，且有评语可供参考。前三十四卷皆为明闺秀诗，三十五、三十六两卷为诗余，三十七、三十八两卷为散曲，题为"雅集"。近人卢前据云间施氏无相庵藏本《名媛诗纬》辑出《雅集》两卷，收入《饮虹簃所刻曲》。

附录三
《全明散曲》补遗

王嗣奭

字右仲，号于越，别署遥集居士，宁波鄞县人。生于明嘉靖四十五年（1566），卒于清顺治五年（1648）。万历间举人，官至涪州知州，明亡返乡，不仕清。著有《杜臆》《密娱斋诗集》等。

小令30首

【南商调·黄莺儿】 喜词三十首

何处辨西东。掉头来，左右同。打开四壁乾坤共。岩廊也穷。山林也通。笑时非痒号非痛。喜东风。一般披拂，花草万般红。

年少学屠龙。剑通灵，制鼎钟。千金费尽非无用。妖蛟饮锋。飞涛溅红。明珠夺取连城重。喜芙蓉。众芳开尽，霜岸锦香秾。

想到鹿门庞。百营除，万虑降。鼾鼾睡足晨钟撞。寒蟾破窗。寒霜吠尨。轮蹄为甚喧街巷。喜清江。日高开户，奴子理渔艭。

人事太参差。总浮生，一传奇。百般演弄真成戏。乍欢乍悲。又合又离。暗中编定捱排至。喜爮厄。不关造化，到口未须辞。

贫士苦长饥。赴华筵，醉饱归。烹龙炮凤俱无味。乘坚齿肥。腰黄衣绯。何尝不想山林贵。喜忘机。静看苍狗，又变白云衣。

阀阅太常书。一时荣，转眼虚。蠹鱼场里寻伊吕。闲园灌蔬。清溪钓鱼。此中别有经纶处。喜闲居。饥餐当肉，缓步当安车。

一片月轮孤。遍乾坤，白玉壶。何劳三万八千户。看香生桂林。更光摇翠梧。姮娥同住清虚府。喜茶炉。露凉风细，自啜紫琳腴。

紫陌万花迷。惹游人，骤马蹄。柴门日午犹深闭。檐前鸟啼。阶前草萋。一庭春色连天际。喜山妻。布衣操作，举案与眉齐。

土木瘦形骸。古今愁，不到怀。吟风弄月寻常债。清阴古槐。苍台矮阶。睡残鹤梦弹琴罢。喜萧斋。红尘隔断，小槛面丹崖。

曲径满蒿莱。午鸡鸣，清梦回。起来贤圣还相对。茶铛酒罍。颠仙怪魁。长林麋鹿俱吾队。喜寒梅。门庭冷落，肯送暗香来。

苦冷脚皮皴。又难堪，毒热新。自家憎爱都无准。燕台酒人。襄阳酒民。醉乡共乞通侯印。喜花茵。伴予酩酊，一枕四时春。

万古格天勋。太空中，一片云。莫教空里重生晕。晴天绣纹。烟花麝芬。眼前世界唐虞近。喜南熏。北窗高枕，韶箾梦中闻。

长啸向中原。古今来，争斗繁。秦宫汉苑秋虫怨。看风恬日暄。听蛙鸣鸟言。煞强似未央置酒千官劝。喜江村。可耕可钓，别自有乾坤。

夏圃万琅玕。隔炎歊，生昼寒。不巾不韈还衩袒。笑长安贵官。跨花骢玉鞍。尘沙满眼通身汗。喜幽兰。竹阴深处，相共报平安。

乌兔走如环。昨鬖龄，又鬓斑。水中泡影重重幻。舞何须小蛮。药何须大还。春风不负看花眼。喜青山。结成三友，兼与白云闲。

大笑问青天。宰荣枯，何太偏。季孙富贵颜面贱。说乘除互权。任推移自然。到头揭示君应见。喜清川。滔滔流去，随地作方圆。

生计任萧条。饥一盂，渴一瓢。免生疾病呻吟少。椿芽菔苗。汤燖醋浇。清甜不说珍羞妙。喜春宵。雪晴月出，披褐对琼瑶。

千古得神交。借南华，手自抄。逍遥开卷呼人觉。唾壶懒敲。驱驴免嘲。抟风控地何须较。喜书巢。纸窗图画，柳影槛前梢。

万物总秋毫^①。心地宽，眼界高。冰山火宅俱堪悼。驾如梭小舠。破如山怒涛。东穷溟渤寻三岛。喜豪曹。发藏锋锷，不向匣号。

---

① 原文为"万物总秋豪"，"豪"字误，径改。

　　兴到且高歌。折磨深，滋味多。英雄都是穷人做。莘郊两薨。盟津饭锅。后来事业如天大。喜穷魔。当前抟弄，不怕奈予何。

　　世事似翻车。邵东陵，又种瓜。卫青昔日遭笞骂。苦不须怨咱。欢不须恋他。失时跌走逢时驾。喜鸣蛙。大家鼓吹，赛倒郑琵琶。

　　扰扰总蜣蜋。粪团儿，兰麝香。推来推去何时放。这乾坤戏场。那腔套假装。散场试看如何样。喜胡床。坐看圆月，受用好清光。

　　脚底有蓬瀛。慕长生，煮石英。几人断送蜉蝣命。把贪心放轻。把争心放平。清恬淡泊真迁境。喜开枰。他人对局，傍坐看输赢。

　　非誉本无形。莫将来，作正经。灵台自勘无劳证。是芝兰自馨。是鲍鱼自鲤。岂缘众口商量定。喜西铭。一言道尽，存顺没还宁。

　　祸福也无凭。善如登，恶似崩。路头一线分歧径。平衡直绳。深渊薄冰。此中田地多宽剩。多孤灯。除昏破暗，漏尽太阳升。

　　世路总悠悠。取功名，似掷骰。赢输全不由双手。得闲便偷。乘机便投。如何肯把双眉皱。喜沙鸥。清波万顷，任意且沉浮。

　　好汉见黄金。响喉咙，变作瘖。烂钱堆里埋人品。笑爷娘费心。为儿孙诲淫。直教散尽方安寝。喜分阴。往来群玉，满腹贮璆琳。

身外不须贪。野狐禅，枉费参。前程似漆人人喑。白石小庵。紫石小潭。就中寄傲应非赚。喜双柑。还将斗酒，黄鸟共深谈。

三寸兔毫尖。沥残膏，多丙沾。才当对垒无灵验。调和酱盐。检校秾纤。纵投俗眼将无诮。喜虚檐。月明涛细，风弄老苍髯。

黄雀和酸咸。共垂涎。不用馋。无多滋味何能餍。露脚䯝短衫。劚黄精短镵。自供八口何曾欠。喜呢喃。燕谈乐事，花片带泥衔。

（征引文献：王嗣奭《密娱斋诗集》，上海图书馆 1962 年传钞本）

王衡

字辰玉，号缑山，别署蘅芜室主人，江苏太仓人。生于明嘉靖四十年（1561），卒于万历三十七年（1609）。万历首辅王锡爵之子。万历十六年（1588）举顺天乡试第一，二十九年（1601）举进士廷试第二人，授翰林院编修，是岁奉使江南，旋即归养。著有《缑山先生集》等。

小令 5 首

【南仙吕入双调·二犯江儿水】

正月晦前一日，拉友人赏盆中梅，念家园梅林，中不释，戏成词数阕。

梅花报道，昨夜里梅花报道。春光到树梢。看娟娟弄色，楚楚抽条。傍阑干，一帘清俏。清风吹素绢，黄昏转玉翘。破腊偷瞧，羞伴天桃。咏花人若问我，须及早。薄寒未消，只恐怕薄寒未消。绿纱笼着，且将那绿纱笼着。冷苣禁春，索共招邀。

何郎到来，且喜我何郎到来。流香生敞斋。这芳蕤欲语，粉面垂抬。觑知音，春愁似海。连拳嫩节捱，盘龙矮髻歪。露叶啼开，渐把风猜。叹花神子星星儿，头早白。清醽满杯，休辜负了清醽满杯。黄沙蒙盖，忽地里黄沙蒙盖。试问阴铿，昨胜今来。

好花眼前，有几日好花眼前。一腔春未翦。且傍香开宴，趁影横眠。借风流，将花笑撚。酒拍水晶盘，茶抛竹白烟。醉舞便便，仔细俄延。怪花须星星儿，心未展。梳台镜边，莫不为梳台镜边。关山笛怨，休待到关山笛怨。欢喜随缘，中酒年年。

故园风味，猛提起故园风味。千秋雪涨霁。更翠松掩霭，黄雀喧栖。渡红桥，争投密树。花筹倩客携，花茵衬地披。群玉山低，不夜城西。笑杀那苦零丁，在官阁里。倒颠接篱，那个倒颠接篱。霜酣月醉，那一夜不霜酣月醉。好事乖违，落得魂飞。

则虽为故园花事心迤逗，却不道霎时间红溜。则我那素衣郎精神只得减半。这是慢发迹的慢回头，早占先的早退后。大热闹处大休囚，小打閧处小偢傻。总来呵，酒阑花瘦。我且葫芦提浑著心，莫便嗅梅花破了口。

（征引文献：王衡《缑山先生集》卷二十七附"词"，明万历刻本）

后
记

　　时光荏苒，在日复一日的忙碌工作中，不知不觉距离博士毕业已六年之久。

　　自去年有幸获得上海市高峰学科建设专项经费资助，我便开始修订、补充博士学位论文《晚明散曲研究》，历时一年之久，终得以同名付梓。值此新书出版之际，回想起当年博士论文的写作经历和此次修订过程，亦是百感交集。

　　遥想当年，刚进入读博阶段，一时间学习压力骤增，这令从小在学业方面顺风顺水的我难以适应，同时，那几年我又遭遇家庭变故，当时感觉仿佛所有的挫折都集中到了一起，一度十分迷茫，也开始质疑自己的学习能力。所幸最终还是选择了坚持，在完成学业的同时也学会了成长。

　　博士毕业后，我的人生进入了全新的阶段。六年来，虽一直也没有放弃原有的研究方向，但毕竟主要精力要放在繁琐的日常工作事务中，很难再全心全意做学术研究。因此，本书获得出版机会，也让我重新拥有了一段相对集中、全身心投入的科研时光，这段时光既繁忙辛苦，又充实美好，令人无比珍惜！

　　本次修订从全书的基础文献资料《附录一：晚明散曲家生平及创

作情况表》开始，在博士学位论文的基础上结合近几年来学界最新的研究成果逐条进行了核对增删、分析考证。相较于博士学位论文，本次共增补、修改了 56 位散曲家生平或创作情况，比重之高令人一则以喜，一则以忧：喜的是这六年来学界在晚明散曲的资料补辑工作方面取得了相当多的成果，为本书的完善提供了助力；忧的是在本书的修订过程中，尽管已结合各类研究成果对各位散曲家的生平、创作进行了细致的分析考证，但仍有很多问题无法得出定论，未来相关方面的研究还是任重道远。此外，本次修订过程中重新审视了当年博士阶段对许多曲家作品的解读，颇有"少年不识愁滋味，为赋新词强说愁"之感，如今随着人生阅历的增加，对于很多曲家作品的体会也发生了改变，个中滋味难以表述，唯有自知，也加深了自己对人生的感悟，此亦可谓本次修订带来的"情理之中、意料之外"的收获！

无论是当年博士学位论文的写作，还是本次新书的修订出版，我都得到了很多师友的关心和帮助，在此向大家表示衷心的感谢：

首先，我最应该感谢的便是我的两位导师——程华平老师和朱惠国老师。

程老师是我的博士导师，多年来，他不仅在学术上给予我指导，在生活中也给予了莫大的关心。读博期间，程老师一直把他的办公室让给我写作使用，还为我提供去北京查资料的经费资助，帮我在韩国和中国台湾地区找资料；毕业以后，程老师也时常督促我，为我规划职业发展；本次书稿的出版，程老师也是几乎全程参与，无微不至地考虑到各个细节。最令我感动的是，无论我在学习或生活中遇到任何困难，程老师总能在尽力帮我解决问题的同时，还不忘针对我的性格特点，不断鼓励我，帮我重新建立自信，而这种鼓励和信任真的给予了我勇气和力量。

朱老师是我本科和硕士阶段的导师。从本科第一次见导师的时间算起，至今已有十六年光阴，可以说，朱老师见证了我学习、工作、成家、立业每一步的成长。无论是当年读博期间，还是后来步入工作阶段，这么多年来，朱老师每隔一段时间都会主动打电话了解我的学习、工作进展情况，关心我的生活状态，无论我有任何困难或者委屈都可以和朱老师倾诉。一直以来，朱老师细致入微的关心，让我始终相信，无论遇到什么困难都只是暂时的，只要化压力为动力，总会看见光明的未来。

于我而言，程老师和朱老师不仅仅是我的学业导师，也是人生导师，更是我的亲人！尤其工作后见识了社会的复杂性，更加感慨，能遇见这样的两位导师，我是何其有幸！

除了程老师和朱老师，还有我的同门、同窗、同事，都在我的学习、工作中给予了很多关心和帮助，在此也一并向大家表示感谢。

另外，我还要感谢北京大学叶晔先生、苏州大学艾立中先生和湖北民族大学刘劲松先生，他们都在我博士学位论文写作过程中无私地提供了帮助：叶先生提供的数据库为我节省了很多搜索、核查资料的时间；艾先生不仅将其博士论文的目录、绪论分享给我，还主动告知学界对其观点存有争议，鼓励我进一步思考；刘先生亦是我同窗，之前我们的交流并不多，但他得知我的写作进入瓶颈期时，便主动找我讨论，分享观点，给我启发。

感谢华东师范大学齐森华先生、复旦大学黄霖先生、上海师范大学孙逊先生、华东师范大学谭帆先生、温州大学王小盾先生当年针对我的博士学位论文提出的宝贵意见，对于本书的修订完善起到了很大的帮助。

感谢上海师范大学赵维国先生，在本书尚未获得出版资助时就热心帮我联系出版事宜。

感谢复旦大学中文系诸位系领导，感谢系里对青年教师发展的关心，如果没有领导们的大力支持，本书不可能得以如此顺利出版。

感谢上海人民出版社及本书责任编辑高笑红女士，高编辑工作严谨认真，专业细致，为本书的出版增色不少。

最后，还要感谢我的家人，我成长的每一步都离不开他们的默默奉献。特别感谢外子在本书出版过程中给予的支持。

我深知，只有更加努力，才能不辜负大家的关心和期待！日后一定不负众望，砥砺前行！

王 静

二〇二三年八月于光华楼

图书在版编目(CIP)数据

晚明散曲研究/王静著. —上海:上海人民出版
社,2023
ISBN 978 - 7 - 208 - 18509 - 8

Ⅰ. ①晚… Ⅱ. ①王… Ⅲ. ①散曲-文学研究-中国
-明代 Ⅳ. ①I207.24

中国国家版本馆 CIP 数据核字(2023)第 161442 号

责任编辑 高笑红
封面设计 夏 芳

晚明散曲研究
王 静 著

出　　版　上海人民出版社
　　　　　(201101　上海市闵行区号景路 159 弄 C 座)
发　　行　上海人民出版社发行中心
印　　刷　江阴市机关印刷服务有限公司
开　　本　890×1240　1/32
印　　张　11.25
插　　页　5
字　　数　253,000
版　　次　2023 年 11 月第 1 版
印　　次　2023 年 11 月第 1 次印刷
ISBN 978 - 7 - 208 - 18509 - 8/J·690
定　　价　78.00 元